Molly James ist eine ehemalige Zeitschriftenredakteurin und hat unter einem anderen Namen bereits zahlreiche erfolgreiche Romane veröffentlicht. Sie lebt in Großbritannien.

Christiane Steen ist Programmleiterin und Übersetzerin. Sie lebt in Hamburg.

Molly James

Das Beste kommt zum Kuss

Roman

Aus dem Englischen
von Christiane Steen

Rowohlt Taschenbuch Verlag

Die Originalausgabe erschien 2022 unter dem Titel
«Skip to the End» bei Quercus Editions Ltd / an
Hachette UK Company, London.

Deutsche Erstausgabe
Veröffentlicht im Rowohlt Taschenbuch Verlag,
Hamburg, Juli 2023
Copyright © 2023 by Rowohlt Verlag GmbH, Hamburg
«Skip to the End» Copyright © 2022 by Molly James
Redaktion Heike Brillmann-Ede
Covergestaltung FAVORITBUERO, München
Coverabbildung Shutterstock
Satz aus der Dante MT bei hanseatenSatz-bremen, Bremen
Druck und Bindung CPI books GmbH, Leck
ISBN 978-3-499-01048-4

Die Rowohlt Verlage haben sich zu einer nachhaltigen Buchproduktion verpflichtet. Gemeinsam mit unseren Partnern und Lieferanten setzen wir uns für eine klimaneutrale Buchproduktion ein, die den Erwerb von Klimazertifikaten zur Kompensation des CO_2-Ausstoßes einschließt.
www.klimaneutralerverlag.de

*Für alle,
die mehr Küsse in ihrem
Leben brauchen*

1

Wir liegen beide auf der Seite, unsere Gesichter einander zugewandt, unsere Kissen, unsere Herzen.

Das Licht ist gedämpft, und ich höre das sanfte Geräusch von Wellen, die seufzend über den Sand gleiten.

Sein Kuss ist nur einen Atemzug entfernt. Und doch muss ich widerstehen. Es ist von allergrößter Wichtigkeit, dass ich mich nicht über dieses quälende, kribbelnde ‹Wird-er-wird-er-nicht› hinausbegebe. Am Samstag bin ich auf eine Hochzeit eingeladen, die praktisch ein Klassentreffen ist, und ich will überzeugend klingen, wenn mich meine ehemaligen Klassenkameraden fragen: «Also, Amy, hast du einen Freund?»

Ich habe fest vor, auf diese Frage hin ein geheimnisvolles Lächeln aufzusetzen und zu sagen: «Es gibt da jemanden, aber es ist noch ganz frisch, also will ich lieber noch nichts davon erzählen.»

Und wenn ich ihn jetzt küsse, werde ich das nicht sagen können.

«Also», schnurrt er, und seine Blicke huschen über mein Gesicht. Sie sind derartig intensiv, dass ich beinahe seine Wimpern, seine Lippen und Fingerspitzen auf meinem Gesicht spüre.

Ich hole tief Luft, wobei mir das Heben und Senken meiner Brust übertrieben bewusst ist, und kann meine Begeisterung nicht verbergen. Ich möchte Ja sagen. Nur ein einziges Wort, und sein Gesicht würde aufleuchten; vielleicht würde er sogar juchzen. Aber ich reiße mich zusammen, ich muss erst ganz sicher sein. Das hier ist eine große Sache. Eine weitere schlechte Entscheidung kann ich mir nicht leisten.

Er seufzt und rollt auf den Rücken, weil er spürt, dass ich etwas Raum brauche.

Mein Blick bleibt an ihm hängen, ich studiere sein Profil, denke daran, wie toll es wäre, diesen Mann aus jeder Perspektive kennenzulernen.

«Es fühlt sich wirklich gut an», gestehe ich.

Er nickt und dreht sein Gesicht zu mir. «Fest und doch nachgiebig.»

«Mmm», sage ich und kuschele mich tiefer ein. «Ich könnte den ganzen Tag hier liegen bleiben.»

«Wollen Sie die Memory-Schaummatratze noch mal im Vergleich probieren?»

Ich bin auch nur ein Mädchen, das auf einem Bett liegt und einen Jungen fragt, ob er ihm eine Matratze verkaufen will.

Und ich möchte eine kaufen. Ehrlich. Ich suche schon ewig nach der perfekten Sorte, die mich zufrieden aufseufzen lässt, sobald ich abends auf ihr niedersinke; eine Matratze, die sich meinen Konturen anpasst und mich umgibt und stützt, die mir süße Träume bereitet. Ich hätte außerdem gern eine, bei der ich morgens ohne hydraulisches Seilsystem in die Senkrechte komme. Ich finde, das ist nicht zu viel verlangt, es soll einfach die eine perfekte Matratze sein. Die mir außerdem von meinem Traummann verkauft wird.

Es mag ein unüblicher Weg sein, sich zu verlieben, aber wie sich herausstellt, sind nur wenige Männer so zugewandt wie Matratzenverkäufer, ganz besonders, wenn man auf der Suche nach der luxuriösen, handgetufteten Sorte ist.

Eigentlich hatte ich mit dem Kauf warten wollen, bis ich meine erste eigene Wohnung hatte, aber die Suche nach einer neuen luftigen Bleibe mit Charme war bisher nicht so erfolgreich gewesen, wie ich es mir erhofft hatte. Und als eine Spirale durch den abgewetzten Stoff meiner geerbten Matratze drang und mich wie ein Korkenzieher aufzuspießen drohte, beschloss ich, dass meine Bettsituation auf keinen Fall länger warten konnte. Aber selbst das hatte sich als ziemlich schwierige Aufgabe erwiesen.

Im ersten Laden, den ich aufsuchte, war der mittelalte Verkäufer einfach nur gruselig und penetrant. Er starrte auf meine Brüste und meinte, er könne schon sehen, dass ich nicht gern auf dem Bauch schlafe, woraufhin ich sofort kehrtmachte. Auf dem Weg zur Tür erwischte er mich allerdings dabei, wie ich neidisch auf ein Pärchen stierte, das auf dem Sleepeezee kuschelte.

«Wir haben auch Körperkissen im Angebot.» Er eilte mir nach. «Studien haben bewiesen, dass sich die Gedanken durch die Nachahmung einer Umarmung beruhigen und ein Gefühl der Entspannung eintritt.»

Ich betrachtete die langen, mit Baumwolle bezogenen Schläuche, die auf einen menschlichen Partner warteten, dann sah ich ihn an. «Gibt es die auch in Form von Jason Momoa?»

Im zweiten Laden gab es mehr Pinienbettgestelle als Matratzen, darum war ich heute direkt nach der Arbeit zu einem großen Matratzenladen etwas außerhalb der Stadt gefahren, und dort kam alles zusammen: ein riesiger Showroom mit natürlichem Licht; beruhigende Meeresgeräusche im Hintergrund; eine Verkäuferin, die zwar gerade einen Kunden bediente, mich aber fröhlich wissen ließ, dass ihr Kollege gleich wiederkäme. Ich wünschte nur, sie hätte mich wegen seiner Augen vorgewarnt, damit ich mich hätte wappnen können: *Nur, damit Sie es wissen, sie sind richtig blau. Bradley-Cooper-Blau.*

Ich hörte gar nicht richtig auf das, was er sagte, weil mir bei seinem Anblick die Bedeutung von ‹strahlenden Augen› zum ersten Mal klar wurde.

«Entschuldigung, was haben Sie gesagt?»

«Ich bin Matt», wiederholte er.

«Matt wie in Matratze?», antwortete ich, ohne nachzudenken.

Er lachte laut auf, und von diesem Moment war es ein einziger großer Spaß. Für ihn war der Aufbau von Matratzen eine Art Zauberei – als er mich zu den Ausstellungswürfeln führte, um mir einen Querschnitt der verschiedenen Schichten in ihrem Inneren zu zeigen, betrachtete ich sie tatsächlich mit echtem Interesse, während ich gleichzeitig über die vollständige Form seiner Tätowierung grübelte, die aus dem Ärmel seines Hemds hervorlugte.

Im einen Moment lernte ich die medizinische Bezeichnung für eingeschlafene Arme, im nächsten diskutierten wir die Romane von Stephen King (sein Lieblingsbuch war natürlich *Misery*). Zwischen den Betten demonstrierten wir uns gegenseitig unseren morgendlichen Zombiegang zum Badezimmer und teilten die schrägsten Dinge, die wir schon mal im Schlaf gesagt hatten (*«Ich kann nicht, ich habe bloß drei Beine!»*).

«Wussten Sie, dass man im Schlaf achthundertmal öfter flucht als am Tag?»

«Ehrlich?», keuchte ich. «Genau deshalb habe ich solche Angst, im Flugzeug einzuschlafen, weil ich dann bestimmt irgendwas Schlimmes sage.»

«Sie sollten vielleicht mit einer Rolle Klebeband reisen.»

«Ja, das sieht immer super aus. Geisel-Schick.»

Er reichte mir ein anderes Kissen zum Ausprobieren. «Mittlerweile schicken Teenager Textnachrichten sogar im Schlaf.»

«Als hätten die nicht schon genug Probleme», sagte ich, während ich an die Decke starrte. «Wenn ich ein Kind hätte, dann würde ich es in der Wildnis aufziehen. Auch wenn ich einen Stapel von diesen Kissen mitnehmen müsste – wieso ist das überhaupt so fluffig?»

«Das ist aus Talalay Latex – atmungsaktiv und hypoallergen. Es wird aus dem Saft von Gummibäumen hergestellt. Vielleicht könnten Sie ja unsere Lieferantin werden, falls Sie tatsächlich in die Wildnis ziehen?»

Es machte alles so viel mehr Spaß als dieses übliche Kennenlernen: «*Alsoooo, was machst du denn so? Wo kommst du her? Irgendwelche seltsamen Angewohnheiten, von denen ich wissen sollte?*» Ich wusste nicht, was er als Nächstes sagen würde. Und wie eine Ärztin, die ihren Patienten ablenkt, bevor sie ihm die Spritze verpasst, lag ich anstelle von peinlich berührt ganz gemütlich auf der Matratze und plauderte entspannt, während er auf dem Rand der anderen saß. Als die Verkäuferin herumging und die Lichter in den anderen Abteilungen ausschaltete, fand ich seine Nähe aufregend statt unangenehm.

«Hat Sie mal eine Kundin etwas zu den Matratzen gefragt, das Ihnen peinlich war?», fragte ich im vollen Bewusstsein, dass ich ihn damit nur zu einer sexuellen Bemerkung anstachelte.

«Da war mal diese achtzigjährige Dame, die sich Sorgen darüber machte, dass der Memoryschaum den Sex beeinträchtigen könnte, weil ihr die Trampolinqualitäten der traditionellen Matratzen fehlen würden …»

Ich kicherte. «Und was ist mit ... hat eine Kundin Sie je gebeten, sich neben sie zu legen, um ... Sie wissen schon, damit sie rausfindet, ob sie von den Bewegungen ihres Partners gestört würde?»

Er nickte. «Karen hat das zwar nicht so gern, aber mich stört es nicht.» Er neigte den Kopf. «Warum? Wünschen Sie diesen besonderen Service?»

Hatte sich seine Stimme etwa gerade gesenkt?

Ich biss mir auf die Lippe, dann sagte ich: «Ich schätze, es wäre gut zu wissen ... so für die Zukunft.»

Und deshalb liegen wir nun da, die Gesichter zueinander gedreht. Und es fühlt sich so natürlich an, als lägen wir unter einer unsichtbaren Bettdecke, und jeden Moment würde er rübergreifen und die Nachttischlampe ausknipsen. Das ist genau das, was ich immer wollte: jemanden an meiner Seite, mit dem ich mich unterhalten kann, nachdem alle körperlichen Bedürfnisse befriedigt wurden. Jemanden, dessen Augen strahlen, wenn sie mich ansehen. Jemanden, der mir die Sicherheit eines besten Freundes gibt und ein erfülltes Herz.

Ich weiß nicht, wieso ich mich mit diesem Fremden vertrauter fühle als mit allen Männern, die ich je gedatet habe, aber so ist es.

Um den Zauber zwischen uns zu bewahren, muss ich jetzt nur noch von der Matratze gleiten, seine Karte nehmen und ihm sagen, dass ich am Montag wiederkomme, um den Kauf abzuschließen. Ich würde die Matratze ja auch jetzt schon kaufen, aber das Geschäft hat eigentlich schon geschlossen. Außerdem brauche ich die Ausrede, um nach der Hochzeit wiederzukommen.

«Ich habe hier definitiv gefunden, nach was ich gesucht habe», sage ich, als ich aufstehe.

«Eine sehr gute Wahl», bestätigt er mir. «Tatsächlich habe ich die gleiche zu Hause.»

Ein Zeichen! Oder bloß ein Spruch ... Jedenfalls macht es mich irgendwie nachdenklich, dass unsere Körper denselben Geschmack haben. Vielleicht werden wir beide ja ebenfalls die perfekte Mischung aus nachgiebig und fest.

Ich lächele ihn an und freue mich darüber, dass ich jetzt mit beschwingtem Schritt zur Hochzeit gehen kann. «Bis Montag also!», flöte ich.

Als ich mich in Richtung Ausgang wende, ruft er hinter mir her. «Ich glaube, Karen hat die Türen schon abgeschlossen, als sie gegangen ist. Warten Sie kurz, ich stelle eben die Alarmanlage an, dann begleite ich Sie hinaus.»

Mein Herz schlägt schneller. Wir überschreiten soeben die Grenze von Arbeit zu Alles-ist-möglich. Ich schaue durch den leeren Showroom.

«Wäre es nicht lustig, wenn man den Kunden erlauben würde, die Matratzen über Nacht zu testen, und das hier wäre dann ein einziges großes Schlafzimmer?»

Keine Antwort. Ich schätze, er hat mich nicht gehört.

Klick. Die letzten Lichter gehen aus, das beruhigende Meeresrauschen endet, und die Alarmanlage fängt an zu piepen, während er zu mir herüberkommt.

Meine Nervenenden richten sich auf. Was mache ich, wenn er mich fragt, ob wir was trinken gehen wollen? Ich glaube nicht, dass ich widerstehen könnte.

Halte dich zurück!, ermahne ich mich und trete zur Seite, damit er die Tür aufschließen kann. *Lass ihn noch ein paar Tage zappeln.*

«Nach Ihnen.» Er lässt mich durch die Tür gehen.

Während er den Laden abschließt, schaue ich die Straße

hinunter. «In welche Richtung –» Ich kann meinen Satz nicht mal beenden, da hat er mich schon in die nächste Gasse gezogen.

Ich will etwas sagen, aber seine Augen sagen mir alles, was ich wissen muss. Plötzlich spüre ich ein solches Begehren, dass ich mich gegen die Wand fallen lassen muss, um nicht umzukippen.

Seine Lippen sind warm und leidenschaftlich und lösen in meinem Körper ein kleines Feuerwerk aus. Ich habe ganz vergessen, wie aufregend das sein kann! Als ich seinen Kuss erwidere, höre ich ihn leicht aufstöhnen, und ich ziehe ihn näher an mich heran, umklammere ihn und spüre, wie sein Gürtel gegen meine Hüfte drückt. Ich heize die Leidenschaft an und versuche verzweifelt, das Unvermeidliche von mir fernzuhalten, doch schon setzt es ein, genau wie immer, wenn ich jemanden zum ersten Mal küsse.

Erst kommt die Schwärze, dann ein Warp-Antriebschub, und mein Geist wird von diesem köstlichen, jungfräulichen Alles-ist-möglich-Moment bis zum Ende unserer möglichen Beziehung katapultiert. Manchmal sind die Visionen erst verschwommen, und es dauert einen Moment, bis sie deutlich werden, aber diese hier ist kristallklar.

Ich versuche, mich aus seiner Umarmung zu winden, aber er interpretiert das als Verlangen und presst sich an mich. Ich wünschte, ich könnte einfach nachgeben und mein Verlangen stillen, entscheide mich aber für das Gegenteil und ohrfeige ihn. Mit ganzer Kraft.

«W-was war das denn?», keucht er auf.

«Du hast eine Freundin!», rufe ich aus.

Er starrt mich an. «Was?»

«Du hast mich schon verstanden!»

«Oh mein Gott.» Er sieht wirklich betroffen aus. «Hat sie dich etwa geschickt?»

«Nein, ich ...» Ich suche nach einer Antwort. Normalerweise verkaufe ich den Männern meine Erkenntnis als weibliche Intuition, weil Visionen nur schwer zu erklären sind, besonders in so aufgeladenen Momenten wie diesen, wo ich die Aufmerksamkeit des Mannes erst genieße und ihn im nächsten Moment mit aller Kraft von mir weise. Die meisten halten mich sowieso schon für psycho. Die Wahrheit ist allerdings, dass ich übersinnliche Fähigkeiten besitze. Na ja, vielleicht nicht übersinnliche. Es ist kompliziert.

Eben noch habe ich Matratzen-Matt und mich in einer Bar gesehen. Er knabberte an meinem Hals, flüsterte mir was ins Ohr ... Dann tauchte eine kleine Brünette am anderen Ende des Tisches auf, stieß wütend dagegen, sodass die Cocktails umfielen und uns auf den Schoß kleckerten, und schrie in einem fort: «Wie *konntest* du nur?»

Ich weiß, es klingt absurd, wenn ausgerechnet ich mit meinen kurzen Einblicken auf zukünftige Ereignisse das sage, aber das hier habe ich wirklich nicht kommen sehen.

«Ich dachte, du bist nett.» Ich seufze zutiefst enttäuscht.

«Ich *bin* nett!», protestiert er und reibt sich das schmerzende Gesicht. «Du warst bloß so ...»

«Was?», fauche ich.

Er lässt die Schultern fallen. «So süß und lustig und so unerwartet.»

Er schaut mich mit so ernster Miene an, dass ich überlege, ob irgendetwas in meiner Vision darauf hingedeutet hat, dass er nicht gleich aufspringen und seine Freundin um Verzeihung bitten würde. Ob es irgendein Anzeichen dafür gegeben hat, dass seine Freundin grässlich und mies ist und ihn bloß runterzieht. Ich schließe die Augen und spiele meine Vision noch einmal vor meinem inneren Auge ab, sehe noch einmal diesen tiefen Schmerz in ihren Augen – und wie ihre Hand instinktiv zu ihrem Bauch gleitet. Ich erbleiche.

«Oh mein Gott, ist sie schwanger?»

«Was?», stottert er. «Woher –»

«Ist sie es?», schneide ich ihm das Wort ab.

Er sieht mich erschrocken an, dann lässt er den Kopf hängen. «Ja.»

Ich fasse es nicht. Aber wieso bin ich eigentlich überrascht? Das ist doch nichts Neues für mich. Müsste ich die letzten zwanzig Jahre meines Liebeslebens in einem Wort zusammenfassen, wäre es *Enttäuschung*.

Ich schüttle den Kopf, dann schiebe ich mich an ihm vorbei, sehe ein schwarzes Taxi und stolpere hinaus auf die Straße.

«Taxi!», schreie ich das gelbe Licht an.

Es hält pflichtbewusst an meiner Seite. Einen besseren Ritter in strahlender Rüstung bekomme ich nicht. Noch besser: Der Fahrer ist eine Frau.

«Vielen Dank, dass Sie angehalten haben!», sage ich, als ich hinten einsteige und ihr meine Adresse gebe. Dann schaue ich zurück zu Matt. Er taucht aus der Gasse auf und sieht aus, als kippe er gleich emotional aus den Latschen.

Die Taxifahrerin schaut mich beim Losfahren mitfühlend im Rückspiegel an. «Haben Sie sich gerade getrennt?»

Ich nicke.

«Das tut mir leid, Herzchen. Waren Sie lange zusammen?»

Ich seufze und sinke tiefer in den Rücksitz. «Erst ein paar Minuten.»

2

Ah, home, sweet home, aus dem ich so schnell wie möglich ausziehen möchte.

Als ich die Zweizimmerwohnung mit den niedrigen Decken und den knarrenden Dielen eines winterlichen Vormittags besichtigte, glaubte ich noch, es läge nur am deprimierenden Januarwetter, dass sie so trist wirkte. Ich stellte mir vor, wie ich im nächsten Frühling die Fenster aufreißen und eine kleine Blumenvase aufs Fensterbrett stellen würde – doch die Sonne fand niemals zu mir herein. Damals hatte ich noch keine Ahnung von Süd-West-Ausrichtungen und von natürlichem Licht. Aber durch die niedrige Miete konnte ich über die Jahre immerhin etwas sparen, und sobald ich das Richtige finde, bin ich hier weg.

Ich lasse meine Tasche auf den rosa Samtsessel fallen und gehe in die Küche. Auch wenn ich mir am liebsten einen Rum genehmigen würde, will ich mir meinen Alkoholkonsum für die Hochzeit aufsparen, also greife ich nach dem Rest Brombeereis. Mit der Hand am Griff der Kühlschranktür betrachte ich die Fotos, die mit Hausfrauen-Magneten im Retrostil festgehalten werden.

«Hallo, Leute!» Ich lächele meinen beiden besten Freundinnen zu, May und der zukünftigen Braut Charlotte, und ebenso den beiden Trauzeugen Gareth und Jay (Mays Zwillingsbruder).

Obwohl Jay gedroht hat, nach New York zu ziehen, seit *Pose* zum ersten Mal im Fernsehen lief, sind wir seit der

Schule ein Team. Charlotte und May waren die Ersten, die sich zusammentaten und im Netzballteam eine unschlagbare Kombination aus Torjägerin und Angreiferin bildeten. Bis heute ist May die Angreiferin, während Charlotte die Präzision im Abschluss verkörpert.

Jay und ich freundeten uns in der Theater-AG bei der Aufführung von *The King and I* an. Jay steht bis heute gern im Rampenlicht, während ich noch nie eine Runde auf der Tanzfläche abgelehnt habe.

Gareth gesellte sich ein Jahr später als fünfter Musketier dazu. Zufällig kombiniert er Körperlichkeit mit einem Gespür für Drama. Ich durchlebe gerade noch mal seinen denkwürdigen Auftritt im Sportunterricht, als mein Handy klingelt. Ich zucke zusammen.

«*Kiss me, honey honey, kiss me!*», brüllt Shirley Bassey.

Ich muss daran denken, vor der Hochzeit noch meinen Klingelton zu ändern. May hat ihn mir mal zum Spaß eingestellt, und ich habe mich nie bemüht, ihn zu ändern. Ich schätze, ein Teil von mir hofft immer noch darauf, dass diese Einladung eines Tages vom Richtigen gehört und in die Tat umgesetzt wird.

«Hey, May!», sage ich und klemme mir das Handy ans Ohr, während ich in der Schublade nach einem Löffel krame.

«ICH WILL DA NICHT HIN!»

Na, super. Jemand hat noch schlechtere Laune als ich.

«Ich auch gerade nicht», gestehe ich.

«Siehst du Marcus etwa endlich im richtigen Licht?» Ihre Stimmung hebt sich. «Charlotte kann die Hochzeit immer noch absagen, sollen wir gleich zu ihr gehen? Das dauert nur eine Stunde, und dieser ganze Albtraum ist vorbei!»

«May.»

«Was?»

«Du musst jetzt loslassen.» Ich stelle sie auf Lautsprecher, während ich es mir im Sessel gemütlich mache. «Der arme Junge hat nichts getan, was dein Misstrauen rechtfertigt.»

«Der *arme* Junge?», schnaubt sie.

«Na gut, der reiche Junge. Der reiche Junge hat nichts getan, was dein Misstrauen rechtfertigt.»

«Er wird sie uns wegnehmen. Wir sehen sie ja jetzt schon kaum noch.»

«Vor deiner Hochzeit haben wir dich auch kaum gesehen.»

«Und während der Scheidung dann vermutlich zu oft.»

«Ich hatte dich gern in meiner Wohnung!», protestiere ich.

«Jedenfalls ist das erst der Anfang», fährt sie fort. «Bevor wir uns umsehen, hat er sie geschwängert.»

«Und dann werden wir Patentanten!»

«Von einem Wesen, das zur Hälfte *seine* DNA hat.»

Ich stelle mein Eis hin und schalte den Lautsprecher aus. «Kannst du dich nicht einfach für sie freuen?»

«Er ist aber nicht gut genug für sie!», faucht sie.

«In deinen Augen ist doch niemand gut genug für sie.»

«Was willst du damit sagen?»

Ich seufze.

«Egal», schnaubt sie weiter. «Ich weiß jedenfalls, warum ich da nicht hinwill. Und was ist deine Ausrede?»

Ich wollte ihr eigentlich nichts über Matratzen-Matt erzählen, aber ich schätze, alles, was sie von Marcus ablenkt, ist eine gute Idee.

«Weib!», ruft May, nachdem ich sie auf den neuesten Stand gebracht habe. «Das ist ja der Hammer!»

«Ich weiß. Und bevor du es mir anbietest: Ich will gar

nicht, dass er grausam bestraft wird. Ich will bloß wissen, wie ich ein Dutzend Klassenkameraden ertragen soll, die mir alle ihre Ehemänner und -frauen vorstellen, während ich ganz alleine dastehe.»

«Man muss sich nicht dafür schämen, Single zu sein.»

«Das weiß ich doch», seufze ich. «Aber ich kann es eben nicht so gut ertragen wie du. Außerdem hat man mich schon immer mit gescheiterten Beziehungen in Verbindung gebracht. Ich wollte endlich mal alle überraschen.»

«Vielleicht bei Charlottes nächster Hochzeit ...»

«Oh May!»

Wir kommen eine Weile vom Thema ab, und als wir gerade auflegen wollen, wird ihre Stimme weich. «Tut mir echt leid wegen Matt. Irgendwo da draußen muss es einen Nicht-Arsch für dich geben.»

«Ja, das ist mein Lebensziel – den Nicht-Arsch meiner Träume kennenzulernen.»

«Alles, was du brauchst, ist eine einzige gute Vision», erinnert sie mich. «Ich weiß, du hast zwanzig Jahre Enttäuschungen hinter dir, aber das Licht am Ende des Tunnels nützt dir nur was, wenn du auch drauf zufährst.»

Ich war vierzehn Jahre alt, als ich zum ersten Mal von unserem ‹Familienerbe› erfuhr, wie ich es mangels besserer Begriffe nennen will.

Mum und ich hatten gerade die letzte Folge irgendeiner Sonntagabendserie gesehen, als sie plötzlich den Fernseher abstellte und sich neben mich aufs Sofa setzte. «Ich muss etwas mit dir besprechen.»

«Ja?», sagte ich, ein wenig beunruhigt von ihrem Gesichtsausdruck.

«Weißt du noch, als du mit sieben Jahren Tommy Turner auf dem Spielplatz geküsst hast?»

«Bloß zufällig!» Ich runzelte die Stirn. «Ja, ich erinnere mich so ungefähr. Der kleine Tommy-Trottel.»

«Erinnerst du dich auch noch daran, was du mir darüber erzählt hast?»

Ich dachte einen Moment nach und meinte dann: «Dass er nach Apfelshampoo und Knetmasse gerochen hat?»

Mum kicherte. «Das hast du vermutlich wirklich gesagt. Aber weißt du, was noch?»

«Nein.»

«Du hast mir gesagt, als du ihn geküsst hast, wäre der Himmel plötzlich ganz dunkel geworden, und du hättest etwas geträumt.»

Ich schauderte. «Das klingt ein bisschen nach *The Sixth Sense*.»

«Du hast gesagt, du hättest ihn mit Metall auf den Zähnen gesehen und dass du ihn jetzt nicht mehr magst, weil er dich an Beißer aus *Der Spion, der mich liebte* erinnert, den du am Wochenende davor mit Dad geschaut hattest.»

«Da klingelt was bei mir.»

«Nun, es war kein Traum, sondern eine Vision. Davon, dass er eine Zahnspange bekommen würde.»

Ich setzte mich anders hin. «Also, ich denke mal, ich werde mein Wahrsagerinnen-Zelt noch nicht gleich aufschlagen. Er hatte einfach schiefe Zähne, Mum, so wie ich. Eigentlich war das sogar eins der Dinge, das ich an ihm mochte.»

«Okay, es ist vermutlich nicht das beste Beispiel», gab Mum zu. «Ich versuche nur, dir zu erklären, dass alle Frauen in unserer Familie eine gewisse Gabe besitzen – und dass das deine erste Erfahrung damit gewesen ist. Wenn wir jemanden zum ersten Mal küssen, dann erhalten wir einen kurzen Blick darauf, wie diese Beziehung enden wird.»

Ich schaute mich nach der halb leeren Flasche Bailey's um – Mum musste eindeutig einen im Tee haben.

«Ich weiß, es klingt total verrückt, aber es ist wahr. Diese Gabe liegt schon seit Generationen in unserer Familie, so lange, wie wir nur denken können.»

Ich betrachtete sie eine Weile. «Und hat sie bei dir eine Generation übersprungen?»

«Nein, ich habe sie auch.»

«Du hast also gesehen, wie Dad dich verlassen hat, als du ihn zum ersten Mal geküsst hast?»

Sie schaute traurig und etwas unbehaglich drein. «Ja.»

«Und trotzdem hast du ihn geheiratet?»

«Ich hatte meine Gründe. Der Punkt ist, dass diese Visionen nicht lügen. Du musst sie ernst nehmen.»

«Muss ich mich auch vor den Iden des März fürchten?», versuchte ich, die Stimmung etwas aufzulockern.

«Amy, Schätzchen. Ich weiß, du musst das erst mal verdauen.» Sie griff nach meiner Hand. «Ich habe es dir bis heute nicht erzählt, weil ich nicht wollte, dass du dir Sorgen machst. Aber ich möchte, dass du vorbereitet bist.»

«Du meinst das ernst, oder?» Ich zog meine Hand weg. «Und was ist, wenn ich nicht will, dass mir so was passiert?»

«Ich fürchte, du hast keine Wahl. Es ist ein Familienerbe.»

An dem Abend blieb ich lange wach, hin- und hergerissen zwischen Das-ist-doch-alles-Schwachsinn und Was-wenn-es-wirklich-wahr-ist?. Worauf sich bis zum Morgen drei Fragen in mir herausgebildet hatten: *Wie lange dauert diese Vision? Sehe ich mich selbst darin, oder schaue ich durch meine Augen? Was denkt sich die Person, die ich gerade küsse?*

Meine Mutter antwortete mir in aller Ruhe. «Die Visionen sind flüchtig. Manchmal schaut man sich die Szene von außen an, so wie Scrooge in Charles Dickens' *Eine Weihnachtsgeschichte*, und manchmal ist es mehr emotional – man sieht den anderen vor sich und fühlt große Traurigkeit oder Wut oder Bedauern oder Ärger und so weiter. Was den Menschen angeht, den du küsst, so kriegt er davon nichts mit. Außer, dass du in einem Moment noch sehr empfänglich für ihn bist und ihn im nächsten von dir stößt.»

«Okay», antwortete ich. «Im Grunde ist das also ein Riesen-Spoiler-Alarm für die Beziehung. Und ich soll dann auf Basis dieses kurzen Blicks auf das Ende entscheiden, ob ich den ganzen Film sehen will?»

«So habe ich das noch nicht gesehen, aber ja, genau so ist es. Du kannst immer noch entscheiden, was du tun willst. Du kannst das Ende nur nicht ändern.»

Das klang alles derart deprimierend, dass ich meine Last mit meinen Freundinnen teilte. Charlotte meinte, das sei ja wie eine Direktverbindung zum Schicksal, und drängte mich, auf jemanden zu warten, den ich wirklich mochte, um es auszuprobieren. May und Jay dagegen wollten meine ‹Superkräfte› sofort ausprobieren. Ich war ebenso schockiert wie neugierig, aber ich fand auch, es wäre am besten, sofort mit jemandem anzufangen, mit dem ich mir allerdings eh keine Zukunft vorstellen konnte, damit ich seinetwegen nicht auch noch heulen musste. Wichtig war mir zudem eines: Ich wollte, dass es mit jemandem passierte, der nicht gleich alles in der ganzen Schule rumerzählen würde, falls ich anfing zu schreien oder in Ohnmacht fiel.

Ich schaute mir jeden einzelnen Jungen in unserer Klasse

an und fand nicht einen Kandidaten. Jedenfalls keinen, den ich gern küssen wollte. Ein ereignisloses Jahr verging, und dann kam Gareth in unsere Klasse. Ich hatte mich selbst nie mit einem Naturburschen gesehen. Verglichen mit den technisch begabten Bohnenstangen und cool frisierten hübschen Jungs, die ich in der Schulcafeteria anschmachtete, sah er so vierschrötig aus wie ein Holzfäller. Aber ich merkte auch, dass er sich nichts aus Gerüchten oder Dramen machte. Wenn May seine Meinung zu irgendeinem Thema hören wollte, dann schaute er sie bloß vage an und antwortete, er hätte gar nicht mitbekommen, was sie gesagt hätte, weil er gerade über Pollen nachdachte. Oder über die Fortpflanzung von Orchideen. Oder über Farne. Offenbar gibt es über zehntausend Arten von Farnen. Es ist das reinste Wunder, dass wir überhaupt in der Lage waren, seine Aufmerksamkeit zu gewinnen.

Dann kam der Schulausflug zum Weihnachtsmarkt in unserem Ort. Gareth und ich hatten den Auftrag, für alle heißen Apfelpunsch zu besorgen, und während wir auf unsere Bestellung warteten, deutete er beiläufig auf einen Mistelzweig, der direkt über unseren Köpfen hing.

Ich riss die Augen auf. Würde mein erster Kuss direkt einem Hallmark-Film entspringen? Mit ein paar Schneeflocken, die sich in meinen Wimpern verfingen, und einem flüchtigen Kuss, der nach puderzuckerigen Pfeffernüssen schmeckte? Plötzlich fühlte ich mich schlecht vorbereitet – wir hatten vorher kein bisschen geflirtet, uns kaum in die Augen gesehen. Trotzdem legte ich den Kopf schief und bemühte mich um ein flirtiges Augenzwinkern. «Ja?»

«Wusstest du, dass die Mistel eigentlich ein Schmarotzer ist?»

Mein Gesicht erstarrte, und mein Herz schlug unangenehm in meiner Brust. *Was?*

«Die Vögel essen die Beeren, dann deponieren sie sie auf den Zweigen eines anderen Baumes, wo sie ihnen alle Nährstoffe aussaugen.»

«Oh.» Ich verzog das Gesicht.

«Und was das Küssen angeht ...»

Ich hob die Augenbrauen.

«... das stammt aus der Legende über den nordischen Gott Loki, der einen anderen Gott mit diesen Beeren vergiftete.»

«Die sind giftig?»

«Ja, aber in der Geschichte erholt sich der Gott von der Vergiftung, und sein Volk ist darüber so erleichtert, dass der bloße Anblick von Mistelzweigen die Menschen dazu bringt, sich zu umarmen.»

Es war mindestens zehn Jahre, bevor Tom Hiddlestone den Loki in *Thor* spielte, sodass ich nicht mal durch diese Erinnerung vorbereitet war.

«Willst du meine Zimtstange?»

Ich betrachtete die kleine braune Rolle, die er mir hinhielt, und das schien alles zu sein, was ich an Vorahnung brauchte – wir würden niemals ein Paar sein. Meine Schultern sackten herab, als wir aber zum Rest der Gruppe zurückkamen und ich sah, wie Jay Gareth als Windschutz missbrauchte, merkte ich, dass es mir total gut ging. Es war gar nicht gegen mich gerichtet gewesen. Gareth war einfach nur Gareth. Jahrelang umarmte er lieber Bäume als Frauen. Es war beinahe so, als wüsste er, dass Freya auf dem Weg zu ihm war und er einfach keinen Bedarf an Platzhalterinnen hatte.

Am Valentinstag bekam ich eine Einladung zu einer Flaschendreh-Party. Die Wahrscheinlichkeit, dort geküsst zu werden, schien recht hoch und verlockend. Doch die Dinge entwickelten sich anders. Schließlich überkam mich die Ungeduld, und ich gab dem nervigen Klassenmacho Chas nach. Im Treppenhaus einer U-Bahn-Station, in dem es nach abgestandener Pisse roch.

Das Einzige, was noch schlimmer war als die Umgebung, war der Kuss. Man kennt ja diese ungeschickten Überfälle, nach denen man sich am liebsten das Gesicht waschen will. Als der große Visionen-Moment kam, fiel ich nicht in Ohnmacht oder schrie. Es war vielmehr wie eine schwarze Welle, so als ob man in einen finsteren Tunnel treten würde, und dann hatte ich eine flüchtige Vision, als würde ich durch einen Bahnhof rasen, ohne anzuhalten oder zu erkennen, was auf der Plattform passiert.

Ich erzählte nicht, was ich gesehen hatte. Chas hatte mir versprochen, mich mit zum Bowling zu nehmen. Und ich wollte zumindest versuchen, einen Freund zu haben, auch wenn ich wusste, dass es nicht halten würde. Allerdings hielt ich nur knappe zwei Wochen durch, und die meiste Zeit davon sagte ich «Nicht jetzt!», «Nicht da!» oder «Nicht auf den Bauchnabel!».

In meinem Eifer, die Sache zu beenden, kam ich mit dem Zeitablauf in meiner Vision durcheinander und beschuldigte ihn, mich mit Alison Kirkpatrick betrogen zu haben, bevor sie überhaupt zusammen waren.

«Streite es bloß nicht ab! Ich habe euch beide in diesem neuen Café bei WHSmith knutschen sehen!»

«Wovon redest du, Whole Latte Love hat noch nicht mal eröffnet!»

«Oh», sagte ich und seufzte frustriert. «Na, wieso lädst du sie dann nicht einfach dahin ein? Geht auf mich.» Und ich drückte ihm fünf Pfund in die Hand.

Ich kann nicht behaupten, dass die Dinge sich in den folgenden zwanzig Jahren besonders verbesserten.

3

$\mathcal{I}$ch träume, dass ich leicht, aber immer wieder, mit einem Taser beschossen werde. Bis ich merke, dass mein Handy auf dem Nachttisch summt.

Ich greife danach, schaue blinzelnd auf die Reihe von Nachrichten, verdrehe bei jeder einzelnen die Augen. Die ersten drei sind von Hochzeitsgästen, die mir als erster Brautjungfer ihre Ernährungspräferenzen mitteilen wollen, darunter eine Frau, die absolut keine Hochzeitstorte essen will.

Hochzeitstorte ist ja kein Muss, schreibe ich zurück.

Ich weiß, antwortet sie. **Ich will bloß nicht, dass mir überhaupt ein Stück angeboten wird, weil ich es sonst esse.**

Ich lasse mich wieder zurück auf mein Kissen fallen, empfinde aber eine gewisse Befriedigung bei der nächsten Nachricht: Das Pärchen, dessen letzter Instagram-Post überschwänglich lautete: ‹Mein Leben hat erst begonnen, als ich dich traf!›, will jetzt unbedingt an zwei getrennten Tischen sitzen, und zwar ohne direkte Sichtverbindung.

Zum Glück lässt sich der Veranstaltungsort nicht von den Updates beeindrucken. *Wir bieten den Damen, die in ihren Flip-Flops anreisen oder vergessen haben, ihre Partyschuhe mitzunehmen, zudem eine Auswahl von Abendschuhen an – und den Herren Krawatten von Savile Row.*

Ich verstehe langsam, warum sich Charlotte für diese vornehme Location entschieden hat.

Mit den Gästen läuft alles bestens, schreibe ich ihr sogar noch vor der Frage, wie es ihr geht, damit sie weiß, dass ich meine Pflichten ernst nehme, denn das ist bestimmt ihr Hauptthema an einem Tag, an dem sie «Ja, ich will» sagen wird.

Wir haben ein kleines Problem mit der Brautmutter, schreibt sie zurück.

Ich setze mich auf und rufe sie an. «Was ist passiert?»

«Sie kommt nicht.»

Ich kann mich gerade noch daran hindern, laut «Zum Glück!» zu sagen.

«Wir wollten vor der Hochzeit noch einen ganz besonderen Mutter-Tochter-Abend miteinander haben.»

«Mmmm-hmm», mache ich. Jetzt ist nicht der Zeitpunkt, ihr zu erklären, dass ihr das bloß Stress und verquollene Augen eingebracht hätte. Wie Jay sagen würde: Diese beiden sind aus sehr unterschiedlichen Stoffen geschneidert.

Charlotte sieht mit ihrer weißblonden Mähne aus, als hätte sie das Licht der Welt an Bord eines Wikinger-Langschiffs erblickt, das auf einem nebligen Fjord unterwegs war, und nicht im Zimmer eines Messies in einem Wohnklotz in Kilburn. Das totale Chaos ihrer Kindheit hat sie aus irgendeinem Grund zu einem Weltklasse-Organisationstalent werden lassen, wodurch ihre Mutter und sie sich nur noch mehr unterschieden. Die beiden wollten immer völlig gegensätzliche Dinge, und dabei kam es in Bezug auf Haushaltsdinge diverse Male zu echten Handgreiflichkeiten.

«Aber das brauche ich vielleicht irgendwann noch mal!»

«Du hast bereits sieben Stück von diesem Ding, die du alle nicht benutzt, drei davon sind kaputt, und zwei sind sogar noch originalverpackt!»

Ihr wisst, was ich meine.

Charlotte blühte in der strukturierten Schulzeit förmlich auf und entschlackte sogar das schuleigene Ablagesystem. Sie benutzen es heute noch.

Es waren diese Fähigkeiten, die ihr zukünftiger Ehemann Marcus so anziehend fand. Charlotte war damit beauftragt worden, das jährliche Bankett seiner Firma auf ein ganz neues Level zu bringen, und als er sie sagen hörte: «Betrachten Sie den Job als erledigt!», überlief ihn eine Gänsehaut. Er erwischte sich dabei, wie er immer neue Ausreden erfand, um sie anzurufen, damit er sich an ihrer entschlossenen Präzision erfreuen konnte. Als sie sich schließlich persönlich kennenlernten, war er schon zu drei Vierteln verknallt, und beim Anblick der kühlen Effizienz, mit der sie auf die Nonstop-Anfragen der Angestellten antwortete, war es völlig um ihn geschehen.

Das einzig Problematische an Charlotte war in seinen Augen ihre überirdische Schönheit, die sie in eine andere Liga stellte. Marcus tat sein Möglichstes – er ließ sich den Bart professionell schneiden, trug Maßanzüge, Designer-Uhren und fuhr ein Cabriolet –, doch die aristokratischen Krawatten, die ihm zuvor immer Dates garantiert hatten, bedeuteten Charlotte nichts, und eine Weile lang wusste er nicht, wie er sie überhaupt beeindrucken konnte. Eines Tages mussten sie ein Galadinner absagen, um seine Nichte und seinen Neffen zu babysitten, als ihm dämmerte, dass sie zu Hause und in bequemen Klamotten viel glücklicher war, als wenn sie ihn zu Abendveranstaltungen begleitete. Ihr gefiel es zudem ausnehmend gut, wie ordentlich und sauber es bei ihm war. Also fasste er sich ein Herz und stellte die Frage aller Fragen. Ich weiß nicht, was uns am meisten überraschte:

wie schnell sie Ja sagte oder dass sie nun sogar eher als Gareth am Altar stehen würden.

«Ich wollte den Vorabend meiner Hochzeit eigentlich ganz in Ruhe verbringen», sagt Charlotte und bringt mich zurück auf unser Gespräch. «Aber dann bin ich total ausgeflippt, und jetzt mache ich mir wegen allem Sorgen und –»

«Ich komme gleich nach der Arbeit zu dir», verspreche ich.

«Ehrlich?» Ihre Stimme hellt sich auf.

«Na ja, es wird schon eine Überwindung für mich sein, mich von meiner durchgelegenen Matratze wegzureißen und sie gegen dein Himmelbett einzutauschen, aber für dich tue ich alles.»

«Oh danke! Sollen wir May auch fragen?»

Herrje! Erst ihre Mutter und jetzt May? Man könnte meinen, sie will sich die Hochzeit ruinieren.

«Sie kann nicht.»

«Sie kann nicht?»

«Nein. Sie lässt sich ein Tattoo stechen.»

«Am Vorabend meiner Hochzeit?»

«Der Künstler ist total angesagt. Er kommt aus Japan und ist bloß für einen Tag in der Stadt.» Meine Lügen werden immer ausgeklügelter. Ich habe ein schlechtes Gewissen, aber die Alternative wäre so viel schlimmer. Ich stelle mir vor, wie May ihr noch Zweifel an Marcus einredet – und wenn diese nicht zum Ziel führen, würde sie Charlotte im Weinkeller einsperren. «Jedenfalls muss ich mich jetzt für die Arbeit fertig machen.»

«Vergiss nicht, gleich dein Hochzeitsoutfit einzupacken, damit du direkt zu mir kommen kannst», befiehlt Charlotte.

«Und du vergiss nicht zu atmen, wenn du alles noch mal überprüfst.»

«Mach ich.» Sie seufzt. «Ich habe es auf meiner Liste stehen – unter Punkt vier.»

*

Ich betrachte das mit Glyzinien überwucherte Schloss aus Sandsteinmauern und Zinnen. Ich stelle mir vor, wie Charlotte sich aus dem oberen Turmfenster lehnt, die wallenden blonden Haare mit Schmetterlingen geschmückt, und ihren anhimmelnden Bewerbern zuwinkt. Hashtag #Leben-wie-im-Märchen. Und dann versuche ich, mir vorzustellen, wie ich mich fühlen würde, wenn das hier meine Hochzeit wäre ...

Nichts.

Für jemanden mit Zukunftsvisionen bin ich schon immer ziemlich mies darin gewesen, mir meinen eigenen Hochzeitstag auszumalen. Ich sehe Gareth in einer rustikalen Umgebung mit ebenso vielen Waldtieren wie Gästen. Ich sehe May bei ihrem zweiten Ehe-Versuch in einem unterirdischen Berliner Nachtclub. Und ich sehe Jay, wenn er sich irgendwann mit achtzig zur Ruhe setzt und versucht, jemanden wie Liza Minnelli zu toppen, die am Altar *Single Ladies* singt.

Aber ich?

«Ich habe eine Flasche alkoholfreien Gin gefunden!» Charlotte läuft jubelnd auf mich zu.

«Du tust so, als wäre das was Gutes», sage ich und umarme sie.

«Na ja, es wäre doch blöd, gar nichts zu trinken, aber wir wollen bei der Hochzeit ja auch keinen Kater haben.»

«Absolut richtig», sage ich und bemerke ganz untypische Schatten unter ihren Augen.

«Ich habe frische Zitronen und Eis, und wir legen uns eine Gesichtsmaske auf und tun so, als wären wir in einem Spa.»

Sie nimmt meinen Arm und führt mich durch die gewölbte Eingangstür, hinter der eine dramatisch geschwungene Treppe zu sehen ist. Zur Rechten liegen die Hochzeitsräumlichkeiten – ein Raum für die Trauungszeremonie und einer für das Essen und den Empfang. Charlotte lässt mich keinen davon sehen.

«Du musst noch warten, bis Gareth mit den Blumen fertig ist. Das Design ist himmlisch.»

«Was ist da drüben?» Ich deute auf eine geheimnisvoll wirkende kleine Tür, gleich links neben der Treppe.

«Das ist eine versteckte Bar. Sie ist wirklich gemütlich und hat viel Charakter – mit dunklem Holz und kleinen Ecken, um sich zu verdrücken. Die Leute können sich dahin zurückziehen, wenn sie genug von der Musik und dem Tanzen haben.»

Ich kann es kaum erwarten zu tanzen. Besonders weil Charlotte einige Songs aus unserer Schulzeit vorbereitet hat.

«Und da drüben?» Ich mache einen Schritt nach vorne.

Charlotte hält mich fest, bevor ich mich zu weit vorwagen kann. «Das sind die Zimmer der Gutsbesitzer, also für uns verboten. Die Toiletten befinden sich rechts und links der Treppe.»

«Verstanden.» Ich schaue mich um. «Morgen wird das hier alles voller Menschen in ihren schönsten Kleidern sein, die einer Frau zujubeln, die genauso aussieht wie Charlotte Dixon, die aber dann Charlotte Davenport heißt!»

Sie quiekt leise vor sich hin. «Lass uns den falschen Gin aufmachen!»

Die Vorstellung, die Nacht in der Honeymoon-Suite zu verbringen, hatte mir eigentlich nicht besonders gefallen, falls das nämlich meine einzige Erfahrung in einer solchen Suite werden sollte – zum Glück hat Charlotte die Suite für sich und Marcus aufgespart.

«Sie liegt in einem Türmchen, und man muss eine Wendeltreppe hinaufgehen mit vielen Treppenabsätzen. Du wirst die Suite sehen, wenn meine Haare morgen fertig sind. Es ist alles geplant.»

«Sag noch mal schnell, wie oft müssen wir morgens unseren Toast kauen?», necke ich sie.

Sie ignoriert mich einfach und geht voran in unser gemeinsames Zimmer für heute Nacht. *Wenn das hier bloß ein normales Zimmer ist, wie beeindruckend muss dann erst die Suite sein?*

«Schon komisch, wie reiche Leute mit diesen total irrwitzigen Tapeten durchkommen, die überall sonst schräg aussehen würden», bemerke ich beim Betrachten des Dschungelmusters. In einer Welt aus Steingrau und Rosé wirken diese knallbunten Farben unglaublich dekadent.

«Ich hoffe, es macht dir nichts aus, das Bett mit mir zu teilen», sagt Charlotte, während sie unsere Drinks in schwere Kristallgläser schenkt.

«Ich werde mich vielleicht einfach auf diesem Vorleger zusammenrollen, der ist ja herrlich flauschig!» Ich streife meine Schuhe ab und grabe meine Zehen in die weiche blaugrüne Wolle. «Wo sind denn deine Sachen?»

«Ich habe schon ausgepackt. Mein Koffer steht im Schrank.»

Es sagt eine Menge über einen Menschen aus, wie er sich in einem Hotelzimmer einrichtet. Ich habe ein Talent dafür, in wenigen Minuten jede freie Oberfläche zu okkupieren, selbst wenn ich nur mit einer einzelnen Tasche reise. Bei Charlotte ist immer alles ordentlich weggeräumt, ihre Schönheitsprodukte sind in einer Reihe sortiert. May ist genauso. Sie hat immer noch einen Schlüssel zu meiner Wohnung und kommt manchmal unter irgendeinem Vorwand zu mir, bevor ich von der Arbeit nach Hause komme, um meinen Kleiderschrank nach Farben zu sortieren oder meine Halsketten zu entwirren.

Charlotte reicht mir mein Getränk, und wir stoßen an «Auf die Liebe in all ihren Facetten!», dann führt sie mich in das überraschend moderne Badezimmer, wo zwei Gesichtsmasken aus Leinenstoff bereits auf der Marmorfläche bereitliegen.

«Oooh, so eine wollte ich immer schon ausprobieren, aber ich hatte Angst davor, sie allein zu Hause zu benutzen.»

«Angst?»

«Nicht davor, wie meine Haut reagiert, sondern dass ich vergessen würde, dass ich sie aufgelegt habe, und mich dann zufällig im Spiegel sehe und denke, irgendein verrückter maskierter Killer ist bei mir eingebrochen.»

Charlotte lacht, und dann grunzt sie sogar, während wir die Masken auf unsere Gesichter legen.

«Ich glaube, du hast deine falsch rum auf!»

Ich spüre, wie sich Hysterie in mir ausbreitet. «Nein, das Stück da muss um dein Ohr!»

«Mein Ohr? Meine Ohren brauchen doch keine Maske.»

«Die verhindern doch nur, dass sie verrutscht.»

«Wo sind denn meine Nasenklappen?», kreischt sie.

Ich versuche, ihr zu helfen, aber vor lauter Lachen kriege ich es nicht hin. «Oh mein Gott, trägst du sie jetzt etwa seitwärts?», frage ich unter Tränen.

«Heul nicht, du verwässerst bloß das Serum!»

Schließlich liegen wir nebeneinander auf dem riesigen Bett.

«Wie fühlst du dich jetzt wegen deiner Mum?», frage ich.

«Als wäre ich gerade noch mal davongekommen», gesteht Charlotte.

Ich grinse.

«Ich wollte Mum nicht ihren besonderen Mutter-der-Braut-Moment nehmen, aber wie sich herausstellt, hatte sie gar kein Bedürfnis danach. Sie verlässt ihre Wohnung überhaupt nicht mehr so gern. Marcus meint, sie braucht vielleicht professionelle Hilfe, aber so schlimm ist es auch wieder nicht. Oder?»

Zum Glück verdeckt die Maske meinen Gesichtsausdruck. «Darum musst du dir gerade jetzt keine Gedanken machen.» Ich versuche, sie auf fröhlichere Gedanken zu bringen. «Lass uns einfach diese Zeit genießen – den Abend vor deiner Hochzeit!»

«Weißt du, was noch viel besser wäre?»

«Echter Gin im Gin?»

Charlotte schaut mich an. «Eine Doppelhochzeit. Weißt du noch, wie wir uns mit vierzehn geschworen haben, dass wir zusammen heiraten würden?»

«Na, wie gut, dass du nicht auf mich gewartet hast.»

«Oh Amy!» Sie seufzt. «Ich wünsche dir so sehr, dass du jemanden kennenlernst, der dich genauso liebt wie ich.»

Ich empfinde einen kleinen Stich. «Danke.»

Sie dreht den Kopf zur Seite. «Fragst du dich je, wie es mit Rob gewesen wäre?»

«Lustig, dass du das fragst, ich habe ihn neulich tatsächlich gegoogelt – er hat drei Kinder, und ein weiteres ist auf dem Weg.»

«Oh.»

Rob Mead war meine längste Beziehung bisher: sechs ganze Monate. Natürlich wusste ich von unserem ersten Kuss an, dass er mich verlassen würde, aber diesmal war der Grund ein Job in Neuseeland, nicht eine andere Frau. Sein Blick in meiner Vision bei unserem Abschied am Flughafen reichte mir, um das Wissen zu ertragen, dass wir uns für immer voneinander verabschieden würden.

«Es muss so schwer für dich gewesen sein», meint Charlotte.

«Es war natürlich von einer gewissen Schmerzhaftigkeit», gebe ich zu. Auf der einen Seite genoss ich die Zeit, die er da war, auf der anderen trug ich ständig ein Gefühl des Verlustes mit mir herum. «Und es war natürlich komisch, dass ich schon von seinem Job wusste, bevor er ihn bekam.»

«Schade, dass du damit keine Wetten gewinnen kannst.» Charlotte seufzt, dann schaudert sie. «Weißt du, dass ich beim Gedanken an Mick immer noch Gänsehaut kriege?»

Ich nicke. «Geht mir auch so.»

Wir lernten uns bei einer Party in einem Indoor-Kletterpark kennen. Er erzählte mir von seiner Reise nach Pembrokeshire, wo er wirklich klettern wollte, und als wir uns bei unserer ersten Verabredung im Pub küssten, sah ich mich in einem Krankenhausbett. Eine Krankenschwester reichte mir einen Spiegel, um die Schwellungen in meinem Gesicht zu betrachten – ich sah total verquollen und verprügelt aus, und mein Kiefer schmerzte. War ich gefallen? War er auch verletzt? Doch dann kam er ins Zimmer, und mein ganzer Körper erstarrte vor Angst. Er war der Aggressor. Ich erinnere mich, dass ich der Krankenschwester meine Fingernägel so tief in die Hand drückte, dass sie ihn sofort aus dem

Zimmer schickte. Die Vision erschütterte mich derart, dass meine Hand richtig zitterte, als ich nach meinem Drink griff. Ich entschuldigte mich und sagte, dass ich mich etwas unwohl fühlte, was stimmte, und als er mir später eine Nachricht schickte, beschrieb ich ihm meinen verdorbenen Magen in allen Einzelheiten, damit er mich niemals wieder attraktiv finden würde. Für mich funktionierte es, doch bei dem Gedanken daran, dass er eine andere Frau für sich gewinnen könnte, wird mir immer noch schlecht. Wenn doch nur jede, die ihn küsst, sehen könnte, was für eine Gefahr von ihm ausgeht.

Danach durchlief ich meine Küss-mich-schnell!-Phase, wie May sie nennt. Ich knutschte bei der erstbesten Gelegenheit, weil ich meiner Menschenkenntnis nicht mehr recht traute und Einsichten in den Charakter des Mannes erhalten wollte, bevor ich mich auch nur zum Kaffee verabredete. Manchmal wetteten wir darauf, wie das Ergebnis aussehen würde: Er wird mit einem anderen Mann abhauen. Er ist krankhaft eifersüchtig. Er bekommt eine lebenslängliche Haftstrafe.

Natürlich ist es nicht immer so extrem, es gibt auch mildere Reaktionen. Vor allem wenn ich den Mann zu Beginn nicht so wahnsinnig mag und ihn deshalb am Ende weniger verabscheue. Dann fühlt es sich eher an wie: *Sorry, diesmal kein Gewinn. Danke fürs Mitspielen und viel Glück beim nächsten Mal.* Und ja, natürlich spare ich die Lebenszeit, die ich sonst an den falschen Menschen verschwendet hätte, aber es ist ein bisschen wie Schule – man mag das Fach vielleicht nicht, aber am Ende des Schuljahrs hat man trotzdem was dazugelernt. Ich habe immer das Gefühl gehabt, dass ich den praktischen Aspekt verpasse, die eigentliche Beziehung mit all ihren Höhen und Tiefen. Aber würdet ihr dranbleiben, wenn ihr schon wisst, wie die Beziehung endet? Das ist, als würde man einen Haufen Geldscheine auf eine Zahl beim Roulette setzen, obwohl man genau weiß, dass man verliert. Oder einen teuren Pulli kaufen, der nach dreimal Tragen schon nicht mehr passt. Ich meine, wenn ich jemanden wirklich mochte, habe ich schon versucht, frei nach dem Motto «Besser zu lieben und zu verlieren, als nie der Liebe Freud genossen zu haben» zu leben.

Charlotte kichert, als wir unsere Masken abziehen. «Weißt du noch, als du den *Pretty-Woman*-Ansatz verfolgt hast?»

Es ist nicht so, wie es klingt. Jedenfalls sind keine hüfthohen PVC-Stiefel involviert. Ich wollte einfach nur die Körperlichkeit ohne den Spoiler, also habe ich dem fraglichen Typen erklärt, dass ich schon immer davon geträumt hätte, einfach ohne Küssen direkt Sex zu haben. Schlau, was? Ich konnte so ahnungslos wie jede normale Frau in die Beziehung gehen. Leider erwies es sich in jeglicher Hinsicht als extrem unangenehm. Hätte ich den Typen geküsst, hätte ich mich dabei gesehen, wie ich mich nach einem exzessiven Trommelfeuer aus gegrunzten Befehlen hastig davonstehle. Zumindest machte sich das Modell in anderer Hinsicht bezahlt: Unsere Schlafzimmeraktivitäten waren strikt auf eine Stunde begrenzt.

«Ich finde deine Gabe immer noch sehr cool», meint Charlotte in diesem Moment. «Eines Tages wird sie dir noch große Dienste erweisen.»

«Hättest du gern gewusst, wie es mit dir und Marcus laufen wird?», frage ich, während ich die Feuchtigkeitscreme in meine Haut massiere.

«Wenn ich noch mal zu unserem ersten Kuss zurückkönnte?» Sie runzelt die Stirn.

«Nein, ich meine, wenn du ihn in dem Moment küsst, wo ihr zu Mann und Frau erklärt werdet – und du wüsstest dann, ob ihr es bis zur Papierenen Hochzeit oder bis zur Diamanthochzeit schafft. Würdest du es wissen wollen?»

Sie sieht entsetzt aus. «Auf keinen Fall.»

«Wieso nicht?»

«Weil ich ihn liebe und glücklich mit ihm bin und nicht will, dass mir dieses Gefühl verdorben wird.» Dann blinzelt sie, als hätte sie jetzt erst begriffen. «Oh, Amy, es tut mir leid. So habe ich das nie gesehen.»

«Egal!», verscheuche ich ihre Sorgen.

Sie schweigt eine Weile, dann sagt sie: «Weißt du, da gibt es jemanden auf der Hochzeit, der Interesse an dir hat.»

Ich verdrehe die Augen. «Dein Cousin Elliot zählt nicht.»

Elliot ist auf merkwürdige Weise in mich verknallt, seit wir Teenager sind. Charlotte war kurz bei seiner Familie eingezogen, als sie mit ihrer Mutter eine schwierige Phase durchmachte, und danach fühlte sie sich verpflichtet, ihn überallhin mitzunehmen, wenn wir als Gruppe ausgingen. Er war kein schlecht aussehender Typ, totales Boyband-Material, aber immer, wenn er dabei war, fühlte ich seine Blicke auf mir. Ich weiß nicht, ob es daran lag, dass ich gerade Brüste bekam, aber dass er mich so anstarrte und es immer schaffte, neben mir zu sitzen, war irgendwie unheimlich. Einmal teilten wir uns auf dem Jahrmarkt einen Autoscooter, und er warf mehrmals seinen Arm über meine Brust, wobei er so tat, als wolle er mich vor dem Zusammenprall schützen, obwohl er derjenige war, der uns gegen jeden erdenklichen Rand krachen ließ.

«Ich musste neulich an seine Flaschendreh-Party denken –»

«Lass uns nicht darüber sprechen!», unterbreche ich sie. «Ich habe immer noch Albträume davon.» Ich greife nach meinem falschen Gin. «Ich schätze, ich sollte mich geschmeichelt fühlen, dass er auch noch nach zwanzig Jahren an mir interessiert ist. Aber ich nicht an ihm.»

Charlotte grinst. «Ich habe gar nicht von Elliot gesprochen.»

Mein Kopf fährt herum. «Was?»

Sie schürzt die Lippen. «Ich habe versprochen, dass ich dir nichts erzähle.»

«Wem versprochen?»

«Dem Typen.»

«Welchem Typen?»

«Ich kenne ihn nicht besonders gut, aber er hat dein Foto gesehen, als Marcus und ich die Tischordnung durchgingen, und er drückte sein Interesse aus. Er hat mich versprechen lassen, dass ich dir nichts sage, damit er sich nicht komisch fühlt, wenn er sich dir nähert.»

«Er wird sich mir nähern? Glaubst du, dass er mir gefällt?»

Ihr Gesichtsausdruck sackt zusammen.

«Na toll.»

«Man weiß natürlich nie. Denk an mich und Marcus!»

Ich nicke und versuche, meine Enttäuschung zu verbergen. «Also, beschreib mir doch noch mal den Ablauf des Tages...»

Anschließend läuft Charlotte dreimal raus, um Sachen in anderen Zimmern zu überprüfen, und jedes Mal schwöre ich mir, dass ich eine schlichtere Trauung will. Als wir ins Bett gehen, habe ich eine Vision für meinen Hochzeitstag: einen Drive-Thru in Las Vegas.

Gerade wollen wir das Licht ausschalten, als Charlotte sich zu mir umdreht. «Amy, ich möchte, dass du weißt, dass ich niemals aufhören werde, für dich nach dem Richtigen zu suchen. Auch wenn ich morgen heirate, ich werde immer für dich Ausschau halten. Selbst wenn du aufgibst, ich suche weiter.»

Eine Träne läuft mir die Wange herunter, und mein Herz zieht sich bei ihren liebevollen Worten zusammen. «Das ist so süß von dir.» Meine Stimme zittert. «Aber jetzt mach dir keine Gedanken mehr um mich, sondern freue dich auf deinen Tag.»

«Wenn du meinst», antwortet sie und schaltet die Lampe aus. Aber selbst im Halbdunkel kann ich die Falte zwischen ihren Augenbrauen sehen. Ich betrachte sie einen Moment und frage dann: «Warum wolltest du deine Mutter heute Abend hier haben?»

Sie lächelt schief. «Es ist albern.»

«Sag's mir.»

Sie dreht mir das Gesicht zu. «Als ich ein kleines Mädchen war, hat sie mir immer über die Stirn gestrichen, damit ich mal meinen Kopf ausschalte. Sie hatte immer so kühle Fingerspitzen ... Ich dachte, wenn sie noch ein einziges Mal bei mir sein könnte, dann könnte ich vielleicht vor meiner Hochzeit richtig schlafen.»

«Du hast nicht geschlafen?»

Sie schüttelt den Kopf. «Es sind so viele Dinge zu bedenken – es muss einfach perfekt sein.»

Es hätte keinen Sinn, mit ihr darüber zu streiten. Stattdessen lege ich meine Finger um den eisigen Bodensatz meines Getränks, das auf dem Nachttisch steht. «Jetzt entspann dich», sage ich mit meiner besten Meditationsstimme. «Leg dich gemütlich hin, entspann die Schultern … so ist es gut.»

Sie legt sich in ihrem Kissen zurück. «Jetzt atme ein und zähl bis sieben … und wieder ausatmen … sechs, sieben.»

Und dann greife ich hinüber und streiche ihr sanft über die Stirn, streiche von der Mitte ihrer Augenbrauen bis hinauf zu ihrem Haaransatz, immer wieder und wieder, bis sie schließlich einschläft.

4

Ich wache neben einem Zettel auf ihrem Kissen auf.

Habe traumhaft geschlafen! Danke für das beste Hochzeitsgeschenk der Welt!

Ich lächele zufrieden. Diese Aufgabe habe ich schon mal erfüllt.

Wir sehen uns dann vor der Zeremonie im Türmchen. Ich schreibe dir, wenn meine Haare fertig sind. Der Schlüssel zu deinem Zimmer liegt auf dem Frühstückstablett vor der Tür, unter der silbernen Zuckerdose.

Es gibt ein Frühstückstablett?

Ich schwinge die Beine aus dem Bett und eile zur Tür. Draußen auf einem kleinen Tisch steht ein gefülltes Tablett, das direkt aus *Downton Abbey* stammen könnte. Ich berühre die silberne Kaffeekanne – *autsch!*, immer noch heiß. Woher wussten die denn, wann ich aufwache? Ob sie den Kaffee wohl alle halbe Stunde erneuern? Das Tablett ist schwer, aber es gelingt mir, es ins Zimmer zu tragen. Ins Bett zurück will ich damit lieber nicht, das könnte danebengehen. Also stelle ich es auf dem Schreibtisch ab und hebe dann die Abdeckungen über den verschiedenen Köstlichkeiten ab: eine Obstschüssel, Joghurt, ein duftendes Croissant ... und eine weitere Nachricht.

Eine Sache noch! Könntest du Gareth anrufen und ihn bitten, noch eine Tischdekoration mitzubringen? Der Hund des Besitzers hat eine Deko angepinkelt. Auf dem Tisch. Bitte frag nicht.

Ich schüttele den Kopf. Keine Ahnung, wie sie das macht, immer alles zu organisieren und sich für jedes kleinste Detail verantwortlich zu fühlen. Immerhin kann sie jetzt besser delegieren, auch wenn das für die Person, der sie ihr Vertrauen schenkt, ziemlich stressig ist, weil sie so hohe Ansprüche hat. Ich gieße mir eine Tasse Kaffee ein, stelle beglückt fest, dass auch die Milch heiß ist, und ziehe dann den Schreibtischstuhl zum Fenster, damit ich hinaus in den Park schauen kann, während ich Gareth anrufe.

«Guten Morgen!», trällere ich.

«Na, du klingst ja happy.»

«Ich habe schon im Schloss geschlafen – bin für Charlottes Mutter eingesprungen.»

«Ohhh», sagt er. «Kommt sie etwa zur Trauung?»

«Ich glaube nicht.»

«Mmmm», macht Gareth, was seine Art ist, über jemanden zu lästern.

«Also, es geht um den Blumenschmuck. Hast du noch einen übrig?»

Er zögert einen Moment. «Was ist passiert?»

«Das willst du nicht wissen.»

«Wie viele?»

«Nur einen. Ach, was heißt ‹nur› – ich weiß ja, dass jede einzelne Tischdekoration furchtbar viel Arbeit ist.»

«Schon okay, ich erledige das», beruhigt er mich. «Ich komme gleich rüber, wenn sie fertig ist.»

«Ich danke dir! Und es tut mir leid, dass Freya nicht mitkommen kann. Wir haben sie ja ewig nicht gesehen.»

«Ja», sagt er abwesend, mit den Gedanken wohl schon beim Blumenarrangement.

«Okay, dann lass ich dich mal. See you later, decorator!»

Er lacht. «Bis später, Amy.»

Es ist wirklich schade wegen Freya. Sie ist tagsüber eine schwedische Umweltaktivistin und abends eine fröhliche Trinkerin. Ich wünschte, ich könnte so unbefangen sein wie sie – sie ist immer so frei und schert sich kein bisschen um ihr Aussehen, sondern konzentriert sich ausschließlich auf Mutter Erde. Sie liebt Ringelstrumpfhosen, schwimmt gern in wilden Gewässern und sagt immer geradeheraus, was sie denkt. Jay liebt ihren trockenen Humor. Er drängt sie immer wieder, mit ihm als Comedy-Duo im Drag-Club aufzutreten, aber sie muss noch über sein Angebot nachdenken, ob sie tatsächlich die Yin zu seinem schillerndem Yang-a-Lang-a-Ding-Dong sein will.

Freya hat sich nie daran gestört, dass Gareth drei enge Freundinnen hat, vermutlich weil die beiden ein so gutes Paar sind. Ich meine, sie haben sich immerhin bei einer Diskussion über die Diversität von Kryptogamen im Königlichen Botanischen Garten von Edinburgh kennengelernt! Gareth arbeitete damals dort für seinen Abschluss in Gartenbau und wohnte bei seinem Vater. Freya suchte nach einer Unterkunft, und sein Vater hatte ein Gästezimmer, das sie für das Wochenende bezog. Fortan hörten wir ihren Namen ziemlich oft, und eines Tages waren sie ein Paar. Ich weiß noch, wie wir vier sie eines Frühjahrs besuchten und die beiden uns mit auf eine Fahrt durch die

Highlands nahmen. In der einen Minute fuhren wir noch so dahin, in der nächsten hielten sie mit quietschenden Reifen an, als hätten sie den Heiligen Gral entdeckt. Wir schauten mit ungläubiger Belustigung zu, wie die zwei wegen irgendeines besonderen Krauts auf der Erde herumrutschten, ohne sich um Dornen und Nesseln zu scheren. Wir beschlossen, dass Gareth offiziell sein perfektes Match gefunden hatte.

Ich stelle mir immer vor, dass ihre Kinder wie Waldelfen aussehen und sich auch so benehmen werden. Das Problem ist nur, dass sie selten im gleichen Land leben. Gareth ist sehr engagiert in seinem Blumenladen in Battersea – seine wöchentliche Fensterdekoration hat inzwischen eine gewisse Berühmtheit erlangt, zudem möchte er expandieren und ein Café eröffnen. Das ist so eine schöne Idee! Es wird Kräutertees und Gesundheitselixiere geben, die man je nach Stimmung bestellen kann. Wir haben sogar schon einen Namen dafür: *Der Botaniker*. Ich stelle mir die Inneneinrichtung hauptsächlich in Weiß und Grün vor, dazu ein paar samtbezogene Stühle in Dotterblumengelb und Kornblumenblau. Das Café wird einen taufrischen Duft ausströmen, sodass man sich schon erholt fühlt, wenn man nur darin atmet. Und das Besondere: Hier gäbe es weder WLAN noch Handys. Man kommt einfach, um zwischen prächtigen Grünpflanzen zu verweilen und eine Tasse Kaffee zu genießen. Dazu genießt man einen Snack von der *Jäger-und-Sammler*-Karte und kann einfach entspannen.

Ich liebe die Vorstellung, dort am Wochenende zu arbeiten und das ganze Branding für den Launch vorzubereiten. Ich könnte meine Jobexpertise zum ersten Mal für etwas Sinnvolles einsetzen statt für Diätnahrung, die so köstlich schmeckt, wie die Liste an chemischen Zusätzen vermuten lässt. Also hoffe ich selbstsüchtigerweise, dass Gareth nicht nach Schweden zieht, auch wenn ich ihn mir perfekt in einem Holzhaus mit Blick auf die Polarlichter vorstellen kann. Freyas Job hält sie leider immer wieder längere Zeit in ihrer Heimat fest, weshalb sie auch nicht zu Charlottes Hochzeit kommen kann ... Andererseits würde sie sich sowieso nichts aus all dem Zinnober machen, also ist es vielleicht nicht so schlimm.

Nach dem Frühstück beantworte ich alle Last-minute-Gästefragen und schreibe kurz an Charlotte, um zu schauen, ob ich noch irgendwelche handgeschriebenen Aufträge verpasst habe.

«Es waren nur die zwei», bestätigt sie mir. «Ich mache mir bloß Sorgen wegen deinem Handy – noch ein Riss im Display, und du kannst gar keine Nachrichten mehr lesen.»

Ich fühle mich schlecht. Genau aus diesem Grund hatte ich ihr versprochen, mir vor der Hochzeit ein neues zu kaufen, aber irgendwie habe ich es nicht mehr geschafft.

«Heute geht es noch, und ich bin sowieso die meiste Zeit mit May zusammen, also schreib einfach an sie, wenn du mich brauchst.»

Während Charlotte sich die Wimpern verlängern lässt, nehme ich ein langes, heißes Bad, was sich angesichts meiner minikleinen Duschkabine zu Hause herrlich dekadent anfühlt, und dann mache ich mich an mein Make-up. Ich entscheide mich für einen warmen Schimmer, Katzenaugen-Lidstrich und einen glitzernden Pfirsichton für die Lippen.

Okay. Ich glaube, ich muss dieses metallische Glänzen

und den Schwung meines Eyeliners noch reduzieren, aber die Lippen sind in Ordnung.

Ich greife nach einer der Gratis-Mineralwasserflaschen aus Glas. Es ist so viel besser, sich hier in Ruhe fertig zu machen, als schon auf dem Weg von meiner Wohnung in der U-Bahn zu schwitzen. Ich werde mein Kleid erst in letzter Minute anziehen, damit ich nirgendwo hängen bleibe, während ich den Koffer zu meinem Zimmer bugsiere, wo ich gemeinsam mit May übernachten werde. Ich könnte schon losgehen, aber ich will warten, bis May da ist, damit wir den Raum zusammen bejubeln können.

Oder auch nicht.

Unser Zimmer stellt sich als Dachkammer mit schräger, ziemlich niedriger Decke und zwei keuschen Einzelbetten heraus.

«Und so beginnt unser Abstieg», beschwert sich May.

«Ist doch süß!», sage ich. Als wir aber unsere Hochzeitsoutfits überstreifen, spüre ich den Drang, die Tür mit meinem Schuh offen zu halten, weil das Zimmer das Ambiente einer Abstellkammer hat, in die man ungezogene Kinder zur Strafe verbannt – und wo man sie dann für nächsten zehn Jahre vergisst.

Trotzdem bin ich total dankbar dafür, dass ich nicht nach einer Nacht der Exzesse zurück nach London fahren muss. Oh, und natürlich nach einer Nacht der Liebe und Läuterung, ermahne ich mich, als wir die zarten Klänge des Streichquartetts vernehmen. Ich korrigiere meine Haltung – Schultern zurück, Hals schwanenartig gereckt … Plötzlich fühlt sich alles großartig und heiter an, trotz der spöttischen Pfauenrufe. Ich schätze, sie haben gerade erfahren, dass die

Braut gefragt hat, ob sie ihre Räder auch auf Befehl schlagen können.

Aber wer braucht schon einen Pfau, wenn er Jay haben kann? Während Gareth für das Blumenarrangement zuständig ist und May für die Sicherheit (falls irgendjemand außer ihr selbst aus der Reihe tanzt), ist ihr Bruder Leiter der Abteilung für Halsverrenkungen, denn alle werden sich beim Anblick seines Outfits die Augen aus dem Kopf starren. Ich kann das mit Überzeugung sagen, auch wenn ich keine Ahnung habe, was er heute anziehen wird.

May allerdings macht ihm den Wettbewerb streitig in ihrem eng geschnittenen fliederfarbenen Anzug mit Satinaufschlägen und Caprihose. Ihre blauschwarzen Haare sind über den Ohren kurz geschoren, fallen aber über ihr rechtes Auge. Sie blinzelt mir zu, als ich mich in meinem Kleid – die fließende, mädchenhafte Variante aus demselben Stoff – hin und her drehe.

«Alles an seinem Platz?» Sie überprüft die Seitennähte.

«Ja, fühlt sich sicher an», sage ich, schiebe meine Brüste zurecht und wirbele dann herum, damit sie sieht, wie sich die Seide bauscht.

«Hübsch. Und ich bin froh, dass du Charlotte zu den nudefarbenen Schuhen überreden konntest.»

«Beim lila Nagellack habe *ich* aber nachgegeben – es ist immerhin ihr besonderer Tag.»

«Ist er das?» May schaut nicht besonders begeistert drein.

«Fang gar nicht erst an», sage ich. «Ist das übrigens dein Handy, das da vibriert?»

Sie nickt. «Ihre Majestät. Offenbar hat sie im Turm einen Feldstecher gefunden – sie schreibt, sie kann uns nicht an unserem abgesprochenen Platz sehen.»

«Oh Mist!» Mein Blick fällt auf meine Uhr. «Wir müssen uns ranhalten!»

Wir hasten die Treppe hinunter, durch die Halle und die vordere Auffahrt hinunter, dann drehen wir uns um und winken zum Turm hinauf.

«Um Himmels willen, lächele, May!», rufe ich und stoße sie mit dem Ellenbogen an.

«Ich versuch's ja», sagt sie durch zusammengebissene Zähne, dann dreht sie sich seufzend um. «Sie war einfach das erste Mädchen, in das ich mich verliebt habe, weißt du?»

«Ich weiß.» Ich nicke mitfühlend. «Und ich glaube, das war sie für mich auch.»

Mays Kopf fährt zu mir herum.

«Auf eine präpubertierende Weise», erkläre ich. «Ihre Haare waren so schön und weich, und sie roch immer wie Zuckerwatte.»

«Du meinst nicht, dass du vielleicht die ganze Zeit was verpasst hast?», fragt May grinsend. «Ich meine, du küsst ständig diese Typen und hast diese schrecklichen Visionen – vielleicht solltest du mal was anderes ausprobieren.»

«Ich kann nicht bestreiten, dass ich nicht auch schon daran gedacht habe», gebe ich zu. «Ich hatte immer dich und Teagan vor Augen – bei euch schien alles so harmonisch zu sein.»

«Bis es das nicht mehr war.»

«Ich weiß. Tut mir leid, dass es nicht funktioniert hat.»

«Wir hätten niemals heiraten sollen», sagt May mit einem Zungenschnalzen, als die erste Gästeschar am Horizont auftaucht. «Es war halt so aufregend, als es 2014 auf einmal möglich war. Plötzlich haben es alle gleichgeschlechtlichen Paare getan, und wir wollten einfach an dieser historischen

Bewegung teilhaben. Wir haben uns irgendwie davon mitreißen lassen.»

«Total verständlich.»

«Es heißt, sie ist kurz davon, wieder zu heiraten.»

«Ehrlich?» Ich ziehe eine Grimasse. «Wie fühlst du dich damit?»

«Oh, na ja, irgendwie wie weggeworfen. Als wäre ich bloß der Versuchsballon gewesen. Ich bin eifersüchtig, dass sie sich weiterentwickelt hat und ich nicht – das Übliche.» Sie zuckt die Schultern.

«Ach, May.» Ich ziehe sie in meine Arme und küsse sie auf die Stirn.

«Oh mein Gott! Seid ihr zwei jetzt zusammen?» Unsere ehemalige Klassenkameradin Clancy Hetherington eilt an uns vorbei. «Ich fand ja immer, da ist so ein Prickeln zwischen euch.»

May und ich sehen uns an und prusten los, während Clancy vorbeistöckelt.

«Wäre eine Überlegung wert!», meint May, dann packt sie meinen Arm. «Oh mein Gott, schau mal. Ist Melanie Barnes endlich schwanger? Sie versucht es doch schon, seit sie fünfzehn ist!»

Wir begrüßen bekannte und unbekannte Gesichter, ältere und jüngere, freundliche und arrogante. Die Mehrzahl stammt aus Marcus' Familie, weshalb Charlotte meiner Vermutung nach alle möglichen Leute eingeladen hat, die wir alle seit Jahren nicht gesehen haben, nur damit das Zahlenverhältnis stimmt.

«Ich glaube allmählich, dass einige dieser Leute von einer Casting-Agentur angeheuert wurden», meint May. «Kein Mensch trägt noch solche Hüte.»

Als der dritte Geist aus unserer Vergangenheit uns fragt, ob May und ich jetzt ein Paar seien, legt May ihren Kopf schief. «Was, wenn wir eigentlich füreinander bestimmt sind? Was, wenn wir es nur all die Zeit nicht gemerkt haben?»

Ich verdrehe die Augen. «Du willst, dass ich dich küsse, stimmt's?»

«Oh ja, mach doch! Es wäre doch lustig, wenn wir wüssten, wie die Sache zwischen uns ausgeht!»

«Niemals!»

«Wovor hast du Angst? Dass du eine Vision hast, wie wir beide total verliebt sind und kleine Herzen um uns herumflattern?»

«Ich weiß, dass ich nicht dein Typ bin.»

«Ach, was hat das schon zu sagen? Los, ich fordere dich heraus!»

«Das ist kein Partytrick, May. Du weißt doch, welchen Preis ich dafür bezahle.»

«Das weiß ich, und ich will das, was du durchgemacht hast, auch gar nicht kleinreden. Ich finde nur, du solltest die Kontrolle über deine Superkraft übernehmen und ihr zeigen, wer der eigentliche Boss ist.»

«Und wie soll das deiner Meinung nach funktionieren?»

«Du musst aufhören, Angst davor zu haben, Leute zu küssen, nur weil sie dich vielleicht enttäuschen werden. Nach dem Matratzentyp hast du gesagt, du willst eine Pause einlegen, oder?»

«Ich muss einfach, jedenfalls für eine Weile.»

«Nein, Amy!», widerspricht sie mir. «Im Gegenteil, du musst richtig loslegen. Kennst du diese Business-Phrase *fail faster*? Du machst einen Fehler, aber du hältst dich damit nicht auf und machst dir keine langen Vorwürfe, sondern schreitest weiter voran. Du küsst jemanden, er ist ein Idiot, du rufst: DER NÄCHSTE, BITTE! Vielleicht nicht laut, aber du küsst den Nächsten und den Nächsten und den Nächsten ...»

«Das klingt anstrengend.»

«Aber das ist der einzige Weg. Leg einfach Tempo zu!» Sie schnippt mit den Fingern vor meinem Gesicht. «Du musst dranbleiben, um zu gewinnen.»

«Wann hast du noch mal diese Coaching-Ausbildung gemacht?»

«Das ist der Champagner. Der macht mich immer besonders herrisch.»

«Die haben doch noch nicht mal angefangen, Champagner auszuschenken.»

«Wie süß von dir zu denken, dass ich darauf warten würde.» May stellt sich vor mich hin, packt meine nackten Schultern und bohrt ihre Pupillen in meine. «Nutz den heutigen Tag als Experiment. In keinem Club des Landes finden sich mehr willige Kandidaten für eine Romanze als auf einer Hochzeit. Hier sind die Leute am einsamsten und verletzlichsten. Nutz das aus.»

«Ähm ...»

«Oder du betrachtest es als eine Dienstleistung – damit gibst du den Jungs etwas, womit sie am Montag rumprotzen können. ‹Da war dieses Mädchen, megaheiß in fliederfarbener Seide, mit einem umwerfenden Dekolleté.›»

Plötzlich umfasse ich Mays Gesicht mit beiden Händen und küsse sie auf den Mund.

Einen Augenblick herrscht überraschtes Schweigen, dann kreischt sie: «Oh mein Gott, was hast du gesehen? Sag es mir, sag es mir!»

«Das werde ich niemals!», ziehe ich sie auf, obwohl ich gar nichts zu erzählen habe.

«Waaaas?», schreit sie.

«Ich meine es ernst – diese Vision werde ich mit ins Grab nehmen!»

«Sag es mir, sag es mir sofort!», bettelt sie.

Ich weiche ihrem Griff aus und laufe lachend los. Eigentlich hatte ich vor, von der Kiesauffahrt über den Rasen zu laufen und hinüber zu dem ummauerten Garten, aber nein – als ich auf das feuchte Gras trete, sinken meine Absätze ein und halten mich fest.

«Hahaha! Deine weibliche Eitelkeit macht dir mal wieder einen Strich durch die Rechnung!» Schon ist May neben mir, kitzelt mich und besteht darauf, dass ich ihr endlich alles sage, als ich plötzlich eine völlig andere Vorahnung habe. Eine klare Vision davon, wie ich das Gleichgewicht verliere, rückwärtsfalle, die fliederfarbene Seide ruiniere und damit auf einen Schlag Charlottes Brautjungfern-Defilee und alle Hochzeitsfotos. Und daran ist überhaupt nichts Übernatürliches, mir wird bloß die Wirkung der Schwerkraft bewusst.

«Neeein!», schreie ich und bereite mich auf den Aufprall vor.

Doch mein Hintern landet nicht, wie erwartet, auf dem feuchten Rasen, sondern auf etwas deutlich Festerem: Ein paar Arme fangen mich auf und heben mich wie Superman in die Luft. Nur dass dieser Held fest mit der Erde verbunden ist, nämlich mit den Knien, und so aussieht, als böte er mich der spöttischen Göttin May als Opfergabe dar.

«Ich glaube, an dir ist ein großer Rugbyspieler verloren gegangen», lobt sie und grinst Gareth an.

«Du hast mein Kleid gerettet!», keuche ich ungläubig.

«Auf Kosten seines Anzugs, fürchte ich.» May deutet auf seine Hose, als er mich aufrichtet.

«Oh nein!», jammere ich beim Anblick seiner feuchtgrünen Knie.

«Ist doch nicht schlimm», fegt Gareth unsere Sorgen gemeinsam mit einem Stück Moos beiseite. «Man würde sich vermutlich wundern, wenn ich keinen Dreck an den Knien hätte.»

«Ich kann gar nicht fassen, dass du so schnell bei mir warst!» Ich hatte ihn nicht einmal kommen sehen.

«Ich bin vom Haus gekommen», erklärt er. «Ich musste ja die Blumen abliefern.»

Dann dreht er sich zu May um, die ihn aus verschiedenen Winkeln inspiziert. «Kann ich dir helfen?»

«Weißt du, Gareth, mal abgesehen von deinen Knien siehst du bemerkenswert sauber aus.» May kneift die Augen zu schmalen Schlitzen zusammen. «Lass mal deine Hände sehen.»

Er streckt sie ihr folgsam zur Inspektion hin.

«Beeindruckend. Warst du bei der Maniküre?»

«Ich habe eine Nagelbürste», gesteht er.

«Damit kannst du sehr gut umgehen, mein Freund.»

Und das stimmt. Die Hände sind sauber, sein Hemd ist blütenweiß, die Seidenkrawatte fliederfarben, und sein silbergraues Jackett tut sein Möglichstes, um seinen formvollendeten Bizeps in Schach zu halten. Doch ich freue mich, dass wenigstens seine Schuhe von dem Gareth zeugen, wie wir ihn kennen und lieben. Denn während die anderen Männer hochpolierte Lackschuhe tragen, trägt er graue Desert Boots aus Wildleder.

«Was lief denn da eigentlich mit euch beiden?», fragt er.

«Es sah aus, als spieltet ihr Küssejagen.»

«Lustig, dass du das sagst.» Ich ziehe die Augenbrauen hoch.

«Sie hat mich geküsst und will mir nicht sagen, was sie gesehen hat», schmollt May.

«Sie hat mich genötigt!», protestiere ich.

«Ach, komm schon», schnaubt May. «Du weißt, dass du es selbst wolltest!»

«May!» Gareth schüttelt tadelnd den Kopf. «Du tust ja gerade so, als wäre MeToo nie passiert!»

«Ooooh!», keucht May auf einmal und packt mich mit übertriebener Begeisterung am Arm.

«Was ist denn jetzt schon wieder?», seufze ich.

«Küss Gareth!»

Oh. Mein. Gott.

«Los! Freya macht das doch nichts aus!»

«Tut mir leid, sie hat schon was getrunken», winde ich mich raus, während Gareth errötet, sich abwendet und verzweifelt nach irgendetwas sucht, auf das er unsere Aufmerksamkeit lenken kann.

Das Etwas kommt in Form von Mays Bruder Jay, der über die Auffahrt stolziert wie über einen Laufsteg, begleitet von einem dröhnenden Taylor-Swift-Song.

«Ich dachte, es wäre ein Witz, als er meinte, dass er sich Boxen in seine Schulterposter steckt», keucht May.

Er sieht aus wie das Ergebnis einer Top-Model-Challenge mit dem Thema ‹Prince›. Sein Oberkörper sieht aus wie ein umgekehrtes Dreieck, dessen Spitze in einem Korsett eingezwängt wird, während ein Wasserfall aus lavendelfarbenem Tüll bis zum Boden wallt.

«*Purple train, purple train*», singe ich leise vor mich hin.

«Er weiß schon, dass es nicht *sein* großer Tag ist, oder?», grübelt Gareth.

May schlägt sich gegen die Stirn. «Ich wusste doch, dass ich vergessen habe, es ihm zu sagen!» Und damit hastet sie davon.

*

Um May und Jay zu verstehen, muss man ihre Eltern kennengelernt haben. Ihre Mutter Saffron gehörte zu den Supermodels der 1980er-Jahre, danach wurde sie Psychologin; ihr Vater Vince arbeitete im East End in der Bekleidungsindustrie. Sie lernten sich bei einem Fotoshooting in der Petticoat Lane kennen, sodass ich mir ihn immer mit Tweedmütze und Weste vorgestellt habe und sie in ausufernden Spitzenunterröcken. Sie liebte seine raue Schale, er liebte ihre seidige Weichheit. Sie heirateten bald, und als sie feststellten, dass sie keine eigenen Kinder bekommen konnten, adoptierten sie May und Jay aus einem Waisenhaus in Malaysia. Saffron zog ihnen mit Vorliebe passende Outfits an. Sie trugen die gleichen Bob-Frisuren, und niemand merkte, wenn sie ihre Kleidung tauschten – May bevorzugte Jays coole Shorts und Hosenträger, Jay liebte Mays Rüschen und Schleifen. So oder so, sie sahen darin umwerfend niedlich aus.

Als Saffron viel zu jung starb, war Vince eigentlich nicht in der Lage, die Zwillinge allein großzuziehen, gleichzeitig waren sie das Einzige, was ihm durch die schwere Zeit hindurchhalf, also behielt er sie immer in seiner Nähe. Ihr Spielzimmer war ein Lager voller Zuschnitte und Stoffreste, und ihre Puppen waren immer die modischsten in der ganzen

Stadt. Jay begeisterte sich dafür, dass jede Textur der Stoffe eine andere Geschichte erzählte, und experimentierte ständig mit Kostümen: Er verkleidete sich unendliche Male und verlangte dann von May, dass sie Fotos von ihm machte, worauf sich ihr Talent für Fotografie und Regie gründet. Sie entwickelte früh ein Gespür für ungewöhnliche oder gegensätzliche Hintergründe, die sie bei ihren Fahrradtouren durch London entdeckte.

Oft reagierten die Leute abfällig auf Jays Posen oder Outfits, aber May zahlte es jedem großmäuligen Dummkopf heim. Sie schien die Schwächen der Leute mit Röntgenblick aufzuspüren und schlug dann mit Laserpräzision auf sie ein, bis sie mit eingezogenem Schwanz davonliefen. Später fand Jay bei der *Comicon* seinesgleichen – und eine Traumklientel. Schon bald verdiente er sich einen Namen als Schöpfer der unglaublichsten, buntesten und wildesten Cosplay-Kostüme. Oder, wie er sie gern nennt: Alltagsbekleidung.

In der Zwischenzeit hat sich May zur coolsten Mode- und Porträtfotografin Londons entwickelt. Ich kann völlig verstehen, warum manche von ihr eingeschüchtert sind, aber keiner von uns nimmt irgendeinen Anstoß an den Dingen, die sie von sich gibt, auch wenn sie selbst das zu gern hätte. Ich hoffe nur, dass sie es heute nicht zu weit treibt und bei irgendeinem bedeutenden Moment der Zeremonie plötzlich etwas sagen will.

Jetzt konzentriere ich mich aber erst mal auf Gareths Hose. «Hör zu, wenn wir den Dreck mit einem Föhn trocknen, dann können wir das meiste vielleicht einfach abbürsten.»

«Schon gut. Mich schaut sowieso niemand an, wo so viele von euch Schönheiten hier herumlaufen.»

Ich lächele ihn an. «Meinst du, May ist weggelaufen, damit sie ihrem Blumenkranz entgehen kann?»

«Oh, für sie habe ich eine Blume fürs Knopfloch», meint er. «Ich bin ja nicht lebensmüde.»

Mein Handy vibriert. «Das ist Charlotte. Bist du so weit?»

Er nickt und hält mir seinen Arm hin, aber schon beim ersten Schritt sinkt mein Absatz wieder ein.

«Verdammt! Wie machen andere Frauen das denn?»

«Vielleicht so», sagt er und hebt mich zum zweiten Mal hoch. «Es ist leichter, wenn ich dich trage.»

Ich hätte nie für möglich gehalten, dass die Vorstellung von «leicht» und «mich tragen» in einem Satz funktioniert, aber irgendwie gelingt es ihm, es ganz mühelos aussehen zu lassen. Als er meinen Körper etwas herumdrückt, um mich besser festhalten zu können, rutscht mein Rock zur Seite, sodass Gareth nun mit einer Hand meinen nackten Oberschenkel umfasst. Ich drehe mein Gesicht nach hinten, damit er nicht sieht, welche Wirkung die Berührung eines Mannes auf mich hat. Es ist schon eine Weile her.

«Hey!», johlt uns eine Stimme entgegen. «Ich dachte schon, es ist die Braut, die über die Schwelle getragen wird!»

Plötzlich sind mir die Blicke der anderen bewusst.

«Oh mein Gott, seid ihr beide zusammen?», ruft Shelley Lane begeistert, immer auf der Suche nach Stoff für haltlose Gerüchte.

Ich verdrehe die Augen, während Gareth mich absetzt, aber bevor ich antworten kann, ist sie schon weg.

«Falls es dir ein Trost ist: Dasselbe hat man vor zwanzig Minuten schon über May und mich gesagt.»

«Ehrlich?» Er lacht. «Mir macht es nichts aus.»

Ich hebe die Augenbrauen.

«Das hält mir Joy Mellor vielleicht vom Leib», erklärt er.

Ich kichere leise. Joy Mellor war praktisch das Pin-up-Girl unseres Jahrgangs und konnte deshalb einfach nicht akzeptieren, dass Gareth kein Interesse an ihr hatte. Egal, wie oft sie sich ihm anbot.

«Da hast du nichts zu befürchten», sage ich, als wir reingehen. «Joy hat heute Morgen abgesagt – sie hat sich die Hand an ihrem Lockenstab verbrannt. Er ist runtergerollt, und sie hat ihn aufgefangen.»

«Neeeeein!» Gareth schaudert.

«Ich weiß. Diese Dinger sind eine Million Grad heiß.» Ich berühre unwillkürlich mein Ohrläppchen und meine Wange, die ich mir beide schon mal verbrannt habe. «Natürlich finde ich es noch bedauerlicher, dass Freya nicht kommen konnte. Ich habe das Gefühl, wir haben sie schon ewig nicht mehr gesehen. Auf was für einer Konferenz ist sie diesmal?»

«Ähm ...» Gareth versucht angestrengt, sich zu erinnern, wirkt dabei jedoch ziemlich gequält.

«Sie haben immer solche verschwurbelten Namen, stimmt's?», sage ich, als wir die Treppe raufsteigen.

«Ich ... ich sollte es eigentlich wissen», sagt er zerknirscht. «Ich habe es mir sogar aufgeschrieben.»

«Alles gut.» Ich will ihn nicht weiter stressen. «Ganz bestimmt wird es darum gehen, unseren Planeten zu retten, und das ist ja das Wichtigste.»

Wir sind noch nicht in Charlottes Suite angekommen, als Gareth plötzlich nicht mehr weiterkann, sowohl körperlich als auch verbal.

«Alles in Ordnung?», frage ich ihn.

Er starrt mich an.

«Gareth?»

«Kannst du was für dich behalten?» Er winkt mich näher an die Wandtäfelung im Flur heran.

Ich schaue mich um. «Na ja, normalerweise schon, ja. Aber du fragst das, bevor ich mit einer großen Gruppe von Leuten eine obszöne Menge Alkohol trinken werde, und die meisten von denen können noch gut hören.»

«Du hast recht. Nicht der richtige Moment.» Er will weiter.

«Nicht der richtige Moment für was?» Ich greife nach seinem Arm.

«Ach, nichts.»

«Geht es um Freya? Ist was passiert? Sie ist doch nicht krank, oder? Oder schwanger?» Meine Stimme hebt sich leicht, aber Gareths Gesichtsausdruck sieht kein bisschen feierlich aus. «Spuck's aus», dränge ich ihn.

«Wir haben uns getrennt.»

«*Was?*» Ich schwanke. «Wann denn?»

«Vor zwei Monaten.»

«*Vor zwei Monaten!*», rufe ich und versuche es dann noch mal leiser, denn ich kann es immer noch nicht fassen. «Vor zwei Monaten?»

«Ich wollte nichts sagen, um die Braut nicht zu beunruhigen.» Er deutet mit dem Kopf auf Charlottes Zimmer. «Niemand will kurz vor dem Jawort erfahren, dass Freunde sich getrennt haben.»

«Das stimmt», ich nicke, «aber, Gareth, hast du den ganzen Herzschmerz ganz allein mit dir ausgemacht?»

«Ist schon gut.»

«Nein, ist es nicht!», protestiere ich.

«Also, heute ist wirklich nicht der Tag, um darüber zu reden. Tut mir leid, dass ich es überhaupt erwähnt habe. Aber ich fühlte mich so mies damit, dich anzulügen.»

«Zu *versuchen*, mich anzulügen», korrigiere ich ihn. «Du hast es nicht wirklich getan.»

«Nein, vermutlich nicht.» Er sieht trotzdem geknickt aus.

«Schon gut. Wenn dich erst mal zwanzig weitere Leute nach Freya gefragt haben, hast du es bestimmt raus.»

«Vielleicht sollte mich Charlotte gar nicht sehen? Du könntest doch die Haarkränze für mich reinbringen.»

«Bist du verrückt? Dann wird sie sofort fragen: ‹Wo ist Gareth? Was ist passiert? Die Tischdekoration ist verwelkt, stimmt's? Ich habe deswegen schon Albträume gehabt, und jetzt wird alles wahr!›»

«Hmmm.» Gareth weiß, dass ich recht habe.

«Alles wird gut. Ich kann einspringen, wenn sie dich fragt. Außerdem ist es nur noch eine halbe Stunde bis zur Trauung, und du weißt, welch beruhigende Wirkung du auf sie hast.»

Er bringt ein Nicken zustande. «Letzte Woche hat sie gesagt, ich wäre beinahe so gut, wie einen Baum zum Freund zu haben.»

Ich kichere. «Du weißt, dass sie das als Kompliment gemeint hat?»

«Natürlich. Und es ist vielleicht das Netteste, was ich seit Langem gehört habe.»

«Na also.»

Er zuckt die Schultern. «Okay, packen wir's an!»

5

$\mathcal{D}$ie Honeymoon-Suite ist viel größer, als ihr versteckter Eingang vermuten lässt. Wir betreten einen Salon in einem Traum in Creme, auf dessen Sofas, Tischchen und Ablagen diskrete Akzente in Fliederfarbe gesetzt worden sind – ein Kissen hier, eine Kerze dort, selbst die Buchcover passen.

«Schau dir das an: Sie haben sogar die Schokolade mit gezuckerten Veilchen verziert», bemerkt Gareth.

Ich weiß noch, dass sich Charlotte genau deshalb für dieses Hotel entschieden hat. Nicht wegen der Schokolade, sondern weil man angeboten hatte, die Accessoires in den Zimmern dem Farbschema der Hochzeit anzupassen. Heute ist ein Instagram-Post ebenso ausschlaggebend wie die Speisekarte.

Eine Tür führt in das luxuriöse Badezimmer, was bedeutet, dass Charlotte oben im Türmchen-Schlafzimmer sein muss, das über uns am Ende der Wendeltreppe liegt, um sich frisieren zu lassen.

«Charlotte?» Ich lehne mich an das Geländer. «Gareth und ich sind hier! Alles gut bei dir da oben?»

«Hey, Leute!», ruft sie mit trällernder Stimme zurück. «Ich bin gleich bei euch.»

Ihre nicht vorhandene Anspannung fällt auf.

«Ich dachte, du wolltest vor der Zeremonie nichts trinken», rufe ich mit minimaler Sorge.

«Tue ich auch nicht. Ich habe ein paar Hanftropfen genommen – ich versuche die ganze Zeit, auszuflippen und hysterisch zu werden, aber irgendwie kriege ich das nicht hin.»

Ich sehe, wie sich Gareths Schultern wieder von seinen Ohren absenken.

«Ich mache mir ein bisschen Sorgen, dass ich zu viele Tropfen genommen habe. Was, wenn ich vor dem Altar stehe und der Priester fragt: ‹Willst du ihn zum Mann nehmen?›, und ich sage bloß: ‹Määh›?»

«Das wird schon nicht passieren», beruhige ich sie.

«Ich hoffe, du hast recht. Jedenfalls könnt ihr das Bad benutzen, um deine Haare zu machen, und dann schaue ich gleich noch mal drüber, wenn meine fertig sind.»

Ah, da ist die Charlotte, die wir kennen und lieben.

Gareth und ich betreten das marmorglänzende Heiligtum: große, eckige Waschbecken, elegante Armaturen, eine Masse von Glühbirnen um den Spiegel herum. Es gibt sogar eine Chaiselongue, falls man sich ausruhen muss, während man sich sein nach Chanel N° 5 duftendes Schaumbad einlässt.

«Vielleicht lasse ich die Hochzeit einfach ausfallen und bleibe hier», überlege ich.

Aber dann überreicht Gareth mir einen Grund, weshalb ich dabei sein muss: den schönsten handgefertigten Blumenkranz.

«Damit werde ich aber hoffentlich nicht die Braut ausstechen, oder?», frage ich besorgt, während ich das zarte Gebilde aus winzigen roten Blumen, weichen grünen Blättern und winzigen glitzernden Amethysten bestaune. «Das ist ja ein richtiges Kunstwerk!»

Er scheint sich über meine Reaktion zu freuen. «Möchtest du, dass ich ihn dir aufsetze?»

Ich nicke und reiche ihn ihm zurück, dann trete ich an den

Spiegel und lege meine Hände auf das kühle Waschbecken, um mich gerade zu halten. Gareth tritt hinter mich und legt den Kranz vorsichtig und mit viel Gefühl um meinen locker gebundenen Dutt.

«Als ich mich damit beschäftigt habe, wie man den Quarz schneidet, habe ich erfahren, dass das Wort Amethyst vom griechischen *amethystos* abstammt», erklärt er mir. «Das *a* bedeutet ‹nicht› und *methystos* bedeutet ‹berauscht› – man glaubte also, dass der Stein seinen Besitzer vor der Trunkenheit bewahren würde.»

«Niemals!», keuche ich. Das wird ja immer besser.

«Sie haben sogar ihre Trinkgefäße mit Amethysten geschmückt», meint Gareth.

«Hast du denn einen passenden Kelch für mich mitgebracht?» Ich wackele mit den Augenbrauen.

«Halt still!», sagt er lachend. «Er muss gerade sitzen.»

«Ich habe Haarnadeln», sage ich und will nach meiner Handtasche greifen.

«Nicht nötig, ich habe ein paar kleine Widerhaken eingearbeitet – die Drahtbögen sollen sich in den Haaren festhaken, damit der Kranz auch beim Tanzen festsitzt.»

Als er sich vorbeugt, um den Kranz zu befestigen, fühle ich mich, als wären wir selbst Lady und Lord dieses Landsitzes, die sich gerade für eine Gala zurechtmachen. Und sich dabei heimlich nach dem Moment sehnen, wenn sie wieder in ihren Pyjamas nebeneinander an den Waschbecken stehen und sich die Zähne putzen. Diese doppelten Waschbecken gehörten schon immer zu meinen Beziehungsfantasien. Charlotte hat in ihrem neuen Haus mit Marcus solche Waschbecken einbauen lassen, und ich gebe zu, ich bin ein wenig neidisch.

Ich betrachte Gareth im Spiegel, und der Gedanke an seinen Herzschmerz verursacht mir einen Stich. Er und Freya waren ein so gutes Paar. Aber ich bin sicher, es handelt sich nur um eine Phase. Vielleicht rufe ich sie morgen mal an.

«Fertig!» Gareth tritt einen Schritt zurück.

Ich hole meinen kleinen Spiegel aus der Handtasche, damit ich mich auch von hinten sehen kann.

«Es sitzt perfekt!», verkündet eine Stimme von der Tür.

«Charlotte!», rufen wir der Erscheinung zu, die hinter uns steht: eine Mischung aus Grace Kelly und Deanery, Mutter der Drachen aus *Games of Thrones*. Wir drehen uns zu ihr um. Ihr weißes Kleid aus mehreren Chiffonlagen fällt in Kaskaden herab, der Ausschnitt zeigt ein tiefes V, und ein gekreuztes Band betont ihre Taille. Ihre glänzenden Haare sind maximal platinblond und fallen ihr den Rücken hinunter. Jetzt verstehe ich auch, warum die Haarstylistin einen ruhigen Arbeitsplatz brauchte: Charlottes Haare sind höchst kompliziert und symmetrisch zu Diamantformen gesteckt und mit winzigen Perlen verziert worden.

«Ich weiß nicht, ob ich dich umarmen oder dich lieber in einer Vitrine ausstellen soll!», rufe ich begeistert.

«Irgendwas dazwischen!», antwortet Charlotte und nimmt anmutig unsere Luftküsse und Begeisterungsrufe entgegen.

Wir gehen um sie herum und betrachten sie wie ein Ausstellungsstück.

«Sehe ich gut genug für ihn aus?»

«Oh Charlotte!», tadele ich. «Du musst aufhören zu glauben, dass er der große Fang ist, nur weil er reich ist. Geld ist Geld, aber dich gibt es nur einmal.»

«Du bist die Göttin, er bloß ein Sterblicher», erklärt Gareth.

Er hat den perfekten Moment für das richtige Kompliment erwischt. Charlotte bekommt feuchte Augen. «Danke! Ich habe sogar ein paar Ballettstunden genommen, um meine Haltung zu verbessern!»

«Du hältst dich wie eine Primaballerina!», bestätige ich ihr.

Sie errötet und wendet sich dann an Gareth. «Hast du die Rosenblüten?»

«Natürlich», nickt er. «Weiß als Symbol für den Neubeginn.» Er öffnet die Schachtel, und darin liegen die kleinen perfekten Blüten, komplettiert durch vergoldete Stängel.

Charlottes Brust hebt sich vor Freude. «Soll ich sitzen oder stehen, wenn du sie mir ansteckst?»

«Bist du sicher, dass die Haarstylistin das nicht lieber machen sollte?» Gareth zögert.

«Nun, sie ist schon weg – wir haben eine Stunde überzogen –, und jetzt kommt sie zu spät zu ihrer nächsten Hochzeit. Außerdem kann dir, was Blumenarrangements angeht, doch niemand das Wasser reichen!»

«Er hat wirklich Zauberhände», sage ich und lasse mich auf der Sitzbank nieder, um Gareth bei der Arbeit zuzuschauen.

Dass wir diese kostbaren Momente vor der Trauung so entspannt erleben können, ist so viel besser, als ich es mir vorgestellt hatte. Ich sage es nicht gern, aber ich bin froh, dass May nicht hier ist – ich muss nicht die ganze Zeit Angst vor ihrer nächsten gehässigen Bemerkung über Marcus haben. Ich kann mich einfach in der Romantik des Augenblicks verlieren.

Anfangs schweigt Charlotte noch, um Gareth nicht abzulenken, während er jede Blüte in ihr blondes Nest steckt, doch als er fertig ist, wechselt sie in den Freundinnen-Modus und fragt, ob es Neuigkeiten zu seiner Nachbarwohnung gibt. Wir haben uns schon daran gewöhnt, danach zu fragen, und die Antwort ist immer Nein: Bisher gebe es keine Anzeichen dafür, dass die Besitzer ihren Ruhestand wirklich auf den Kanaren verbringen wollen. Es gebe keine Anzeichen für einen Verkauf, sodass sein Traum, den Blumenladen durch ein Café zu erweitern, weiter vertagt werden müsse.

«Hmm, um ehrlich zu sein, es gibt Neuigkeiten.»

«Gareth?», mahne ich.

«Was die Nachbarwohnung angeht.» Er schaut mich beruhigend an.

«Oh, endlich!», jubelt Charlotte.

«Aber keine guten, leider.»

«Oh neeeeeiiiin», klagen wir wie aus einem Mund.

«Die Wohnung wird seit gestern Abend zum Verkauf angeboten, aber der Preis ...» Er schüttelt den Kopf. «Ich wusste nicht, wie viel größer diese Wohnung ist. Sie hat deutlich mehr Quadratmeter, und ich kann mir gerade mal die Hälfte des Preises leisten.»

«Aber *Der Botaniker* ...» Ich seufze. Ich habe mir so gern vorgestellt, dort an den Wochenenden zu arbeiten. «Meinst du, du könntest stattdessen bei dir ein Verkaufsfenster einbauen und dir eine Genehmigung holen, um draußen Tische und Stühle aufzustellen? Du könntest ja deine Topfpflanzen um die Tische herumstellen.»

«Hast du dir mal die Wettervoraussage für den Sommer angesehen?»

«Oh, aber ich ertrage es einfach nicht!», beschwere ich mich. «Es wäre so ein wundervoller Ort gewesen.»

Charlotte hebt die Hand. «Entschuldigt mal, Leute! Jay

hat mir gerade eine Nachricht geschickt und fragt, ob wir eine langstielige Rose übrig haben?»

«Will er sich die zwischen die Zähne klemmen?», fragt Gareth.

«Ich würde sagen, die Wahrscheinlichkeit liegt bei neunzig Prozent.»

«Ich kann bestimmt eine Rose aus einer der Tischdekorationen ziehen, ohne dass man es sieht», fügt er schnell hinzu.

«Das ist gut.» Charlotte lächelt, während er sich auf den Weg macht. «Und vergiss Mays Ansteckblume nicht!»

«Keine Sorge.» Gareth dreht sich noch einmal kurz um und schenkt ihr ein beruhigendes Lächeln. «Entspann dich und genieß die Show.» Dann schaut er mich an. «Wir sehen uns unten!»

Ich winke ihm zu.

«Also?», quiekt Charlotte, als sich die Tür hinter ihm schließt.

«Also was?»

«Bin ich die Einzige, die die offensichtliche Lösung erkennt?»

«Für was?»

«Um den Traum des *Botanikers* zu erfüllen!» Sie greift nach meiner Hand. «*Du* kaufst die Wohnung nebenan – und Gareth bezahlt einen Anteil für die unteren Räume!»

Ich blinzele sie an.

«Auf diese Weise bleibt ihr beide innerhalb eurer Budgets.»

Ich will ihren Vorschlag verwerfen, stattdessen höre ich mich selbst die Vorteile aufzählen: «Dann würde ich in Fußnähe zu meiner Mutter wohnen, könnte jeden Tag Gareths Katzen versorgen und würde über einem Café wohnen!»

«Ja!», bestätigt sie. «Vor Gareth habe ich nichts gesagt, weil ich dich nicht unter Druck setzen wollte, aber so wäre es doch perfekt.»

«Du bist eine großartige Problemlöserin!» Ich schaue sie bewundernd an. «Selbst an deinem Hochzeitstag.»

«Ist das ein Ja?»

«Ich werde darüber nachdenken.»

«Lass dir nicht zu viel Zeit. Eine Wohnung gegenüber vom Battersea Park wird nicht lange auf dem Markt sein.»

Da hat sie recht. Und ich kann nicht behaupten, dass ich die Nachbarschaft nicht schätzen würde. Schon so manchen Abend habe ich mir gewünscht, näher an meinen Freunden zu wohnen. Es ist schön, abends auszugehen, aber ich hätte gern auch mal eine echte Schulter zum Ausweinen nach einem miesen Tag, und Gareth könnte momentan vermutlich auch etwas Unterstützung gebrauchen – nicht so sehr im Sinne von Jetzt-reden-wir-mal-über-deine-Gefühle, aber wir könnten Backgammon spielen oder schweigend ein paar Pflanzen umtopfen.

«Egal! Zurück zu den dringlicheren Dingen deiner Hochzeit. Brauchst du noch irgendwas vor dem großen ‹Ich will›?»

«Da ist eine Sache.»

«Was?»

«Ich muss wissen, ob mit May alles okay ist.»

Ich seufze. «Du weißt, sie benimmt sich nur so, weil sie Angst hat, dich zu verlieren.»

Charlotte nickt. «Ja, aber wie kann ich ihr begreiflich machen, dass sich nichts ändern wird?»

«Na ja, irgendetwas wird sich schon ändern, aber das ist okay. Alles wird gut.»

«Sie hat mir das hier geschenkt.» Charlotte greift in ihre Handtasche und zieht eine kleine Kamera heraus.

«Wie schön!», rufe ich und nehme diese so hübsche wie altmodische Perfektion vorsichtig in die Hand. «Damit wirkst du wie eine Spionin aus den 1950er-Jahren!»

«May hat gesagt, sie hat einen Sepiafilm eingelegt, damit wir später nur schmeichelhafte Aufnahmen von uns haben, egal, wie betrunken wir sind.»

«Das werden wir definitiv ausprobieren!», sage ich. «Sollen wir jetzt gleich eins machen? Das letzte Bild von dir als Charlotte Dixon?»

«Du musst auch mit drauf, komm her.»

Und in diesem Moment passiert es. Die cleveren kleinen Haken, die Gareth zur Befestigung meines Haarkranzes angebracht hat, krallen sich in Charlottes Haare – und als wir unsere Köpfe wieder trennen wollen, sind wir miteinander verhakt.

«Aaauuuu!»

«Oh Gott, nein!»

Schnell drücken wir unsere Köpfe wieder aneinander. Die Hanftropfen können Charlottes Entsetzen nicht dämpfen. Ich spüre förmlich, wie sich ihr Hirn erhitzt, während wir uns zum Spiegel beugen und versuchen zu erkennen, ob wir uns irgendwie auf leichte Art befreien können. Nein, es klappt nicht.

«Ich werde mit einem riesigen Loch im Haar den Gang entlanggehen!», heult Charlotte.

«Keine Panik, das kriegen wir wieder hin.»

«Wie denn?!»

«Ich weiß es nicht, aber im schlimmsten Fall gehe ich mit dir zum Altar.» Auch wenn Marcus vermutlich nicht mit einem Doppelpack gerechnet hat.

«Halt still!», kreischt Charlotte.

«Ich will ja nur mein Handy aus der Tasche holen. Wir müssen Gareth anrufen.»

Ich wähle seine Nummer, aber er geht nicht ran. Was kein Wunder ist.

«Versuch es bei Jay!», bellt Charlotte. «Er ist doch die Königin der schiefgegangenen Outfits.»

«Das stimmt! Denk an all die Nähte, die er schon aufgetrennt hat!»

Wir beschließen, dass er tatsächlich die bessere Wahl ist – er kennt sich mit Hysterie aus, hat immer sein Werkzeug dabei und dazu den richtigen Spruch auf den Lippen.

«Ich fasse einfach nicht, dass das passiert!», klagt Charlotte, während wir auf Jays Antwort warten. «Ich wollte doch, dass alles perfekt ist.»

«Keine Tränen!», ermahne ich sie. «Denk an dein Make-up!»

Sie hebt das Kinn, was bedeutet, dass ich meins ebenfalls heben muss.

«Das ist bloß eine minikleine Störung», beruhige ich sie. «Schau, Jay ist schon unterwegs!» Ich zeige ihr mein Handy und lege dann meinen Arm um ihre Hüfte. «Wir müssen einfach nur ganz ruhig hier stehen bleiben.»

«Aber ...»

«Was?»

«Ich muss ganz dringend pinkeln.»

«Pinzette!» Jay streckt mir seine Hand hin wie ein Hirnchirurg bei der OP.

Mein Herz klopft wie wild, und Charlotte drückt meine andere Hand so fest, dass meine Finger schon ganz rot sind.

«Schere!»

«Neeiiin!», heult Charlotte. «Das kann doch nicht wahr sein!»

«Schneide *meine* Haare ab», sage ich. «Bei mir ist es nicht so schlimm, wenn was absteht.»

«Wenn ihr stillhaltet, verliert keine von euch auch nur eine einzige Strähne», antwortet Jay und beugt sich noch weiter vor.

«Du duftest göttlich, nebenbei bemerkt», sage ich.

«*Light Blue* von Dolce & Gabbana», antwortet er. «Ich habe es aufgelegt, falls Charlotte nicht daran denkt, etwas Blaues zu tragen.»

«Na ja», murmelt Charlotte. «Um Blau geht es hier wohl nicht, eher um einen Kopf, den ich mir unfreiwillig geborgt habe.»

«Gemach, gemach, meine Schöne!», versucht Jay noch einmal, die nervöse Braut zu beruhigen. Und dann: «Oooookay, jetzt löst ihr ganz vorsichtig und langsam die Köpfe voneinander. – STOPP!» Er greift nach einem feuchten Wattepad und beugt sich wieder vor.

«Wieso muss das feucht sein?»

«Ich will keine weißen Fussel hinterlassen ... UND JETZT SEID IHR FREI!», jubelt er und tritt zurück.

«Ehrlich?», fragt Charlotte vorsichtshalber.

Ganz vorsichtig lösen wir uns voneinander – und staunen, dass es keinen größeren Schaden gibt als eine Rosenblüte, die zu Boden fällt.

«Bloß ein wenig vorzeitiges Konfetti», scherzt Jay.

«Du bist soooo begabt. Danke, Jay», lobe ich ihn.

Bescheiden zuckt er mit den Schultern. «Wenn ich ein Pfund für jede Haarverlängerung bekäme, die ich aus einer Gürtelschnalle befreit habe ...»

«Gürtelschnalle?»

«Frag nicht.»

Es klopft an der Tür.

«Oh. Mein. Gott!» Charlotte greift sich ans Herz. «Es ist so weit!»

«Hast du vielleicht noch ein paar Hanftropfen?», frage ich. Ich bin nicht sicher, ob sie in diesem aufgelösten Zustand den Massen gegenübertreten sollte.

«Nein! Sie gehörten der Friseurin. Und ich glaube, sie waren eigentlich für ihren Hund bestimmt.»

«Lass mich das regeln», meint Jay. Er geht zur Tür, öffnet sie einen Spalt und teilt der Hotelassistentin mit, dass wir in zwei Minuten und siebzehn Sekunden fertig sind.

«Das klingt sehr präzise.»

«Wir werden jetzt auf meine Weise beten.»

Und dann erklingt die musikalische Version von Hanftropfen aus seinen Schulterpolstern: Louis Armstrongs *What a Wonderful World*. Charlotte wehrt sich einen Moment, doch dann umfängt auch sie die Wärme der Worte, und sie wiegt sich zusammen mit uns hin und her. Während Louis singt, spüre ich alle Anspannung von uns abfallen.

Es wird alles gut. Es wird alles gut.

Louis singt sein letztes, kehliges «Yeah ...» – und wir atmen kollektiv aus.

«Bereit?», fragt Jay.

«Bereit», sagt Charlotte.

Gareth und May warten unten an der Treppe auf uns. May sieht Charlotte zum ersten Mal in voller Pracht, und der Anblick verschlägt ihr den Atem.

«Meine Königin.» Sie verbeugt sich leicht.

Charlotte lächelt, dann greift sie nach unseren Händen. «Ich werde Marcus zwar meine ewige Liebe versprechen, doch euch habe ich zuerst geliebt, und das werde ich immer tun.»

Und dann reicht Gareth ihr seinen Arm, um sie zum Altar zu führen.

Mays Augen sind tränenverschleiert, genau wie meine. Was Jay angeht, so kann ich es nicht sagen, weil er seinen zarten Vogelkäfigschleier bis auf den Boden herabgelassen hat. Da Charlotte keinen wollte, fühlte er sich frei, einen zu tragen, und ich liebe Charlotte dafür, dass sie ihn in keinster Weise bevormundet hat, auch wenn mir auffällt, dass einige Leute die Luft anhalten, als wir den Raum für die Zeremonie betreten.

«Fünfzig Pfund, dass sie den Freak da aus den Fotos schneiden!», höre ich den bierbauchigen Mitarbeiter von Marcus kichern.

Ich lasse mich etwas zurückfallen. «Hmm. Ich habe gehört, dein Kopf soll auf ihrem Kleid appliziert werden.»

Dem Typen klappt das Kinn runter.

«Ich denke, da wäre er gut aufgehoben.» Zufrieden grinsend gehe ich weiter.

Der Raum ist klein, aber er hat bodentiefe Fenster, die auf den Rasen hinausgehen. Ich sehe mich auf der Suche nach küssbarem Material um und fange den Blick von Charlottes Cousin Elliot auf. Unwillkürlich schaudere ich. Von dem werde ich mich heute Abend fernhalten.

«Ist dir kalt?», fragt Gareth, als wir unsere Plätze in der vordersten Reihe einnehmen. «Möchtest du mein Jackett haben?»

«Nein, nein, alles gut.» Ich richte meinen Blick wieder auf Charlotte, die sich ganz auf Marcus konzentriert, der sich zu ihr neigt. Ich kenne ihn im Anzug, aber ich muss sagen, der Dreiteiler, den er heute trägt, steht ihm richtig gut. Dann erhasche ich einen Blick auf seine Augen. Sie waren immer beinahe kobaltfarben, aber gerade jetzt fängt sich die Sonne in ihnen und lässt sie aufleuchten wie Laser, die ihre Strahlen der Liebe aussenden, als er Charlotte ansieht.

Sie ist jetzt komplett im Brautmodus. Mein Blick schweift durch den Raum – selbst ihre hochnäsigen Schwiegereltern wirken beeindruckt.

Als Charlotte und Marcus ihre Eheversprechen sagen, breitet sich ein Lächeln auf meinem Gesicht aus. Man würde sie auf den ersten Blick nicht gleich als Paar sehen, aber die Blicke, die sie sich in diesem Moment zuwerfen, beweisen jedem, was für ein perfektes Match sie sind. Allein ihr Anblick bereitet mir ein warmes Gefühl.

Plötzlich jubeln alle – es ist vollbracht! Marcus und Charlotte sind Mann und Frau und küssen sich mit sichtbarer Leidenschaft.

Während alle johlen und pfeifen, murmelt May: «Ich brauche was zu trinken.»

«Nun», sage ich und nehme ihren Arm, «da bist du hier am richtigen Ort.»

6

𝓔s gibt an jeder Ecke Champagner, auf den fliederfarben eingedeckten Esstischen wartet schon der Wein, und in den Ecken sind zwei gut gefüllte Bars errichtet worden, weil der Raum später zur Disco umfunktioniert wird. Ich aber führe May zu der versteckten Bar hinter der Haupttreppe. Es ist eine schwach beleuchtete Kaverne, die man offenbar in die Wand geschlagen und dann mit dunklem Holz ausgelegt hat. Der perfekte Ort für heimliche Aktivitäten.

Wir haben nur noch fünf Minuten, bevor wir uns für die Fotos aufstellen müssen, und ich möchte diese letzte Gelegenheit nutzen, um auf sie einzuwirken, sich für Charlotte zu freuen. Apropos Gelegenheit …

«Zwei Patrón, bitte.»

May stürzt ihren auf ex hinunter. «Ich habe mir immer eingeredet, dass sie es nicht durchzieht. Ich hätte nie gedacht, dass sie der Typ ist, der für Geld heiratet.»

«May, pssssst! Jemand könnte dich hören und einen falschen Eindruck bekommen.»

«Ich sage nur, wie ich es sehe.»

«Nein, tust du nicht, du verdrehst die Fakten, und das ist unfair. Sie lieben sich. Du musst ihnen wenigstens ihren Hochzeitstag gönnen. Den willst du ihr doch sicher nicht vermiesen?»

«Er ist …»

«Ja?»

«… nun ja, jetzt werden wir nicht mehr mithalten können.

Er ist so megareich, dass sie ab sofort in einer ganz anderen Liga spielen und ein völlig anderes Leben führen wird. Vielleicht hört sie sogar auf zu arbeiten!»

«Missgönnst du ihr wirklich ein bisschen finanzielle Freiheit, obwohl du ihre Historie kennst?»

May sieht mich beschämt an.

«Lass sie doch ihren Spaß haben», dränge ich.

Sie seufzt und winkt dann den Barmann heran. «Können wir bitte noch zwei haben?»

«Wirst du wenigstens auf den Fotos lächeln?»

«Du weißt, es gibt nur eine einzige Sache im Leben, die ich nicht tue, und das ist, Fotos zu vermasseln.»

Ich strahle sie an. «Ich habe die alte Kamera gesehen, die du ihr geschenkt hast», sage ich mit sanfterer Stimme.

May errötet beschämt, weil ich sie bei einer Nettigkeit erwischt habe.

«Das war wirklich lieb von dir», sage ich. «Wir wollen uns später doch gern an die heutigen Erlebnisse erinnern, oder?»

Sie zwingt sich zu einem Nicken. Und dann verzieht sich ihr Gesicht zu einem schelmischen Grinsen. «Ich sage dir was: Ich benehme mich unter einer Bedingung.»

«Und die wäre?»

«Dass *du* dich *nicht* benimmst. Mit mindestens drei Männern.»

«Waaas?», kreische ich.

«Komm, wir haben doch schon darüber gesprochen. Diese Gelegenheit wirst du auf keinen Fall verpassen.» Sie umfasst mein Gesicht mit beiden Händen und bohrt ihren Blick in meinen.

«Was machst du da?»

«Ich benutze einen Jedi-Psychotrick, damit du dich den Angeboten gegenüber öffnest.»

«Du verbiegst mir den Haarkranz.»

Zögernd lässt sie mich los. «Haben wir einen Deal oder nicht?»

Ich wäge meine Möglichkeiten ab. Was ist schlimmer? Wenn May Charlottes Hochzeit verdirbt oder wenn ich drei weitere niederschmetternde Visionen ertragen muss? Ich schätze, wenn ich nur genug trinke, werde ich mich morgen sowieso an nichts mehr erinnern.

Ich greife nach unseren aufgefüllten Gläsern. «Deal!»

Wir stoßen an, leeren die Drinks und knallen die Gläser auf die Theke.

Die Fotosession ist ein voller Erfolg. May ist ganz in ihrem Element – nachdem sie erst verkündet hat, dass sie heute keine Pflichten als Fotografin übernehmen will, scheucht sie jetzt den ahnungslosen Ersatzfotografen herum, als wäre sie die Art-Direktorin und verantwortlich für das jährliche Hollywood-Cover von *Vanity Fair*. Sie fordert einige Gäste auf, sich hinzusetzen, andere sollen stehen, manche näher zusammenrücken und wieder andere weiter auseinandergehen.

Charlotte ist glücklich. Ihre Schwiegermutter ist weniger überzeugt, bis May sagt, dass sie noch ein Einzelporträt von ihr machen möchte, weil sie genauso aussieht wie Catherine Deneuve.

«Du warst spitze!» Ich klatsche sie auf dem Weg zum Essen ab. Und dann bleibe ich wie angewurzelt stehen.

Charlotte hatte mir gesagt, dass Gareths Blumendekoration absolut alles übertreffen würde, aber ich wusste nicht, wie wörtlich sie das gemeint hatte. Wir schauen mit großen Augen auf die fliederfarbene Blütenpracht, die wie Kaskaden von der Decke herunterströmt. Eine leichte Brise bewegt die zarten Fäden, an denen sie befestigt ist, und erschafft ein Wunderland femininer Düfte.

«Wie schööön!» Ich seufze und sehe mich nach Gareth um, damit ich ihm zu seiner Kreation gratulieren kann, aber Jay berichtet, dass Gareth auf der Suche nach einem Brötchen verschwunden ist. «Das erinnert mich an die Bilder von Marcus' Heiratsantrag in diesem Glyzinientunnel in Florenz.»

«Das war die Inspiration dafür», sagt Jay. «Oh, ver-*duftet* noch mal!», wandelt er seinen Fluch ab, weil gerade ein Kind vorbeiläuft. Wütend und frustriert versucht er, eine Lösung dafür zu finden, wie er ein Selfie von sich und den Blumen machen kann, ohne sein Gesicht von unten fotografieren zu müssen.

«Was glaubst du, wie viel Gewicht kann dieser Kronleuchter tragen?»

«Nein!» Ich hebe meinen Finger und mustere Jay mit strengem Blick.

Auf dem Weg zu unserem Tisch bemerke ich, dass wir unsere Namen nicht wie üblich auf Kärtchen mit winziger Kalligrafie entziffern müssen, weil auf jedem Platz ein Polaroid-großes Foto des Gastes liegt. Alle in Schwarz-Weiß mit einem leichten Stich ins Lavendelfarbene.

«Wer hatte denn diese geniale Idee?», frage ich, als wir unsere Plätze einnehmen.

«Du hast doch nicht wirklich gedacht, dass ich unsere Freundin im Stich lasse, oder?» May grinst.

Mir geht das Herz auf vor Freude. «Ich liebe es!»

«Gut. Dann habe ich meine Schuldigkeit getan. Jetzt bist du dran.»

Sie deutet auf einen unfassbar gut aussehenden Mann, drei Plätze weiter links von mir, mit honigblonden Haaren, goldenem Teint und Grübchen im Kinn.

«Das ist doch mal ein schönes Hochzeitsgeschenk.»

«May!», zische ich. «Sei nicht so offensichtlich. Der spielt weit außerhalb meiner Liga.»

«Blödsinn! Mit wem will er sich denn sonst zusammentun? Etwa mit Miss Moneypenny aus Marcus' Büro? Oder mit der Blumenfee, die Gareths Namen praktisch auf ihrer Stirn trägt?»

«Wer *ist* das überhaupt?», frage ich und nehme die kastanienbraune Schönheit neben Gareth ins Auge.

«Ich glaube, sie heißt Peony. Ich habe bei der Fotosession gemerkt, wie sie ihn immer wieder anstarrt. Ich warte noch auf den richtigen Moment, um ihr zu sagen, dass er nicht verfügbar ist, denn natürlich merkt Gareth nicht mal, wie sie auf ihn steht. Ich meine, achte mal auf ihre Körpersprache!»

Peony fasst sich tatsächlich ziemlich oft in die Haare, schaut ihn an, wenn er gerade wegsieht, und nimmt die Unterhaltung sofort wieder auf, wenn er nichts mehr sagt.

«Offenbar ist sie eine Art Ayurveda-Masseurin», fügt May hinzu.

«Wie kommst du denn darauf?» Ich mustere Peonys zierliche Hände, jeder Fingernagel trägt einen zarten Pastellnagellack. Ich sehe eher potenzielle Heilung für Gareth.

«Ich gehe mal rüber, bevor sie das Essen servieren.»

«Nein, nein, nein.» Ich ziehe May zurück auf ihren Stuhl.

«Wieso nicht?»

«Ich würde es lassen.»

Sie legt den Kopf schief. «Es geht mir nicht nur um Freya. Sie sollte einfach wissen, dass er vergeben ist.»

«Du kennst ja nicht die ganze Geschichte.»

«Welche Geschichte?»

«Das kann ich dir nicht sagen.»

«Was meinst du damit?»

«Ich kann es dir nicht sagen, denn wenn ich es doch tue, dann wird dein Gesicht alles verraten.»

«Nein, wird es nicht.»

«Wird es doch.»

«Dann treffen wir uns unter dem Tisch.»

«Was?»

«Unter dem Tisch kann niemand dein Gesicht sehen.»

Ich zögere eine Sekunde, dann schiebe ich meine Gabel über den Rand. «Ups!»

«Warte, ich hebe sie dir auf.»

«Nein, ich mache schon», sage ich, und wir tauchen beide unter die Tischdecke.

«Ooooh, schau dir mal die handgenähten italienischen Schuhe von Mr Kinngrübchen an.»

«Du und dein Schuhtick!»

«An den Schuhen kann man eine Menge über eine Person erfahren. Und auch dadurch, in welche Richtung die Schuhe zeigen», sagt sie und weist anklagend auf Peonys Riemchensandalen.

«Das ist kein schlechtes Zeichen», setze ich an.

«Was weißt du, was ich nicht weiß?»

Ich rücke näher an sie heran. Gareth hat es mir im Vertrauen erzählt, aber eigentlich nur, um es vor Charlotte geheim zu halten. May ist sowieso schon völlig desillusioniert, was Liebe angeht, da kann es ja nicht schaden, oder?

«Gareth und Freya haben sich getrennt.»

«Was?», kreischt sie.

Ich halte den Finger an die Lippen und flüstere: «Und genau darum hätte ich es dir nicht erzählen dürfen.»

«Das kann doch nicht wahr sein!» Sie bombardiert mich mit Fragen, die ich alle nicht beantworten kann.

«Das ist das Ende. Die Welt ist verrückt geworden ... Gareth und Freya trennen sich, Marcus und Charlotte heiraten.»

«Psssst!», zische ich verzweifelt.

«Ich meine, lass uns doch einfach hier unten bleiben, bis Cupido wieder bei Sinnen ist. Im Ernst, wer hat auch einen Mann mit der Liebe beauftragt?»

«Komm!», sage ich und ziehe sie unter dem Tisch hervor. «Was ist mit dir und Jay? Habt ihr schon jemanden gesehen?»

«Für mich ist niemand hier, und was Jay angeht, so braucht er bloß dazusitzen und sich zurückzulehnen, weil sie ihn eh alle umschwirren wie die Motten das Licht.»

«Okay, gut, dann lass uns einfach ein bisschen Spaß haben.»

Als ich mich gerade auf meinen Stuhl setze, fällt mein Blick auf das Foto des Mannes, der zwischen uns beiden sitzen wird, und ich schlucke. Es ist der Typ, der Jay einen Freak genannt hat, als wir kurz vorm Jawort an den Gästen vorbeigingen.

«Was denn?» May schaut mit gerunzelter Stirn auf das Bild. «Du hattest schon schlimmere.»

«Hatte ich?» Ich sehe mich nach ihm um und frage mich, warum er noch nicht da ist. Dann entdecke ich ihn: Er versucht, sich noch an den Haupttisch zu quetschen. Ha! Offenbar konnte er die Vorstellung nicht ertragen, neben mir zu sitzen. Befriedigt greife ich nach meinem Wasserglas. Vielleicht kann ich Männer nicht automatisch für mich einnehmen, aber es ist gut zu wissen, dass ich sie zumindest von mir fernhalten kann, wenn es nötig ist.

Ich will May gerade sagen, dass er offenbar ein besseres Angebot angenommen hat, als ich mir beinahe einen Zahn an einer Flasche Wein ausschlage, die mir jemand hinhält.

«Oh, Entschuldigung!» Der Kellner springt zurück. «Ich wollte Sie gerade fragen, ob Sie roten oder weißen möchten.»

«Rot, bitte.» May schiebt ihr Glas in seine Richtung.

«Und Sie?»

Ich starre ihn an und staune darüber, wie sehr er Timothée Chalamet gleicht.

«Rot oder weiß?» Seine dunklen Augen halten meinen Blick fest.

«Oh, sorry, ist es vielleicht möglich, sich etwas von der Bar zu bestellen? Falls nicht, kann ich gern selbst gehen, aber –»

«Ich kann Ihnen alles besorgen, was Sie haben möchten.» Er klingt, als könne er mir alle Wünsche erfüllen, und mein Herz zieht sich beglückt zusammen.

«Einen Kraken Rum mit Gingerale?», versuche ich mein Glück.

«Eine Frau ganz nach meinem Geschmack.» Er strahlt mich an, und ich sehe ihm nach, wie er zur Bar geht. Er ist so groß, dass ich mich frage, ob er vom Kellnern keine Rückenschmerzen bekommt.

«Schaust du da gerade Nummer zwei hinterher?» May hebt die Augenbrauen.

«Ich hätte nichts dagegen», sage ich und wundere mich darüber, wie schnell meine Hoffnung wieder gestiegen ist, nachdem ich Männern gerade noch für alle Ewigkeiten abgeschworen habe. Aber mehr braucht es nicht, oder? Nur ein Prickeln, weil man auf einen Körper reagiert ...; Ich werfe einen Blick in meinen Handspiegel, da sehe ich, wie eine der weiblichen Gäste den Kellner zu sich ruft. Sie ist jünger und hübscher als ich, hat lange schwarze Haare und dichte Wimpern. Sie legt ihre Hand auf seinen Arm, und als er sich zu ihr beugt, um mit ihr zu sprechen, krampft sich mein Magen zusammen. Was mache ich denn? Geht es vielleicht noch klischeehafter – die beschwipste Brautjungfer, die auf der Hochzeit mit dem Kellner flirtet! Ich sehe meine alten Schulkameraden, die mit ihren Partnern und Partnerinnen gekommen sind. Sie alle sind schon jahrelang zusammen. Zum Beispiel Clancy, die gerade ihren zehnten Hochzeitstag gefeiert hat und schon fünf Jahre vor ihrer Hochzeit mit ihrem Mann liiert war. Ich merke, wie mir die Tränen in die Augen steigen, und spüre auf einmal das dringende Bedürfnis nach frischer Luft.

«Wo willst du hin?», will May wissen, als ich aufstehe.

«Ich gehe nur schnell aufs Klo!», sage ich und schlängele mich hastig zwischen den Tischen hindurch.

«Seht mal, eine Brautjungfer auf der Flucht!», ruft Charlottes Cousin Elliot, als ich an ihm vorbeirausche.

Weil es regnet, kann ich nicht nach draußen, und beim Anblick der bevölkerten Damentoilette mache ich einen Bogen darum herum. Ich kann gerade keinen lockeren Small Talk mit ehemaligen Klassenkameradinnen führen.

Aus lauter Verzweiflung verstecke ich mich in der Abseite unter der Treppe, denn hier wird mich sicher keiner finden.

Es riecht nach Holz und auch ein bisschen muffig. Ich betrachte die niedrige Holzbank, einen Hundeplatz aus

Tweedstoff und ein paar Gummistiefel. Wie gern würde ich die jetzt anziehen und mit meinem treuen Freund durch das Gelände stapfen. Ich knie mich neben das plüschige Kissen, um zu sehen, ob ich die Hunderasse an den Fellspuren erkennen kann – ich stelle mir einen drahtigen Foxterrier vor, die passen so gut zu Tweed –, da entdecke ich ein sehr modernes Paar Schuhe neben mir. Sie sind schwarz mit einem Muster, das aussieht wie kleine Spielkarten.

«Hier ist Ihr Rum.»

Ich stoße mir beim Aufstehen den Kopf an der schrägen Decke der Abseite. Es ist der Kellner.

«Autsch!»

Seine Hand legt sich instinktiv an meinen Kopf. «Alles in Ordnung?»

Die Berührung ist mir so willkommen, dass ich einen Augenblick nicht sprechen kann. Aber dann fällt mir ein, dass ich bloß eine von vielen Bewunderinnen bin, und ich konzentriere mich auf mein Getränk. «Meine Güte, das nenne ich einen guten Service! Woher wussten Sie, dass ich hier bin?»

«Ich habe Sie gesehen, als ich aus der Bar kam – zum Glück habe ich Sie noch daran hindern können, sich hier für die Nacht einzurichten.»

Ich schniefe leicht beim Anblick des Hundeplatzes. «Es sieht schon sehr gemütlich aus.»

Er schaut sich um und fragt dann: «Wollen Sie sich hier vor jemandem verstecken?»

Ich seufze. «Vor jemandem oder vor etwas, vielleicht vor mir selbst.»

«Wie geheimnisvoll.»

Ich zucke die Schultern. «Nicht geheimnisvoller als Liebeskummer und schlechte Entscheidungen. Oder andersherum: schlechte Entscheidungen und Liebeskummer.»

Habe ich das wirklich laut gesagt? Offenbar funktioniert Alkohol in Verbindung mit seinen mitfühlenden Augen wie ein Wahrheitsserum.

Er will etwas sagen, doch das Pfeifen eines Kollegen steuert ihn von mir fort.

«Fortsetzung folgt.» Er lächelt.

«Immer schön nachschenken!», sage ich und hebe mein Glas.

Interessante Wendung. Ich dachte, ich wäre auf direktem Weg ins Tränenreich, doch offenbar habe ich eine andere Abzweigung erwischt. Ich nehme einen Schluck und freue mich darüber, dass es auch sein Lieblingsgetränk ist. Schon lustig – da wollte ich unbedingt von ihm gesehen werden, und dann findet er mich, als ich mich gerade verstecken will. Vielleicht ist der heutige Abend wirklich besonders. Ich meine, auf Hochzeiten sind die Chancen nun mal größer, selbst wenn viele Paare da sind. Warum sollte ich also nicht aufs Ganze gehen?

7

Als ich zu unserem Tisch zurückkehre, hat May die Plätze getauscht, und ich sitze auf einmal neben dem Außerhalb-meiner-Liga-Blonden mit dem Kinngrübchen.

«Dein erster Gang», erklärt May und deutet irgendwohin zwischen meinem Salatteller und seinem Schoß.

Ich bezwinge meine Verlegenheit und nicke ihm zu. «Offenbar spielen wir hier Reise nach Jerusalem!»

Er schaut mich erst amüsiert, dann abgelenkt an, weil ich ihm beim Hinsetzen mein Dekolleté vors Gesicht halte. Ich wusste doch, dass der Ausschnitt zu gewagt ist – das Seidentuch rutscht ständig zur Seite und vermittelt den Eindruck, als würde das ganze Kleid gleich von allein von meinem Körper rutschen. Natürlich weiß ich, dass es das nicht tun wird, aber der Typ schaut recht optimistisch drein.

«Ich heiße Tristan», sagt er. Er erinnert mich an ein Model für Aftershave, nicht nur wegen seiner geschliffenen Kinnlinie, sondern auch, weil er mit seinem Eau de Cologne etwas zu großzügig umgegangen ist. Ein cleaner, beinahe metallischer Duft – tagsüber Bankangestellter, nachts James Bond.

«Amy», sage ich höflich lächelnd. «Und du arbeitest mit Marcus zusammen?»

«Jetzt ja, aber ich kenne ihn schon ewig – wir haben als Teenager die Ten-Tors zusammen gemacht.»

Ich nicke, als wüsste ich genau, was er meint. Ich glaube, es geht dabei um irgendeine extreme Outdoor-Sportgeschichte in Dartmoor, wo Alphamännchen Energie abbauen können.

«Ich bin Charlottes Schulfreundin.» Ich würde gern sagen, wir hätten als Teenager die Maroon 5 ‹zusammen gemacht›, diese Pop-Rock-Band aus Los Angeles, die ich nach wie vor klasse finde, aber ich glaube, das fände er nicht witzig.

«Noch etwas Sancerre, der Herr?»

Ich bin etwas befangen, als mein Kellner zwischen uns tritt, um Tristans Glas aufzufüllen.

«Und hier auch.» Tristan zieht ein leeres Glas heran. «Du scheinst dein Glas beim Umziehen verloren zu haben.»

«Oh danke, aber nein, nicht für mich!», protestiere ich.

«Du trinkst nicht?», fragt Mr Kinngrübchen erstaunt.

«Ich bin kein großer Wein-Fan.»

«Das kann nur daran liegen, dass du den falschen Wein trinkst.»

«Ach ja?», sage ich etwas gekränkt.

Tristan lehnt sich in seinem Stuhl zurück, dann wendet er sich an den Kellner: «Haben Sie einen Château Canon 2016? Ich zahle natürlich selbst dafür.»

«Ich sehe gern mal nach.»

«Ich hoffe, das tust du jetzt nicht für mich», sage ich.

«Meine Großeltern haben ein Weingut in Saint-Émilion», antwortet er. «Ich kann jeden Geschmack befriedigen.»

Ich rutsche unbehaglich auf meinem Stuhl herum und drehe mich zu May, um zu schauen, ob sie mich von diesem Typen befreien kann, aber sie flüstert gerade intensiv mit Jay. Ich hätte nie gedacht, dass ich das einmal sagen würde, aber ich bin erleichtert, als der Trauzeuge in diesem Moment mit seiner Rede beginnt.

Ich setze ein amüsiertes Gesicht auf, das zu allen Eventualitäten passt, und lasse den Blick wandern. Ich sehe, dass Peony die Gelegenheit ergreift, sich näher zu Gareth rüberzulehnen, indem sie tut, als könne sie so besser zuhören, wobei er wie immer ahnungslos aussieht. Hoffentlich ist sie so nett, wie sie aussieht. Ich werfe einen kurzen Blick auf Tristan. Er ist deutlich attraktiver, wenn er nicht redet. Ich frage mich, wie es sein mag, einen so gut aussehenden Freund zu haben. Vermutlich würde ich einen Instagram-Account nur mit seinen Bildern anlegen, wie andere Leute das mit ihren Hunden tun.

«Ihr Wein, mein Herr.»

Bevor Tristan mir das bauchige Glas mit flüssigem Mineral zuschieben kann, beugt sich der Kellner zu mir und sagt: «Und Ihr Gingerale, Miss.»

Ich bin begeistert. Er versucht, mich daran zu hindern, eine schlechte Entscheidung zu treffen. «Danke!» Ich strahle ihn an.

«Was tust du da?», zischt May neben mir.

«Wieso?»

«Das da ist hoffentlich Alkohol und kein Gingerale.»

«Du bist die schlimmste Sorte Kupplerin», stöhne ich.

«Ooooh – das Kinngrübchen möchte deine Aufmerksamkeit», zwitschert sie und stößt mich an.

Ich drehe mich um. Tristan hält mir das Glas entgegen wie ein Bösewicht, der jemandem einen vergifteten Kelch reicht.

«Im Moment nicht», sage ich und gebe vor, ganz von der Rede eingenommen zu sein.

Ich will nicht, dass er denkt, er könnte einfach mit dem Finger schnipsen und für mich entscheiden. Ich hasse es, wenn man mich überrumpelt. Lustigerweise hat Charlotte sich bei ihrer ersten Begegnung mit Marcus auch so gefühlt ... Ich lausche der Erzählung des Trauzeugen und wie Marcus sie bei ihrem ersten Date mit einem Erste-Klasse-Ticket für den Eurostar nach Brügge entführt hat. Er hatte über die Schwäne auf dem dortigen Liebesteich gelesen und davon, dass man seine Liebste auf der Liebesbrücke küssen muss, damit die Beziehung ewig hält.

Ich erinnere mich daran, dass Charlotte uns erzählte, wie unwohl sie sich bei dieser übertriebenen Aktion gefühlt hatte, wo sie noch nicht einmal sicher wusste, ob sie ihn überhaupt gut fand. Sie weigerte sich sogar, ihn auf der Brücke zu küssen. «Ich meine, ich bin nicht besonders abergläubisch, aber findet ihr das nicht auch ein bisschen dreist?»

Und über den Tag hinweg wurde sie immer frustrierter, weil er von allem nur das Beste bestellte und sie dadurch keine Gelegenheit hatte, seinen persönlichen Geschmack kennenzulernen.

«Magst du denn Kaviar?», fragte sie ihn.

«Das ist Royal Belgian Caviar.»

«Aber magst du den Geschmack?»

Erst als er ganz oben auf dem Belfried von Brügge einen kleinen Panikanfall bekam (nachdem er auf ihren Vorschlag hin die dreihundertsechsundsechzig Stufen gemeistert hatte), erkannte sie den Menschen, der sie so unbedingt beeindrucken wollte. Und dann küsste sie ihn, um ihn von seiner Angst abzulenken. Es funktionierte.

Ich schaue wieder zu Tristan. Vermutlich hat er gar keine Hintergedanken mit seinem Wein. Vielleicht sollte ich mich einfach über die nette Geste freuen. Vorsicht ziehe ich das Glas zu mir heran. Er ist zu sehr damit beschäftigt, dem

Trauzeugen etwas zuzurufen, um zu bemerken, wie ich einen Schluck trinke.

Oh. Das ist jetzt allerdings ärgerlich. Ich hatte mich auf einen naserümpfenden Kommentar vorbereitet, so was wie «Das ist sicher ein sehr guter Wein, trotzdem ist er nichts für mich», aber der hier ist wirklich köstlich. Samtweich, mit einem Aroma von Veilchen und schwarzen Johannisbeeren, aber ohne den sauren Nachgeschmack. Als wir unsere Gläser erheben sollen, schimmert in meinem nur noch der Bodensatz.

«Ha! Ich wusste, dass er dir schmeckt!» Mein Nachbar grinst zufrieden.

«Ich gebe es nur ungern zu, aber ja, er schmeckt mir.»

«Macht Spaß, mal was Neues auszuprobieren, oder?»

Er hält meinen Blick lange genug, um seinem Satz eine gewisse Zweideutigkeit zu verleihen. Einen Moment lang glaube ich, dass er mich küssen will, aber dann greift er nur nach dem Salz für das Hühnchen auf seinem Teller. Schade. Vielleicht ist es die Mischung aus Tequila Shots, Rum und Rotwein, aber ich stelle auf einmal fest, dass ich mich für den Typen erwärme.

Die restlichen Reden bringen erzwungenes Gelächter und Tränen der Rührung hervor. Verheiratete Paare wünschten, sie wären wieder Single, Singles wünschten, sie wären verheiratet. Und (fast) alle wünschen dem Paar das Allerbeste, denn auch wenn heute alles nur Kuchen und Konfetti ist, wissen wir ja, wie viel Arbeit das Eheglück bedeutet …

Ich schaue meinen Nachbarn prüfend an. Ich wette, er würde sich für ein einwöchiges Besäufnis auf dem Weingut seiner Großeltern entscheiden. Ich muss zugeben, dass diese Sache mit dem Weingut sehr idyllisch klingt. Er ist seit seiner Kindheit jeden Sommer dort gewesen und erzählt bei Kaffee und Petits Fours verschiedene Anekdoten, wobei er immer wieder etwas auf Französisch einstreut. Ich möchte gern total chic und gebildet wirken, stattdessen frage ich: «Hast du schon mal mit nackten Füßen Weintrauben getreten?» Und: «Wie heißt eigentlich *verkatert* auf Französisch?»

Offenbar ist es *gueule de bois*, was so viel bedeutet wie «Holzmund». Das gefällt mir so gut, dass ich – als Tristan loszieht, um Marcus zu beglückwünschen – meinen Kellnerfreund an seiner neuen Position an der mobilen Bar neben der DJ-Box aufsuche.

«Wussten Sie eigentlich schon, was *verkatert* auf Französisch heißt?», frage ich spitzbübisch und schiebe gleich hinterher: «Man spricht es ‹göl de bua› aus.»

«Oh, danke, und Sie arbeiten gerade an Ihrem?»

«An meinem Kater?» Ich schwanke leicht. «Ja, ich spüre, dass er sich ganz wunderbar entwickelt.»

Er stellt mir eine Flasche San Pellegrino hin. «Morgen werden Sie mir dafür danken.»

«Ach, wirklich?», frage ich in der Hoffnung, dass es ein bisschen frivol klingt, weil ich mir gerade vorstelle, wie es wäre, neben ihm aufzuwachen. Aber dann drehe ich mich weg, damit er nicht sieht, dass ich rot werde.

«Also, wer ist wohl am *betrunkensten*?», frage ich und schwenke den Arm durch den Raum.

«Sie meinen, außer Ihnen?»

«Hey!», protestiere ich.

Er lächelt. «Ich würde sagen, die Dame da drüben, die kaum noch gerade stehen kann.»

Wir betrachten eine der Banker-Frauen, die vergeblich versucht, ihren Rücken durchzudrücken, sich aber immer wieder am Tisch festhalten muss. So, wie sie hin und her schwankt, könnte man meinen, sie säße in einem Karussell.

«Gleich wird sie sich übergeben.»

Ich verziehe das Gesicht. Das kommt mir nur zu bekannt vor. «Und welchem Mann wird am ehesten ein Drink ins Gesicht geschüttet?»

«Gute Frage», sagt mein Kellnerfreund. «Da war vorhin so ein Typ mit superunangenehmer Ausstrahlung, den ich jetzt nirgendwo entdecken kann. Vielleicht hat es ihn getroffen ...»

«Ach, schade.» Ich hätte gern gewusst, wen er meint. «Und wer kippt am ehesten um?»

«Das ist einfach! Das ist der Typ, der da gerade den Kosakentanz aufführt.»

Tatsächlich! Der Typ hält drei weitere Hocken und nach vorn geschleuderte Beine durch, dann fällt er rückwärts gegen einen Tisch und zieht dabei die Tischdecke plus das daraufliegende Besteck über seinen Kopf.

«Sie sind gut!», lobe ich den Kellner.

«Ich betrachte das alles hier als Figurenrecherche für meine Arbeit.»

«Arbeiten Sie in einer Entzugsklinik?», frage ich mit gerunzelter Stirn.

Er lacht und schüttelt den Kopf. «Ich arbeite an einem Drehbuch.»

«Ehrlich?» Ich reiße die Augen auf.

Er nickt. «Man klingt natürlich wie ein Vollidiot, wenn man sagt, dass man ein Drehbuch schreibt, aber Ihnen kann ich es ja sagen, weil Sie es morgen wieder vergessen haben.»

«Werde ich nicht!»

«Oh doch, das werden Sie.»

Ich schaue ihn an. Es gefällt mir, dass er seine eigenen Visionen und Ahnungen hat, auch wenn sie auf Deutung von Körpersprache und Psychologie basieren. Wenn sein Boss nicht immer zu uns herschauen würde, würde ich ihn jetzt küssen, nur aus Neugier.

«Ich wette, Ihnen werfen sich auf Hochzeiten eine Menge Frauen an den Hals.» Ich probiere einen Schluck Wasser.

«Nicht bei solchen Gästen.»

«Wieso?»

«Die Frauen hier wollen lieber einen Banker als einen Kellner.»

«Sie sind doch kein Kellner, Sie sind ein Autor.»

Er lächelt. «Ich bin beides.»

«Drei Bier, mein Freund.» Einer von Marcus' Onkeln tritt an die Bar.

Ich hätte unsere Unterhaltung gern fortgesetzt, aber der DJ kündigt die Disco-Playlist unserer Schulzeit an, und alle rennen zu *Pump It* von den Black Eyed Peas auf die Tanzfläche.

«Bis später!», winke ich dem netten Kellner zu, bevor ich ebenfalls loshopse.

«*Pump It!*» Der DJ dreht das Soundsystem auf.

«*Louder!*», brüllen wir alle zurück.

Als Nächstes kommt der lässige Beat von Gnarls Barkleys *Crazy*, und überall hört man die Leute rufen: «Oh, ich liebe diesen Song!» Und: «Weißt du noch, als wir …?» Plötzlich fühlt sich die Hochzeit wie ein Klassentreffen an. Aber dann sehe ich, dass Tristan zu mir rüberkommt – Justin Timberlakes *SexyBack* scheint offenbar sein Song zu sein.

Tristan ist ein ziemlich guter Tänzer, und wir bewegen uns überraschend synchron zu dem pulsierenden Synthie-

Beat. Er legt seine Hände auf meine Hüften und zieht mich an sich, als der Text anzüglicher wird. Die Musik ist laut, der Raum heiß, und ich bin herrlich beschwipst. Ich habe mich schon lange nicht mehr so gut gefühlt.

Er beugt sich zu meinem Ohr. «Bleibst du über Nacht hier?»

Ich spüre einen Schauder durch meinen ganzen Körper rauschen, dann nicke ich etwas nervös.

«Vielleicht kann ich dich nachher besuchen?», raunt er mir zu.

Ich verderbe ihm nicht gern die Vorstellung, wie er mich um mein Himmelbett jagt, trotzdem muss ich ihm die Wahrheit sagen: «Ich bin leider in einer Art Dienstbotenzimmer untergebracht – mit zwei winzigen Einzelbetten.»

«Na ja, wir bräuchten nur eins ...»

Ich halte ihm den Zeigefinger hin. «May schläft im anderen Bett, außerdem ist die Decke so niedrig, dass du dir den Kopf aufschlagen würdest.» Ich unterbreche mich. «Oder ich. Wie auch immer!» Plötzlich bin ich total verlegen und sage ihm, dass ich dringend Wasser brauche. «Willst du auch?»

«Klar», meint er schulterzuckend.

Die Bar von meinem Kellner ist zu bevölkert, also gehe ich zu der Bar auf der anderen Seite des Raums. Dieser Barmann macht sich keine Gedanken über meinen Alkoholpegel, darum kippe ich einen doppelten Kraken runter zum Ausgleich für mein Wasser vorhin. Dann bestelle ich ein Glas Rotwein, da ich ja jetzt eine gebildete Weinkennerin bin. Oh, dieser Tropfen ist aber nicht halb so lecker wie Tristans schicker Wein von vorhin. Wie hieß der noch? An der richtigen Bar wissen sie es bestimmt ...

«Amy! Los, komm mit aufs Foto!»

Ein paar Schulfreunde positionieren sich auf der Treppe wie auf einem Bild für eine Familiendynastie.

«Cheers!» Wir heben alle unsere Gläser.

«Jetzt alle mal mit sexy Pose!»

Wir könnten nicht lächerlicher aussehen. Alle lachen, fallen sich in die Arme, verschütten ihre Getränke. Ich fühle mich etwas benebelt und überfordert. Ich brauche meine richtigen Freunde! Wo ist May? Wo ist Gareth? Und dann fängt jemand eine Polonaise an und führt uns zurück in die kochende Menge auf der Tanzfläche. Ich versuche, mich zu Tristan durchzukämpfen, befinde mich aber plötzlich in den Armen von Marcus' Großvater Ernie. Er tanzt mit mir auf klassische Weise, was sich gut und sicher anfühlt und meinem Kopf die Gelegenheit gibt, sich in Ruhe zu drehen. Also bleibe ich eine Weile in seinen Armen.

«Amy?»

«Hmmmm?» Bin ich beim Tanzen eingeschlafen?

Ernie reicht mich an Jay weiter, der jetzt einen Pailletten-Hosenanzug trägt, damit er tanzen kann, ohne dass ihm ständig jemand auf den Schleier tritt. Irgendwann startet er einen großen Salsa-Kreis, und wir wechseln von einem Partner zum anderen. Mein Körper sagt mir, dass ich wieder in Tristans Armen liege, noch bevor ich sein Gesicht sehe. Er sagt etwas zu mir, das ich nicht verstehe, hält mich ganz fest und führt mich von der Tanzfläche weg. Ich hoffe, dass wir nach draußen gehen, der Regen würde sich jetzt so gut anfühlen. Ich hatte zu viele Hände auf meinem Körper, zu viel Schweiß. Ich möchte das alles einfach abwaschen und meinen Kopf klar kriegen.

«Charlotte!» Ich strecke die Hand nach ihr aus, als wir an

ihr vorbeitanzen, und im nächsten Moment habe ich Tristan verloren, und Charlotte und ich sitzen in dem Schlupfwinkel unter der Treppe.

«Ich bin so glücklich!», gesteht Charlotte. «Ich habe endlich einen Zugang zu meiner Schwiegermutter gefunden – sie putzt genauso gern Spiegel wie ich!»

«Ich weiß nicht, was ich dazu sagen soll, aber ich freue mich sehr für dich.»

«Hast du Tristan schon geküsst?» Sie beugt sich näher zu mir. «May hat gesagt, er steht auf der Liste.»

Ich will antworten, aber es kommt nichts raus. Habe ich ihn geküsst? Man sollte meinen, ich wüsste es, aber mein Hirn ist zu benebelt.

«Jedenfalls ist dein Lippenstift ab», bemerkt Charlotte und trägt mir ein bisschen von ihrem Lipgloss auf.

«Mmm, schmeckt nach Mango. Hey, ich wollte dich was fragen!» Unbeholfen greife ich nach ihr. «Wieso hast du mich neben diesem grässlichen Banker platziert? Er ist zwar am Ende gar nicht an unserem Tisch gelandet, aber ...»

Sie zieht eine Grimasse. «Er war derjenige, dem du so gefallen hast.»

«Waaas?»

«Der an dem Abend bei uns war, als Marcus und ich die Sitzordnung durchgegangen sind.»

Eine Millisekunde lang fühle ich mich schlecht, aber natürlich hätte das sowieso niemals funktioniert. Liebe unter Freunden und so ...; Apropos: «Ich muss Gareth finden!», sage ich und versuche, auf die Beine zu kommen.

«Um ihn von Peony zu befreien? Sie ist ja total wild auf ihn!»

Ich blinzele. «Ja. Denn er ist ja noch mit Freya zusammen.»

«Natürlich ist er noch mit Freya zusammen.» Charlotte schaut mich verwundert an.

«Oh mein Gott!», rufe ich. «Das ist unser Lied. Wir müssen tanzen!»

Charlotte sieht etwas verwirrt aus, weil Flo Ridas *Club Can't Handle Me* plötzlich unser Lied sein soll, aber sie macht trotzdem mit.

8

Ich fahre erschrocken hoch und knalle mit dem Kopf gegen die Deckenschräge.

«Auuuuu!», heule ich auf.

«Was ist los?», ruft May erschrocken und macht dann genau dasselbe. «Verdammt!» Sie reibt sich mit verzerrtem Gesicht den Kopf. «Wieso polstern sie das nicht aus?»

«Oder stellen einfach ein Doppelbett mitten ins Zimmer?»

«Genau.»

Wir lassen uns wieder in die Kissen sinken.

«Was für eine Nacht!»

«Ach ja?», stöhne ich. Mein Hirn fühlt sich an wie ein nach innen gekrempeltes Stachelschwein. Ich versuche, mich auf die Seite zu drehen. Oh nein. Da sind ein paar Muskelpartien, die nur wehtun, wenn ich getwerkt habe. Ich spähe unter die Bettdecke. Ich trage immer noch mein Abendkleid. Was wohl besser ist als eine ganze Reihe von anderen Möglichkeiten. Ich merke, dass May mich ansieht. «Was ist?»

«Du weißt es nicht mehr?», fragt sie ungläubig.

«Was weiß ich nicht mehr?»

«Du hast IHN getroffen!»

«Wen ihn?»

«IHN-ihn!», sagt sie. «Du, Amy Daniels, hattest einen Kuss mit einer positiven Vision – zum ersten Mal in deinem Leben hast du ein Happy End gesehen!»

Ich spüre, wie mich eine Welle der Wärme erfasst, als ob mir die Sonne selbst aus dem Herzen strahlt. Ein Gefühl der

Verwunderung und Freude flackert in mir auf. Niemals habe ich mich so geliebt gefühlt oder dieses starke Gefühl der Verbundenheit empfunden. Er kennt mich, er kennt mich wirklich. Und liebt mich trotzdem.

«Das ist unglaublich!», sage ich verwundert und warte darauf, dass mir sein Gesicht vor Augen tritt.

Stattdessen legen sich dunklere Bilder davor, ersticken die schönen, dankbaren Gefühle – da ist ein Handgemenge, ein Gerangel, ein Spritzer Rotwein auf einem weißen Hemd.

«Oh nein!», stöhne ich, während meine Angst wächst.

Ich stehe draußen auf einer Straße, die ich gut kenne, aber gerade nicht erinnere; da sind erhobene Stimmen, wütende Worte werden getauscht. Ich spüre eine Mischung aus Ärger und Abneigung – jemandem wird Betrug vorgeworfen, ein Handy wird als Beweis verlangt, ich höre das quietschende Schlingern eines Taxis und dann ein schreckliches Knirschen.

«Mein Handy!»

«Ist hier», beruhigt mich May. Sie kniet neben mir und schaut mich besorgt an. «Alles in Ordnung mit dir?»

«Das war ja merkwürdig», sage ich und warte darauf, dass mein Herzschlag sich wieder beruhigt. «Es fing alles so gut an, aber dann hat es sich total verändert. Und dann noch mal. Als hätte ich drei unterschiedliche Visionen gehabt, eine nach der anderen.»

«Na ja, das ergibt schon Sinn.»

«Ach ja?» Ich sehe sie verwirrt an. «Was soll das heißen?»

«Das heißt, dass du gestern Nacht drei Männer geküsst hast.»

«Neeeiiin!»

«Tu nicht so erschüttert, das war doch unser Plan.»

«Ich hab das nur so gesagt!», protestiere ich. «Ich wollte es doch nicht wirklich tun.»

«Oh, aber das hast du, und ich habe die Beweise.»

Sie steht auf und stampft im Zimmer herum, hebt Kissen an und schiebt meinen Koffer zur Seite.

«Suchst du nach Unterwäsche oder nach echten Körpern?» Sie glaubt doch hoffentlich nicht ernsthaft, dass ich alle drei mit aufs Zimmer gebracht habe.

«Ich suche nach diesen Dingern!», ruft sie mir aus dem Badezimmer zu.

«Falls du Paracetamol meinst, ich nehme auch eine.»

«Erinnerst du dich denn nicht?» Sie steht in der Badezimmertür. «Du hast mir für jeden Mann, den du geküsst hast, einen Flaschenverschluss gegeben. Aha!» Sie findet ihre Jacke unter dem Bett, zieht drei Flaschenverschlüsse aus der Innentasche und reicht sie mir. Jeder einzelne repräsentiert für mich eine sehr unterschiedliche Erfahrung: eine glückliche, eine irritierende und eine erschreckende.

«Ich glaube, der hier steht für Tristan.» Ich drehe das verbogene Metall an meinem Finger herum.

«Das dachte ich mir», meint May. «Aber was ist mit den anderen beiden?»

Mein Kopf schmerzt schon bei dem Versuch, ihn zu benutzen.

«Gib mir ein Bild», spornt sie mich an. «Ich könnte eine Phantomzeichnung anlegen, wenn du mir sein Aussehen beschreibst.»

Während May sich mit Stift und Notizblock bewaffnet, schiebe ich mir das Kissen in den Rücken und versuche, aus den unscharfen Bildern meines Hirns ein Gesicht herauszuklauben. Ich kann sie alle kaum unterscheiden, auch nicht die mit ihnen verbundenen Gefühle. Es fühlt sich an wie unsere chaotische Version einer kubanischen Rueda – als ob wir wieder in einem Kreis Salsa tanzen und dabei ständig die Partner wechseln würden. Mir wird schon bei dem Gedanken an die Schritte, Drehungen, Partnerwechsel schwindelig. Einige Tanzpartner hatten es richtig drauf, manche waren frech, manche schüchtern. Manche rochen göttlich, andere nicht so gut. Aber von allen Männern, mit denen ich getanzt habe, sticht ein Gesicht deutlicher hervor als die anderen.

«Weißt du, ich habe eine ganze Weile mit Ernie getanzt.»

«Mit Marcus' Großvater?»

Ich nicke. «Er hat mir ein Ständchen gesungen.» Ich erinnere mich daran, dass ich meinen Kopf auf seine Schulter gelegt habe, die Augen schloss und seinem Gesäusel lauschte. «Es war so romantisch.»

«Bitte sag mir jetzt nicht, dass du ihn geküsst hast», keucht May.

«Nein, natürlich nicht», stoße ich hervor. Aber hundertprozentig sicher bin ich mir nicht.

«Ich erinnere mich daran, dass diese Baklava-Nummer ziemlich heiß wurde.»

«Bachata», verbessere ich sie. «Wer war dieser Typ eigentlich? Er sah aus wie Bruno Mars.»

«Total, also brauche ich ihn nicht zu zeichnen.» May greift nach ihrem Handy. «Ich frage mich, ob Charlotte eine Gästeliste hat, die wir durchgehen könnten.»

«Wir können sie doch nicht in ihren Flitterwochen stören!»

«Die haben noch nicht angefangen, darum wird es ihr nichts ausmachen.» May schreibt ihr bereits eine Nachricht. «Und außerdem ist sie am besten geeignet, um das Rätsel zu lösen – in den Escape Rooms hatte sie auch immer als Erste die Lösungen.»

Das stimmt allerdings.

«Willst du Wasser?»

May nickt, ohne vom Handy aufzusehen.

Ich stehe auf und schleiche ins Badezimmer, stelle den Wasserhahn an und lehne mich an die Wand. Irgendwas an dem Geräusch von Wasser löst eine weitere Welle der Gefühle in mir aus – Sehnsucht, Zärtlichkeit. Als ich das Glas unter den Hahn halte, zittert meine Hand. Ich lasse das Wasser über den Rand und meine Finger laufen. Gestern Abend hat es geregnet. Bin ich rausgegangen? Ich spähe in den Spiegel. Nein. Ich weiß, wie meine Haare aussehen, wenn sie auch nur der geringsten Feuchtigkeit ausgesetzt sind. Mein Haarreif sitzt nicht mehr auf meinem Kopf, aber die Strähnen sind glatt.

«Hast du mir gestern den Haarreif abgemacht?», rufe ich May zu.

«Ja, und was für ein grässliches Ding das war mit all diesen Minihäkchen.»

Das zum Thema ‹ein Amethyst hilft gegen Trunkenheit›. Ich überprüfe mein Kinn nach Schrammen von Bartstoppeln. Nichts. Offenbar habe ich niemanden lange genug oder heftig genug geküsst.

Das ist doch alles seltsam. Ich sollte mich total glücklich fühlen – ich habe IHN getroffen! IHN geküsst! Stattdessen fühle ich mich durcheinander und ziemlich beschämt.

«Habe ich mich gestern komplett danebenbenommen?», frage ich, als ich Mays Glas auf ihren Nachttisch stelle.

«Nicht, dass ich wüsste, aber ich schätze, wir müssen unsere Quellen anzapfen, um ein vollständiges Bild zu kriegen. Apropos: Wir müssen deine Handyfotos checken.»

«Was ist mit deinen?», frage ich.

«Ich habe keine Fotos gemacht.»

«Was?»

«Na ja, ich wusste doch, dass Charlottes Fotograf alle besonderen Momente festhält, und ich habe meinen Akku gespart, falls ich Marcus mit einer der Brautjungfern in der Garderobe erwische.»

«*Wir* waren doch die Brautjungfern», sage ich verzweifelt.

«Du weißt schon, was ich meine.» May zuckt die Schultern.

Ich seufze und wische dann durch meine Fotos. Sie wurden früh am Abend aufgenommen, als Make-up und Würde noch intakt waren. Jeder posiert freiwillig und etwas unbeholfen, um seine beste Seite zu präsentieren.

«Also, das hilft mir nicht weiter.»

«Check deine Kontakte», schlägt May vor. «Vielleicht hast du jemand Neues hinzugefügt.»

«Woher soll ich wissen, ob jemand neu ist?», frage ich und scrolle durch all die vertrauten Namen.

«Schau dir die letzten Anrufe an – die Leute rufen oft an, wenn man ihre Nummer speichern will.»

«Oh mein Gott!» Ich greife nach ihrem Arm. «*Tristan, Hochzeit.*»

«Wieso siehst du so erschrocken aus?»

«Das ist ein ausgehender Anruf – um drei Uhr nachts!!!»

May richtet sich auf. «Ooooooh, ein sexy Anruf. Ich schätze, das platziert ihn ganz oben auf der Liste.»

Ich krame im Bauschutt meines Hirns und versuche, mich daran zu erinnern, worum es in diesem Gespräch ging, aber ich finde keine Spur. «Das sieht gar nicht gut aus», jammere ich.

«Wieso schreibst du ihm nicht und wartest ab, was er sagt?»

«Niemals. Stell dir doch mal vor, ich habe ihn gestern Nacht angerufen und gesagt: ‹Ich hatte eine Vision, dass du der Richtige bist! Wir werden heiraten und Kinder kriegen, und du wirst mich für immer lieben.›»

«Na ja, wenn du das gesagt hast, dann wird er jetzt bestimmt schon eine neue Handynummer haben, also hast du nichts zu verlieren.»

«Das hilft mir nicht weiter», schmolle ich.

«Doch, tut es. Schreib ihm.»

Ich kaue an meinem Daumennagel.

May steht auf. «Da ich ja weiß, wie lange du brauchst, um eine Nachricht zu formulieren, gehe ich mal duschen. Aber wenn ich zurückkomme, musst du sie abschicken.»

«Bestimmerin.»

«Du sagst das so, als wäre es was Schlimmes, dabei bin ich dadurch nur noch mehr wie Tina Fey.» May liebt die Comedyserie *30 Rock* ...

Ich brauche ihre gesamte Duschzeit inklusive Haarewaschen und –trocknen, bis ich meine Nachricht fertig habe:

> Hi, Tristan, ich bin eine der vielen betrunkenen Frauen von Charlottes Hochzeit, aber insbesondere diejenige, die dich um drei Uhr morgens angerufen hat. Da ich mich nicht mehr daran erinnern kann, was wir besprochen haben, frage ich mich, ob ich mich entschuldigen sollte oder erröten oder beides. Aber vielleicht weißt du es auch nicht ...

Ich füge ein kleines betendes Emoji hinzu. «Und welches Gesichts-Emoji soll ich anfügen?», frage ich May, die gerade aus dem Bad kommt.

Wortlos greift sie über mich hinweg und drückt auf Senden.

«*Was hast du getan?!*», kreische ich.

«Erstens haben wir keine Zeit, jede mögliche Interpretation von irgendwelchen schiefen Augenbrauen oder o-förmigen Mündern durchzugehen. Und zweitens scheint mir Tristan nicht gerade der Emoji-Typ zu sein.»

«Da hast du recht», stimme ich zu und springe auf, als das Handy in meiner Hand summt. «Waaaahhhh! Er hat geantwortet. Oh Gott, er hat geantwortet! Ich kann es nicht ertragen!» Ich greife nach dem Kissen und drücke es aufs Display.

May schnalzt mit der Zunge und greift nach meinem Handy. Sie zieht eine Augenbraue hoch und liest mit anzüglicher Stimme vor, was er geschrieben hat:

Oh, ich erinnere mich an alles.

Mein Magen rutscht mir in die Kniekehle, während mein restlicher Körper vor Lust vergeht.

«Was antworte ich denn darauf?», frage ich panisch.

«Er schreibt ...», sagt May.

Ich spähe über ihre Schulter und klammere mich an ihren zarten Körper.

«Amy, du tust mir weh.»

«Sorry, sorry.» Ich lasse sie los und renne im Zimmer hin und her, versuche, mich zu beruhigen. «WAS SCHREIBT ER?»

Abendessen. Samstag. Ich bezahle.

Ich quietsche vor Aufregung. Was auch immer ich um drei Uhr morgens gesagt habe, es hat mir ein Date eingebracht. Keinen Kaffee, keinen Drink oder einen Snack, sondern ein richtiges Abendessen. Mit einem Mann, der für mein warmes Gefühl verantwortlich sein könnte. Ich wirbele herum, dann eile ich wieder an Mays Seite. Vermutlich sollte ich antworten.

«Bleib schön kurz und freundlich», rät sie mir.

Super!, schreibe ich. Ich bin ein Vorbild an Zurückhaltung.

Es dauert eine Weile, und ich bekomme schon Angst, dass er seine Meinung geändert haben könnte, doch dann lese ich:

Milo's in Mayfair um 19 h

«Er will dich beeindrucken», bemerkt May.

Ich schreibe zurück, dass ich mich freue, doch darauf antwortet er nicht mehr. Was ja in Ordnung ist. Er ist ja ein erwachsener Wir-unterhalten-uns-persönlich-Typ, und genau das will ich auch sein.

«Also, glaubst du, er ist der Eine?»

«Ich weiß es nicht!» Ich tippe mir an die Lippe. «Ich weiß gar nichts mehr. Ich hätte normalerweise gesagt, er ist überhaupt nicht mein Typ – zum Beispiel sieht er viel zu gut aus.»

«Das ist Jammern auf hohem Niveau.»

«Es ist alles so merkwürdig», seufze ich. «Ein perfektes Match, aber zwei falsche. Woher soll ich wissen, ob ich die richtige Wahl getroffen habe?»

«Na ja, ich schätze, du musst wohl alle drei daten, um das herauszufinden.»

«Ich bin hier doch nicht bei irgendeiner Realityshow!», protestiere ich. «Und ehrlich gesagt habe ich gar nicht die emotionale Kapazität, um drei Männer gleichzeitig zu jonglieren. Einer allein reicht mir schon.»

«Du musst dich einfach überwinden», sagt May streng.

«Und lernen, deinen Instinkten zu vertrauen. Wenn du mit ihm zusammen bist, wirst du es früher oder später wissen.»

Ich nicke, möchte ihr zu gern glauben ... «Hmmm, aber natürlich gibt es da noch dieses klitzekleine Problem, dass wir die anderen Teilnehmer dieses Liebestrios ebenfalls identifizieren müssen.»

«Ich glaube, technisch gesehen ist es ein Liebesquartett», bemerkt May, doch dann piept ihr Handy, und sie reckt die Faust in die Luft. «Yes! Charlotte will uns in zwanzig Minuten unten im Fliederzimmer treffen. Ich wusste, sie macht mit!»

«Muss sie nicht zum Flughafen?»

«Sie schreibt, Marcus kümmert sich ums Packen, und sie hat eine Stunde Zeit. Und sie wollte uns sowieso alle noch sehen, bevor sie fährt.» May greift nach dem Gästetelefon und ruft in der Küche an. «Hallo? Ja, ich wollte fragen, ob wir bitte einen Tisch für fünf Personen im Fliederzimmer reservieren können? Zum Frühstück.»

Ich wanke wieder ins Badezimmer, als May die Hand über die Muschel hält und flüstert: «Amy! Warte!»

«Was?», fahre ich zusammen.

«Bevor du alle Spuren beseitigst – sollten wir dich nicht vielleicht in Talkumpuder wälzen und nach Fingerabdrücken absuchen?»

Ich verderbe ihr nur ungern den Spaß, als sie kichernd zusammenbricht, aber ich mache mir ernsthaft Sorgen, die falsche Entscheidung zu treffen. Ich habe das schreckliche Gefühl, unter diesen Taxireifen ist mehr als nur ein Handy zerdrückt worden.

9

Charlotte wartet bereits im Fliederzimmer auf uns. Sie steht neben einem Tisch, auf dem alle Tischkarten liegen. Nein, das stimmt nicht – es sind nur die Karten der *Männer*.

«Wir haben nicht viel Zeit, bis ich zum Flughafen muss. Wir müssen eine Liste der Verdächtigen erstellen.» Sie redet, als wäre sie die Leiterin des MI5. «Ich habe die Fotos nach verschiedenen Gruppen sortiert: Singles, verheiratete Männer und Verheiratete, die bereit sind, die Grenze zu überschreiten.»

Ich sehe, dass Ernie in diese Rubrik fällt.

«Seine Frau ist genauso schlimm», erklärt sie mir, als ich meine Entgeisterung kundtue.

«Ich habe ziemlich viel mit ihm getanzt», gestehe ich besorgt.

«Schon gut, ich habe ihn bereits gefragt, und er hat mir gesagt, da war nichts.»

«Du hast Marcus' Großvater gefragt, ob wir uns *geküsst* haben?»

«Wir suchen hier nach Antworten, Amy. Ich warte seit zwanzig Jahren darauf, dass du eine positive Vision hast, und ich werde nicht zulassen, dass uns dieser eine Mann jetzt durch die Lappen geht, wer immer es auch ist.»

«Okay.» Ich schlucke.

«Also, fangen wir mit den Singles an.»

«Tristan», sagt May, den Mund voll mit Schokoladencroissant. «Sie hat sich schon ein Date mit ihm gesichert.»

«Klingt gut», sagt Charlotte und macht auf dem Tisch Platz für die möglichen Kandidaten.

«Cousin Elliot können wir wohl ausschließen», sage ich schaudernd. «Ich weiß, ihr seid verwandt, aber ich grusele mich einfach vor ihm.»

«Schon gut, ich mich auch», gesteht Charlotte.

«An diesen Schnucki hier erinnere ich mich.» Ich deute auf einen Mann mit Mini-Dreadlocks. «Ich glaube, ich habe mich vor den Toiletten mit ihm unterhalten.»

«Er ist neunzehn.»

«Na ja, mit Alkohol im Blut gibt es keine Altersdiskriminierung.»

«Soll ich Ernie wieder ins Spiel bringen?» Charlotte hebt drohend eine Augenbraue.

«Nein», sage ich schmollend.

«Was macht Jay denn in der Gruppe der möglichen Kandidaten?», schnaubt May.

«Du weißt doch, wie es beim Tanzen immer mit ihm durchgeht», erklärt Charlotte. «Ich dachte, Jay könnte vielleicht eine der beiden falschen Fährten gewesen sein.»

«Wo steckt er eigentlich?»

Wie aufs Stichwort wird in diesem Moment die Tür aufgerissen, und ein Mensch mit goldenem Turban, schwarzer Sonnenbrille und einem grellen Kaftan schwebt herein. «Und hier kommt Gloria Swanson», bereitet er seinen Spezialauftritt vor, als er in derselben Sekunde die Lage erfasst und gleich darauf seine Tischkarte zur Seite schiebt. «Ich war betrunken, aber so betrunken nun auch wieder nicht.»

«Wie charmant!», murmele ich, während er sich auf die Suche nach Kaffee macht.

«Nicht böse gemeint», sagt er mit einem Blick zurück. «Übrigens standen da gestern eine ganze Menge Leute für dich an.»

«Was hast du gesehen?», rufen wir. «Wir brauchen Einzelheiten!»

Er stellt seinen Kaffeebecher ab. «Ihr meint, abgesehen von der Tatsache, dass Amy so ziemlich mit jedem Mann getanzt hat? Ehrlich, das war, als würde man J-Lo in *Hustlers* erleben.»

«Oh Gott!», stöhne ich.

«Aber hast du gesehen, dass sie jemanden *geküsst* hat?», will May wissen.

«Also, da gab's diesen Typen hier.» Er deutet auf Tristan. «Aber ich schätze, das wusstest du bereits. Und dann habe ich dich mit jemandem in der Küche überrascht. Das muss ungefähr am Ende der Party gewesen sein, weil ich noch einen Snack mit auf mein Zimmer nehmen wollte. Und du offenbar auch.»

«Der Kellner!», rufe ich aus. «Den hatte ich ganz vergessen! Oh, er war so süß!»

«Wie heißt er?» Charlotte zückt ihren Stift. «Ich rufe gleich die Cateringagentur an.»

«Keine Ahnung.» Ich beiße mir auf die Lippe.

«Kannst du ihn beschreiben?»

«Er hatte so eine Timothée-Chalamet-Ausstrahlung – groß, dunkle Locken, ein bisschen schwermütig ...»

«... und coole Schuhe», wirft May ein. «Ich erinnere mich, dass sie ein Muster aus Spielkarten hatten – so wie von einem Pokerspiel oder Blackjack.»

«Ja!», bestätige ich. «Die sind mir auch aufgefallen. Die sahen aus wie von einem Tattoo-Studio gestochen.»

«Blackjack-Tattoo-Schuhe», notiert Charlotte.

«Da war noch ein anderer Typ.» Jay schaut mit schmalen Augen in die Ferne wie ein Hellseher auf dem Jahrmarkt.

«Ja?»

«Ich meine, du hattest Streit mit ihm.»

May und ich schauen uns an.

«Kannst du dich erinnern, wer das war?» Charlotte deutet auf die Gesichter auf den Platzkarten.

«Ich habe nur seinen Hinterkopf gesehen – ich wollte gerade nachsehen, ob mit Amy alles okay ist, aber dann wurde Beyoncé gespielt ...» Er zuckt die Schultern.

«Meinst du *Crazy in Love*?», hake ich nach.

Er nickt.

«Beim Jay-Z-Teil war ich definitiv dabei.» Das ist mein Partytrick: Ich gebe immer den Crazy-and-deranged-Rap, während Jay um mich herumtanzt.

«Stimmt», sagt Jay. «Dann war es wohl kein langer Streit.»

«Hmmmm.» Ich runzele die Stirn. «Du hast nicht zufällig gesehen, dass ich ihm Rotwein übers Hemd gekippt habe?»

«Müssen wir dir eine Bodycam besorgen?»

«Hätte ich nur letzte Nacht eine getragen.» Ich seufze wieder.

«Halt, ich habe ein Video von dir gemacht.» Jay greift in die Falten seines Kaftans und zieht sein Handy hervor. Wir scharen uns um ihn, aber es gibt nur eine Million Selfies zu sehen. «Das ist doch seltsam, ich hätte geschworen, dass ich dich und Gareth auf der Tanzfläche gefilmt habe.»

«*Hey Ya!*», keuche ich beglückt. Endlich kann ich mich an etwas erinnern! Gareth wollte die ganze Zeit nicht mit uns auf die Tanzfläche kommen, darum bat Charlotte den DJ um den Song, bei dem er sich niemals zurückhalten kann – *Hey Ya* von OutKast.

In unserem letzten Schuljahr hatten wir in einer Mittagspause eine Tanznummer einstudiert, weil wir wussten, dass selbst Gareth die drei Klatscher hinkriegen würde, die sich dann langsam zu ausgestreckten Arme und Wackelfingern entwickeln. Wir lachten uns jedes Mal kaputt, weil wir alle den vollen 1960er-Jahre-Ganzkörper-Swing hinlegten, während er nur steif dastand. Doch gestern Abend ging es mit ihm durch, und er fächelte sich sogar Luft zu wie die Frauen im Video. Alle kreischten vor Begeisterung. Außer vielleicht Peony.

«Ich erinnere mich gar nicht, dass ich Gareth danach noch mal gesehen habe», sagt May nachdenklich.

«Hat ihn überhaupt irgendjemand seitdem gesehen?», frage ich etwas unbehaglich.

Wir schauen uns an, niemand weiß etwas.

«Ihr glaubt doch nicht, dass er mit Peony nach Hause gefahren ist?»

«Gareth würde Freya niemals untreu werden!», platzt es aus Charlotte hervor.

May und ich sehen uns an.

«Was ist?»

«Nichts.»

«Das sah aber gerade gar nicht nach *nichts* aus», beschwert sie sich.

«Jetzt sagt es ihr!», zischt Jay.

«Du hast es Jay erzählt?», fauche ich May an.

«Du weißt, wie sehr er Freya liebt. Ich wollte vermeiden, dass er es über die Gerüchteküche erfährt.»

«Was erfährt?», verlangt Charlotte zu wissen.

«Hör zu, wir wollten dir nichts sagen, um dir nicht deinen Tag zu vermiesen, aber die beiden haben sich vor zwei Monaten getrennt.»

«Wer hat sich getrennt?»

«Gareth und Freya.»

«Niemals!» Sie ist völlig erschüttert.

«Ich bin sicher, das ist nur eine Phase, und sie kommen wieder zusammen», versuche ich zurückzurudern.

«Natürlich werden sie das!», klammert Charlotte sich sofort an diesen Strohhalm.

«Das ist nur das verflixte siebte Jahr.»

«Na klar! Es sind genau sieben Jahre, oder?», bestätigt Jay.

«Das erklärt doch alles.»

«Überhaupt kein Grund zur Sorge.»

«Überhaupt keiner. Ich schreibe ihm einfach noch mal. Nur um sicherzugehen, dass es ihm gut geht.»

«Und in der Zwischenzeit, Jay, ist dein Schwulenradar gefragt. Wen können wir noch ausschließen?»

Er betrachtet pflichtbewusst die Foto-Platzkarten und schiebt ein paar davon zur Seite wie auf einem Schachbrett. «Aber zwei von denen wissen es vielleicht selbst noch nicht ...»

In diesem Moment geht die Tür auf, und herein kommt das, was von Gareth übrig ist. Verschwunden ist der makellose Mann, den wir gestern so bewundert haben. Seine Haare sind zerzaust, seine Augen schattenumringt, und ich vermute sogar, er hat sich beim Rasieren in die Lippe geschnitten, allerdings hat er einen Bartschatten.

«Du siehst aus, als wärst du die Wäscherampe runtergefallen», meint Jay.

«Und hättest dich dann mit einem Bären geprügelt», fügt May hinzu.

«Geht es dir gut?», frage ich und mache ein paar Schritte auf ihn zu.

Er nickt, doch selbst das scheint ihm Schmerzen zu bereiten.

«Du siehst sehr zerbrechlich aus.» Ich schaue ihn an.

«Alles o. k. Hab bloß nicht viel geschlafen.»

«Hat Peony dich wach gehalten?», zieht May ihn auf.

«Da ist nichts gelaufen. Wir haben bloß Telefonnummern ausgetauscht.»

«Ich dachte mir, dass ihr beide gut zusammenpasst», gesteht Charlotte. «Nicht, dass ich euch verkuppeln wollte, denn da wusste ich ja noch nicht –» Sie unterbricht sich und wird rot.

«Und jetzt weißt du es?» Er schaut mich an.

«Tut mir leid!» Ich winde mich. «Es ist aus Versehen rausgekommen. Gerade, vor ein paar Minuten.»

Gareth hebt die Hände. «Okay, lasst uns jetzt nicht darüber reden. Das hier sieht viel interessanter aus. Als ob ihr *Cluedo* mit echten Menschen spielt oder so.»

«Stimmt genau.» Jay kichert los. «Wir versuchen, Professor Bloom und seine Tatwaffe zu finden.»

Ich verdrehe die Augen.

«Amy hat drei Männer geküsst, kann sich aber nicht mehr erinnern, wer es war», erklärt Charlotte.

«Ehrlich?» Gareth reibt sich müde das Gesicht. «Ist das denn wichtig, wo es doch nur wieder schlechte Visionen waren ...»

«Ja, es ist wichtig», sagt May, «denn eine davon war eine gute Vision!»

Das lässt ihn aufhorchen. «Ist das wahr?»

Ich nicke.

«Wow. Das ist ja der Hammer. Glückwunsch!»

«Danke!» Ich fühle mich nur bedingt in Feierlaune.

«Wir wissen, dass einer der drei Tristan war», bringt Charlotte ihn auf den neuesten Stand. «Aber was die anderen beiden betrifft ...» Sie lenkt Gareths Aufmerksamkeit auf den Haufen möglicher Kandidaten. «Fällt dir zu einem dieser Gesichter etwas ein?»

«Du erinnerst dich wirklich an gar nichts?» Gareth dreht sich zu mir.

«Ich weiß, das klingt schlimm, aber der ganze Abend ist ein einziger Nebel. Ich erinnere mich flüchtig an Gesichter, an Bruchstücke von Unterhaltungen, wie ich tanze ...»

«Dein Handy!» Jay packt Gareth am Arm. «Ich habe Amy mit deinem Handy gefilmt!»

«Was?»

«Du hast uns doch gefilmt, aber dann kam *Hey Ya!*, und wir haben getauscht!»

Na, dieses Rätsel ist schon mal gelöst. Wir versammeln uns um Gareth und warten darauf, dass er das Video abspielt.

Die ersten Minuten zeigen das Ende unserer Crazy-in-Love-Nummer. Der Unterschied zwischen dem Bild, das ich von mir hatte, und meinem tatsächlichen Anblick auf dem Bildschirm ist ziemlich enttäuschend. Allerdings gibt Jay eine sehr überzeugende Queen Bey ab.

Und dann hören wir die ersten Akkorde von *Hey Ya!*, die vom DJ nahtlos übergeblendet werden. Woraufhin ich loskreische und mich auf Gareth stürze. Das Handy filmt ein oder zwei Sekunden den Fußboden, dann hören wir, wie Jay ruft, wir sollen ihm alles geben.

Offensichtlich war das eine ganze Menge.

Plötzlich wird das Video von einem Anruf unterbrochen. Freya.

Wir richten uns alle auf und schauen Gareth erwartungsvoll an.

«Einfach ignorieren», sagt er und drückt den Anruf weg.

«Willst du wirklich nicht rangehen?» Charlotte versucht vergeblich, locker zu klingen.

Gareth schüttelt heftig den Kopf.

Er will das Video wieder starten, da klingelt es erneut. Noch mal Freya.

«Es scheint dringend ...», setze ich an.

«Ich weiß schon, was sie sagen will.»

«Ach ja?», sagt May.

Gareth seufzt und reibt sich die Augenbrauen. «Sie wird heiraten.»

«*Was?*» Wir starren uns gegenseitig an, als könnte die Spiegelung unseres eigenen Entsetzens das Ganze einfacher für uns machen.

«Bevor ihr weiter fragt ...; ich kenne keine Einzelheiten. Ich habe es erst gestern Abend erfahren.»

Na, kein Wunder, dass er so durch den Wind war. Offenbar waren wir alle zu betrunken, um ihn zu trösten, wann immer er es erfahren hat.

Charlotte sieht ihn mit ernster Miene an. «Ich finde, wir sollten darüber sprechen, wo wir gerade alle zusammen sind.»

«Sollten wir nicht. Lass uns das Video zu Ende schauen.»

«Willst du wirklich nicht darüber reden?» Jay sieht ganz verzweifelt aus.

«Ganz und gar nicht», versichert ihm Gareth.

«Es tut mir so leid», sage ich.

«Mir auch», stimmt May zu.

«Uns allen», meint Charlotte.

Gareth zuckt unbehaglich die Schultern und spult dann

zehn Sekunden des Videos zurück, womit er uns zwingt, uns wieder auf gestern Abend zu fokussieren. «Jetzt lasst uns das Rätsel knacken, okay?»

Wir betrachten Gesichter, suchen nach Hinweisen: Peony sieht etwas angefressen aus, aber das wäre ich auch, wenn ich in ihren veganen Lederschuhen stecken würde. Elliot schmollt wie immer, von Tristan keine Spur, allein der Kellner feuert uns an.

«Aaauuu!»

Wir fahren alle gleichzeitig zurück.

In meiner übereifrigen Begeisterung hatte ich offenbar meinen Arm nach hinten gerissen und Gareth mit meinem geschmückten Handgelenk voll ins Gesicht getroffen. Wir betrachten noch einmal den Schock in seinem Gesicht und wie er merkte, dass seine Lippe blutete.

«Wow, das reiche ich direkt bei *You've Been Framed* ein.»

«Oh mein Gott, ich war das?» Ich will sein Gesicht berühren, aber er weicht instinktiv vor mir zurück.

«Das hat wehgetan», stellt Jay fest.

Wie kann es sein, dass ich mich daran nicht mehr erinnere?

«Na, ich schätze, damit ist Gareth raus.» May schiebt seine Tischkarte zur Seite.

«Es sei denn ...» Charlotte schaut ihn prüfend an.

Er schnaubt. «Ich kann euch versichern, dass ich nicht Mr Right bin.»

«Ist ja schon gut!», sage ich beleidigt.

«So habe ich es nicht gemeint.» Er klingt fast reumütig.

Gerade denke ich, dass alles nicht komplizierter sein könnte, da platzt Marcus ins Zimmer und sagt zu Charlotte, sie möge sich jetzt bitte nicht aufregen.

Was nichts Gutes bedeuten kann.

«Das Taxiunternehmen hat eben unsere Fahrt gecancelt, und sie haben keine anderen Fahrer mehr. Jetzt müssen wir jemanden finden, der ein Auto hat und uns zum Flughafen fahren kann.»

Wir drehen uns alle zu Gareth um. Er ist der Einzige mit einem Wagen.

Marcus sieht nicht überzeugt aus. «Du wirkst noch nicht besonders ausgenüchtert auf mich ...»

«Das hat nichts mit Alkohol zu tun», erklärt Gareth sein lädiertes Gesicht. «Ich fahre euch gern.»

«Ich möchte deinen Aufenthalt hier aber nicht so abrupt beenden», protestiert Charlotte. «Du hast ja nicht mal gefrühstückt.»

«Ich habe wirklich keinen Hunger. Ich hole nur meine Tasche.»

«Trink wenigstens einen Kaffee», meint Marcus, eifrig bemüht, seine Dankbarkeit zu zeigen. «Jetzt, wo du uns rettest, haben wir es nicht mehr so eilig.»

«Je eher wir aufbrechen, desto besser.» Gareth geht in Richtung Tür, bleibt jedoch neben einem der mit Blumen geschmückten Kronleuchter stehen, die inzwischen auf Schulterhöhe abgesenkt worden sind. «Amy, besuchst du heute deine Mutter?»

Ich nicke.

«Dann nimm ihr doch diese hier mit.» Blitzschnell stellt er einen Strauß zusammen, den er mit Grashalmen zusammenbindet.

«Wie wunderschön!» Ich eile zu ihm, um ihm die Blumen abzunehmen. Bei der Gelegenheit flüstere ich ihm zu: «Es tut mir so leid wegen Freya, das muss so ein Schock für dich gewesen sein.»

«Es war insgesamt eine wilde Nacht, oder?» Er zieht eine Augenbraue hoch.

Ich lächele. «Das war es wirklich. Ich hoffe bloß, ich habe dir und Peony nichts verdorben, weil ich dir auf die Lippe geschlagen habe.»

«Alles gut. Wir treffen uns, wenn der Chirurg mich wieder zusammengeflickt hat.»

«Oh, sag doch so was nicht!»

Er lacht, doch dann legt er schnell die Hand über seinen Mund. «Ich glaube, ich muss ein paar Tage lang ein ernstes Gesicht machen.»

«Tu das.» Ich möchte ihn gern umarmen, habe aber Angst, dass ich ihm am Ende noch mit irgendeiner Blüte das Auge aussteche. «Fahr vorsichtig!»

«Du auch. Ich meine, du weißt schon.»

«Ja, ich weiß.»

Kaum ist er gegangen, stellt sich Charlotte hinter mich. «Ich kann nicht glauben, dass Freya heiratet. Wer könnte denn besser sein als Gareth?»

«Ich wette, es ist ihre Kindheitsliebe. Weißt du noch, wie wir sie auf dieser Party in Schweden getroffen haben – da war so ein Vibe.» Ich erinnere mich an einen Typen, der ein paarmal auf Schwedisch mit ihr sprach, was wir natürlich nicht verstanden, doch sein Ton klang sehr vertraut …

Charlotte nickt. «Ja, ich erinnere mich, aber ich hätte nie gedacht, dass es dazu kommen würde. Ich dachte, der wäre nach Island gezogen.»

«Ich schätze, es gibt eine Menge Dinge, die wir nicht wissen.»

«Ich schaue mal, ob ich auf dem Weg zum Flughafen was aus ihm rauskriege.»

Unwillkürlich schüttele ich den Kopf. «Oder wir respektieren einfach seinen Wunsch und lassen ihn in Ruhe?»

Charlotte schnaubt. «Als würde irgendeiner von uns das je tun!»

«Leute!» May winkt uns zurück an den Frühstückstisch. «Wir packen ein kleines Picknick für Gareth. Welche Sorte Croissants mag er wohl?»

«Mit Mandeln», sage ich. «Und statt der Erdbeeren lieber Feigen. Er liebt Feigen.»

Jay kritzelt währenddessen ein paar Pflanzen-Witze auf die Papierservietten.

«Wie drücken Sukkulenten ihre Gefühle aus?»

«Hä?»

«Aloe you so much!»

Wir seufzen im Chor und wünschten, wir könnten mehr für Gareth tun.

«Ich denke, wir sollten jetzt los», mischt sich Marcus ein nach einem Blick auf seine Uhr.

«Jaaa.» Charlotte seufzt kurz auf.

«Manchmal kommt aber auch alles auf einmal», murmelt May, als wir den Frischvermählten hinaus auf die Auffahrt folgen.

Ich lege meinen Arm um May und denke daran, dass sie ja auch gerade einen emotionalen Ringkampf aussteht. Sie wiederum greift nach Jay, der an dem Ring dreht, den Freya ihm letztes Jahr zu Weihnachten geschenkt hat. Damit ist wohl für uns alle eine Freundschaft gestorben. Gareth hat derweil ein tapferes Gesicht aufgesetzt, wie immer.

«Kann gar nicht glauben, dass Charlotte und Marcus nach Südafrika reisen. Die Glücklichen!»

«Inklusive Zwölf-Stunden-Flug?», spottet May. «Ehrlich,

da bin ich froh, dass wir nach Hause gehen und uns den Rest des Tages ins Bett legen können.»

«Wünsch ihr was, May», bitte ich.

Sie schaut mich mit tränenreichem Blick an, dann wirft sie Charlotte eine Kusshand zu. «Ich hoffe, ihr seht Pinguine!»

«Was?»

«Sie hat gesagt, sie will die Brillenpinguine sehen, die auf dem Strand in der Nähe von Kapstadt leben.»

Ich seufze. «Das hatte ich eigentlich nicht gemeint.»

«Ich weiß, aber besser kriege ich es nicht hin.»

«Alle fertig?» Der stämmige Gutsbesitzer hat es eilig, die letzten versprengten Gäste zum Bahnhof zu bringen.

«Die Blumen für meine Mutter!», rufe ich. «Ich bin gleich wieder da!»

Ich renne zurück in den Veranstaltungsraum und kann nicht anders, ich muss noch mal einen Blick auf die Platzkarten werfen. Ich mache sogar ein paar schnelle Fotos zur Erinnerung und schiebe dafür die Männer zusammen, von denen ich hoffe, dass sie auf der Shortlist stehen. Und da entdecke ich Gareths Handy, das er auf dem Tisch vergessen hat.

«Neeeein!», rufe ich und merke dann, dass das nicht das Ende der Welt bedeutet. Ich kann es ihm ja später vorbeibringen, nachdem ich bei meiner Mutter war. Dann wird er sicher wieder zu Hause sein. Und auf diese Weise kann ich auch noch mal schauen, wie es ihm geht, ohne zu drängelig zu wirken.

Das Handy klingelt schon wieder. Ich möchte zu gern wissen, was Freya zu sagen hat. Vielleicht ist sie ja zur Vernunft gekommen. Mein Daumen schwebt über dem grünen Knopf. Wäre es so falsch ranzugehen?

«AMY!!!!»

Hilfe, für so eine kleine Person kann May ganz schön brüllen.

«Ich komme!», rufe ich zurück und stecke das Handy unbeantwortet in meine Tasche.

10

𝒲ie jeden Sonntag, wenn ich auf dem Weg zu meiner Mutter bin und die Themse von Chelsea nach Battersea überquere, wird mir auf der Mitte der Brücke etwas mulmig, weil ich mich frage, ob ihr Gesicht bei meinem Anblick wohl aufleuchtet oder ob sie wieder diesen entrückten Blick hat und sich wegen irgendetwas aufregt, das über dreißig Jahre her ist.

Frühe Demenzerkrankung. Ich weiß noch, wie erschrocken ich war, als der Arzt zum ersten Mal darüber sprach. Demenz hatte ich bis dahin immer nur mit älteren Menschen oder Menschen mit Vorerkrankungen in Verbindung gebracht. Diese Krankheit konnte doch niemals zu meiner superschlauen, von Pilates getrimmten Mama passen. Sie war Mitte fünfzig, als sie die Diagnose bekam: Gedächtnisschwund, Orientierungslosigkeit und Ängste waren auf einmal alle schon für unter Fünfundsechzigjährige im Angebot. Ich erfuhr zu meinem Entsetzen, dass sogar Dreißigjährige daran erkranken können. Nach Einschätzung der Ärzte hatte Mum sogar noch Glück, doch auch nach drei Jahren kann ich es immer noch nicht begreifen – sie ist genauso alt wie Lisa Kudrow und jünger als Jane Leeves alias Daphne in *Frasier*. Das ist ihre Lieblingsserie und das Erste, was ich in den DVD-Player schiebe, wenn sie ihre ängstliche Phase hat. Mittlerweile mag sogar ich die Serie richtig gern als perfekte Mischung aus klug und albern. Und wenn meine Mutter lacht, ist die Welt für mich in Ordnung. Komplett.

Wenn sie ganz ‹normal› ist, freue ich mich so sehr darüber, dass ich mich selbst in Schwierigkeiten bringe, denn dann rede ich mir ein, dass alles wieder gut wird. Dass die Diagnose falsch war und Mum wieder ganz sie selbst sein wird. Doch wenn die ‹Kuddelmuddel-Phase› einsetzt, obwohl sie körperlich gesund ist, kann sie nicht allein bleiben. Zu oft ist sie schon mitten in der Nacht herumgelaufen, was wirklich beängstigend war. Darum das Pflegeheim.

Ich versuche immer noch, mich daran zu gewöhnen, dass ihr jetziger Zustand die Normalität ist. Es fällt mir unsagbar schwer, mich an etwas so Schreckliches, so Grausames zu gewöhnen. Ich wünschte, es gäbe ein Gericht, vor dem ich mich darüber beschweren kann, dass man sie um die letzten zwanzig, dreißig Jahre ihres Lebens betrogen hat. Und selbstsüchtigerweise möchte ich auch dagegen protestieren, dass es sich für mich anfühlt, als hätte sich eine fremde Person in unsere Mutter-Tochter-Beziehung gedrängt. Ich möchte nichts anderes als Mitgefühl empfinden für den Menschen, zu dem sie dann wird, stattdessen wird mir angst und bange, und die Einsamkeit, die ich in solchen Momenten fühle, macht mich unendlich traurig. Sie ist wie ein Vorbote für das, was sein wird, wenn Mum irgendwann geistig ganz verschwunden ist, während sie immer noch vor mir steht.

Aber in welchem Zustand sie auch sein wird, die Blumen von Gareth werden ihr gefallen. Sie hat ihn schon immer gemocht, und in seiner Gegenwart redet sie am meisten. Witzigerweise wird Jay bei ihr immer am stillsten. Er rollt sich dann am liebsten an ihrer Seite zusammen, als sei er ihre Katze, und lässt sich von ihr über die Haare streichen und ihm die mütterliche Zuneigung geben, die er zu jung verloren hat. Ich persönlich könnte heute ein bisschen mütterlichen Rat gebrauchen. Andererseits besitzt meine Mutter nicht gerade ein breites Spektrum an romantischen Erfahrungen, aus denen sie schöpfen könnte. Ihre Welt hat sich um meinen Vater gedreht, seit sie zwanzig Jahre alt war. Er ist schon lange fort – ich war sieben, als er einfach verschwand –, doch meine Mutter kehrt in Gedanken oft zu ihrer gemeinsamen Zeit zurück.

«Wo ist dein Vater?», fragt sie mich an schlechten Tagen. «Er sollte schon längst wieder da sein ...»

Diese mentale Zeitreise ist im Pflegeheim eine Art Dauerbrenner. Jean im Zimmer nebenan sucht ständig nach ihren Söhnen im Alter von fünf und sieben. Sie ist mittlerweile achtzig, doch diese Suche berührt den prätraumatischen Ort, an den sie ihr Geist hinführt, wenn es Abend wird. Ich schätze, wir suchen irgendwie alle nach diesem Gefühl des Wiedervereintseins mit unseren Liebsten.

Als ich im Heim ankomme, treffe ich Jean, die mit ihrem Stock gegen die Deckenvertäfelung stößt.

«Die Kinder spielen wieder oben auf dem Dachboden», erklärt sie mir. «Ich habe längst den Tee für sie vorbereitet, und es wird alles kalt.»

«Ach, die kommen bestimmt gleich runter», sage ich. «Sie wissen doch, wie sehr die beiden Ihren Brotpudding lieben.»

«Ja, das stimmt, aber –»

«Kommen Sie, Jean.» Schwester Lidia kommt mir zu Hilfe. «Wollen wir schon mal eine Tasse Tee trinken, während wir auf die Jungs warten?»

Jean seufzt entnervt. «Na gut. Aber sie sind wirklich ungezogen. Sie wissen genau, dass sie längst unten sein sollten.»

Lidia betrachtet den Blumenstrauß in meiner Hand. «Haben Sie den Hochzeitsstrauß gefangen?»

«Nein!» Ich lache und gehe neben ihnen her. «Gareth hat ihn für meine Mutter zusammengestellt.»

«Er hat wirklich Talent. Meine Freundin hat bei ihm gerade ein Regenbogen-Arrangement bestellt und war total beeindruckt. Wie war denn die Hochzeit?»

«Ereignisreich», antworte ich und werfe einen Blick auf Jean. «Ich erzähle später davon. Wenn es geht, schauen Sie doch noch in Mums Zimmer vorbei.»

«Das mache ich», sagt Lidia. «Kommen Sie, Jean, wir setzen jetzt mal den Kessel auf.» Dann biegt sie mit Jean links ab, während ich nach rechts weitergehe.

«Lidia?»

«Ja?» Sie dreht sich noch einmal zu mir um.

«Wie geht es Mum?» Ich muss das fragen, auch wenn ich immer etwas Angst vor der Antwort habe.

«Heute gut», versichert sie mir.

«Wirklich?» Ich strahle.

Sie nickt, und meine Schultern fallen vor Dankbarkeit herab.

Wenn ich Lidia treffe, geht es mir immer gleich besser. Sie ist die Geduld in Person, und auch wenn sie zwischen allen Bewohnern hin und her flitzt, gibt sie jedem einzelnen das Gefühl, die Hauptperson zu sein. Manche der Bewohner schrecken anfangs vor ihrem superblonden Kurzhaarschnitt und ihrem Zungenpiercing zurück, doch beim Blick in ihre klaren, vertrauenswürdigen Augen sind sie schnell beruhigt. Lidia hört sich das Geplapper ihrer Patienten mit Engelsgeduld an – und meine Mum hat sich sogar ein paar ihrer polnischen Sprichwörter angeeignet. Statt «Schlafende Hunde soll man nicht wecken» sagt sie jetzt: «Man soll den Wolf nicht aus dem Wald locken.» Es gibt auch noch einen

Spruch mit Pfefferkuchen und Windmühlen, der mir gerade nicht einfällt.

Vor allem aber bin ich dankbar für Lidias Erfahrung mit Demenz. Am Anfang war ich immer so unglücklich darüber, wie schnell meine Mum vergaß, dass ich sie besucht hatte, doch Lidia erklärte mir, dass die positiven Gefühle unserer gemeinsamen Zeit viel länger anhielten als die Erinnerung selbst. Sie schenkte mir sogar eine kleine Karte mit einem Zitat der US-amerikanischen Autorin Maya Angelou: «Die Menschen werden vergessen, was du gesagt hast, sie werden vergessen, was du getan hast, aber sie werden niemals vergessen, wie sie sich mit dir gefühlt haben.»

Das ist tröstlich und wahr. Ich meine, wenn man an seine Freunde denkt, dann hat man ja auch keine Abschrift in seinem Kopf von all den Sachen, die man sich je gesagt hat. Aber man weiß, ob man fühlt: «Oooh, sie ist einfach die Beste!», oder ob man sauer oder genervt ist. Und man vergisst niemals, wenn jemand freundlich zu einem war, als es einem nicht gut ging.

Anfangs erklärte Lidia mir, dass es völlig in Ordnung sei, manchmal ungeduldig oder erschöpft zu sein – weil das einfach menschlich ist. Vom Verstand her weiß man natürlich, dass die Kranken sich nicht absichtlich so verhalten, trotzdem ist es manchmal einfach nervig. Und manchmal hat man keine Lust, zehnmal hintereinander dieselbe Frage zu beantworten. Genau wie eine Mutter genervt ist, wenn ihre Sechsjährige bei der Autofahrt permanent fragt: «Wann sind wir da?», kann eine über dreißigjährige Tochter manchmal genervt davon sein, wenn sie immer wieder gefragt wird, wo ihr Vater ist. Vor allem, wenn sie selbst gar nicht an ihn denken möchte.

Lidia hat mir auch die Vorteile einer Maniküre beschrieben. Mitunter ist die Unterhaltung etwas umständlich oder mühsam, und ich kann schwer ertragen, wenn meine Mutter sich mit dem Gedanken quält: «Das sollte ich doch wissen! Wieso kann ich diese einfache Frage nicht beantworten?» Dann stellen wir uns schöne Musik an, und ich baue einen kleinen Schönheitssalon auf mit einer Schüssel warmem Seifenwasser, mit Nagelhautentferner, Nagelfeile und einem ständig wachsenden Arsenal an Nagellacken. Immer wieder neue Farben auszusuchen, gibt mir einen ganz neuen Grund, zum Drogeriemarkt Boots zu gehen. Außerdem kann ich so ihre Hand halten ohne den Drang, zu fest zuzudrücken oder sie anzuflehen: «Bitte verlass mich nicht, bitte verlass mich nicht!» Stattdessen darf ich fragen: «Ballerina-Pink oder Fuchsia-Rot?»

Als ich vor ihrer Tür stehe, hole ich tief Luft. Die Tür steht offen, ich klopfe trotzdem.

«Amy!»

«Mum!», rufe ich beglückt.

Sie ist es! Sie ist da!

«Du klingst so überrascht. Wen hast du denn erwartet?»

Ich weiß nicht ganz, was ich darauf antworten soll, also trete ich einfach ein und umarme sie.

«Oh Liebes, du siehst aber unwohl aus.»

«Das ist bloß der Kater», erkläre ich. «Von Charlottes Hochzeit.»

Schnell hole ich mein Handy hervor und zeige ihr ein Foto, damit sie sich nicht anstrengen muss, um sich meine Freunde vorzustellen.

«Schau mal, wie schick Gareth in seinem Anzug aussieht – die hier sind übrigens von ihm.» Ich reiche ihr die Blumen.

«Ooooh, wie schön!» Sie steckt ihre Nase in die seidigen Blüten, während sie weiter die Bilder betrachtet. «Er sieht sehr gut aus. Aber was ist das an seinen Knien?»

«Lustig, dass du danach fragst.» Und während sie die Blumen in die Vase stellt, erzähle ich ihr, wie er mich davor bewahrt hat hinzufallen, von seinen schönen Haarkränzen, wie ich mich in Charlottes Haaren verhakt habe, von der Zeremonie ...

«Ist das dein Handy?»

Ich runzele die Stirn. Ich höre das Klingeln ebenfalls, aber der Klingelton ist mir nicht bekannt.

«Ich glaube, es kommt aus deiner Handtasche.»

Ich krame darin herum. «Ahh! Das ist Gareths Handy!» Die Nummer auf dem Display hat keinen Namen – vielleicht ist er es selbst, der gerade vom Flughafen anruft. «Hallo?», sage ich eifrig.

«Oh!» Die weibliche Stimme klingt überrascht. «Entschuldigung, da habe ich mich wohl verwählt. Ich wollte eigentlich Gareth anrufen.»

«Jaja, das ist auch sein Handy. Und Sie sind –?»

«Peony.»

«Peony!», rufe ich begeistert. «Ich bin's, Amy! Von der Hochzeit!»

«Oh.» Sie klingt bestürzt.

«Ich habe bloß Gareths Handy, weil er es im Hotel vergessen hat, und jetzt fährt er gerade Charlotte und Marcus zum Flughafen. Er kriegt es heute Abend zurück. Soll ich ihm ausrichten, dass du ihn angerufen hast?»

«Keine Sorge, ich schreibe ihm eine Nachricht. Weißt du ungefähr, wann ...?»

«So gegen achtzehn Uhr», vermute ich.

«Okay. Danke.»

«Nein, danke dir! Danke, dass du ihn angerufen hast.»

Na, da ist also noch nichts verloren. Das ist schon mal was.

«Wo waren wir?» Ich kuschele mich wieder an meine Mum.

«Habe ich die Fotos verpasst?»

Wir sehen auf – Lidia schaut zur Tür herein.

«Nein, kommen Sie rein», sage ich lächelnd.

«Zeig ihr das Foto, wo ihr alle drauf seid», sagt Mum und tippt mir auf den Arm.

«Oh, wie schön!», ruft Lidia begeistert und vergrößert sich das Bild, um die Gesichter genauer zu betrachten. «Möchten Sie, dass ich Ihnen das Bild ausdrucke, Sophie?»

«Wie nett, ja, bitte!»

Ich schicke Lidia das Bild. Das machen wir öfter. Meine Mutter hat einen Hang zu den seltsamsten Fotos. Sie hat eine ganze Sammlung vom Jack Russell Terrier meiner Kollegin Becky, weil er dasselbe drahtige Fell und eine ähnliche Kennzeichnung um die Augen hat wie Eddie aus *Frasier*. Sie hört auch zu gern die Geschichte, wie der echte Hund schließlich dement wurde, aber seine restliche Lebenszeit mit dem Brüsseler Griffon verbrachte, der Jack Nicholsons Hund in *Besser geht's nicht* spielt. Man kennt ja diese Promi-Pärchen.

Aber zurück zu meiner eigenen Pärchen-Situation. Ich will so anfangen: «Dies ist die Geschichte von drei Küssen …», als würde ich aus einem Buch vorlesen, das ich vom Dachboden geholt habe. Da bringt Lidia ein ganz neues Thema auf den Tisch.

«Sie sollten Ihre Freunde zu unserer Kostümparty einladen. Es ist schon eine Weile her, dass sie hier waren.»

«Wann ist die?», frage ich.

«In drei Wochen. Wir haben es gestern erst beschlossen. Alle sollen sich als Figuren aus ihren Lieblingsserien verkleiden.»

«Ehrlich?» Das klingt gut. Auch wenn ich davon ausgehe, dass es eine überdurchschnittliche Menge an *Golden Girls* geben wird, wo selbst die scharfzüngigen Dorothys ihre abschweifenden Rose-Momente erleben.

«Gäste sind herzlich willkommen», fährt Lidia fort. «Wir wollen alle auf die Tanzfläche bringen, und es hilft, wenn zumindest die Hälfte der Tanzpartner fest auf den Füßen stehen kann.»

Während Lidia und meine Mutter die Bewohner auf ihre möglichen Seriencharaktere verteilen – die flirtige Nyreen könnte Dorian aus *Birds of a Feather* sein; der gutmütige Morris wäre der perfekte Baldrick aus *Blackadder* –, brüte ich darüber nach, wer mein Party-Date sein könnte. Der Kellner ist schlaksig genug für einen Basil Fawlty, aber ob ein Schnurrbart und eine Krawatte für *Fawlty Towers* reichen, wo er so entspannt und freundlich ist? Und wenn ich mit Tristan käme? Hmmm, ich glaube, ein Pflegeheim ist nicht so sein Terrain.

Plötzlich habe ich ein merkwürdiges Gefühl, als versuche eine Erinnerung, sich durch eine dichte Schicht aus Gummi nach oben zu arbeiten. Ich kann keine Einzelheiten ausmachen, habe aber das Gefühl, dass es um diesen Ort hier geht, das Pflegeheim.

Ich gehe zum Fenster und versuche, mich zu beruhigen.

«Was meinen Sie?», höre ich Lidia fragen.

«Was denn?» Ich probiere immer noch, meine Erinnerung zu fassen zu kriegen, aber sie verflüchtigt sich bereits.

«Ich meinte gerade, ich könnte doch zum Secondhand-Army-Laden gehen und die alten Herren wie die Freiwilligen aus *Dad's Army* ausstatten.»

«Oh, das würde ihnen bestimmt gefallen!»

«Dann ziehe ich mal los und erkundige mich nach den Maßen.»

«Passen Sie auf sich auf!», rufe ich Lidia hinterher, da ich weiß, dass sie bei den Männern sehr gut ankommt.

Und dann ziehe ich meinen Stuhl näher an Mum heran. «Mum, ich habe Neuigkeiten. Es ist passiert. Ich habe den Richtigen geküsst!»

Sie reißt die Augen auf. «Was?»

«Ehrlich! Ich habe dieses Wahnsinnsgefühl von Zufriedenheit und Freude empfunden, als könnte ich mein Glück selbst kaum fassen. Und ich hatte das Gefühl, dass wir in dieser Vision schon alt waren, also schätze ich mal, er ist fürs Leben.»

«Oh Liebes.» Sie nimmt meine Hand in ihre, und ihre Augen werden feucht. «Dann ist es wahr.»

Ich nicke. «Nach all den Jahren voller Enttäuschungen kann ich es selbst kaum glauben!»

«Ich weiß gar nicht, was ich sagen soll ... Wer ist es denn?»

«Nun ja ...» Ich hole tief Luft. «Es war auf Charlottes Hochzeit, und deshalb gibt es tatsächlich drei Kandidaten: einen Kellner, einen Mann namens Tristan, der bei Marcus arbeitet, und an den dritten kann ich mich nicht erinnern, aber ich arbeite daran.»

Sie zieht eine Augenbraue in die Höhe.

«Ich mache mir nur Sorgen, dass ich mich für den falschen entscheide.»

«Vielleicht kann ich dir helfen, Liebes. Meine Mutter hat

immer gesagt, sie habe gewusst, dass ich eigentlich zu Pete gehöre.»

«Pete? Wer ist Pete?»

«Das ist jetzt nicht wichtig. Ich habe ihn nicht gewählt, sondern deinen Vater.»

«Ich wusste gar nicht, dass es noch eine Alternative gegeben hat.»

«Na ja, ich spreche nicht gern darüber.»

«Aber –»

«Könntest du sie nicht herbringen, damit ich sie kennenlerne?»

«Die drei Männer?»

«Ja, bring sie doch mit zur Kostümparty!»

«Alle gleichzeitig?», frage ich ungläubig.

«Du hast recht, das wäre zu viel. Dann vielleicht nur einen?»

Wenn ich bedenke, dass ich keine Kontaktdaten des Kellners besitze und Nummer drei immer noch nicht kenne, steht Tristan momentan wohl an erster Stelle. Was auch zu meiner Vision passt, dass er hier im Heim ist.

Plötzlich werde ich unsicher. Was, wenn meine Mutter und ich unterschiedliche Männer als den Richtigen identifizieren? Würde ich mich nach meiner oder ihrer Wahl richten?

«Welche Wahl du auch immer triffst, meinen Segen hast du», liest meine Mutter meine Gedanken. «Solange du nur glücklich bist.»

«Danke, Mum, das bedeutet mir viel.»

«Du weißt, dass ich immer für dich da bin.»

Mir wird das Herz schwer. Wenn das doch nur wahr wäre.

«Ah, hier ist die Liebe meines Lebens!», unterbricht uns

eine männliche Stimme. Es ist Malcolm, ein korpulenter, bärtiger und ganz offensichtlich eifersüchtiger Schotte. «Wer hat dir denn die Blumen geschenkt, Sophie? Etwa Derek? Ich fasse es nicht. Ich habe ihm klipp und klar gesagt, dass du mir gehörst.»

«Sie gehört nicht Ihnen, Malcolm.»

«Sie sind natürlich von Jimmy», tadelt meine Mutter. «Er kommt bald zurück und wird sehr wütend werden, wenn er dich hier findet.»

«Jimmy?» Malcolm runzelt die Stirn.

«Mein Mann!», verkündet meine Mum.

«Aber –»

«Kommen Sie, Malcolm, das muss heute nicht sein.» Ich gehe auf ihn zu. «Und beim nächsten Mal ziehen Sie doch bitte eine Hose an. Oh Gott, und Unterwäsche!», sage ich erbleichend, als sich sein Hemd hebt.

Ich warte ab, ob er den Flur auch in die richtige Richtung hinuntergeht, dann drehe ich mich zu meiner Mutter um.

Sie starrt aus dem Fenster. «Er hätte längst zurück sein sollen. Ich mache mir immer Sorgen, wenn er zu spät kommt. Ihm könnte ja alles Mögliche passiert sein.»

Ich versuche, nicht zu enttäuscht zu sein. Ich hatte ein gutes Gespräch mit ihr, und sie hat mir eine Menge Stoff zum Nachdenken gegeben. Ich kann es nur nicht gut ertragen, dass sie sich wieder vor Sorgen zerfrisst. Obwohl ihr das vermutlich vertraut ist – an jedem Tag ihrer Ehe hat sie gedacht, dass dies der Tag sein könnte, an dem er sie verlässt. Ich erinnere mich daran, wie oft sie geweint hat, als ich noch klein war. Nicht an das Weinen selbst, denn das versuchte sie, vor mir zu verbergen, sondern an die geschwollenen und geröteten Augenlider am nächsten Tag. Mein Herz wird mir schwer.

«Mum?»

«Oh, hallo, Liebes. Wann bist du denn gekommen? Hast du die schönen Blumen gesehen, die dein Vater mir mitgebracht hat?»

Ich seufze. «Ja, sie sind wunderschön. Er liebt dich offensichtlich sehr.»

«Das stimmt. Er würde mich nie verlassen.»

Einen Moment stehe ich reglos da. Dann zwinge ich mich zu einem strahlenden Lächeln und frage: «Möchtest du dir eine Folge von *Frasier* anschauen?»

«Hmmm?»

«Hier, ich stelle mal eine an.»

Ich greife nach der Fernbedienung und erzähle ihr von Miles' und Daphnes Beziehungsstatus, bei dem wir das letzte Mal aufgehört haben, aber natürlich ist alles nur eine Frage der Zeit.

Innerhalb von wenigen Minuten ist sie völlig absorbiert und lacht vor sich hin. Ich selbst bin froh über die Ablenkung. Wir schauen so lange, bis der Gong zum Abendessen erklingt.

«Gut, dann lasse ich dich mal. Ich fahre noch zu Gareth, um ihm sein Handy zu bringen.» Ich beuge mich zu ihr und küsse sie. «Hab dich lieb, Mum.» Ich drücke sie an mich und speichere ihre Wärme und Zuneigung in mir ab.

«Ich dich auch, mein Schatz», flüstert sie in meine Haare. «Bis zum Mond und wieder zurück.»

«Bis zum Mond und wieder zurück», wiederhole ich.

Beim Gehen kommen mir die Tränen. Ich reiße mich zusammen und winke Lidia zu, die Malcolm ins Speisezimmer führt. Er trägt jetzt einen Kilt. Offenbar hatte er heute das Bedürfnis nach frischem Wind in seinen unteren Regionen.

Als ich auf die Straße trete, ist niemand zu sehen, also lasse ich meinen Tränen freien Lauf. Ich habe gelernt, mit diesen Gefühlswallungen umzugehen – alles rauszulassen, auch wenn ich manchmal fürchte, dass mich der Schmerz überwältigen könnte – und dann zu warten, bis wieder eine gewisse Ruhe über mich kommt.

Bis ich Gareths Straße erreiche, ist mein Gesicht wieder trocken. Ich hoffe bloß, dass seines sich auch beruhigt hat. Es muss für ihn ein solcher Schock gewesen sein, von Freyas Hochzeit zu erfahren. Und was seine arme Lippe angeht – da fühle ich mich wirklich schuldig. Ich muss mir etwas einfallen lassen, wie ich das wiedergutmachen kann.

Vielleicht, indem ich seine Nachbarwohnung kaufe ...

11

Die grünen Fensterläden sind geschlossen, aber von drinnen sehe ich Licht. Mir wird innerlich ganz warm, weil ich weiß, dass dort Gareths alter Ledersessel und ein Glas selbst gemachtes Rosmarin-Bier auf mich warten. Wenn ich Glück habe, fragt mich Gareth, ob ich nicht zum Essen bleiben will. Dann könnten wir zusammen irgendeinen Dokumentarfilm sehen, der mich eigentlich nicht besonders interessiert, den ich dann aber vollkommen faszinierend finde, während ich mich in einen seiner riesigen Gärtnerpullis und in ein Paar tibetische Stricksocken kuschele. Er hat mir schon angeboten, ein Paar Socken mit nach Hause zu nehmen, weil ich sie immer so gern trage, aber zu meiner Freude gehört eben auch, dass es diese Socken nur bei ihm gibt. Seine Katzen würde ich allerdings sofort mitnehmen.

Die beiden kamen als kümmerliche, flohbesetzte Kätzchen zu ihm. Nicht die niedliche Sorte, die mit rosafarbenen Garnknäuel spielt. Gareths Katzen ähnelten eher diesen fadenscheinigen Stofftieren, die man – mit Staubfusseln bedeckt – unterm Sofa hervorkehrt. Weil sie zu schwach waren, um auf eigenen Pfoten zu stehen, vermutete der Tierarzt, dass ihre inneren Organe sehr mitgenommen sein müssten, und schlug vor, dass man sie doch lieber aus ihrem unterernährten Elend erlösen sollte. Gareth hatte in seinem Leben allerdings schon so manche verkümmerte Pflanze wiederbelebt, und beim ersten Blick in ihre winzigen Knopfaugen wusste er, dass er ihre letzte und einzige

Katzenhoffnung war. Er nahm sie mit nach Hause, packte sie in eine kuschelige, warme Kiste und stellte sich mehrere Wecker, um sie auch nachts mit der Pipette zu füttern. Er nahm sich sogar Urlaub, um ihre Genesung zu überwachen. Ich glaube, die Kätzchen fanden Gareths Geruch irgendwie beruhigend – eine Mischung aus taufrischem Gras, feuchter Erde und sämtlichen Pflanzen, mit denen er sich am Tag beschäftigt hatte. Vielleicht war es das, was ihren Überlebenswillen stärkte: die Ahnung, dass sie eines Tages ihre kuschelige Kiste neben der Heizung verlassen und im Garten herumstromern würden, um all diese Düfte selbst zu erleben.

Als der Tag kam, war es so schön zu sehen, wie sie das Katzenparadies erkundeten, das Gareth für sie erschaffen hatte – mit kleiner Sonnenterrasse, einem Mini-Bambusdschungel und Bäumchen, von denen Weihnachtskugeln baumelten, mit denen sie zu gern spielten. Erst nachdem Gareth sie mehrere Tage beim Springen und Herumtollen und Spielen beobachtet hatte, gab er ihnen Namen.

«Ich wollte erst ihre Persönlichkeiten kennenlernen», erklärte er.

Die Katze nannte er Zazel wegen ihrer beeindruckenden akrobatischen Fähigkeiten, nach Rosa Richter «Zazel», der ersten menschlichen Kanonenkugel, eine Zirkusattraktion im vorvorigen Jahrhundert. Zazels Bruder besaß ebenfalls akrobatisches Talent: Er konnte sich auf seine Hinterbeine setzen, sich aufrichten und dann mit den Vorderpfoten betteln, wie man es sonst nur von Hunden oder Tanzbären kennt.

«Wie hast du ihm das denn beigebracht?», fragte ich erstaunt, als ich es zum ersten Mal beobachtete.

«Hab ich gar nicht», meinte Gareth achselzuckend. «Er hat es ganz spontan gemacht und sich dann wohl über meine Reaktion gefreut, also macht er es jetzt ständig.»

Aber er tat es nicht nur, um etwas zu fressen oder mehr Aufmerksamkeit zu bekommen; er vollführte sein kleines Bettelgebet auch vor dem Korb mit Spielzeugen, so wie ein Schlangenbeschwörer, oder bevor er sich in eine von Gareths Wolldecken kuschelte – alles, was ihm gut gefiel, wurde mit diesem Ritual bedacht.

Dafür erhielt er den Namen Frankie, nach Frankie Valli and the Four Seasons und ihren Song *Beggin'*.

Ich denke daran, wie anders es sich anfühlen muss, nach der Arbeit nach Hause zu kommen und von ihrem seidigen Fell begrüßt zu werden. Das einzige Problem bei meinen nachbarschaftlichen Besuchen wäre, dass ich den Fernseher auf volle Lautstärke drehen müsste, um Zazels Schnurren zu übertönen.

Ich stelle fest, dass ich bei dem Gedanken lächele, Gareth unseren gemeinschaftlichen Immobilienkauf vorzuschlagen, während ich an die Tür klopfe und klingele.

«Huhu, ich bin es!», rufe ich durch den Briefschlitz.

Während ich warte, schaue ich zur Nachbarstür rüber. Ich war nie ein Fan von diesen Milchglasscheiben, jetzt betrachte ich sie mit den Augen einer potenziellen Eigentümerin und kann einen gewissen Charme in diesem kornblumenblauen Fleur-de-Lys-Design erkennen. Vielleicht sollte ich das Holz im gleichen Blau streichen ...

Ich will mir die Tür gerade von Nahem anschauen, als sich Gareths Tür einen Spalt öffnet und eine unbekannte Stimme «Hallo?» sagt.

«Oh, hallo.» Ich drehe mich wieder um und sehe zu meiner Überraschung einen jungen Mann im T-Shirt mit der Aufschrift «Embrace Science» hinter der Tür stehen.

«Ist Gareth da?»

«Nein, tut mir leid. Kann ich ihm was ausrichten?»

«Ähm.» Ich fühle mich irgendwie verkannt. «Ich war bloß vorhin mit ihm zusammen und – er, ähm, er hat etwas vergessen, was ich ihm zurückbringen wollte. Ich bin Amy.»

«Ah ja.» Er nickt. «Ich bin Darmesh. Sein neuer Assistent. Er hat mich gebeten, die Katzen zu füttern, solange er weg ist.»

«Weg?», wiederhole ich.

«Offenbar hat er Freunde zum Flughafen gebracht und dann spontan entschieden, selbst in einen Flieger zu steigen.» Der neue Assistent zuckt die Schultern.

Mir klappt der Mund auf. Will Gareth etwa Freyas Hochzeit verhindern? «Nach Schweden? Hat er gesagt, er will nach Schweden?»

«Das hat er nicht gesagt.»

«Ich weiß, dass er seine Übernachtungstasche dabeihatte, aber hatte er auch seinen Pass dabei? In jedem Fall war er ohne Handy.»

«Na ja, du weißt wahrscheinlich, dass er davon nicht so abhängig ist wie andere.» Darmesh lächelt mich an.

«Stimmt. Weißt du vielleicht, wie lange er wegbleibt?»

Darmesh schüttelt den Kopf.

«Und du schaffst es allein im Laden?»

«Ja, wir haben eine ziemlich ruhige Woche. Ich sage ihm aber auf jeden Fall Bescheid, dass du da warst.»

«Okay.» Ich verstehe das als Stichwort, dass er mich loswerden will. «Wenn er anruft, kannst du ihm dann sagen, dass ich sein Handy habe?»

«Mach ich.» Er steht eine Sekunde unbehaglich da, dann fügt er schnell hinzu: «Also, gute Nacht.»

«Gute Nacht.»

Ich gehe ein paar Schritte, dann bleibe ich stehen. Das ist doch alles merkwürdig. Ich will schon Charlotte anrufen und sie fragen, ob sie mehr weiß, da fällt mir ein, dass sie ja noch in der Luft ist. Und selbst wenn sie gelandet ist, es sind ihre Flitterwochen, also sollte ich wohl das Bitte-nicht-stören-Schild an ihrer Tür respektieren. Eine E-Mail kann aber nicht schaden, die kann sie beantworten, wenn sie Zeit hat.

Vorher schreibe ich an May:

> Gareth hat das Land verlassen. Glaube ich. Jedenfalls ist er in Heathrow in ein Flugzeug gestiegen. Müssen wir uns Sorgen machen?

Es dauert ein paar Sekunden, bevor sie antwortet:

> Falls er Marcus und Charlotte nicht für eine Ménage-à-trois begleitet, können wir wohl darauf verzichten, die Polizei einzuschalten.

Okay, ich reagiere offenbar über. Gareth ist ein erwachsener Mann und kann gehen, wohin er will und wann er will. Und wenn er es für wichtig hält, kann er auch die Hochzeit seiner Ex-Freundin verhindern.

Mein Handy summt. Noch mal May.

> Hast du übrigens Donnerstagabend Zeit?

> Wenn einer meiner geheimnisvollen Bewerber mir kein besseres Angebot macht, dann ja, schreibe ich zurück.

Gut. Ich brauche dich bei einer Fotoausstellung. Teagan wird da sein.

Wow.

Und ich kann ihr nicht immer aus dem Weg gehen, fügt May hinzu.

Nein, das ist gut, ermuntere ich sie. Na ja, vielleicht nicht gut, aber ein Fortschritt.

Genau.

Okay, hab's mir eingetragen.

Danke. Und mach dir keine Sorgen wegen Gareth. Dem geht's gut – vielleicht ist er ja mit Peony abgehauen.

Ich bin gerade wieder auf der Straße und will May von meinem Gespräch mit Peony erzählen, als ich eine Stimme hinter mir höre.

«Julianne?»

Ich drehe mich um. Hinter mir späht ein älterer Mann durch die Milchglastür des Nachbarhauses.

«Nein, tut mir leid – ich bin Amy.»

«Oh, ich dachte, Sie wollten sich die Wohnung anschauen.»

Ich zögere. «Könnte ich das denn?»

«Wollen Sie eine Wohnung kaufen?» Er schaut mich prüfend an.

«Tatsächlich ja. Ich bin übrigens mit Ihrem Nachbarn Gareth befreundet.»

Er schaut auf seine Uhr. «Wenn es schnell geht, kommen Sie doch bitte rein.»

Ich nicke zuversichtlich.

Während Gareths Haus die große Ladenfront hat, ansonsten aber eher bescheiden wirkt, bietet das Nachbarhaus zwei Schlafzimmer und einen Balkon – und dazu gehört auch noch der Löwenanteil des Gartens.

«Ich wusste gar nicht, wie viel mehr Platz es hier gibt», sage ich beim Blick aus dem hinteren Schlafzimmer und stelle mir vor, wie toll der Garten aussehen würde, wenn man den Zaun zwischen den Häusern entfernen würde. Gareth könnte diese verwahrloste, von Unkraut überwucherte Fläche in einen Essplatz, eine Leseecke, einen Feuerplatz und mehr verwandeln!

«Nachmittags scheint hier die Sonne rein, abends kann man vorn auf dem Balkon sitzen und den Sonnenuntergang bewundern», erklärt der ältere Mann.

Ich seufze bei der Vorstellung, dass ich meine Mutter sonntags hierherbringen könnte, damit sie mal aus dem Pflegeheim rauskommt. Ich würde im Garten den Tisch mit einer hübschen Tischdecke und einem Krug Wildblumen decken, eine Wasserkaraffe aus Kristallglas hinstellen, in der neben den Eiswürfeln ein paar Erdbeeren schwimmen. Dann unterhalten wir uns, während ich mein neuestes Rezept von Hello Fresh zubereite. Und nachdem ich ihr noch einen Karamellpudding, ihren Lieblingsnachtisch, kredenzt habe, hält sie auf dem Liegestuhl einen kleinen Mittagsschlaf, während ich abwasche. Wenn es regnet, wie so oft, machen wir es uns zwischen den Terrassentüren gemütlich und zünden ein Feuer an.

«Funktioniert der Außenkamin?», frage ich.

«Oh ja, und der wärmt sehr schön.»

Das Badezimmer ist wundervoll, mit altmodischen Armaturen und Fliesen, und der Duschkopf hat genügend

Wasserdruck, um alle meine Nackenverspannungen zu lösen.

«Beeindruckend», sage ich.

Während der alte Mann weiterredet und mich auf andere Vor- und Nachteile hinweist, stelle ich fest, dass sich in meinem Inneren ein leichtes, frohes und sicheres Gefühl ausbreitet. *Das hier ist mein Zuhause, ich muss hier wohnen, kann ich morgen einziehen?*

«Ich hatte keine Ahnung, wie schön es hier ist!»

«Na ja, von draußen sieht es wirklich nicht nach viel aus», gibt Gareths Nachbar zu.

«Wissen Sie schon viel über diese Julianne?»

«Nicht viel. Offenbar will sie alles modernisieren –»

«Neeeiiin!», protestiere ich. «Wäre es Ihnen nicht lieber, wenn Sie wüssten, dass alles bewahrt und nur behutsam verschönert würde? Sie wissen, dass Ihr Nachbar Gareth den Garten in ein Paradies verwandeln würde. Niemand könnte es besser.»

«Das mag sein, aber meine Frau entscheidet über die Finanzen. Sie möchte unseren Lebensabend auf Lanzarote verbringen, darum wird alles wohl an den Meistbietenden verkauft.»

«Aber ...», setze ich an. Es muss doch eine Lösung geben. «Was wäre, wenn Sie einen Anteil an dem neuen Café bekämen?»

«Sprechen Sie von *Der Botaniker*?» Sein Gesicht leuchtet auf.

«Ja!» Ich nicke erfreut, weil Gareth das Thema offenbar mit seinem Nachbarn besprochen hat. «Sie bekämen den größten Teil des Kaufpreises und außerdem noch jeden Monat einen Scheck mit Ihrer Beteiligung.»

«Sind Sie Gareths Geschäftspartnerin?»

«Nun ... nein ... noch nicht. Aber vielleicht bald.»

«Weiß er denn von dieser Idee?»

Ich seufze frustriert. «Wir haben schon so halb darüber gesprochen.» Jedenfalls habe ich seine Café-Idee immer begeistert unterstützt.

«Nun, melden Sie sich einfach, wenn Sie *ganz* darüber gesprochen haben.»

Meine Schultern fallen herab. «Er ist verreist und ohne Handy unterwegs.»

«Dann stecken wir wohl in einer Sackgasse.»

«Das fürchte ich auch.»

Es klingelt an der Tür.

Wir starren uns an.

Julianne.

★

Wie in Trance trete ich auf die Straße hinaus. Ich fühle mich gleichzeitig aufgedreht und erschöpft. Vielleicht sollte ich erst mal über die Sache schlafen? Immerhin ist an diesem Wochenende eine Menge passiert, es ist nicht gerade die beste Zeit, um große Entscheidungen zu treffen. Besonders, da Gareth schon morgen verkünden könnte, dass er nach Schweden ziehen will.

Aber es fühlt sich einfach so richtig an!

Ich drehe mich noch mal um. Ich kann mir so gut vorstellen, in diesem Haus zu leben. In der Nähe meiner Mum und neben einem meiner besten Freunde! Selbst wenn mein Traumtyp zu mir zieht und Gareth wieder mit Freya zusammenlebt oder mit Peony zusammenkommt – dann wären wir eben Pärchenfreunde und hätten das Beste aus zwei Welten: Wir könnten uns mit unseren Partnern streiten und selbst beste Freunde bleiben.

Ich hole mein Handy raus und schaue mir meinen potenziellen Weg zur Arbeit an. Nicht gerade die direkteste Verbindung, aber machbar. Besonders dank der Massen an Podcasts, die ich auf meinem Weg hören könnte. Und wenn ich erst mal die Vier-Tage-Woche durchsetzen kann, die ich für mich anstrebe …

Ich überlege, ob ich Gareth meinen Vorschlag einfach per Mail schicken soll. Auch ohne Handy hat er doch sicher irgendwo einen Zugang, oder? Ich fange noch im Bus an, ihm zu schreiben, doch dann beschließe ich, dass ich es ihm lieber persönlich sagen möchte, damit wir gleich alle Details besprechen können.

Ausnahmsweise verlockt mich das Scrollen bei Instagram heute nicht. Ich schiebe mein Handy in die Tasche und betrachte meine Mitfahrenden. Normalerweise würde ich bloß mit leerem Blick in die Gegend stieren, heute fühle ich mich ungewöhnlich lebendig, als würde mein Leben nach so vielen Fehlstarts endlich in Schwung kommen. Ich hole zittrig Luft und frage mich, wie viele Veränderungen die kommende Woche noch bringen mag.

12

Montag, Dienstag und Mittwoch halte ich mich an einen strengen Tagesablauf: Ich träume auf dem Weg zur Arbeit, verbringe den halben Tag damit, nach *Wie erkenne ich, dass er der Richtige ist* zu googeln (denn ich will auf keinen Fall eine falsche Entscheidung treffen) und die andere Hälfte mit der Suche nach Perücken und Outfits für die Kostümparty meiner Mutter. Ich bin also richtig produktiv.

Am Abend bestelle ich mir was zu essen und schaue Netflix-Serien, bis ich mich so sehr im Leben der Figuren verliere, dass ich irgendwann davon überzeugt bin, gemeinsam mit zwei achtzigjährigen Frauen namens Grace und Frankie in einem Strandhaus in San Diego zu wohnen.

Hin und wieder korrespondiere ich mit meinen echten Freunden. Charlotte schreibt mir aus ihrem Safarizelt, dass sie wegen nerviger Datenschutzgeschichten bisher keine Informationen von den Caterern bekommen hat und dass wir erst Montag in einer Woche mit den Bildern des professionellen Fotografen rechnen können. Ich hoffe immer noch, dass die Fotos mir Aufschluss über Kuss Nummer drei geben werden.

In meiner Ungeduld erwäge ich kurz, einen Hypnotiseur aufzusuchen, der vielleicht die Erinnerungen aufspürt, die hinter meinem Alkoholnebel verborgen liegen, aber am Ende habe ich zu viel Angst, ihm die Sache mit meinen Visionen zu erklären. Also lasse ich es.

Als ich am Donnerstagabend immer noch nichts von Gareth gehört habe, dämmert mir langsam, dass ich das Angebot dieser Julianne für die Nachbarimmobilie wohl nicht werde toppen können. Ich rufe Mr Atkins gar nicht erst an, denn wenn er mir sagt, dass der Verkauf abgeschlossen ist, muss ich damit aufhören, mir meine neue Bleibe in meiner Fantasie einzurichten. Immerhin treffe ich mich heute mit May, um alle Ereignisse noch mal durchzukauen. Ich fürchte zwar, dass ihre Begegnung mit Teagan nicht die reinigende Erfahrung sein wird, die sie sich erhofft, aber vielleicht irre ich mich ja.

Als mich der Fahrstuhl im Erdgeschoss der Station Highbury & Islington ausspuckt, sehe ich sie neben dem Ticketautomaten stehen und winke ihr eifrig zu. Sie sieht in ihrem coolen Outfit megaheiß aus – ihre hautenge Weste erinnert mich daran, wie trainierte Arme aussehen können, dazu trägt sie eine schwarze Lederhose mit strategisch platzierten Rissen sowie blaue Spitzen in den Haaren.

«Na ja, wenn man seiner Ex begegnet, will man ja nicht so aussehen wie vorher», antwortet sie achselzuckend auf meine Komplimente. Sie wirkt allerdings auch untypisch nervös.

«Bist du ganz sicher, dass du Teagan treffen willst?», frage ich.

Sie nickt. «Ich habe keine Lust mehr auf diese ständige Angst davor, dass ich ihr zufällig begegnen könnte. Ich muss das hinter mich bringen.»

«Okay.» Ich mache einem Businesstypen Platz, der wild entschlossen scheint, direkt durch mich hindurchzugehen. «Dann lass uns mal schauen, ob das Karma seinen Kredit zurückzahlt.»

«Ich glaube, es sollte mir einfach egal sein», beschließt

May, während wir über die Kreuzung gehen. «Es sollte mich gar nicht interessieren, was in ihrem Leben passiert.»

«Na ja, es ist ja nur menschlich, wenn man sauer ist, weil die Ex für ihr mieses Verhalten auch noch belohnt wird, während man selbst dafür bestraft wird, nichts Falsches getan zu haben.»

«Na, ich war vielleicht auch *nicht nur* nett und freundlich.»

«Das würde auch niemand annehmen», versichere ich ihr.

May lächelt. «Jedenfalls glaube ich, es ist an der Zeit. Die Dinge verändern sich für jeden von uns. Und ich will in der Lage sein, mich weiterzuentwickeln.»

«Braves Mädchen!», lobe ich, als wir zur Galerie hinabsteigen. «Vielleicht wird es ja sogar richtig lustig!»

Aber da hatte ich mich wohl zu früh gefreut.

Die Galerie ist voll mit jungen Erwachsenen in Mom-Jeans oder im Billie-Eilish-Style. Ich bezweifle, dass irgendjemand meinen Gammel-Look versteht – schwarze Cropped-Hose und ein Top mit U-Boot-Ausschnitt, dazu ein kirschrotes Tuch, das mit Capri-Szenen bedruckt ist. Ich will May schon bitten, die Schuhe mit mir zu tauschen, damit ich nicht so furchtbar unpassend aussehe, doch abgesehen von einer Brustkrebs-Schleife trägt sie nichts in Rot. Selbst mein Makeup fühlt sich altmodisch an.

«Wo möchtest du anfangen?», frage ich und versuche, die Aufteilung des Raums zu begreifen. Offenbar hat man die Ausstellungsstücke in verschiedenen Nischen untergebracht, und einige davon scheinen interaktiv zu sein.

«Lass uns im Uhrzeigersinn herumgehen», schlägt May vor. «Auf dem Podest da habe ich einen guten Blick über alles und alle.»

Das Thema des Abends lautet ‹Gestörte Schönheit›, wie ich der Broschüre entnehme, doch die Porträtreihe mit verquollenen Gesichts-OPs ist etwas zu viel für meine zarte Psyche, darum eilen wir weiter zu der Sammlung ‹Wein dich aus›, die aus einem Dutzend verweinter Gesichter besteht. Es ist tatsächlich ein ziemlich erschütternder Anblick, vermutlich weil es so ungewöhnlich ist, sich ausgerechnet dann von einer Kamera ablichten zu lassen, wenn einem flüssiger Schmerz aus den Augen rinnt und das Gesicht total verquollen und verschnoddert ist.

Das Infoschild, das hinter einem Plexiglas verschwimmt, spricht davon, dass wir uns immer öfter nur als Maske fotografieren, wo wahre Schönheit doch aus Verletzlichkeit und Ehrlichkeit entsteht. Und dass einer unserer ehrlichsten Zustände das Weinen ist. Manche der Gesichter wirken wütend, manche gebrochen, manche erschöpft, andere getrieben oder verloren.

«Also, bisher ist es ja nicht besonders amüsant», bemerke ich, bevor ich mitkriege, dass May bereits auf die Plattform gestiegen ist und sich eifrig nach Teagan umsieht.

«Sie ist nicht da», gibt sie dann bekannt und steigt wieder runter.

«Bist du sicher?»

«Meinst du, ich erkenne meine eigene Ex-Frau nicht wieder?»

Oha, sie ist nervös.

«Sollen wir weitergehen?»

In einer der Nischen werden die Gäste erst fotografiert, dann können wir auf einem Computerbildschirm eine Reihe von Fragen beantworten, um zu errechnen, wie viele Stunden wir damit verbringen, uns wegen unseres Aussehens schlecht zu fühlen, oder versuchen, unsere körperlichen Attribute zu verändern oder zu verstecken. Ich habe beinahe Angst, meine Zahlen einzutippen, auch wenn es mich tröstet, dass ich dem größten Zeitfresser der Schönheitsindustrie nie verfallen bin: dem Contouring.

Am Ende errechnet der Computer die Anzahl der konstruktiveren Dinge, die wir mit unserer Zeit hätten anstellen können, wodurch wir a) selbstbewusster geworden wären, b) der Welt mehr zurückgegeben hätten und c) größeren Wert darauf gelegt hätten, ein guter Mensch zu sein, anstatt bloß gut auszusehen. All die Bücher, die wir hätten lesen können, all die Sprachen, die wir hätten lernen können, all die Stunden, die wir mit ehrenamtlichen Tätigkeiten hätten ausfüllen können, all die Leben, auf die wir einen positiven Einfluss hätten nehmen können in der Zeit, die wir stattdessen damit verbracht haben, uns falsche Wimpern anzukleben, unseren Lippenstift aufzufrischen oder unsere Zähne für ein Instagram-Foto aufzuhellen.

Das sind ziemlich beschämende Gedanken. Plötzlich habe ich das Gefühl, in einer Schönheits-Mühle zu stecken und jetzt erst zu begreifen, wie schön die Welt um mich herum ist – könnte ich nur mein Gesicht so akzeptieren, wie es ist.

«Stell dir mal vor, wir könnten alle ein Jahr lang unsichtbar sein», sage ich zu May. «Und jeder würde nur darauf reagieren, was man sagt und tut, weil das Aussehen überhaupt keine Rolle spielt.»

«Dann würden wir uns vermutlich total auf die Stimme einer Person fixieren», meint sie.

Meine Augenbraue zuckt. Ich habe die ganze Zeit versucht, mich an das Gesicht von Kuss Nummer drei zu erinnern, aber bei Mays Worten höre ich mich selbst sagen: «Es war jemand, den ich schon kannte.»

«Wer?»

«Der Kuss mit dem dritten Mann. Ich kannte ihn schon vorher. Ich kannte seine Stimme.»

May betrachtet mich eine Weile, dann verliert sie das Interesse und geht weiter.

Wer ist es? Ich klopfe mir ungeduldig gegen die Stirn. Es fühlt sich an, als würde er mich anrufen und versuchen, meine Aufmerksamkeit zu gewinnen.

«Amy!»

Ich schaue auf. Eine der Frauen von der Ausstellung liest meinen Namen auf ihrem Tablet vor.

«Danke, dass Sie an diesem Experiment teilgenommen haben. Hier ist Ihr Porträt von eben, als Sie hereingekommen sind.» Die Frau dreht den Bildschirm in meine Richtung. «Und so könnten Sie aussehen, wenn Sie sich der Ketten der Kosmetikindustrie entledigen würden.»

Sie wischt auf dem Display zu einem zweiten Bild von mir, auf dem mein Gesicht digital verändert wurde und ich mit einem taufrischen Look präsentiert werde.

«Ich glaube nicht, dass ich im echten Leben so strahlend aussehen würde», sage ich.

«Würden Sie, wenn Sie die letzten zwanzig Jahre nicht damit verbracht hätten, ständig über Ihr Aussehen nachzudenken.»

Wow. Ich blinzele sie an.

«Lust auf eine Befreiung?» Eine zweite junge Frau bietet mir an, mich abzuschminken. Auf ihrem T-Shirt steht: «In einer Gesellschaft, die von deinem Selbstzweifel profitiert, ist Selbstliebe ein rebellischer Akt.» Ich bin berührt. Ich denke an Alicia Keys und wie sie die Grammys neben all den Puppengesichtern völlig ungeschminkt moderiert hat und wie wunderschön sie aussah, weil sie einfach zufrieden mit sich war.

«Okay! Ich tue es!», platze ich heraus.

Entschlossen wische ich mir selbst die Schminke von Augenbrauen, Wangen und Kinn und tausche dabei Blicke mit den anderen Frauen, die sich ebenfalls dazu entschieden haben. Während wir die letzten Spuren von Lippenstift und Kajal beseitigen, fühle ich mich auf eine warme Weise mit ihnen verbunden. Ich stelle mir vor, wie wir uns in der U-Bahn beäugen, als gehörten wir zu einer mutigen Schwesternschaft. Ich suche May, damit sie sich uns anschließt, doch als ich sie entdecke, hat sich ihr Blick gerade mit dem einer Ruby-Rose-Doppelgängerin verhakt, mit rabenschwarzer Elvis-Tolle, leuchtend blauen Augen und Kolibri-Tattoo.

Selbst für mich als Zuschauerin fühlt es sich an wie einer dieser Momente, in dem die ganze Welt verschwimmt, während das Paar von Amors Pfeilen getroffen wird. Ruby Rose nähert sich mit geschmeidigen Pantherschritten, und ich spüre Mays Nervenflattern. Ihre geflüsterte Konversation kann ich nicht hören, aber ich sehe, wie Ruby Rose ein schwarz-rotes Streichholzbriefchen in die Hand nimmt und aufklappt, vermutlich will sie May ihre Telefonnummer geben. Einen Moment sieht es so aus, als wolle sie es May in den Ausschnitt schieben, dann entscheidet sie sich doch für die Westentasche und lässt ihre Hand dort eine Sekunde länger als notwendig.

«Wow, das war intensiv.» May stößt einen Pfiff aus, als wir unseren gemeinsamen Galeriegang fortsetzen. «Hast du das mitgekriegt?»

«Allerdings», sage ich bewundernd. «Du scheinst es immer noch draufzuhaben!»

«Ja!» Sie klingt erstaunt, ganz geflasht von sich selbst.

Ich freue mich. Wenn wir Teagan tatsächlich noch treffen, wird die Begegnung nur noch nebensächlich sein.

Ich erzähle May gerade davon, wie sich mein Leben durch ein einziges Abschminktuch für immer verändert hat, da packt sie mit starrem Blick meinen Arm.

«Oh mein Gott, ich fasse es nicht!»

Es ist so weit.

«Wo ist sie?», frage ich.

May schüttelt den Kopf. «Nicht sie, *er*!»

«Er?»

«Dein Kellner von der Hochzeit. Er ist hier, gerade habe ich seine Schuhe gesehen!»

«Waaas?» Ich drehe mich um und erfasse sofort seine schlaksige Gestalt, die den Gästen hellrosa «Rosenwasser»-Cocktails anbietet. Mein Herz macht vor Glück einen Satz. «Oh, ist er nicht hinreißend?»

«Komm, wir gehen hin!»

In diesem Moment fällt mir etwas ein, und ich bleibe abrupt stehen. «Ich habe mich doch gerade komplett abgeschminkt!»

«Du siehst super aus!»

«Neeeeiiin!», protestiere ich.

«Vor zwei Minuten warst du noch ganz in *vive la révolution*-Stimmung!», entrüstet sich May.

«Ich weiß, aber das war, bevor ich einem Mann gefallen wollte.»

May verdreht die Augen. «Du bist eine schreckliche Feministin. Ist es nicht denkbar, dass er dich in natura mag?»

«Ziemlich unwahrscheinlich.»

«Du würdest diesen perfekten Mann also wirklich aus Eitelkeit ziehen lassen, ja?»

Ich überlege. Es fühlt sich definitiv danach an, als wolle mich das Universum auf die Probe stellen.

«Komm einfach gleich zum Punkt und verabrede dich mit ihm», beharrt May. «Für irgendwas, wo's billig ist, er hat vermutlich nicht viel Geld.»

«Ich bezweifele, dass er mich überhaupt erkennt. Auf der Hochzeit hatte ich die Haare hochgesteckt und trug Abendkleid und hochhackige Schuhe ...; Oh, wo ist er hin?» Ich schaue mich um.

«Amy?»

Oh. Mein. Gott. Ich erstarre. Da steht er. Direkt hinter mir.

«Hiiiii!», sage ich und drehe mich strahlend um. «Ich hätte nicht gedacht, dass du mich wiedererkennst!» Ich duze ihn direkt, alles andere käme mir jetzt komisch vor.

«Natürlich erkenne ich dich wieder!» Er lächelt und hebt sein Tablett an. «Cocktail?»

«Oh, nein, nein. Ich bin seit der Hochzeit noch im Ich-trinke-nie-wieder-was-Modus. Tut mir leid, falls ich unausstehlich war.»

«Mach dir keine Sorgen.»

Moment. Soll das heißen, ich war wirklich unausstehlich?

«Tatsächlich bin ich froh, dass ich dich hier treffe.» Ich gehe direkt aufs Ganze, schließlich hat er hier viel zu tun, und ich ... «Hm, ich wollte dich fragen ...»

«Ja?» Er beugt sich vor, damit er mich inmitten all der Stimmen verstehen kann.

Einen Moment lang genieße ich die Nähe seiner dunklen

Haare und den schwachen Seifenduft, den er verströmt. May stupst mich an, damit ich weiterspreche. «Ich wollte fragen, ob du vielleicht mal mit mir spazieren gehen magst?»

«Spazieren gehen?», fragt er verwundert.

«Ja, im Park oder ...» Ich unterbreche mich, weil ich das gar nicht richtig durchdacht habe. «... ich meine, irgendwo draußen.»

«Weißt du, ich gehe tatsächlich am Samstag irgendwo draußen spazieren.» Er grinst. «Das ist zwar nicht jedermanns Sache, aber du kannst mich gern begleiten.»

«Super!», platze ich heraus, denn die Einzelheiten sind mir ganz egal.

Er diktiert mir seine Nummer, ich wähle sie, und als sein Oberschenkel neben mir vibriert, merke ich, wie nahe wir nebeneinanderstehen.

«Okay, dann haben wir's. Ich schicke dir nachher die Adresse.»

So einfach geht das. Etwas benommen sehe ich ihm nach. All die Jahre hatte ich nie den Mumm, mich einfach mit jemanden zu verabreden, aber hier ging es ganz leicht. Und schnell. Braucht es wirklich nicht mehr? Ich runzele die Stirn. Werde ich am Samstag vielleicht feststellen, dass er irgendeinem Wanderverein angehört?

«Wieso siehst du so besorgt aus?», fragt May. «Er hat dir seine Nummer gegeben!»

«Jaja.» Ich reiße mich zusammen und konzentriere mich auf die Fakten. «Er heißt Ben, wir gehen am Samstag spazieren.»

«Also am selben Tag, an dem du dich mit Tristan triffst», stellt May fest.

«Was? Oh nein!» Meine Schultern fallen herab.

«Schon okay – mit Ben bist du ja tagsüber verabredet, oder?»

«Stimmt. Abends muss er sicher arbeiten.»

«Na, siehst du, alles kein Problem.»

«Nein», sage ich und nage an meiner Unterlippe herum.

«Und wenn du herausfindest, wer der Dritte im Bunde ist, denk einfach dran, ihn zum Frühstück einzubestellen.»

Ich werde blass. Ich war noch nie besonders gut im Multitasking, plötzlich fühle ich mich gestresst.

«Alles gut», beruhigt mich May. «Ein Mädchen muss tun, was ein Mädchen tun muss. Und du hast dir den hier ganz ohne Make-up geangelt.»

Meine Hand wandert zu meinem Gesicht. «Ich fasse es nicht! Also, was machen wir jetzt?»

«Na ja, nachdem wir beide hier gepunktet haben und Teagan sich nicht blicken lässt, würde ich sagen: Fondue in der Cheese Bar.»

«Ja!», jubele ich und hake mich bei ihr unter, dann schieben wir uns durch die Menge Richtung Ausgang.

Wo wir Teagan treffen. Und zwar bei dem Versuch, sich an die Ruby-Rose-Doppelgängerin ranzumachen.

«Unglaublich!» May flucht und schlängelt sich zu ihr durch.

«May!» Teagan weicht bei Mays forschem Schritt etwas zurück.

«Alles gut? Erinnerst du dich noch an Amy?»

«Natürlich.» Sie nickt mir zu.

«Das ist Lexi.» Teagan deutet auf die Ruby-Rose-Doppelgängerin.

«Ich weiß», sagt May und greift nach dem Streichholzheft.

«Oh, ich wusste nicht, dass du schon davon gehört hast.»

«Wovon gehört?»

«Von unserer Verlobung.»

Was zur Hölle?! Ich merke, wie mir der Mund aufklappt, darum verstehe ich nicht, wie May sich in diesem Moment beherrschen kann. Sie dreht lässig das Streichholzheft zwischen ihren Fingern und überlegt sich ihren nächsten Schritt.

Sie könnte Lexi auch das Heftchen unter die Nase halten und süffisant sagen: «Ich glaube, das gehört dir.» Sie könnte auch lachen und sagen: «Dann viel Glück, vor etwa zwanzig Minuten hat sie sich noch an mich rangemacht.»

Stattdessen zeigt sie ein strahlendes Lächeln und sagt: «Ich würde sagen, ihr zwei bildet ein himmlisches Match.»

Teagan runzelt die Stirn. «Wie meinst du das?»

Doch May schenkt ihr nur ein breites Grinsen und geht.

Ich eile hinter ihr her und erwarte, dass sie gleich ausflippt, sie wirft aber nur das Streichholzheft in den nächsten Mülleimer.

«Ich war ganz sicher, dass du ausflippen würdest!», keuche ich.

«À la ‹Teagan-Baby, du wirst eine Fremdgeherin heiraten!›?»

«So ähnlich.»

«Ich hab dran gedacht», antwortet May augenzwinkernd. «Doch warum soll ich ihr die Überraschung verderben?»

13

*H*eute ist also der Doppel-Date-Tag. Nachher werde ich mit Tristan fein essen gehen, zunächst habe ich aber noch eine sehr unkonventionelle Verabredung mit Ben.

«Er will mit dir auf den Friedhof? Sollst du da sein Gothic-Alter-Ego kennenlernen?», spottet May.

«Nein», protestiere ich. «Er ist einfach nur an Architektur interessiert.»

«Aaah!» May nickt übertrieben, während sie mir bei meiner Suche nach dem passenden Oberteil für meine schwarze Skinny Jeans zuschaut. «Ist schon schlimm, dass wir in einer Stadt leben, wo es so überhaupt keine interessante Architektur gibt, die ohne verrottende Leichen auskommt.»

«Also, ich finde es cool», sage ich und betrachte meinen locker gestrickten Sternenpulli.

«Ich sage Nein zu diesem formlosen Teil.» May reißt mir den Pulli einfach aus der Hand. «Aber ich habe noch meinen Skelett-Bodysuit von Halloween, wenn du dir den ausleihen willst? Vielleicht sollten wir dich auch als Miss Havisham aus *Große Erwartungen* verkleiden – wir hüllen dich in weiße Spitze, und dazu trägst du einen Trockenblumenstrauß, der bei jedem Schritt herunterbröselt.»

«Ich habe keine Zeit für deine Witze, May, ich muss in fünf Minuten los», seufze ich.

«Okay, dann lass mal die Spezialistin ran!» Sie durchforstet meinen Kleiderschrank, hält kurz bei einem cremefarbenen gerippten Oberteil mit Polokragen inne und greift dann nach meinem türkisen Kaschmirpulli. Den habe ich schon seit Jahren, aber ich liebe ihn immer noch sehr – die gepufften Schultern betonen die Taille, und er liegt eng über meinen Brüsten an, aber nicht über meinem Bauch.

Ich lasse meinen Morgenmantel fallen.

May verdreht die Augen. «Du musst dir wirklich mal neue Unterwäsche zulegen, wenn du jetzt wieder mitspielen willst.»

«Die ist vielleicht nicht schön, aber sie erfüllt ihren Zweck», sage ich schulterzuckend und richte meine Träger, die zugegebenermaßen etwas ausgeleiert sind.

«Ach ja?» May rümpft die Nase. «Ich weiß, dass deine Brüste einem BH ziemlich viel abverlangen, aber ich fürchte, dein Trümmerfrauenlook bringt dich im Schlafzimmer nicht so richtig nach vorn.»

«Das sind doch meine ersten Verabredungen», erinnere ich sie und ziehe den Pulli über den Kopf. «Ich verspreche, beim zweiten Date habe ich was Präsentableres an.»

«Ich werde dich dran erinnern. Darf ich?» Sie steckt mir eine Vintage-Brosche mit milchig blauen Aquamarinen unter mein rechtes Schlüsselbein. «Und zieh lieber die Lederschuhe an. Dann kommst du schneller weg, falls du aus einem der Gräber komische Geräusche hörst.»

Ich verdrehe die Augen.

«Also, was dein Abendoutfit angeht …»

«Ach, darum kümmere ich mich, wenn ich zurück bin», schlage ich ihre Sorgen in den Wind. Ich muss jetzt wirklich los.

«Last-minute-Outfits sind nie eine gute Idee», mahnt May. «Das Restaurant ist in Mayfair, nicht wahr?»

«Ja. Ich hoffe, es ist nicht zu fein.»

«Wird es aber», sagt sie und zieht mein rosé-golden glänzendes Top heraus. «Und ich weiß, dass du ungern hohe Absätze trägst, aber ...» Sie verzieht das Gesicht. «Amy! Da ist ja noch der Schmutz von der Hochzeit dran!»

«Du sagst das, als wäre die schon ein Jahr her!», protestiere ich. «Wer hat denn Zeit zum Schuheputzen?»

«Ich übernehme das und stelle sie dir raus.»

Ich strahle. «Du bist die Beste!» Dann drücke ich sie noch mal extralange, weil ich weiß, dass sie mir auch noch ein paar Ohrringe rauslegen wird, und vielleicht erwartet mich bei meiner Rückkehr sogar noch ein kleiner Snack, damit ich mich entspannt umziehen kann ...

Es ist schon irgendwie seltsam, dass ich auf dem Weg zum Friedhof bin, wo ich es gerade so sehr genieße, am Leben zu sein. Ben und ich haben uns seit der Fotoausstellung ein paar süße Nachrichten geschrieben, aber die waren eher freundschaftlich als flirtig, weswegen ich zur Abwechslung mal keinen Druck verspüre, umwerfend aussehen zu müssen. Außerdem hat er mich ohne Make-up gesehen, was eigentlich keine große Sache sein sollte, aber ich gehöre nun mal zu den Menschen, die sich nur unter einer Schicht honigfarbener Foundation sicher fühlen.

Als ich aus dem Bus steige, bricht die Sonne hinter einer dicken grauen Wolke hervor und verstärkt meinen Optimismus. Highgate wäre ja eigentlich die logische Wahl für einen Friedhofsspaziergang – die letzte Ruhestätte von Leuten wie Karl Marx und George Eliot –, aber Ben hat sich den weniger bekannten Abney Park in Stoke Newington ausgesucht.

Am Eingang ragen vier hohe, viereckige Säulen in den Himmel, die mit schwarzen Eisengittern verbunden sind. Ich schaudere ein wenig, als ein paar etwas unappetitlich wirkende Leute im dahinterliegenden Grün verschwinden. Wenn Ben nicht auftaucht, soll ich dann allein reingehen? Ich glaube eher nicht. Ich stelle mir vor, wie ich auf einem unebenen Pfad dahinstolpere, wie sich Wurzeln und Kletterpflanzen um meine Knöchel schlingen, mich mit sich zerren, mich als ihren Besitz beanspruchen ...

«Amy!»

«Ben!» Ich fahre zusammen und bin froh, als ich seine Umarmung spüre, wenn es auch eine eher ungelenke, flüchtige ist.

«Schön, dich zu sehen!»

Er trägt Jeans und einen locker gestrickten Sternenpulli – ich wusste, ich hätte meinen anziehen sollen.

«Wollen wir?»

In dem Moment, in dem wir durch das Tor gehen, erkenne ich den Charme dieses Ortes – er ähnlt einer vergessenen Welt. Die überwucherten, verwitterten Grabsteine stehen schief und krumm da, als hätte sich der Boden knurrend und stöhnend umzudrehen versucht, um es gemütlicher zu haben. Und dann fällt mir auf, dass zwischen jedem Grab eine andere Pflanze, ein anderer Busch oder Baum wächst.

«Ich habe das Gefühl, ich sehe hier alle Blattformen, die es gibt, und zwar in allen Grüntönen der Welt.»

«Lustig, dass du das sagst.» Ben lächelt. «Der Park war eigentlich als Arboretum angelegt; man hat die Bäume in alphabetischer Reihenfolge um den Park gepflanzt.»

«Wirklich? Das ist ja mal ein Konzept.»

«Seit den 1970er-Jahren hat man den Friedhof sich selbst überlassen, darum sieht er jetzt so ungepflegt aus – umso besser für die Bienen.»

Liebt nicht jeder einen Mann, der sich um die Bienen sorgt?

«Ich habe gelesen, er gehört zu den Magnificent Seven – den sieben Friedhöfen aus Viktorianischer Zeit», bringe ich so nebenbei wie möglich das einzige Wissen an, das ich mir auf dem Weg hierher angeeignet habe.

Er nickt. «Für mich ist dies der coolste Friedhof. Hier liegen die Andersdenkenden und Nonkonformisten, die sich nicht einer bestimmten Religion unterordnen wollten. Und Amy Winehouse hat das Video für *Back to Black* hier gedreht.» Er schaut mich von der Seite an und singt «Amy, Amy, Amy», während er mich neckend angrinst.

Mein Herz macht einen kleinen Hüpfer.

«Aber vor allem mag ich das Gefühl, das mir dieser Ort vermittelt.»

Ich folge ihm wie in Trance. «Und welches Gefühl ist das?»

Er fährt mit den Fingern über die hohen Gräser. «Außerhalb der Zeit zu sein. Friedvoll. Dankbar. Hier kann ich die Dinge loslassen, die nicht wichtig sind.»

«Das verstehe ich», sage ich.

«Wenn das Leben mal wieder kompliziert ist, hilft mir dieser Ort, mich daran zu erinnern, dass wir uns immer aus der Tretmühle lösen und ein einfacheres Leben leben könnten, in dem wir vermutlich viel zufriedener sein würden.»

Ich seufze. «Ich sollte definitiv mehr raus in die Natur gehen. Aber wenn ich mal in einen der Parks in meiner Nähe komme, dann sind da immer so viele Leute, die gerade Picknick machen, Frisbee spielen, ihren Kindern hinterherrennen, dass ich die Natur selbst kaum wahrnehme. Aber hier ...» Ich betrachte die gewundenen Pfade, die dornigen Zweige und herabhängenden Kletterpflanzen. «Man ist ganz verzaubert und fragt sich, was wohl hinter der nächsten Ecke auf einen wartet.»

Er nickt zustimmend. «Ich entdecke immer einen neuen Weg oder eine verborgene Ecke – der Friedhof umfasst über hundertzwanzigtausend Quadratmeter.»

Ich nehme mir vor, mit Gareth herzukommen, damit er die schiere Fülle an verschiedenen Blumen und Bäumen benennen kann. Worte wie Akazie und Akanthus klingen so beruhigend in meinen Ohren. Eines Tages werde ich eine Tonaufnahme davon machen, wie er mir das Inhaltsverzeichnis eines Botanik-Buchs vorliest, und sie als Schlafmeditation nutzen.

«Wusstest du, dass weiße Nelken und Lilien die beliebtesten Beerdigungsblumen sind?», frage ich Ben.

«Das wusste ich nicht», antwortet er. «Es passt aber.»

Gareth hätte ganz sicher ein paar Blumen mitgebracht, um sie auf ein paar Gräber zu legen. Ich wünschte, ich hätte selbst daran gedacht. Es kommt mir irgendwie voyeuristisch vor, mit leeren Händen hier zu sein.

«Und wie lange spazierst du schon über Friedhöfe?», frage ich und hoffe, dass meine Frage nicht unhöflich wirkt. «Kommst du oft hierher?»

Er bleibt stehen, nachdenklich. «Na ja, ich glaube, es fing an, als meine Großmutter starb, also vor sechs Jahren. Da war ich zum ersten Mal auf einem Friedhof, und ich stellte zu meiner Überraschung fest, dass ich nicht nur traurig war.»

Ich lege den Kopf zur Seite. «Wie meinst du das?»

«Na ja, das klingt bestimmt merkwürdig, aber ich dachte auf einmal, sie ist nicht allein hier. All diese Menschen sind schon vor ihr gegangen, alle um sie herum. Es gibt viel mehr Menschen auf der anderen Seite als hier, auf unserer Seite, wo wir noch leben. Ihr Tod half mir zu erkennen, dass dies nicht nur ein Verlust ist oder ein Ende, sondern eben auch ein Weg. Man muss den Kreislauf des Lebens akzeptieren.»

«Hmmm.»

«Meinst du nicht?»

«Doch, bloß …» Ich zögere. «Manchmal verliert man jemanden auch zu früh.»

«Ja, das stimmt. Und das ist natürlich etwas ganz anderes.» Er schaut mich an und fragt mit sanfter Stimme: «Hast du jemanden verloren?»

Ich sehe weg. «Ich bin eher dabei, jemanden zu verlieren, es ist ein Prozess», beginne ich und höre mir dann erstaunt selbst dabei zu, wie ich Ben von der Demenzerkrankung meiner Mutter erzähle. Davon habe ich noch nicht mal meinen Kollegen bei der Arbeit erzählt. «Dadurch erscheint mir die Zeit, die ich mit ihr habe, so unendlich kostbar. Die Zeit, in der sie noch sie selbst ist.»

«Das tut mir so leid», flüstert er mitfühlend. «Meine Großmutter hatte Demenz. Ich weiß, wie es sich anfühlt, jemanden zu vermissen, der doch direkt vor einem steht.»

Ich starre ihn an. Es ist selten, dass mich jemand so gut versteht.

«Ich kann mir gar nicht vorstellen, wie es ist, die eigene Mutter so zu erleben. Das muss hart sein.»

«Ist es», sage ich und fürchte, dass ich die Stimmung jetzt zu sehr eingetrübt habe. «Tut mir leid. Ich weiß nicht, warum ich das erzählt habe. Ich kann es gar nicht ertragen, daran zu denken. Andererseits denke ich ständig darüber nach.»

Jetzt legt er den Kopf schief. «Ich weiß, das ist leichter gesagt als getan, aber man sollte seinen Verlust nicht schon betrauern, bevor es so weit ist.»

«Stimmt. Doch ich weiß ehrlich nicht, wie ich diesen Kreislauf durchbrechen kann.»

Er schaut sich um, als suche er zwischen den moosüberwachsenen Inschriften nach Antworten. «Ich weiß nicht, ob das funktioniert, und leicht ist es sicher auch nicht, aber anstatt zu sagen, dass du sie verlierst, könntest du auch sagen: ‹Ich feiere sie›, und machst das Beste aus eurer Zeit. Oder du bist einfach dankbar dafür, dass du sie hast. Was ja alles gleichermaßen stimmt.»

Ich nicke ihm zu.

«Wir müssen das Schöne sehen, um die Verzweiflung auszugleichen. Wie jetzt: Du fühlst den Schmerz, aber du kannst dich gleichzeitig umschauen und das Schöne erkennen, stimmt's?»

Ich folge seiner Aufforderung und sehe ich mich um. Dabei fällt mir auf, wie hell die Inschrift aus Blattgold auf einem langweilig grauen Grabstein herausleuchtet, obwohl sie schon von 1890 stammt – und sage das auch.

«Siehst du!», lobt er mich. «Weißt du, was mein Großvater immer sagt? ‹An manchen Tagen gibt es kein Lied in deinem Herzen. Sing trotzdem.›»

Mein Herz schmerzt, so berührt bin ich von seinem Mitgefühl. Schon komisch, dass ein flüchtiger Bekannter mit ein paar Worten so viel Trost spenden kann.

«Danke», sage ich mit Tränen in den Augen.

«Möchtest du einen gefallenen Engel sehen?», fragt er plötzlich.

«Natürlich», sage ich, erleichtert darüber, dass wir das Thema wechseln.

Er führt mich zu einem Grab, neben dem eine umgestürzte geflügelte Skulptur auf der Seite liegt.

«Ist sie nicht schön?» Sanft legt Ben eine Hand auf ihren Kopf.

«Das ist sie.» Ich atme den Duft von Wald ein, den die Brise aufscheucht wie Geister.

Es ist leicht, sich Ben in einem bequemen Hemd vorzustellen, wie er dasitzt und mit einer Gänsefeder Gedichte schreibt. Er scheint eine romantische Seele zu haben, die nicht ganz von dieser Welt stammt und daher auch nicht an ihre Regeln gebunden ist.

«Wenn ich sterbe, dann möchte ich etwas von Bedeutung hinterlassen – und es ist mir egal, wenn ich mein halbes Leben lang Tabletts mit Getränken schleppen muss, um herauszufinden, *was* es ist.»

In einer Welt, in der es um das tägliche Setzen und Erreichen von Zielen geht, kommt mir seine langfristige Perspektive erfrischend vor. Und während er sich durch einen bewachsenen Torbogen zwängt, halte ich mein Handy hoch, um dieses Gefühl mit der Kamera festzuhalten. Dann hocke ich mich neben den gefallenen Engel und fotografiere sein Gesicht, das auf einem Kissen aus winzigen weißen Blumen liegt. Ich lächele, als ein kleiner Zilpzalp auf den Grabstein hopst und eifrig für mich posiert, sich aus allen möglichen Winkeln präsentiert und dabei zwitschert.

Als ich mich wieder aufrichte, ist Ben verschwunden.

«Hallo?», rufe ich. «Ben, bist du da?»

Wie weit könnte er sich entfernt haben? Vielleicht hat er einfach weitergeredet, weil er dachte, dass ich immer noch hinter ihm gehe, und jetzt findet er den Weg nicht mehr zurück, weil es zu viele Abzweigungen gibt. Ich spüre, wie sich meine Nerven anspannen.

«Ben?» Ich eile durch das Tor, wo ich ihn zuletzt gesehen habe, vorbei an einem Paar, das vermutlich glaubt, ich würde nach meinem Hund rufen. «BEN!»

Als ich um eine Ecke biege, bin ich für ein paar Sekunden von ein paar Skulpturen auf hohen Sockeln abgelenkt, die aussehen wie eine Musikerband, die gerade von unten auf die Bühne befördert wird. Dann spüre ich ein Kitzeln an meinem Hals und fahre erschrocken zusammen.

Ben steht hinter mir und hält ein Farnblatt in der Hand. «Hast du den Grabstein vom Gründer der Heilsarmee gesehen?»

Ich seufze erleichtert.

«Alles in Ordnung?», fragt er besorgt.

«Jetzt ja», keuche ich und warte darauf, dass mein klopfendes Herz sich wieder beruhigt. «Ich dachte, ich hätte dich verloren.»

«Oh, das tut mir leid! Möchtest du dich einen Augenblick setzen?»

Ich nicke dankbar. Und muss dann blinzeln, so überrascht bin ich.

Der Platz, auf den er deutet, könnte nicht märchenhafter sein: Zwei steinerne Treppenaufgänge, die mit rosa Blütenblättern übersät sind, führen hinauf zu einer Balustrade.

«Jeder eine Treppe», schlage ich vor, und beim Hochlaufen lassen wir die Blütenblätter fliegen. Wenn ich mich jetzt im Kreis drehe, dann verwandelt sich mein Outfit bestimmt in ein Chiffonkleid, und dann tanzen wir einen langsamen Walzer die Treppe hinauf, bis wir uns schließlich an der Balustrade zurücklehnen und uns atemlos in die Augen schauen …

«Eine Terrasse würde man hier nicht erwarten», sage ich, als wir uns auf der niedrigen Mauer ausruhen. «Oh, schau mal!»

Schweigend verfolgen wir den Tanz eines hellblauen Schmetterlings. Als er schließlich davonflattert, scheint Ben seinen eigenen Gedanken nachzuhängen, während ich noch ein paar Handyfotos schieße, auch wenn mein Akku nur noch bei fünf Prozent ist. Heimlich schalte ich auf Video und zoome auf Ben, der sich zurücklehnt, zum Himmel schaut, eine Hand auf der Brust, die andere in seinen Haaren.

«Woran denkst du gerade?», frage ich.

Er dreht sein Gesicht in die Kamera, schaut umwerfend sexy drein und murmelt: «Kuchen.»

«Ehrlich?» Ich seufze vor Glück.

«Ich kenne den perfekten Ort dafür.» Damit springt er auf und nimmt mich an der Hand.

Ich freue mich und bin gespannt.

«Hier entlang!» Er duckt sich unter einem Bogen herabhängender Zweige hindurch, und als wir wieder ins Freie treten, ist die Sonne von einer bedrohlich aussehenden Wolke verdeckt, und die Luft wird frisch.

«Oh nein, es regnet!», jammere ich, als es erst anfängt zu nieseln und kurze Zeit später gießt.

Ben schaut mich neugierig an. Vermutlich fragt er sich, wie man in England über einen Regenschauer jammern kann.

«Ich meine nur, wegen meiner Haare», erkläre ich für den Fall, dass alle seine bisherigen weiblichen Bekanntschaften glatte Haare hatten.

«Ich weiß, ein Albtraum!» Er wuschelt sich durch seinen eigenen Mopp, bis ihm die Haare in alle Richtungen abstehen, womit er allerdings nur noch süßer aussieht.

«Kannst du das auch mit meinen machen?», frage ich.

«Meinst du das ernst?»

«Wieso nicht?» Ich grinse wagemutig.

Ich glaube, ich schließe sogar kurz die Augen, als er mit seinen Händen durch meine Haare fährt und sie mit seinen Fingerspitzen durcheinanderbringt. Dies ist die intimste Berührung seit der Hochzeit. Ich wünschte, ich könnte mich daran erinnern, wie heiß es an diesem Abend in der Küche zwischen uns wurde. Ich wünschte auch, er würde mich jetzt küssen. Er arrangiert ein paar Strähnen um mein Gesicht, und als sich unsere Blicke treffen, fühlt es sich an, als würde er direkt in meine Seele lächeln. Mein Herz klopft erwartungsvoll, dann fällt ein dicker, fetter Tropfen von einem Baum direkt auf meine Nase und lässt uns auseinanderfahren.

«Komm», sagt er und strahlt. «Wir rennen ein bisschen!»

14

Ich fühle mich in meine Kindheit versetzt – der Geruch nach feuchter Erde, als wir auf dem Weg über Zweige und Steine springen, die Vorfreude auf Tee und Kuchen ...

Ich habe nicht erwartet, dass Ben ein Auto hat, aber als ich vor einem niedlichen Fiat mit Delle stehen bleibe, finde ich das Auto richtig passend.

«Eigentlich ist das hier meiner!» Er deutet zwei Autos weiter.

Plötzlich hört es auf zu regnen, und die Sonne beleuchtet eine goldglänzende Limousine.

Ich reiße überrascht den Kopf herum. «Du fährst einen Mercedes?»

«Es ist ein alter, ich habe ihn für dreitausend Pfund bekommen. Die Tür ist offen.»

«Oh, ich liebe ihn!», schwärme ich und gleite auf den abgewetzten Ledersitz. «Allein dieses Armaturenbrett!»

Es hat eine glänzende Schildpatt-Oberfläche, der Zigarettenanzünder ist verchromt, das schlanke Lenkrad elfenbeinfarben. Als wir aus dem Parkplatz auf die Straße fahren, lässt Ben seinen Arm aus dem Fenster hängen, als befänden wir uns auf einem Roadtrip durch die USA, den Wüstenwind unter den Fingern. Ich höre praktisch die Doobie Brothers spielen.

Nach etwas mehr als zehn Minuten fahren wir eine mir unbekannte Einkaufsstraße mit einer verführerischen Mischung aus Boutiquen, Cafés und Trödelläden entlang.

«Da, eine Buchhandlung!», jubele ich und drehe mich um – es ist eine wunderbare Erinnerung daran, wie viel es auf der Welt zu wissen und zu staunen gibt. «Es macht mich immer froh, dass noch welche existieren.»

«Es gibt hier tatsächlich drei Buchhandlungen.»

«Was?», rufe ich. «Wo sind wir denn?»

«In Crouch End.»

«Ist das das Viertel, in dem du wohnst?»

Er zuckt die Schultern. «Nur noch bis Mittwoch.»

«Du ziehst um?» Ich kann meine Enttäuschung kaum verbergen. Gerade hatte ich mir ausgemalt, wie wir sonntagmorgens unseren Kaffee in dem Straßencafé dort drüben trinken, wie wir mit seinen Freunden abends im Pub auf der anderen Seite lachen, wie ich in dem kleinen Kino rechts von uns meinen Kopf auf seine Schulter lege oder wie wir in dem kleinen Park, der vor uns liegt, picknicken und lauter sonnendurchflutete Fotos mit unserem großen, zotteligen Hund posten. Einem Hund, den wir uns an dem Tag zugelegt haben, an dem wir zusammengezogen sind.

«Ich komme vermutlich im Sommer zurück», beruhigt er mich.

«Wo wirst du denn in der Zwischenzeit sein?»

«Lass mich mal überlegen. Hm, als Nächstes bin ich in Chiswick, dann für ein Wochenende in Chelsea und anschließend fast einen Monat lang in Clapham.»

«Wohnst du nur an Orten, die mit C anfangen?»

«Das ist der reine Zufall», erwidert er lachend und parkt geschickt ein. «Ich bin Haustiersitter. Dieses Auto ist momentan mein einziger fester Wohnsitz.»

«Suchst du denn nach einer festen Bleibe?»

«Na ja, anfangs schon. Aber dann bekam ich all diese Buchungen, also habe ich die Wohnungssuche erst mal verschoben. Außerdem will ich momentan einfach nicht tausend Pfund oder so in die Miete stecken, wenn ich irgendwo anders ein Bett mit drei Katzen oder einem riesigen Bernhardiner teilen kann.»

«Wer um Gottes willen hat denn in London einen Bernhardiner?»

«Ich kann es dir nicht sagen, ich musste einen Vertrag mit Verschwiegenheitsklausel unterschreiben.»

«Ehrlich?» Ich reiße die Augen auf.

«Ein totaler C-Promi, aber trotzdem.» Er verschließt mimisch seine Lippen.

«Ist es ein schickes Haus?»

«Es ist groß und hat einen großen Garten. Aber das ist auch alles, was ich verraten darf.»

«Wow.»

«Komm.» Er drückt leicht mein Bein. «Zeit für Kuchen.»

Als wir die Straße entlanggehen, frage ich möglichst beiläufig, ob sein Lebensstil sich sehr auf sein Liebesleben auswirkt.

«Du meinst, weil ich niemanden mit zu mir nach Hause bringen kann? Bisher ist das noch nicht vorgekommen, ich mache das erst seit sechs Monaten.»

Ich versuche, nicht zu froh über seine Antwort zu wirken.

Ben erzählt, das größte Problem sei das ständige Packen und Auspacken – nicht so sehr wegen seiner Klamotten, sondern wegen der Nahrungsmittel.

«Es gab schon mehrere Unfälle mit auslaufender Sojasoße oder geschmolzener Butter.» Er verzieht das Gesicht. «Außerdem verliere ich bei jedem Wohnungswechsel irgendwas. Und manchmal beende ich einen Job, stehe dann auf der Straße und denke: *Wo* wohne ich jetzt noch mal? Neulich bin ich schon halb nach Camden gefahren, bevor ich gemerkt habe, dass ich da gar nicht mehr wohne.»

«Sondern wo?»

«In Camberwell», antwortet er und grinst. «Du scheinst mit dieser C-Sache wirklich recht zu haben.»

«Wie lange willst du das denn noch machen?», frage ich. «Ich bin bloß neugierig, keine Sorge. Ich suche nämlich gerade nach einer Wohnung, die ich kaufen kann, aber jetzt bringst du mich zum Nachdenken, ob es nicht noch andere Optionen geben könnte!» Wie zum Beispiel ein Jahr lang irgendwo auf ein Haus aufzupassen, um mein Budget aufzubessern.

«Na ja», sagt er, «ich bin jetzt fünfundzwanzig –»

«Moment! Du bist fünfundzwanzig?!» Abrupt bleibe ich stehen. «Ich dachte, du bist so alt wie ich!»

«Ich habe mehrere Wochen lang nicht sehr gut geschlafen», sagt er und reibt sich die Augen. «Der Hund schnarcht, und der Katze macht es den größten Spaß, die Wände raufzurennen und den Lichtschalter zu betätigen – meistens so um vier Uhr morgens. Ich fühle mich auf jeden Fall um mindestens zehn Jahre gealtert.»

Bevor ich die zehn Jahre Altersunterschied verdauen kann, deutet er auf den Eingang zu einem Café.

«Hier ist es?»

Er nickt. «Nach dir.»

Eine Sekunde lang denke ich, ich sei in das Wohnzimmer seiner Großmutter eingetreten. Hier stehen Chintzsessel mit Spitzenüberwürfen und Stehlampen mit pfirsichfarbenen Troddeln, an der Wand mit Blumentapete hängen gerahmte Fotos von Kindern mit Topffrisuren, und da drüben steht ein Korb mit Wolle und Stricknadeln neben einem klobigen Fernsehschrank aus Holz, ganz zu schweigen von den Salz- und Pfefferstreuern in Zwergenform auf allen Tischen.

«Gefällt es dir?»

«Ich liebe es!»

«Ich dachte mir, dass du es magst.» Er scheint sich ehrlich zu freuen.

Er muss ein besonderer Mann sein, um Gefallen an diesem selbst gestrickten Kitsch zu finden. Gerade kommt mir unser Altersunterschied gar nicht mehr so wichtig vor.

Rosen-Zitronenkuchen mit Glitzerstreuseln. Bananenbrot mit Espressobutter. Schokoladen-Guinness-Kuchen mit cremigem Zuckerguss.

Wir bestellen von allem ein Stück zum Teilen und befolgen damit den Rat, der auf einem Porzellanteller steht: *Je mehr Sie wiegen, desto schwieriger sind Sie zu kidnappen. Stay safe – eat cake!*

Als ich ein Foto machen will, geht mein Handy endgültig aus, aber ich könnte mir den Satz vielleicht später mal tätowieren lassen.

«Und welchen Tee hätten Sie gern?», möchte die Kellnerin wissen.

Wir beugen uns Ärmel an Ärmel über die Karte. Bens körperliche Nähe gefällt mir. Ich bleibe extra lange bei der Beschreibung des Oolong Iron Buddha Tees hängen, bloß um diese Nähe noch länger auszukosten.

«Wie wäre es damit?» Er deutet auf den Darjeeling Second Flush. «Falls du es nicht wusstest: Ein Flush beginnt, wenn der Teepflanze neue Blätter wachsen, und er endet mit der Ernte. Ich habe im Waldorf Hotel den Tee serviert.»

«Ich würde dir ja glauben, aber du hast diesen besonders spitzbübischen Blick aufgesetzt.»

«Hast du diesen Teller schon gesehen?» Er versucht, mich mit weiteren Zitaten abzulenken – und es klappt.

«Nach meiner Theorie basieren alle schottischen Gerichte auf einer Mutprobe», lese ich kichernd vor.

«Letzte Woche habe ich einen Spruch gesehen, der mein Lebensmotto geworden ist: *When nothing goes right, go left!*»

«Toll!», rufe ich begeistert. «Wenn etwas nicht funktioniert, versuch einfach was anderes.»

«Genau. Und wo wir gerade davon sprechen.» Er führt mich ein paar Stufen hinauf und durch einen Durchgang.

Nachdem der erste Raum wie ein Wohnzimmer eingerichtet war, befinden wir uns nun in einem Schlafzimmer. Dort steht ein keusches Einzelbett mit Blümchendecke und Wärmflasche, daneben ein Schminktisch mit dreiteiligem Spiegel, darauf liegt ein weißer Plastikföhn, der aus einem 1970er-Jahre-Film stammen könnte.

Aber der absolute Knaller kommt noch: ein roséfarbenes Badezimmer mit rosa Fliesen, rosa Waschbecken und rosa Klo inklusive Nylon-Plüschbezug.

«Wer will sich denn hier hinsetzen?!», keuche ich. «Ich meine, da müsste man sich ja aufs Klo hocken!»

«Und heute bist du das!»

«Niemals!» Ich weiche zurück.

«Doch, du musst – ich habe es extra für uns reserviert!»

«Das hast du nicht», protestiere ich und überlege gleichzeitig, ob er das getan hat, als er auf dem Friedhof verschwunden war. «Und wo willst du sitzen?»

«Auf dem Wäschekorb.» Er deutet auf den Flechtkorb, auf dem ein sauber gefaltetes rosa Handtuch liegt.

Ich schüttele den Kopf. «Ich fasse das alles nicht.»

Wir setzen uns beide, damit die Kellnerin unsere Bestellungen auf die Glasplatte stellen kann, die das Waschbecken bedeckt.

«Ich kann nicht glauben, dass ich auf einem Klodeckel sitze und Kuchen esse!»

Die Kellnerin hebt eine Teekanne, auf der Charles und Diana als Hochzeitspaar abgebildet sind. «Darjeeling?»

«Second Flush für mich!» Ich hebe die Hand.

Als Ben losprustet, fällt bei mir der Groschen. Flush – wie in Spülung. Ich schaue aufs Klo und bedecke dann mein Gesicht mit beiden Händen. «Ich wusste doch, dass du was im Schilde führst!»

«Würden Sie ein Foto machen?», bittet er die Kellnerin und reicht ihr sein Handy.

«Was, jetzt, wo mein Gesicht genauso rosa ist wie die Umgebung?»

Er versichert mir, dass ich toll aussehe, doch das Foto erzählt eine andere Geschichte: Dank des Regens und Bens kunstvoller Verwuschelung trage ich einen ähnlichen verfilzten Lockenkopf wie die gestrickte Puppe, die die Klorolle ziert.

«Ist es nicht merkwürdig, dass Puppenhaare am Ende immer verfilzen?», frage ich. «Ich weiß noch, wie ich die Haare meiner Puppe mit einer Mischung aus Puder und den Lockenwicklern meiner Mutter ruiniert habe.»

Ben nimmt das Outfit der Klorollenpuppe genauer in Augenschein. Es ist eine voluminöse rosa Rüschensache mit hübschem Puppenkopf, so eine Mischung aus Teewärmer und Disneyprinzessin. «Die müssen das mal modernisieren», meint er. «Sie bräuchte so was wie Billy Porters schwarzes Samtkleid bei der Oscarverleihung.»

«War das Kleid nicht himmlisch?», frage ich und seufze. «Tatsächlich kenne ich ein Geschwisterpaar, das so was nähen könnte.»

Während wir uns über den Kuchen hermachen, reden wir über Freunde, Mode, Schuluniformen, die schlimmsten Frisuren unserer Kindheit und schließlich über die Leute, in die wir als Teenager verliebt waren. Ich versuche, das Gespräch auf seine letzten Verflossenen zu bringen, aber alles, was ich rausbekomme, ist, dass seine letzte Freundin eine Tätowierungskünstlerin war, was in mir die Frage aufwirft, ob ich auch nur annähernd sein Typ bin. Wobei er auch nicht gerade zu den Männern passt, die ich sonst gedatet habe. Dieses Dating-Hütchen-Spiel hat definitiv seine Vorteile: Ich gebe Männern eine Chance, die ich sonst niemals in Erwägung gezogen hätte.

«Möchtest du noch Tee?», fragt er.

«Ja, gerne. Und vielleicht können wir noch den Scone mit Feigenmarmelade probieren?»

Diesmal bestehe ich darauf, dass Ben auf der Toilette Platz nimmt, was er mit ein paar Klo-Witzen kommentiert. Dann zitiert er ein Graffito, das er in einer öffentlichen Toilette gesehen hat: «Liebe automatische Spülung, ich schätze dein Engagement, aber ich war noch nicht fertig.»

«Ich mache immer die gegenteilige Erfahrung», gestehe ich. «Ich wedele mit der Hand herum und versuche, den Sensor zu erwischen, oder drücke auf alles, was aussieht wie ein Spülknopf.»

«Weißt du, was es in dem Haus dieses C-Promis gibt? Eine

Toilette mit einer LED-Lampe im Deckel mit sechs Farbvarianten. Für dein ganz persönliches nächtliches Pinkelerlebnis!»

«Nein! Und welche Farbe favorisierst du?»

«Na ja, Grün fühlte sich ein bisschen außerirdisch an, Rot ist zu sehr Amsterdam, aber Blau war ziemlich beruhigend.»

Wir haben uns heute konversationstechnisch wirklich verausgabt. Irgendwann schauen wir hoch und stellen fest, dass wir die letzten Gäste sind. Wenn das Bett in der Ecke Platz für zwei böte, würde ich mich gern darin zusammenrollen und weiterplaudern, bis sie hier ihr veganes Frühstück servieren.

«Du weißt nicht zufällig, ob es hier in der Nähe Immobilienmakler gibt?», frage ich, als ich nach meiner Tasche greife.

«Willst du umziehen, nur um näher an diesem Café zu wohnen?»

«Na ja, wenn man kein Meerschweinchen-Café kriegen kann, wo Phoebe Waller-Bridge hinter dem Tresen steht?», antworte ich. «Aber ehrlich, ich mag die Gegend hier, dieses dörfliche Gefühl ...»

«Na, dann schauen wir doch mal.»

Natürlich wäre die Nachbarwohnung von Gareth immer noch meine erste Wahl. Aber bei der geringen Wahrscheinlichkeit, dass der Kauf klappt, könnte eine Wohnung in diesem Viertel als hervorragender Trostpreis funktionieren.

Wie es der Zufall will, haben alle Maklerbüros schon geschlossen, dafür locken mich gleich mehrere Boutiquen mit ihren vielfältigen, in gedeckten Farben gehaltenen Waren, aber auch Läden, deren Auslagen mit Makramee-Pflanzenhaltern, Salbei-Räucherstäbchen, Aktivkohle-Seife und bezaubernden Wüstenblumen-Duftkerzen locken, die mir sofortige Gelassenheit versprechen.

«Gib's zu, du willst hier rein.»

Ich gebe mich gleichgültig. «Ein anderes Mal.»

«Es macht mir wirklich nichts aus!»

Ich kneife die Augen zusammen. «Ist das irgendein Trick?»

Er beugt sich zu mir. «Hast du nicht gewusst, dass sie dieses Ding hier erfunden haben, um die männliche Shoppingtoleranz um fünfhundert Prozent zu steigern?» Er hält grinsend sein Handy in die Höhe.

Jetzt muss ich auch grinsen. «Dauert nicht lange, versprochen!»

Als ich den Laden betrete, fühle ich mich beinahe, als wären wir ein Paar in dieser harmonischen Phase, wo man einfach so gehen und sein eigenes Ding machen kann, um dann entspannt zum anderen zurückzukehren. Jedenfalls habe ich von so was gehört. Selbst erlebt habe ich es noch nie.

Ich durchstöbere einen Stapel mit süßen Pullis, auf denen bunte Pompons prangen, dann finde ich ein paar Seiden-Bustiers. Ich ziehe ein schwarzes mit tiefem V-Ausschnitt aus spinnenartiger Spitze heraus und schaue zufällig aus dem Fenster. Ben lehnt an der Wand und tippt zufrieden in sein Handy. Vielleicht ist das hier genau das Richtige, um der Sache noch mehr Schwung zu verleihen.

«Kann ich das mal anprobieren?»

Die Verkäuferin zieht den Vorhang der Umkleidekabine zurück und dann halb wieder zu. Es ist eine dieser Kabinen, die einen nie hundertprozentig vor Blicken schützen, sodass man sich die ganze Zeit überlegt, wie viel Peepshow man gerade hinlegt. Da ich ausprobieren will, wie das Bustier ohne etwas darunter aussieht, ziehe ich mich schnell aus und schlüpfe mit doppelter Geschwindigkeit hinein. Es fühlt sich herrlich glatt auf meiner Haut an. Ich wuschele mir durch die Haare und stelle mir vor, wie ich Ben zum Abendessen zu mir nach Hause einlade, Nat King Cole auflege und das Bustier mit Jeans und einer schmalen Goldkette kombiniere, so wie die Instagram-Mädels es tun. Vielleicht besorge ich mir sogar eine schimmernde Bodylotion ... Plötzlich sehne ich diesen Moment so sehr herbei, dass ich am liebsten zum Fenster laufen möchte, um zu rufen: «Wie findest du es?» Angesichts meiner Oberweite ist das jedoch ein Augenblick, der für eine private Show reserviert sein muss.

«Ich nehme es!», sage ich zu der Verkäuferin.

Mein Herz klopft, während ich an der Kasse stehe und noch ein paar hellblaue Hängeohrringe dazulege.

«Du siehst froh aus!» Ben lächelt, als ich mit schwingender Tüte herauskomme.

«Bin ich auch!»

Ich will, dass er mich fragt, was ich gekauft habe, damit ich sagen kann: «Das zeige ich dir das nächste Mal», stattdessen erzählt er, dass er gerade mit Freunden geschrieben habe und sie wissen wollten, ob wir mit ihnen ins Kino gehen. Er deutet über die Straße zu einem coolen Haus mit Glasfront. «Und danach könnten wir zum Italiener.»

«Italiener!» Ich zucke zusammen, schaue auf meine Uhr und schlage erschrocken die Hand auf den Mund. Ich habe Tristan komplett vergessen!

«Das klingt nach einem Nein.»

«Ben, es tut mir so leid! Ich bin zum Essen verabredet mit ...» – ich halte mich gerade noch zurück – «... einem potenziellen Kunden. Für meinen Job.» Ich wirble herum, unsicher, wie ich jetzt am schnellsten nach Hause komme. Ich kann noch nicht mal mein Handy als Routenplaner benutzen.

«Wohin musst du denn?»

«Nach Mayfair.»

«Okay. Am schnellsten bist du mit der U-Bahn. Ich bringe dich bis zum Bahnhof Finsbury Park, dann nimmst du die Piccadilly Line.»

«Nein, nein, ich will dir nicht deinen Abend verderben.» Ich kann nicht erlauben, dass das Date Nummer eins mich zu Date Nummer zwei bringt, das wäre einfach falsch. «Ich nehme ein Taxi.»

«Na los, das Auto steht doch gleich hier.» Er geht bereits darauf zu.

Ich eile hinter ihm her. «Das ist wirklich total nett von dir.» Ich bin ganz durcheinander, als wir einsteigen, und presse meine Hand auf das Armaturenbrett, als Ben sich durch den Verkehr schlängelt.

«Du kennst dich ja wirklich aus!», bemerke ich.

Er zuckt die Schultern. «Einer der Vorteile des House-Hopping. All die verschiedenen Stadtviertel wachsen irgendwann in meinem Kopf zusammen.»

«Ich kann mir nicht mal vorstellen, in London Auto zu fahren», sage ich und zucke zusammen, als wir fast einen Fahrradfahrer mitnehmen.

«Das ist so eine Sache, die nur dann besser wird, wenn man sie öfter macht. So, an der nächsten Ampel springst du raus. Siehst du, wo du dann hinmusst?»

Ich nicke, stopfe meine Tüte in die Handtasche und löse den Gurt.

«Okay, dann schnell!»

Oh Gott. «Danke!», quieke ich und springe aus dem Wagen.

Ich fühle mich komplett neben der Spur, als ich auf den Bahnhof zulaufe. Das ist total absurd – ein gutes Date abzubrechen, um ein anderes auf dem falschen Fuß zu beginnen. Ich habe mich sogar um eine Abschiedsumarmung von Ben gebracht und jetzt nicht mal ein Gefühl dafür, wann – oder ob überhaupt – wir uns wiedersehen werden. Als ich die Treppen zur U-Bahn runterhetze, spüre ich so etwas wie ein schlechtes Gewissen, als hätte ich Crouch End wegen Mayfair verraten. Es würde mir nur recht geschehen, wenn ich ankomme und Tristan bereits gegangen wäre.

«Entschuldigung!» Ich quetsche mich in die Bahn, finde eine Stange zum Festhalten und hole mein Handy heraus, dann drücke ich jeden einzelnen Knopf in der Hoffnung, dass es sich wie durch Magie wiederbelebt. Leider nein. Ich kann Tristan nicht texten, dass ich später komme, und ich kann May nicht bitten, mich mit Wechselklamotten am Eingang des Restaurants zu treffen. Was soll ich tun? Ich krame in meiner Tasche herum, auf der Suche nach etwas Lipgloss, aber bei King's Cross pressen sich noch mehr Leute in die Bahn, und die nächsten sechs Stationen kann ich nur darauf hoffen, dass a) Tristan später dran ist als ich, b) der Oberkellner uns einen Tisch in einer schwach beleuchteten Ecke hinten im Restaurant gibt und c) sich die Mischung aus Schweiß- und Essensgeruch von dem Mann neben mir nicht auf meine Kleidung überträgt …

15

Die gute Nachricht ist, dass ich nur sechsundzwanzig Minuten zu spät bin. Die schlechte Nachricht ist, dass das Restaurant einer dieser riesigen, glänzenden Großraum-Läden ist, voll besetzt mit Real-Housewife-Klonen, denen praktisch direkt am Anmeldepult ein Selfie-Ringlicht und ein Microblading-Kit überreicht wird. Das könnte wirklich stimmen – früher bekamen Männer ja auch Krawatten überreicht, wenn sie nicht gut genug angezogen waren.

«*Buona sera, signorin*a», begrüßt mich ein schlanker Mann mit glatt rasiertem Kinn. «Wie kann ich Ihnen behilflich sein?»

Er glaubt offenbar, ich hätte mich auf dem Weg zu Nando's verlaufen.

«*Buona sera.*» Ich senke den Kopf und flüstere: «Ich fürchte, ich komme etwas spät zu meiner Verabredung mit Tristan – ähm.» Oh Gott, ich kenne nicht mal seinen Nachnamen. «Ein sehr gut aussehender Blondhaariger mit einem kleinen Grübchen im Kinn.»

«Ah ja», sagt der Kellner und verzieht das Gesicht. «Erlauben Sie mir, Sie hinzuführen.»

Selbst aus dieser Entfernung kann ich erkennen, dass mein Dinner-Date mies gelaunt ist. Ich fange schon zwei Tische vorher mit meinen Entschuldigungen an. «Es tut mir so leid, ich hatte ein Kundengespräch, das länger dauerte, und –»

«Du siehst anders aus.»

Meine Hand fährt in meine Haare. «Na ja, ja, ich bin etwas verweht …»

Hat er etwa erwartet, ich komme mit hochgesteckten Haaren und im Seidenkleid wie auf der Hochzeit?

«Ich hätte dich gar nicht wiedererkannt.»

Was wohl heißen soll: «So hätte ich dich nicht eingeladen.»

«Ich, äh …», stottere ich weiter. Er scheint nicht gerade wild darauf zu sein, dass ich mich zu ihm setze. Zudem steht unser Tisch direkt neben dem Geklapper und Gezische der offenen Küche, was die Atmosphäre noch angespannter macht.

«Willst du dich nicht setzen?» Er wirkt schon jetzt völlig genervt.

«Gib mir fünf Minuten, um mich zurechtzumachen», sage ich und weiche einem Kellner mit einem Teller Austern aus.

Vor dem Ausgang zögere ich kurz. Wäre es schlimm, wenn ich einfach abhaue? Wir scheinen doch beide den Appetit verloren zu haben. Er wäre lieber mit der aufgebrezelten Frau von der Hochzeit zusammen, und ich lieber mit Ben. Oder einfach draußen an der frischen Luft. Natürlich gibt es da die Ein-Drittel-Chance, dass Tristan der Richtige ist, aber ich glaube, die Chancen dafür stehen eher schlecht. Oder eben gut. Oder wie auch immer, jedenfalls ist es unwahrscheinlich. Ich fühle mich jetzt schon ernüchtert und defensiv.

«Kannst du wenigstens versuchen, die Sache aus seiner Perspektive zu sehen?», höre ich meine Mutter den teuflischen Advokaten spielen, als ich in die Spiegelhalle trete, die sie hier Damentoilette nennen.

Ich muss zugeben, dass er sich eine Menge Mühe gemacht hat, sich ordentlich anzuziehen, während ich aussehe wie etwas, das aus dem Moor hereingeweht wurde. Ich meine, wie würde ich mich fühlen, wenn ich extra zur Maniküre-Pediküre gegangen wäre und mir ein neues Kleid gekauft hätte, und er käme dann zu spät und in einem zerknitterten Fußball-Shirt? Wenn mein Handy nicht tot wäre, würde ich May bitten, mir mein rosé-goldenes Top zu bringen. Der Gedanke an drei Gänge in Kaschmir neben all den flambierten und gegrillten Delikatessen ...

Moment!

Ich greife in meine Tüte. Die glatte Seide des Bustiers fühlt sich angenehm kühl an. Ich fühle mich ein wenig mies, dass ich es für Tristan anziehe, wo ich es mit dem Gedanken an Ben gekauft habe, aber was soll ich machen? Ich eile in eine Kabine, schlüpfe hinein, leider hat May recht mit meiner Unterwäsche. Mein gemütlicher BH sieht unter der spinnennetzartigen Spitze nicht gerade vorteilhaft aus. Trotzdem, ich muss das Bustier irgendwie darüber drapieren. Oder Hummer bestellen und darauf hoffen, dass man mir ein Lätzchen bringt.

Meine größere Sorge ist mein Gesicht. So gern ich mich wieder mit dem Gefühl der Freiheit verbinden möchte, das ich an dem Galerieabend empfunden habe – dies hier ist nicht die Umgebung dafür. Ich wühle in meiner Handtasche nach meinem Make-up. Anfang der Woche habe ich ein YouTube-Video darüber gesehen, wie Frauen im Gefängnis sich ohne Kosmetika zurechtmachen. Sie nutzen Deo und Vaseline, um Farbpigmente aus Hochglanzmagazinen abzulösen und diese dann als Lidschatten zu verwenden. Ich würde es ja versuchen, aber ausnahmsweise habe ich keine aufgerollte *Grazia* in meiner Tasche. Aber ich habe Concealer, den ich mir unter die Augen, um die Nasenflügel und auf mein

Kinn wische und einarbeite. Kein Lidschatten, aber ich kann mir mit meinem Kajal Smokey Eyes malen, und mein rosiger Lipgloss könnte als Rouge dienen. Oh, das klebt etwas. Ich versuche, den Lipgloss mit einem Tuch abzuwischen, aber jetzt klebt mir weißes Papier im Gesicht. «Verdammt!»

Ich wende mich ab, als eine Frau die Toilette betritt, und rubbele weiter an meiner Wange herum, während sie in einer Kabine verschwindet. Das Gute ist, dass ich jetzt wirklich rosige Wangen habe. Ich wasche mir schnell die Hände und verteile dann ein wenig von der duftenden Handcreme hinter meinen Ohren als Ersatz für Parfüm. Jetzt muss ich mir nur noch die Haare zu einem lockeren Dutt binden und ein paar Locken stilvoll rechts und links um mein Gesicht drapieren.

Die andere Frau steht neben mir. Ich an ihrer Stelle wäre von ihrem eigenen Spiegelbild gefesselt – ihrer schimmernden Haut, ihren kunstvoll geschwungenen Brauen –, doch sie scheint sich mehr für mein Outfit zu interessieren.

«Sie sollten den BH ausziehen.»

Ich reiße die Augen auf. Ist das ein Angebot?

«Wenn er schwarz wäre, würde es gehen, aber beige plus unmodern?»

Ich verziehe das Gesicht. «Ich mache mir nur Sorgen, dass ich ohne BH etwas provokant wirken könnte …»

Sie beugt sich zu mir. «Wenn Sie so hier rausgehen, wird Ihr Abend nur noch schlimmer. Ohne BH wird er Ihnen alles verzeihen. Vertrauen Sie mir, ich kenne die Männer.»

«Ehrlich?» Plötzlich fühle ich mich ein bisschen schäbig.

Sie zuckt die Schultern und trägt schimmernden Lipgloss auf. «Es ist Ihre Entscheidung.» Und damit geht sie.

Ich schaue in den Spiegel und denke, wie viel besser das

Oberteil im Laden ausgesehen hat. Ich seufze. «Nun gut, dann also ohne.»

Als ich diesmal zum Tisch komme, springt Tristan sofort auf, um mir den Stuhl herauszuziehen, und als der Kellner erscheint, bestellt er Champagner. Und zwar eine Magnum-Flasche Moët & Chandon.

Ich werfe meiner Märchenfee einen heimlichen Blick zu, und sie hebt diskret ihr Glas und lächelt.

Das hier ist wirklich eine andere Welt – glänzend poliertes Besteck, aufmerksame Kellner, ledergebundene Speisekarten, so groß wie Schreibtischunterlagen. Reiche Leute klingen sogar beim Small Talk anders.

«Also, sollen wir auf dein erfolgreiches Meeting anstoßen?», fragt Tristan, als der Kellner den Champagnerkühler neben unseren Tisch gestellt hat.

«Mein Meeting?»

«Der Grund, weshalb du zu spät gekommen bist.»

«Oh, das hatte ich schon ganz vergessen», wische ich seine Bemerkung fort und konzentriere mich ganz auf die hellgoldenen Bläschen in meinem Glas. «Dieses Restaurant ist umwerfend. Kannst du mir etwas empfehlen?»

«Arbeitest du oft am Samstag?»

Er scheint nicht lockerlassen zu wollen.

«Selten. Aber dieser Kunde aus Italien war gerade in der Stadt und hatte nur heute Zeit.» Ich studiere interessiert die Karte und hoffe, er tut dasselbe.

«Wo in Italien?»

Herrgott noch mal.

«Bologna», sage ich, nachdem ich die unbekannteren Städte Carbonara und Arrabiata für ungeeignet befunden habe.

Er nickt. «Ich bin am Abend vor der Hochzeit gerade aus Mailand gekommen.»

«Wirklich?» Ich schaue auf.

«Ich war natürlich geschäftlich da, aber ich nutze die Zeit immer auch für etwas Kultur, wenn es geht. Die italienische Oper ist eine beeindruckende Erfahrung. Und die Scala muss man einfach gesehen haben, besonders wenn man neoklassizistische Architektur liebt, was ich natürlich tue.»

«Natürlich.»

Er klingt, als würde er aus einem Stadtführer vorlesen, aber offenbar hat er ihn auswendig drauf und unterbricht sich bloß, damit wir bestellen können. Zum Glück entscheiden wir uns beide gleich für den Hauptgang – wahrscheinlich hat er schon sein Körpergewicht in Oliven verdrückt, während er auf mich gewartet hat.

«Und welchen Wein hätten Sie gern zum Essen?», fragt der Kellner.

«Ich bleibe beim Champagner», sage ich loyal.

«Ich nehme ein Glas von de Bucci Villa Riserva Verdicchio», beschließt Tristan.

«Eine exzellente Wahl, *signore*.»

Ich überlege, ob der Kellner schon jemals ausgespuckt und gesagt hat: «Was haben Sie sich denn dabei gedacht? Der Wein schmeckt nach Essig!»

«Zurück zu Mailand», fährt Tristan fort. «Wusstest du, dass Bellini seine erste Oper an der Scala gegeben hat?»

Ich möchte antworten: «Nein, aber besorg mir Pfirsichsaft, und ich gebe dir hier am Tisch einen Bellini!» Aber das tue ich nicht. Stattdessen ermuntere ich ihn. «Erzähl!»

Normalerweise würde ich diese Art von Vorträgen furchtbar langweilig finden, jetzt bin ich froh darüber, weil ich mich erst mal ein wenig erholen kann und nichts anderes von mir verlangt wird, als hin und wieder «Wirklich?» und «Wie toll!» zu sagen. Es ist erstaunlich, wie viel man dabei trinken kann. Besonders, wenn man einen Kellner hat, dessen einzige Pflicht darin zu bestehen scheint, beständig nachzuschenken.

«Wenn ich in Mailand bin, gehe ich natürlich auch immer zu meinem Schneider. Er macht die besten maßgeschneiderten Anzüge.»

«Ist das einer davon?», frage ich und deute auf seinen makellosen dunkelblauen Dreiteiler.

Tristan nickt stolz.

«Wunderschön – sehr George Clooney.»

Seine Augen leuchten auf. Er ist offensichtlich ein Mann, der gern Komplimente hört. Jedenfalls habe ich nun eine Taktik fürs Essen gefunden: Ich werde ihn einfach anhimmeln und glockenhell lachen und dann nach Hause gehen, mir den Schlafanzug überstreifen und Nummer eins von der Liste streichen.

«Mehr Champagner?»

«Nichts dagegen.»

Ich schaue lächelnd zu, wie der Kellner mein Glas auffüllt. Der leichte Schimmer in meinem Kopf hilft mir dabei, mich zu entspannen. Aber dann sagt Tristan: «So, Amy, dann erzähle mir doch mal alles von dir, was ich wissen muss.»

«Das kommt mir etwas weit gefasst vor ...»

«Na gut.» Er lehnt sich auf seinem Stuhl zurück. «Was erwartest du von mir, und wo soll dieser Abend hinführen?»

«Und das ist mir zu spezifisch.»

Anzüglich zuckt er die Schultern. «Nun, am Telefon warst du ziemlich spezifisch.»

Ich schlucke.

«Und das hat mir gefallen», erklärt er. «Ich mag Frauen, die wissen, was sie wollen.»

Oh Gott. Ich weiß weder, was ich will, noch, was ich am Telefon gesagt habe. Ich nehme noch einen Schluck Champagner. Hat er sich deshalb so ein schickes Restaurant ausgesucht, weil ich ihm eindeutige sexuelle Versprechungen gemacht habe? Ich sollte wirklich aufpassen, wie viel ich heute trinke.

«Weißt du, als du dich bei der Hochzeit neben mich gesetzt hast, wusste ich bereits, dass wir zusammenkommen.»

«Wirklich?»

Er nickt. «Du hast so was ...» Sein Blick senkt sich auf die Spitze meines Bustiers und verunsichert mich derart, dass ich kaum zu atmen wage, damit dieser Bereich sich nicht unnötig hebt und senkt.

Ich glaube, ich muss ihn ein bisschen bremsen. Ich schaue nach meiner Märchenfee und überlege, ob ich sie noch mal mit auf die Toilette locken kann, damit sie mir weitere Tipps gibt, aber sie ist schon gegangen – vermutlich sitzt sie bereits in ihrem privaten Hubschrauber.

«Ihre *cappelacci di zucca*.»

Oh, Gott sei Dank! Das Essen ist da, und wir können uns darauf konzentrieren. Mein Gericht sieht perfekt aus: sechs Pasta-Päckchen in brauner Buttersoße, garniert mit knusprigen, frittierten Salbeiblättern. Ich kann kaum erwarten, sie zu probieren!

«*Spaghetti al nero di seppia con gamberi*.»

«Oh Gott!» Ich starre auf Tristans Wahl und weiß nicht, ob ich je etwas Unappetitlicheres auf einem Teller gesehen habe: Es sind glänzend schwarze Spaghettiwürmer, auf denen riesige pinke, gezahnte Garnelen liegen. Es sieht aus wie eine anspruchsvolle Dschungelcamp-Challenge – ich glaube, es bewegt sich sogar ...;

«Hast du noch nie Sepia-Pasta gegessen?»

Ich schüttele heftig den Kopf.

«Dann musst du sie unbedingt probieren!»

«Oh nein.» Ich winde mich und weiß nicht, was ich gruseliger finde: davon zu essen oder die Vorstellung, wie er mich über den Tisch hinweg füttert.

«Wonach schmeckt es denn?»

«Ich glaube, ‹nach Meer› trifft es am besten. Hier.»

«Wirklich, alles gut!» Ich schiebe mir schnell ein Stück Kürbis in den Mund, kaue übertrieben lange darauf herum und schiebe mir gleich ein zweites Stück hinterher, bevor ich das erste überhaupt runtergeschluckt habe.

Einen Moment lang bilde ich mir ein, dass ich noch mal davongekommen bin. Ich lenke Tristan auf das Thema ‹selbst gemachte Tagliatelle›. Gareth hat uns bei meinem letzten Geburtstagsessen gezeigt, wie man die macht: Erst hat er den Teig aus Hartweizen papierdünn ausgerollt, ihn dann wie einen Teppich aufgerollt und danach in schmale Streifen geschnitten, die sich zu zarten Pastastreifen entwirrten. Doch dann sehe ich eine gehäufte Gabel in meine Richtung schweben.

«Komm, nur ein kleiner Bissen, Amy.»

Oh Gott! Ich würde das Essen ja am liebsten mit der Hand nehmen, aber natürlich ist die Pasta viel zu glitschig, also lehne ich mich zögernd und voller böser Vorahnung nach vorne.

Der Tisch ist so tief, dass ich etwas aufstehen und mich vorbeugen muss, sodass ich zu allem Überfluss auch noch eine Peepshow abliefere. Wie weit kann er mir eigentlich in den Ausschnitt schauen? Offenbar fragt er sich das auch gerade, denn als ich die Nerven verliere und in letzter Sekunde das Gesicht wegdrehe, wandern die Spaghetti einfach weiter in meine Richtung und rutschen mir direkt ins Dekolleté.

Ich keuche angewidert auf, als die warmen Würmer bis zu meinem Bauchnabel schlittern. Ich weiß nicht, was ich tun soll. Wie soll ich reagieren, wie damit umgehen?

Tristan reißt den Mund auf. «Oh mein Gott!»

«Ich kann dir nicht sagen, wie fürchterlich sich das gerade anfühlt.»

Tristan beißt sich auf die Lippe. «Kannst du sie vielleicht einfach auf die Serviette fallen lassen?»

«Schaut jemand her?», zische ich und ziehe meinen Stuhl näher an den Tisch.

Er dreht sich um und erstarrt. «Warte!»

«Ist alles zu Ihrer Zufriedenheit?» Natürlich sucht sich der Kellner genau diesen Moment aus, um zu uns zu kommen.

«Köstlich!», sagt Tristan begeistert und greift nach seinem Wein.

«*Signorina?*»

Ich klimpere mit den Augen. «Ich spüre förmlich, wie sich das Essen direkt auf meine Hüften legt!»

Tristan prustet seinen Wein über den Teller.

«Oh mein Gott!», rufe ich und schüttele mich. «Ich möchte wirklich keinen Wein zum Essen!»

«Es tut mir so leid!»

«Vielleicht willst du ja jetzt schon mal das Tiramisu bestellen, damit du es mir noch ins Gesicht schmieren kannst?»

Jetzt lacht er laut.

«Sie hätten gern die Dessertkarte?» Der Kellner sieht ehrlich verwirrt aus.

«Nein, nein!», stöhne ich. «Aber ein paar weitere Servietten wären hilfreich.»

«Natürlich.»

Ich sehe Tristan mit hochgezogenen Augenbrauen an. Er versucht, sich zusammenzureißen, aber dann platzt er wieder heraus. Seine Augen tränen, die Nase ist rot angelaufen, die Zähne sind in voller Pracht zu sehen und nicht ganz so makellos, wie sie anfangs schienen. Und doch … nie hat er attraktiver ausgesehen. Es ist, als wäre eine Modepuppe zum Leben erwacht.

«Was wolltest du sagen?», frage ich, als er auf meine Schultern deutet.

Nur mit Mühe bringt er «Spaghettiträger!» hervor, bevor er wieder einen Lachanfall bekommt.

«Weißt du, du würdest es vermutlich viel weniger lustig finden, wenn du derjenige wärst, der hier in Sepiatinte badet.»

«Aber zumindest passt sie zu deinem Outfit!»

Ich versuche, mein Lächeln zu verbergen. Diese Seite hätte ich gar nicht an ihm vermutet. Das ist eine ganze Welt entfernt von der abweisenden Person, die mich vorhin kaum begrüßt hat. Und von dem Konversations-Langweiler, bei dem ich mich schon gefragt habe, ob ich ihn auf der Hochzeit vielleicht nur deshalb geküsst hatte, damit er endlich den Mund hielt.

Schließlich beruhigt er sich. «Du darfst aussuchen – Essen, Körperteile, was du willst.»

«Was meinst du?»

«Ich lade dich dazu ein, dich an mir zu rächen – ich habe einen ganzen Kühlschrank voller Möglichkeiten.»

Hat er mich gerade zu sich nach Hause eingeladen?

Ich mache einen Scherz, um Zeit zu schinden. «Ein paar Orecchiette für deine Ohren? Jelly Beans für den Bauchnabel?»

«Ich habe einen ganzen Schweinerücken –»

«Moooment!» Ich hebe die Hand, und er nimmt sie in seine.

Und in diesem Moment verändert sich meine Körperchemie. Als seine Finger sich mit meinen verschränken, durchfährt mich ein Kribbeln, und als sein Daumen Kreise in meine Handfläche zeichnet, bin ich wie verzaubert.

Mit Mühe finde ich meine Sprache wieder. «Ich hätte ja gedacht, dass du diese ganze Schweinerei und Hysterie nur peinlich finden würdest …»

«Wieso sagst du das?», fragt er mit sanfter Stimme und schaut mir direkt in die Augen.

Ich zucke mit den Schultern. «Maßgeschneiderte Anzüge aus Mailand, Michelin-Sterne-Restaurants in Mayfair.»

«Na ja, du scheinst mir nicht die Sorte Frau, mit der man sich an einem Taco-Wagen trifft.»

«Ich bin ganz genau die Sorte Frau, mit der man sich an einem Taco-Wagen trifft!», schnaube ich. «Ich meine, wenn es je ein Essen gab, das man sich überallhin kleckert, dann Tacos & Co.»

«Weißt du, mein Freund organisiert nächstes Wochenende eine Mexican-Street-Party.» Er streichelt jetzt meinen Arm. «Es gibt Margaritas aus Wassermelonen und eine Mariachi-Band, die Lady-Gaga-Songs covert.»

«Das klingt toll!»

«Also, wirst du mich begleiten?»

Ich zögere. Vor einer Stunde wollte ich noch weglaufen, jetzt ziehe ich ein zweites Date in Erwägung. Ernsthaft.

«Sehr gern», höre ich mich selbst sagen.

Er lächelt mich zufrieden an, dann späht er zu meiner Tischseite hinüber. «Ich kann dich nicht weiter so dasitzen lassen. Ich wohne nur zehn Minuten von hier entfernt. Da kannst du dich einmal sauber machen, und dann gehen wir noch woandershin.»

Mein Herz macht einen Satz – ich werde seine Wohnung sehen! Aber ich bin definitiv zu betrunken für ein weiteres schickes Restaurant. «Können wir dann irgendwohin, wo es locker zugeht?»

«Neben meinem Haus gibt es einen altmodischen Pub, die haben die besten Pasteten –»

«Die Rechnung, bitte!», unterbreche ich ihn.

Tristan zieht sein Portemonnaie heraus und greift nach dem Kühler, um den restlichen Champagner herauszuholen. «Meinst du, wir können den noch leeren, bevor er mit der Rechnung kommt?»

Es ist ungefähr noch die Menge einer normalen Flasche darin.

«Dann mal los!»

Plötzlich macht alles so viel mehr Spaß. Der Champagner macht uns nur noch alberner, und das Wissen, dass wir später in einen Pub gehen, wo wir uns nicht mehr darum sorgen müssen, ob wir uns danebenbenehmen, ist eine große Erleichterung. Es ist mir nicht mal mehr wichtig, wie ich aussehe. Ich möchte nur diesen Tisch zwischen uns loswerden, damit ich ihm näher sein kann. Ich sehne mich danach, dass er mich noch einmal berührt.

Als er mir beim Rausgehen die Hand in den Nacken legt, muss ich mich beherrschen, um nicht vor Freude zu quieken.

«Taxi!» Lässig hält er eines an. «Ich habe in Manhattan trainiert», gesteht er.

Diesmal bin ich beeindruckt und sehe mich auf einmal in Cocktailkleid und Seidenschuhen an seinem Arm die Fifth Avenue entlangwandeln.

Er hält mir die Taxitür auf und verbeugt sich. «Meine Dame.»

«Mein Mann», murmele ich, während ich mich hineinsetze, und frage mich, ob er vielleicht wirklich der Richtige sein könnte.

16

Kaum hat sich das Taxi in Bewegung gesetzt, liegen seine Lippen auf meinen. Der Kuss ist nicht einfach zu koordinieren bei dem Geruckel, und ich fühle mich vom Champagner leicht benebelt, darum bin ich froh, als er seine Aufmerksamkeit auf meinen Hals richtet. Er trägt ein anderes Eau de Cologne als bei der Hochzeit, aber es riecht ebenfalls teuer. Ich fühle mich in den Händen eines Profis. Er ist geschickt – den Weg vom Taxi zu seinem Haus kriege ich kaum mit, ebenso wenig den von der Haustür bis zu seiner Dusche.

«Es ist alles für dich bereit ...»

Ich bleibe in der Badezimmertür stehen und überlege, ob ich wirklich jetzt und hier meine Kleider ablegen will. Bestimmt gibt es irgendeinen Grund, warum ich das nicht tun sollte, aber mir fällt beim besten Willen keiner ein. Meine Augen wandern durchs Badezimmer – es ist außergewöhnlich sauber. Putzhilfen-sauber. Seine Aftershave-Sammlung macht Selfridges Konkurrenz, und diese Handtücher sehen so flauschig aus.

«Halt dich nicht mit den Handtüchern auf!», höre ich Mays Stimme. *«Was sagt dir dein Instinkt?»*

Ich weiß nicht, ob ich meinem Instinkt noch trauen kann – ich habe mich schon so oft geirrt, auch wenn ich komplett davon überzeugt war, einen großartigen Typen getroffen zu haben, nur um dann eine Vision von seiner miesen Seite zu bekommen. Vielleicht passiert es diesmal genau andersherum? Je mehr Schichten ich von ihm abziehe, desto besser gefällt mir, was ich sehe?

Apropos Schichten. Tristan hat sein Jackett ausgezogen, und sein aufgeknöpftes Hemd gewährt mir einen Blick auf seine gebräunte Brust. Er mag ja abends in Mailand in der Oper gewesen sein, aber tagsüber hat er definitiv auf der Hotelterrasse gelegen.

«Alles okay?», fragt er.

Und in diesem Moment höre ich eine Stimme, die sehr nach Jay klingt: *«Los, bedien dich!»*

Und genau das tue ich.

Es ist berauschend, mit solcher Intensität begehrt zu werden. Ich kann kaum glauben, dass ein derartig attraktiver Mann derartig wild auf mich ist! Ich hatte ganz vergessen, wie unfassbar herrlich es ist, einen Männerkörper zu erkunden – wie seidig glatt seine Haut ist, diese festen Linien, dieser kräftige Bizeps.

Es ist ziemlich klar, dass wir nicht mehr in den Pub gehen werden. Stattdessen küssen wir uns, als hätten wir jahrzehntelang danach gehungert. Seine genussvollen Seufzer und das Wissen, dass ich die Ursache dafür bin, sind ein totaler Ego-Boost. Morgen früh wird mein Kinn von seinen Bartstoppeln wund sein, aber das ist mir egal. Ich will ihn näher an mir haben, mich an ihn klammern und diese urweltliche Verbindung spüren, mit blauen Flecken an den Hüften und allem Drum und Dran.

Es gibt kein Sich-tief-in-die-Augen-Schauen, keine stillen Momente, kein Gekichere – nur den frontalen Sex-Angriff.

Schließlich rollen wir keuchend und schweißbedeckt zur Seite und versuchen, wieder Luft zu kriegen. Er greift zu seinem Nachttisch und drückt auf eine Fernbedienung, und ich spüre eine kühle Brise, die über meine feuchte Haut streicht – als hätte ich ein Sonnenbad in den Tropen genossen und würde jetzt von Wassernebel abgekühlt. Himmlisch!

Ich denke gerade, dass man das, was eben zwischen uns passiert ist, nicht in Worte fassen kann, als ich merke, dass er eingeschlafen ist. Oh, Gott sei Dank. Endlich habe ich Gelegenheit, meinen Herzschlag zu beruhigen und meinem Körper Gelegenheit zu geben, all das zu verdauen. Ein paar Stellen stehen nach dieser ausufernden Partystimmung offensichtlich immer noch unter Schock. Ich kann es ihnen nicht verübeln – ich stehe selbst noch unter Schock. Ich wusste gar nicht, dass ich so sinnlich sein kann. Ich betrachte seinen nackten Körper. Zu denken, dass ich beinahe aus dem Restaurant geflohen wäre!

Fliehen möchte ich jetzt allerdings aus seinem Bett – ich will unbedingt diese Ernüchterung am Morgen danach vermeiden. Ich meine, das war derartig wild, ich könnte es nicht ertragen, dass mir die Katerstimmung danach alles verdirbt. Außerdem, wenn er schon von meinem Anblick bei meiner Ankunft im Restaurant enttäuscht war, dann wird er mir morgen früh vermutlich ein Kruzifix entgegenhalten. Ich brauche gar nicht in den Spiegel zu schauen, um zu wissen, dass meine Haare aussehen wie in einer Zombie-Apokalypse. Das Problem ist bloß, dass mein Körper zu ausgeknockt ist, um sich noch bewegen zu können. Vielleicht wenn ich ein klitzekleines Nickerchen mache, bloß um mich ein bisschen zu erholen.

*

Als ich die Augen wieder aufschlage, sehe ich Tageslicht unter dem Rollo hervorblitzen. Oh nein. Das ist keine zarte Morgendämmerung, das ist heller Vormittag an einem grauen Tag. Ich würde ja auf meine Uhr schauen, aber ich will nicht, dass er merkt, dass ich wach bin. Erst mal muss ich mir einen Fluchtplan überlegen.

Ich schaue mich in dem Zimmer um, das ebenso gut eine Hotelsuite sein könnte, so aufgeräumt und frei von persönlichen Gegenständen ist es. Auf dem Nachttisch steht sogar eine Flasche Markenwasser, und – apropos Hotelservice – da liegen sogar zwei Paracetamol. Hat er die gestern Nacht noch hingelegt, oder ist das seine Version von Schokoherzen auf dem Kissen für seine weiblichen Gäste?

Ich gähne und recke mich vorsichtig, um zu sehen, ob er reagiert.

Nichts.

Ich muss dringend einen Schluck Wasser trinken. Langsam strecke ich die Hand Richtung Nachttisch aus, als hätte ich Angst davor, eine lasergesteuerte Alarmanlage in Gang zu setzen. Schön langsam ... Oh nein, es ist Wasser mit Kohlensäure! Ich versuche, das Zischen beim Öffnen der Flasche zu dämpfen, aber er rührt sich immer noch nicht. Ich hebe die Flasche zum Mund, dankbar für die Flüssigkeit. Im Wasser ist sogar eine Spur Minze, also ist es praktisch auch noch eine Mundspülung. Wenn ich jetzt noch unbemerkt verschwinden kann, schicke ich ihm eine nette Nachricht und mache mich bei unserem nächsten Date extra schick zurecht. Das ist viel besser.

Ich rutsche langsam von der Matratze. Erst das eine Bein – gut. Jetzt das andere. Aber dieser Bettrahmen ist so hoch, dass ich mich wohl runterrollen muss.

«Alles okay?»

Ich schaue hoch und sehe Tristan im Türrahmen stehen. Mein Blick fährt zum Bett zurück – es ist leer. Ich weiß auch nicht, was ich sonst erwartet habe.

«Du bist schon auf!», sage ich und zerre an der Decke.

«Warte.» Er geht an mir vorbei ins Badezimmer und kehrt mit einem samtigen, cremefarbenen Bademantel zurück, der zu seinem dunkelblauen passt. «Und jetzt komm mit.»

Ich will protestieren – ich will mich bloß ein bisschen zurechtmachen, eine halbe Minute duschen –, aber er führt mich bereits in die Küche mit granitschwarzen Oberflächen und glänzenden Chromarmaturen. Aber wer interessiert sich schon für die Möbel, wenn es ein Frühstück gibt, das jedem Boutiquehotel Ehre machen würde? Große Schokoladencroissants, griechischer Joghurt mit Granatapfelkernen, getrocknete Tomaten und geriebener Käse neben der Omelette-Ausgabe (alias Pfanne), Orangensaft, der so frisch gepresst ist, dass mir die Säure in der Nase kribbelt.

«Ich dachte, du brauchst vielleicht eine kleine Stärkung, bevor wir weitermachen.» Er zieht mich am Gürtel meines Morgenmantels zu sich heran. «Wir haben den ganzen Tag Zeit, uns näher kennenzulernen.»

Meine Schultern fallen herab. «Ich wünschte, ich könnte, ehrlich, aber ich muss los.» Ich werfe einen Blick auf die Uhr am Ofen. «Ehrlich gesagt bin ich schon zu spät dran.»

Er lässt mich abrupt los. «Noch ein Kunde?»

«Nein, nein, meine Mum.»

«Deine Mum?», fragt er spöttisch, dann greift er wieder nach mir. «Ich bin sicher, dass du ein Sonntagsessen aussetzen kannst.» Seine Lippen berühren meinen Hals und wandern hungrig hinunter bis zu meinem Schlüsselbein, während er meinen Morgenmantel öffnet. «Bestimmt möchte sie doch, dass ihr kleines Mädchen glücklich ist.»

Ich reiße mich los, überrascht von den Gefühlen, die er in mir auslöst. Ich muss das im Keim ersticken, sonst werde ich noch zum Teil des Buffets.

«Nein, wirklich, ich kann ihr nicht absagen. Wenn ausgerechnet in der Woche was passiert, wo ich sie nicht besucht habe ...»

Er sieht mich mit gerunzelter Stirn an.

Ich zögere. Ich will ihm nichts über ihren Zustand erzählen, das ist mir zu privat. Was seltsam ist, denn bei Ben habe ich überhaupt nicht darüber nachgedacht. «Das ist einfach gesetzt bei uns, aber ich bin wirklich angetan davon, wie viel Mühe du dir hier gemacht hast. Es sieht alles toll aus.»

«Das war's also?» Er klingt angesäuert. «Du hattest deinen Spaß, und jetzt lässt du mich einfach stehen?»

Große Güte.

«Ich lasse dich doch nicht stehen. Ich halte nur eine Verabredung ein, die ich vorher getroffen habe.» Ist er wirklich beleidigt, oder veräppelt er mich nur? Ich beschließe, ihm einen Moment zu geben, damit er sich beruhigen kann. «Ich springe nur mal eben unter die Dusche, wenn das okay ist.»

«Hmmm, nein, sorry, das geht leider nicht», sagt er schnippisch. «Ich muss die Alarmanlage anstellen, darum müssen wir zusammen raus.»

Was? Ich sehe ihn fragend an. «Es dauert doch nur zwei Minuten.»

«Ich muss aber jetzt gleich los. Mir ist gerade eingefallen, dass ich mich mit den Jungs treffe.» Er gibt mir im Vorbeigehen einen Klaps auf die Schulter, geht ins Schlafzimmer und zieht Sachen aus seinem Kleiderschrank.

Ich fasse es nicht, wie schnell er sich vom Schmusekater in einen Rausschmeißer verwandelt hat. Und was für eine Verschwendung dieses herrlichen Frühstücks. Ich werfe einen sehnsüchtigen Blick auf die Croissants. Vermutlich klopft er mir auf die Finger, wenn ich danach greife.

Als ich meine Kleider zusammensuche und mich in der Toilette umziehe, überlege ich, ob ich das hätte besser machen können. Er ist derjenige, der sich wahnsinnig viel Mühe gemacht hat – ich bin diejenige, die seine romantischen Pläne zunichtemacht. Aber was sagt er darauf? Nicht: «Du hast meine Gefühle verletzt.» Nein, er macht auf beleidigte Leberwurst. Ich beschließe, ihm noch mal zu sagen, wie toll der ganze Abend war – doch als er die Haustür aufhält, sieht er weg, und ich sage nichts.

«Das war ja klar!», murmele ich, als wir auf die Straße treten und es regnet.

Ich habe keinen Mantel und schon gar keinen Regenschirm dabei. Mir bleibt nichts anderes übrig, als mich unter einen Baum zu stellen, während er seinen Wagen aufpiept, der direkt vor dem Haus parkt. Ich schaue ungläubig zu, wie er in seinen tiefergelegten, eleganten Jaguar steigt. Ich weiß nicht mal, in welchem Stadtteil ich hier bin ... Will er jetzt wirklich einfach losfahren und mich hier stehen lassen? Wieso habe ich das nicht in meiner Vision gesehen? Denn so muss es ja wohl enden – ich tropfnass und wütend auf mich selbst, weil ich auf seine Charme-Maske reingefallen bin. Aber warum klingelt bei mir gar nichts bei diesem Szenario?

Apropos klingeln. Mein Handy ist natürlich immer noch tot. Für diese Situationen hätte man Telefonzellen wirklich noch beibehalten sollen. Jetzt kann ich bloß losgehen, bis ich eine belebtere Straße finde, und dort nach dem Weg fragen oder nach einem Taxi rufen. Ich meine mich zu erinnern, dass er von einem Pub in der Nähe gesprochen hat.

Ich hätte große Lust zu heulen, mache mich aber auf den Weg, die Arme vor der Brust, den Kopf gesenkt, damit der Regen nicht in meine Augen rinnt. Wie kann es sein, dass wir beim Abendessen so viel gelacht haben, und jetzt das? Mal abgesehen von all dem Schlafzimmergeturne ...

«Amy, warte!»

Oh Gott, er kommt mir hinterher! Ich gehe schneller. *Jetzt ist es zu spät, mein Junge!*

Plötzlich steht er vor mir und öffnet einen schwarzen, eleganten Schirm, den er über mich hält, und dann stehen wir dicht gedrängt unter diesem dunklen, wasserfesten Kokon.

«Es tut mir leid», sagt er mit leiser und ernsthafter Stimme und schaut mir direkt in die Augen. «Ich mag dich wirklich, Amy. Mehr, als ich es zu diesem Zeitpunkt sollte. Und ich wollte, dass du bleibst – ich hatte mir mit dem Frühstück solche Mühe gemacht, und ich hatte all diese Fantasien ...» Er lächelt mich verschmitzt an. «Du kannst mir nicht vorwerfen, dass ich nach dieser letzten Nacht mehr davon wollte.»

Ich weiß nicht, was ich sagen soll. Meine Gedanken drehen sich hauptsächlich um das Gefühl von nasser Wolle auf meinen Armen.

«Eigentlich ist es ja schön, dass du zu deiner Mutter willst. Und dass du deine Versprechen einhältst.»

Ich schaue ihn misstrauisch an, weil ich immer noch nicht weiß, wohin das führen wird.

«Also, kann ich dich bringen?»

So gern ich ihn abservieren würde, der Regen wird stärker. Ich seufze frustriert. «Ich weiß nicht mal, wo wir sind. Vielleicht dauert es ewig.»

«Ist mir egal, wo musst du hin?»

«Was ist mit deinen Freunden?»

Er zuckt die Schultern. «Die können warten.»

Ich fahre mir mit der Hand durch meine nassen Haare. «Na ja, zumindest habe ich doch noch geduscht.»

Er schaut beschämt drein. «Ich habe eine ganz neue Tolly-McRae-Decke im Kofferraum, darin kann ich dich gemütlich einwickeln.»

«Ich sitze im Kofferraum?»

«Nein», prustet er los.

«Na ja, bei solchen Dingen sollte mal lieber noch mal nachfragen.»

Ich bin dankbar dafür, wie eifrig er darauf bedacht ist, mich mit seiner Stereoanlage zu beeindrucken, sodass wir nicht reden müssen. Noch dankbarer bin ich dafür, dass ich im Auto mein Handy aufladen kann.

Als mein Display zum Leben erwacht, tippe ich heimlich auf Google Maps, um zu checken, wo wir sind. In Chelsea. Und nicht nur auf direktem Weg nach Battersea, sondern sogar bald da. Ich atme erleichtert aus.

«Hattest du Sorge, dass ich dich entführen würde?» Er grinst.

«Ich wollte nur wissen, wann wir da sind.» Ich drehe das Display meines Handys nach unten und betrachte übertrieben interessiert die hübsche Pastellfarbe der Albert Bridge. Die Stränge aus Glühbirnen sehen nachts aus wie ein Fadenspiel leuchtender Perlen – meine Mutter liebt die Aussicht, wenn wir uns manchmal die Feuertreppe raufschleichen, um zur Brücke zu schauen. Sie sagt, sie fühle sich dann, als seien wir Glöckchen und Wendy aus Peter Pan und würden gleich losfliegen ...

«Ich könnte ja auf dich warten», schlägt Tristan vor.

«Nein, nein. Ich bleibe den ganzen Nachmittag», sage ich und richte mich auf, weil gleich die Abzweigung kommt. «Hier ist es. Du kannst mich hier irgendwo rauslassen!»

«Komm schon, ich bringe dich bis zur Haustür.»

«Wir sind praktisch da.»

«Na, dann lass mich dich doch *richtig* dahin bringen.»

«Jetzt sind wir vorbei.»

Er bremst und schaut mich mit gerunzelter Stirn an. «Das war ein Pflegeheim.»

«Ich weiß», gestehe ich angespannt, als hätte ich meine Mum verraten, weil ich ihren Wohnort und ihre Lebensumstände preisgebe.

«Deine Mum lebt in einem Pflegeheim?» Er lässt den Kopf hängen. «Na, jetzt fühle ich mich noch mieser.»

«Mach dir keine Sorgen deswegen.» Ich taste nach dem Türgriff.

«Warte! Wir sind immer noch für nächstes Wochenende verabredet, oder?» Seine Hand liegt auf meinem Arm. «Du musst mir erlauben, das wiedergutzumachen. Ich besorge dir eine Extraportion Churros.»

In seinen Augen kann ich praktisch schon die geschmolzene Schokolade zum Eintunken sehen.

«Bitte», drängt er. «Ich bin ein Idiot. Aber ein Idiot, der dich wirklich mag und gern ein weniger großer Idiot wäre, damit du ihn auch magst.» Er beugt sich näher zu mir. «So wie du es gestern Nacht getan hast.»

Ich werde rot und erlebe einen kurzen Rausch an Erinnerungen daran, wie wir uns in den Laken gewälzt haben.

«Amy», flüstert er, berührt meine Wange und beugt sich noch näher.

Ein Teil von mir denkt, dass ich ihn auf Abstand halten sollte – das war ein ziemlich merkwürdiges Verhalten vorhin in seiner Wohnung –, aber der andere Teil ist schon im Rausch.

Als wir wieder Luft kriegen, sieht er ziemlich zufrieden aus. Er weiß, dass er mich an der Angel hat.

«Ich schätze, wir hatten gerade unseren ersten Streit und haben uns wieder vertragen», sagt er lächelnd. «Hat mir gefallen.»

Ich bin immer noch hin- und hergerissen, also konzentriere ich mich darauf, mich aus seinem Auto zu schälen und mich halbwegs in Ordnung zu bringen, bevor ich das Pflegeheim betrete. Als ich die Tür erreiche, plingt mein Handy.

Sieh dir an, was du mit mir machst.

Und ja, er hat ein Foto geschickt.

Ich presse das Handy an meine Brust und schaue mich hektisch um, ob das Bild auch keiner gesehen hat. Jetzt fühle ich mich nur noch aufgedrehter. Und grinse auch breiter, als ich sollte.

17

$\mathcal{D}$as ist schon der zweite Sonntag hintereinander, an dem ich verkatert ins Pflegeheim komme. Aber letzte Woche hatte ich wenigstens geduscht.

«Lidia, Lidia!» Ich winke die Lieblingspflegerin meiner Mutter zum Eingang.

«Oh!» Mein Aussehen scheint sie zu überraschen, dabei sieht sie täglich neunzigjährige Menschen nackt. «Alles in Ordnung?»

«Ich habe gestern bei einem Freund übernachtet und musste etwas überhastet aufbrechen. Ich könnte wohl nicht vielleicht die Angestellten-Dusche benutzen, oder?»

«Natürlich, da finden Sie auch Shampoo und Seife, bedienen Sie sich gern.»

«Sie sind ein Schatz, Lidia!»

Sie schaut mich von der Seite an, während wir den Gang entlanggehen. «Ein neuer Freund?»

Ich nicke. «Ich bin aber noch nicht ganz sicher. – Oh, hallo, Malcolm! Schön, Sie diese Woche angezogen zu sehen.»

Er zieht ein Gesicht. «Du bist hier wohl diejenige, die mal in den Spiegel schauen sollte.»

«Jaja, ich weiß!», sage ich und drücke meine wilden Haare platt. «Ich kümmere mich gleich darum.»

«Soll ich Ihr Oberteil in den Trockner werfen?», fragt Lidia. «Es ist etwas feucht.»

«Ich habe Angst, dass es dann einläuft. Ich werde mir was von meiner Mutter ausleihen.»

«Den cremefarbenen Pulli mit Zopfmuster?»
«Perfekt.» Ich strahle sie an.

Einen Augenblick lang stehe ich im Türrahmen und denke, wie wunderbar es ist, dass es Menschen auf der Welt gibt, denen man vollkommen vertrauen kann. Lidia fühlt sich nach Sturm Tristan an wie ein sicherer Hafen.

Könnte es sein, dass er einfach ein bisschen zu viel für mich ist? Irgendwas an ihm beunruhigt mich. Zum Teil liegt es wohl einfach daran, dass ich glaube, jemand, der so gut aussieht, kann unmöglich in mich verliebt sein. Ich meine, vielleicht als One-Night-Stand, aber für eine längere Geschichte erscheint mir das Ganze doch merkwürdig. Mögen Männer wie er nicht Frauen mit längeren Beinen und höheren Absätzen und Schönheitschirurgen unter der Wiederwahltaste?

«Genug jetzt mit der Selbstzerstörung!», beschwert sich mein Körper. *«Können wir bitte einfach genießen, wie er sich um uns kümmert?»*

Ich seufze. Die Pros und Cons dieser Beziehung schaue ich mir nachher an. Im Moment werde ich einfach alle Bedenken unter der Dusche abspülen.

Als ich frisch gestriegelt und geföhnt aus dem Bad komme, fühle ich mich etwas besser, in jedem Fall sauberer. Und hungrig – kein Wunder, denn gestern Abend habe ich nicht viel gegessen, und gefrühstückt habe ich nur mit den Augen. Was für eine Freude, als ich einen ofenwarmen Ingwerkuchen und eine Kanne Tee bei meiner Mutter vorfinde.

«Oh, was für ein Anblick!» jubele ich. «Soll ich uns einschenken?»

«Das ist für meine Tochter.» Sie hebt eine Hand. «Sie kommt mich heute besuchen.»

Mir sinkt das Herz. Ich sollte mittlerweile daran gewöhnt sein, aber jedes Mal trifft es mich wie ein Schlag. Es hat etwas zutiefst Beunruhigendes, wenn dein eigen Fleisch und Blut dich nicht wiedererkennt. In diesen Momenten fühle ich mich so erschüttert, als hätte ich einen Teil meiner Persönlichkeit verloren.

«Ich bin es doch, Mum. Amy.» Ich nehme vorsichtig ihre Hand und hoffe, dass ihr Körper-Gedächtnis ihren Geist anregen wird, während ich sie flehend ansehe. «Du kennst mich doch!»

Sie schaut genauer hin, studiert mein Gesicht. «Oh ja, diese Sommersprossen erinnere ich gut. Wie war es in der Schule?»

«Gut», antworte ich seufzend. Es ist immer am besten, man spielt einfach mit.

«Was habt ihr gemacht?»

«Ähm, hauptsächlich Sport.»

«Du riechst gut», sagt sie, als ich mich mit ihrer Tasse Tee zu ihr beuge. «Ist das Kokosnuss?»

Ich nicke. «Als wäre man am Strand, oder? Weißt du noch, unser Spanienurlaub? Wir haben jeden Abend die Musik zu *Guardians of the Galaxy* spielen lassen, wenn wir uns zum Essen fertig gemacht haben.»

Ich sage zu Alexa, sie soll den Piña Colada Song spielen, und Mums Gesicht leuchtet auf. Sie singt fröhlich den Refrain mit, während mich die Nostalgie überkommt und ich wünschte, ich könnte die Zeit zu diesen Tagen zurückdrehen, wo Mum jeden Tag ganz sie selbst war.

Für all die Male, die ich in die Zukunft katapultiert wurde, wäre es da nicht fair, wenn ich auch mal zurückspulen könnte, nur ein einziges Mal? Wenn ich jetzt einfach zu dem

Abend der Hochzeit zurückkönnte und nicht so viel trinken würde, damit ich wüsste, welcher der Richtige ist? Aber wäre ich nüchtern gewesen, hätte ich dann überhaupt einen von ihnen geküsst?

Ich strecke den Arm aus, um uns noch mal Tee nachzuschenken, und höre irritiert, wie sich plötzlich zwei Melodien überlappen. Gerade überlege ich, ob Alexa eine neue DJ-Mix-Option hat, als ich merke, dass die zweite Melodie zu meinem Handy gehört. Ich will es schon abstellen, weil ich fürchte, es könnte Tristan sein, dann erkenne ich Charlottes Namen auf dem Display.

«Bist du nicht mehr in Südafrika?», keuche ich ins Telefon und eile hinüber zum Fenster.

«Doch! Aber ich musste dir das schnell sagen: Der Fotograf hat mir den Link zu den Hochzeitsbildern geschickt. Es sind Hunderte. Wir fahren gleich zum Nachmittagstee ins Mount Nelson Hotel, aber ich dachte, du könntest vielleicht schon mal anfangen, sie durchzusehen.»

«Ich bin bei meiner Mutter!»

«Na, sie hat doch ein Tablet, oder nicht? Zwei Augenpaare sehen mehr.»

Organisiert und weise wie immer. «Danke, Charlotte», seufze ich, «ich sage dir Bescheid, wenn ich was gefunden habe.»

«Okay, ich muss los. Viel Glück!»

Ich drehe mich zu meiner Mutter um. «Wir spielen jetzt ein Spiel.»

«Was für ein Spiel?»

«Wir spielen Detektive, die in Fotos nach Hinweisen suchen.»

«Das klingt so dramatisch.»

«Ich weiß. Aber es wird dir Spaß machen.» Ich stelle das Tablet aufrecht vor uns hin. «Ich will nicht narzisstisch klingen, aber wir suchen nach Fotos von mir mit einem Mann.»

«Da ist eins, da ist eins!» Aufgeregt deutet sie auf den Bildschirm.

«Das ist Jay.»

«Und?»

«Okay, alle Männer außer Jay.»

«Ich hab noch eins gefunden!», jubelt sie.

«Das ist Ernie, Marcus' Großvater.»

«Ich nehme an, der zählt auch nicht?»

«Nicht für dieses Spiel, aber du hast wirklich ein gutes Auge, also lass uns weitermachen.»

Wir scrollen uns durch die Highlights der Hochzeit und unterbrechen immer wieder, um vor Begeisterung aufzuschreien. Charlotte wird hingerissen sein, besonders von den Bildern des Hochzeitstanzes – sie sieht einfach umwerfend aus, und Marcus ist eindeutig verrückt nach ihr. So romantisch!

«Oooh, mein Kellner!»

«Na, der ist aber süß.»

«Nicht wahr? Er heißt Ben, und ich war gestern mit ihm verabredet, auch wenn sich das anfühlt wie vor einer Ewigkeit.»

«Du wirst ihn doch wiedersehen? Dein Gesicht sagt mir, dass du es willst.»

«Will ich auch. Ich musste nur plötzlich los und hatte seitdem noch gar keine Gelegenheit, ihm zu schreiben.» Ich schalte mein Handy an und sehe überrascht, dass ich eine Nachricht von ihm habe. «Oh Gott, *er* hat mir geschrieben!» Beim Lesen beiße ich mir auf die Lippe.

«Nichts Gutes?»

«Doch, er ist wirklich sehr süß.»

«Ist das ein Problem?»

«Nur, weil ich mich mies fühle, denn ich habe ihn ziemlich abrupt verlassen, um mich mit einem anderen Mann zu treffen. Den siehst du auch gleich. Hier, den da.» Ich deute auf Tristan.

«Oh.»

«Was hältst du von ihm?»

«Na ja, er sieht natürlich sehr gut aus ...»

«Aber?»

«Ich weiß nicht ...; da ist etwas in seinen Augen.» Sie vergrößert das Bild.

Ich schaudere selbst. «Machen wir weiter!»

Man kann an der Körperhaltung der Leute sehen, dass der Abend voranschreitet und der Alkohol seine Wirkung tut – immer mehr Umarmungen und Köpfe, die mit übertriebenen Kussmündern in die Kamera schauen. Wie immer sind die Fotos von den Tanzenden mitten in der Bewegung Comedy-reif.

«Du hast mit einer Menge Männern getanzt», stellt meine Mutter fest.

«Das stimmt», gebe ich zu. «Aber bei keinem von ihnen klingelt was bei mir.»

«Warte mal, geh noch mal zurück!» Mum packt meinen Arm. «Das Bild von der Eingangshalle – vergrößere mal den Hintergrund.»

Ich studiere die Figuren und fahre dann entsetzt zurück. Das bin ich – mit Elliot.

«Wer ist das? Sieht so aus, als würdet ihr euch streiten.»

«Das ist Charlottes Cousin», murmele ich. «Du hast ihn

vor ein paar Jahren mal getroffen. Ich bin kein Fan von ihm, aber an einen Streit erinnere ich mich nicht.» Auch wenn ich gerade spüre, wie aufgebracht und wütend ich gewesen sein muss.

«Schau mal, ob es noch mehr Bilder von ihm gibt.»

Ich scrolle weiter.

«Da!», ruft sie. «Was hat er da auf dem Hemd?»

Mir sackt der Magen in die Tiefe. «Rotwein.»

«Ist das irgendwie von Bedeutung?» Meine Mutter mustert mich stirnrunzelnd.

Ich nicke. «Ich glaube, ich habe ihn damit begossen.»

«Warum?»

«Keine Ahnung. Ich kann mich nicht erinnern, worüber wir gesprochen haben.»

«Vielleicht ging es tatsächlich um mehr als um eine Unterhaltung.»

Jetzt wird mir etwas schwindelig. Sie hat recht. Es muss einer der drei Küsse sein. Und wenn der Rotwein das Ende dieser Beziehung war, dann bedeutet das, es geht wirklich um Tristan oder Ben. Haben Elliot und ich uns wirklich geküsst? Ich schaudere.

Ich lehne mich zurück und tippe mir auf die Unterlippe. Ich weiß, wo er arbeitet, ich könnte einfach hinfahren und ihn fragen, was passiert ist. Aber würde er mir die Wahrheit sagen? Ich muss zumindest versuchen, vorher alle Fakten zusammenzukriegen.

Mum schaut mich an. «Alles in Ordnung?»

Ich nicke wie betäubt.

«Okay, dann machen wir weiter.»

Am Ende der Fotosession wundere ich mich nur noch mehr, dass Ben sich mit mir treffen wollte, nachdem er

Zeuge meiner ausschweifenden Trunkenheit geworden ist. Ich nehme mein Handy und lese seine Nachricht.

> Hoffe, es lief gut mit deinem Kunden. Der Film war komplett langweilig, du hast also nichts verpasst. Hab einen entspannten Sonntag.

Ich antworte:

> Ich bin gerade zum Tee bei meiner Mutter und esse Kuchen – jetzt kann mich definitiv keiner mehr kidnappen!

Ich lächele bei dem Gedanken an das Schild im Café in Crouch End. Ich kann kaum erwarten, wieder dorthin zu gehen. Aber jetzt schalte ich mein Handy aus und wende meine Aufmerksamkeit ganz meiner Mutter zu.

«Lust auf eine kleine Maniküre?»

Ich verlasse das Pflegeheim in leicht benommenem Zustand. Die Maniküre hat mich irgendwie beruhigt – das warme Wasser, die Konzentration auf Kleinigkeiten, wie hübsch der elfenbeinfarbene Nagellack aussieht, den wir uns für diese Woche ausgesucht haben. Eine halbe Stunde lang musste ich keine größere Entscheidung treffen als die, wie viele Schichten ich auftragen sollte.

Als ich die Straße hinuntergehe, ziehe ich mein Handy heraus und aktiviere es zögernd. Ich schicke Charlotte ein schnelles Update und überlege dann, wem ich zuerst antworten soll – Tristan oder Ben. Dem Sex-Texter oder dem Süßen, der mich, wo ich seine Nachricht noch einmal lese, nicht gerade zu einem zweiten Date drängt. Hmmm. Ich war schon diejenige, die ihn gefragt hat, ob er mit mir spazieren geht, also ist er jetzt an der Reihe. Auch wenn er mich eigentlich ins Kino eingeladen hat. Vielleicht denkt er, ich muss die Richtung vorgeben, weil ich die Ältere bin?

Als mein Handy in meiner Hand vibriert, fahre ich zusammen. Wer ist das?

Uuuuunnnndddd????

Es ist May, die wissen will, wie meine Dates waren. Ganz sicher kann ich das nicht in ein oder zwei Zeilen zusammenfassen. Und schon gar nicht schreiben.

Wollen wir uns morgen zum Mittagessen treffen?, tippe ich.

So lange kann ich nicht warten!, protestiert sie.

Dann 8 h Kaffee in The Pour House?

Arbeitet da nicht Elliot?

Genau.

Einen Moment passiert nichts, dann klingelt mein Handy.

«Bitte sag mir, dass er kein Kandidat ist!», keucht May durchs Telefon.

«Auf den Hochzeitsfotos hatte er Rotwein auf dem Hemd.»

«Neeeeiiiiin!! Dieser Schuft!»

«Ich muss einfach aus erster Hand erfahren, was passiert ist.»

«Ausgerechnet aus seiner Hand!», seufzt sie. «Ich muss wieder ans Set, aber morgen will ich alle Einzelheiten hören. Ich treffe dich an der Ecke, dann können wir zusammen reingehen.»

«Abgemacht!» Ich fühle mich schon viel besser, weil ich Elliot mit May an meiner Seite konfrontieren werde.

Es ist vermutlich besser, wenn ich abwarte, bis ich das hinter mich gebracht habe, bevor ich mich weiter mit Tristan und Ben beschäftige. Für ein Wochenende hatte ich genügend Aufregung. Jetzt habe ich nur noch eine Aufgabe – Gareths Handy zurückzubringen, in der Hoffnung, dass er wieder da ist, und dann ab nach Hause und ins Bett.

Als ich vor seiner Tür stehe, frage ich mich unwillkürlich, ob Julianne die Wohnung nebenan schon gekauft hat. Vor einer Woche schien die Idee, hier einzuziehen, absolut wundervoll, aber jetzt, wo Gareth als Grundpfeiler fehlt, ist es mehr eine vorübergehende Idee. Ich würde immer noch gern mit ihm darüber sprechen, nur so aus Neugier, aber das Haus ist dunkel, also ist er noch verreist. Ich seufze. Was jetzt?

Ich hole sein Handy raus, das ich seit der Hochzeit mit mir herumtrage, falls er anrufen sollte. Wenn ich einen gepolsterten Umschlag hätte, würde ich es einfach durch den Briefschlitz schieben, und das wär's. Vielleicht kann ich es in irgendwas einwickeln? Ich krame in meiner Tasche und ziehe mein Multifunktionsbustier hervor. Na, das würde ganz andere Fragen aufwerfen.

Plötzlich geht die Tür auf. «Oh!», sagt Gareth erschrocken.

«Du bist wieder da!», rufe ich.

«Hast du geklingelt?»

«Ich wollte eben – gehst du gerade?»

«Nein, ich wollte nur meine Sachen aus dem Auto holen.»

«Bist du gerade erst wiedergekommen?»

Er nickt.

«Na, das ist ja perfektes Timing, ich wollte dir dein Handy bringen!» Ich halte es hoch.

Er schaut zwischen dem Telefon und dem schwarzen Seidenbustier hin und her.

«Ich …», fange ich an, aber mir fällt nichts ein.

«Möchtest du reinkommen?»

«Nur, wenn du nicht beschäftigt bist.» Warum fühlt sich das alles so merkwürdig an?

«Das kann warten», sagt er und bittet mich rein. «Tee oder Rosmarin-Bier?»

«Ein ganz kleines Bier, bitte.» Ich setze mich zu den Katzen aufs Sofa und warte auf mein Kater-Bier. «Deine Lippe sieht besser aus.»

«Es geht ihr auch besser.» Er fährt mit dem Daumen darüber. «Kommst du gerade von deiner Mum?»

«Ja.»

«Wie geht es ihr?»

«Gut. Sie feiern da übernächstes Wochenende ein Kostümfest, falls du Zeit hast? Ich hoffe, unsere ganze Truppe kann dabei sein.»

«Klar», sagt er, reicht mir mein Getränk und dreht sich dann um. «Oh, ich habe dir deine Lieblingschips mitgebracht.»

Er wirft mir eine Tüte Chips zu, und ich jubele: «Mackie's Haggis! Ich fasse es nicht, dass du die in Schweden gefunden hast!»

«Schweden?»

«Oh! Ich dachte …» Ich beiße mir auf die Lippen. «Darmesh hat gesagt, dass du einen Flieger genommen hast.»

«Ich habe meinen Dad besucht», erlöst er mich von meinen Qualen. «In Schottland. Daher die Haggis-Chips.»

«Ah, klar, das ergibt ja auch mehr Sinn.»

Er setzt sich in seinen alten Sessel. «Ich habe ihn eine Weile nicht gesehen, und als ich am Flughafen war mit meiner Übernachtungstasche ...»

Ich nicke. Nichts geht über ein tröstliches Zuhause, wenn man niedergeschlagen ist. Außerdem haben Freya und Gareth eine Weile bei seinem Dad gewohnt, weshalb er sicher mehr zu ihrer Beziehung sagen könnte, allerdings ist er nicht gerade ein Mann vieler Worte.

«Wie geht's deinem Dad?»

«Gut. Er hat eine neue Freundin. Maggie. Sie ist nett.»

Hinter seinem Lächeln liegt eine Spur Traurigkeit. Vielleicht denkt er an seine Mutter.

Ich warte einen Moment, bevor ich frage: «Möchtest du über Freya reden?»

«Nein, aber ich glaube, du möchtest das», sagt er mit halbem Lächeln.

«Es ist bloß – es war für uns alle eine solche Überraschung.»

«Ich weiß.» Seine Stimme wird weicher. «Aber für mich nicht. Wir haben vielleicht ähnliche Interessen, aber wir haben eine sehr unterschiedliche Lebenseinstellung. Sie ist mehr für die Globalisierung, während ich am liebsten Samen in meinem kleinen Eckchen in Battersea pflanze und darauf hoffe, dass jemand das mitkriegt. Irgendwann brauchte sie einfach einen Partner, der lauter ist, präsenter.»

«So wie Lucas?»

«Ja, woher ...?»

«Nur so eine Eingebung.»

«Okay, dieser Teil der Geschichte war wirklich etwas mies. Er hat sich ständig neue Werbepartnerschaften für die beiden ausgedacht.» Gareth schüttelt den Kopf. «Aber sie passen vermutlich einfach besser zusammen.»

«Und dir geht es wirklich okay damit?»

«Ja, wirklich, es war eine Erleichterung. Ständig dieses Hin und Her nach Stockholm und zurück und dieses Gefühl, dass wir eigentlich im Leben in unterschiedliche Richtungen wollen.»

«Darf ich neugierig sein?»

Er schaut mich an, als wolle er sagen, «Bist du das nicht immer?», aber nicht auf die genervte Weise.

«Weißt du, warum sie dich am Tag nach der Hochzeit angerufen hat?»

«Sie wollte, dass ich zur Trauung komme.»

«*Was?*»

«Ja. Sie hat mich später auch bei meinem Dad angerufen. Sie hat gesagt, sie möchte allen zeigen, dass wir nicht sauer aufeinander sind. Die Lokalpresse hat Fotos von uns veröffentlicht, als wir neulich zusammen bei einem Event waren, darum dachte sie, für die ‹Optik› wäre es wichtig, der Welt unseren harmonischen Übergang zu demonstrieren.»

Ich ziehe die Augenbrauen hoch. «Und wie hast du reagiert?»

«Na ja, dazu hatte ich gar keine Gelegenheit. Ich hatte auf laut gestellt, und mein Dad gab ein paar ausgewählte schottische Redewendungen aus seiner Jugend zum Besten.»

Ich lache. «Ich liebe deinen Dad.»

«Er dich auch.»

«Nicht so sehr wie May.»

«Er trinkt eben gern und streitet sich gern mit May.»

«Aber sind das nicht beides seine Lieblingsbeschäftigungen?», necke ich ihn.

«Das stimmt.» Er nimmt einen Schluck Bier. «Also, was ist das Motto für diese Kostümparty?»

«Serienhelden!» Ich strahle, ebenso bereit wie er, das Thema zu wechseln. «Du musst unbedingt als Tom aus *The Good Life* gehen! Und wären Charlotte und Marcus nicht toll als Margot und Jerry? Sie trägt sicher gern ein 1970er-Jahre-Kleid mit Puffärmeln, und offenbar hat er eine Schublade voller Krawatten, die er für seine Rente aufbewahrt!»

«Ganz ehrlich, mit den richtigen Perücken wären die beiden perfekt.»

Ich lehne mich rüber zum anderen Ende des Sofas und streiche über Gareths schweren grünen Strickpulli. «Der hier zusammen mit einem Paar Gummistiefel, und du bist fertig angezogen.»

«Kein großer Aufwand, oder?»

«Nein.»

«Als was wirst du gehen?»

«Ich habe mich noch nicht entschieden, das hängt davon ab, wer meine Begleitung wird.»

«Wie läuft es denn an der Front?»

Ich beschließe, ihm die ganze Ben-Tristan-Geschichte zu ersparen, aber ich erzähle ihm, dass es so aussieht, als sei Elliot mein dritter Kuss.

«Elliot?» Gareth sieht nicht überzeugt aus. «Du hast doch immer gesagt, er gruselt dich.»

«Das tut er immer noch, aber in einer meiner Visionen ging es um Rotwein auf einem weißen Hemd, und dazu passt er.»

«Ist es möglich, dass du mehr als drei Männer geküsst hast?»

Ich schüttele den Kopf. «Drei Flaschenverschlüsse, drei Visionen. – War das gerade deine Türklingel?»

Er schaut auf seine Uhr. «Sie ist früh.»

«Wer?» Ich will keine Vermutungen mehr anstellen.

«Peony», antwortet er, sieht dabei aber nicht besonders erfreut aus. «Maggie hat mich dazu überredet.»

«Soll ich durch die Hintertür verschwinden?»

«Natürlich nicht!» Er schnalzt mit der Zunge.

«Okay, gut, aber ich verabschiede mich trotzdem.» Ich leere meinen Drink.

Wir gehen beide zur Tür, aber als wir davorstehen, trete ich zur Seite. «Du solltest aufmachen.»

«Gut.»

Er öffnet die Tür, und ich verberge mich hinter seinem Rücken. Ich hoffe nur, dass Peony sich nicht für einen heißen Auftritt in Strapsen unter ihrem Regenmantel entschieden hat – den sie gleich lasziv öffnen wird.

«Oh! Mr Atkins!»

«Ich hoffe, ich störe nicht. Ich habe nur gesehen, dass Sie wieder da sind. Oh, hallo, Amy!», sagt er zu mir, als ich hinter Gareth hervorluge. «Ich habe über Ihr Angebot von neulich nachgedacht, wegen der Beteiligung am Café –»

«Wie bitte?», unterbricht ihn Gareth.

«Ähm.» Ich verziehe das Gesicht, schiebe mich vor Gareth und schaue Mr Atkins beschwörend an. «Ich muss darüber noch mit Gareth sprechen.»

«Oh.» Seine Schultern sacken herab. «Verstehe. Na dann, noch einen schönen Abend für Sie beide.»

«Für Sie auch. Danke fürs Vorbeischauen!», flöte ich.

Ich schließe die Tür und höre dabei Gareths Stimme hinter mir. «Du hast ihm Anteile an einem Café angeboten, das gar nicht existiert?»

«Nein, also, ich habe nur nach einem Weg gesucht, damit

er lieber an dich als an diese Julianne verkauft, und Charlotte schlug vor, du könntest sie vielleicht gemeinsam kaufen –»

«Mit dieser Julianne?»

«Nein, ähm, mit mir.»

«Was?»

«Na ja, du weißt doch, dass ich eine Wohnung kaufen möchte, und du willst deinen Laden vergrößern, aber dir ist die Wohnung nebenan zu teuer. Wenn wir sie uns aber teilen, und ich nehme oben und du unten ...»

Er sieht total durcheinander aus.

«... oder auch nicht. Es war nur so ein Gedanke.»

Er lehnt sich mit dem Rücken gegen die Wand.

«Offensichtlich ist es eine ... richtig blöde Idee», stottere ich. Nach all den Jahren unserer Freundschaft weiß ich immer noch nicht, was in seinem Kopf vorgeht.

«Es ist nicht die Idee, es ist das Timing», sagt er. «Ich meine, bist du nicht gerade dabei, dich zu verlieben?»

«Davon weiß ich nichts.»

«Aber das stimmt doch nicht», entgegnet er. «Du weißt es genau. Du weißt, einer dieser Männer ist dein Und-sie-lebten-glücklich-bis-an-das-Ende-ihrer-Tage. Willst du denn keine Pläne mit ihm machen?»

Ich schürze die Lippen.

«Und damit meine ich nicht, dass du nicht deine eigenen Entscheidungen treffen und da wohnen solltest, wo du Lust hast, aber –»

«Nein, nein, du hast ja recht. Ich war nur so begeistert davon, weil das Haus so nah bei meiner Mutter liegt und außerdem noch den Katzen-Bonus hat.»

«Die Katzen?»

«Und dich», sage ich.

Für einen Augenblick scheint die Welt stillzustehen. Diese beiden Worte kamen nicht scherzhaft aus meinem Mund. Ich werde rot, und mir wird plötzlich bewusst, wie nah wir im Flur beieinanderstehen.

«Amy –»

Wieder klingelt es, und wir fahren beide zusammen.

«Okay, jetzt ist es Peony.»

Ich schüttele meine Benommenheit ab und reiße mich zusammen. «Soll ich?» Ich bin näher am Türgriff.

«Mach.»

Es überrascht mich nicht, wie ihr bei meinem Anblick das Gesicht entgleitet. Entweder gehe ich an sein Telefon, oder ich öffne seine Tür.

«Ich will gerade los», erkläre ich und warte gar nicht erst auf ihre Antwort. Sobald ich aus der Tür bin, mache ich ein paar hastige Schritte, um möglichst schnell dieser merkwürdigen Dreierkonstellation zu entkommen.

«Amy!»

Ich drehe mich um. Gareth ist mir gefolgt. Einen Moment lang denke ich, er will mir sagen, dass die Idee unseres Gemeinschaftskaufs toll ist und dass der Traum von *Der Botaniker* endlich Realität werden kann. Natürlich ist es nicht so.

«Du hast deine Chips vergessen.»

«Oh», sage ich und nehme die Tüte entgegen. «Danke.»

«Dann bis nächsten Donnerstag bei mir?»

Ich sehe ihn verständnislos an.

«Das Dinner zur Feier von Charlottes Rückkehr?»

«Oh, natürlich! Und die Kostümparty ist dann am Sonntag danach. Du kannst übrigens gern Peony einladen. Mit ihren schönen roten Haaren könnte sie als Grace Adler gehen.»

«Gute Idee. Okay, ich gehe dann mal rein.» Er umarmt mich zum Abschied.

Ich bleibe ein bisschen länger in seinen Armen, um ihm zu zeigen, wie leid es mir wegen Freya tut. Ich schließe die Augen und stelle mir vor, wie er von einer schimmernden Wolke aus heilender Liebe umgeben ist. Er reagiert nicht gleich, aber dann lehnt er den Kopf an meinen, und einen flüchtigen Moment lang spüre ich die direkte Verbindung zu seinem Herzen.

«Danke, dass du dir vorstellen konntest, die Wohnung zu kaufen. Ich weiß, du hast es gut gemeint.»

Ich seufze. Ich möchte sagen, dass mein Angebot immer noch steht, aber offenbar will er das nicht hören. Wenigstens ist er nicht mehr sauer, weil ich hinter seinem Rücken mit Mr Atkins gesprochen habe.

«Einen schönen Abend mit Peony!», wünsche ich und winke ihm fröhlich zu.

«Eine schöne Woche mit deinen Kavalieren.»

Oh Gott, die hatte ich beinahe vergessen.

Benommen laufe ich zum Bus. Als ich mir mehr Romantik in meinem Leben wünschte, hätte ich nie gedacht, dass ich derartig durcheinander sein könnte. Hoffentlich klärt sich alles bis zum nächsten Sonntag auf.

18

𝓔s ist wirklich schön, mal ohne Kater aufzuwachen. Und dazu noch mit einer Verabredung vor der Arbeit. Normalerweise vermeide ich The Pour House wegen Elliot, was bedeutet, dass man mir die Nutella-Donuts bisher grausam vorenthalten hat. Jetzt muss ich bei dem Gedanken an die frittierte Köstlichkeit und ihre dickflüssige Füllung schon in der Dusche singen. Wenn ich Elliot ganz allein konfrontieren müsste, wäre ich natürlich jetzt schon völlig von der Rolle vor lauter Angst, doch da May bei mir sein wird, fühle ich mich praktisch unverwundbar. Weshalb es ein schwerer Schlag für mich ist, als ich aus der U-Bahn komme und sie mir textet, dass sie noch einen Last-minute-Job reinbekommen hat, bei dem sie ihr allererstes Cover für einen neuen Magazinkunden fotografieren soll.

Ich überlege gerade, ob ich einen völlig Fremden bitten soll, mir einen Donut mitzubringen – da taucht mein Superheld Jay auf. Und das sogar im passenden Kostüm.

«An einem Montagmorgen trägst du so ein Outfit?», frage ich und bewundere seine Aufmachung.

«Gerade an einem Montagmorgen.» Er stellt sich mit seinen kniehohen Schnürstiefeln breitbeinig hin. Sogar die Haare sind perfekt zu einer Dr.-Strange-Frisur getrimmt.

Ich umarme ihn. «Danke, dass du mir zu Hilfe kommst.»

«Du weißt ja, wie sehr ich Drama liebe.»

Ich werde ernst. «Glaubst du, es ist ein Fehler, ihn bei der Arbeit aufzusuchen?»

Jay zuckt die Schultern. «Es ist nicht ideal, aber du willst dich ja auch nicht nach der Arbeit mit ihm verabreden, oder?»

«Will ich nicht.»

«Und ein Anruf bringt es nicht, weil du sein Gesicht sehen musst.»

«Stimmt. Dann also los, ziehen wir es durch.»

Als wir das Café betreten, sehe ich nur weibliche Baristas hinter der Theke. Ich habe gar nicht daran gedacht, dass Elliot montags vielleicht freihaben könnte.

«Was jetzt?», frage ich Jay.

«Wo wir schon mal hier sind, können wir uns auch was Kleines bestellen.»

«Okay, du schnappst dir den Tisch dahinten in der Ecke, ich hole uns was. Was möchtest du?»

«Überrasch mich mit etwas Hübschem.»

Ich betrachte die Speisekarte und überlege. «Ist das die Rote-Bete-Latte da in Hellrosa?»

«Ja», antwortet die junge Barista.

«Und sie kommt im Glas, mit diesem hübschen Schaum?»

Sie nickt. Und dann schaut sie auf ihr vibrierendes Handy. «Könnten Sie mich für einen Moment entschuldigen?»

«Kein Problem.» Ich lasse meinen Blick über die Gebäckstücke und die Dessertauswahl schweifen. Ist es nicht immer im Leben so, dass die leckersten Zutaten auch die kalorienreichsten sind? Ich meine, man sehe sich nur diesen kleinen Käsekuchen mit der Orchidee obendrauf an.

«Haben Sie sich entschieden?» Die junge Frau kehrt zurück.

«Ja, ich hätte gern eine Rote-Bete-Latte, eine Matcha Latte, einen Nutella-Donut und drei Macarons – eins in Lila, eins in Hellblau und eins in Pfirsich.» Jay wird die sicherlich um sein rosa Getränk herum arrangieren.

«Das ist alles?»

«Ja, danke.»

«Okay, das macht dann zweiundfünfzig Pfund und siebzig Pence, bitte.»

Ich pruste los. «Oh mein Gott, ich dachte schon, Sie hätten zweiundfünfzig Pfund gesagt.»

«Das stimmt auch.»

«Was? Wie ist das denn möglich?»

«Zwei Latte, ein Donut, drei Macarons und ein neues Hemd.»

«Hemd?» In diesem Moment erspähe ich Elliot, der sich im Hinterzimmer herumdrückt.

Und damit geht es los.

Ich seufze tief. «Können Sie ihn bitte herholen?»

«Wen?», fragt die Barista mit unschuldiger Miene.

Ich verdrehe die Augen. «Elliot.»

Sie sieht hin- und hergerissen aus.

«Und meine Bestellung streichen?»

«Auch den Donut?»

Ich hebe das Kinn. «Auch den Donut.»

Ich stelle mich ans Ende des Tresens und trommele mit den Fingernägeln auf die schwarze Laminatoberfläche.

«Echt jetzt?», sage ich, als er endlich auftaucht.

«Das war mein bestes Hemd.»

«Das war ein wirklich guter Wein.»

«Warum hast du ihn dann über mich geschüttet?»

«Was glaubst du wohl?», bluffe ich.

Er schnaubt. «Ich verstehe nicht, wo das Problem ist, schließlich haben alle anderen auch mit dir rumgemacht, wieso ist es bei mir dann plötzlich so ein riesengroßes Nein?»

Mir fällt die Kinnlade runter. Ich weiß gar nicht, wo ich anfangen soll. Ich hole tief Luft. «Du willst mir also sagen, dass –»

«Ich finde es einfach unfair!», sagt er mit einem schmollenden Unterton. «Du weißt, dass ich dich mag, ich habe dich immer gemocht. Und plötzlich sehe ich, wie du erst mit diesem Typen rumknutscht und dann noch mit dem, also warum sollte ich da nicht auch mein Glück versuchen?»

Ich habe beinahe das Gefühl, als hätte er recht.

«Und wenn du sagst, dieser Typ und der Typ ...»

«Du willst Namen hören?»

«Wenn es möglich ist?»

Er schnaubt noch mal, wendet sich ab und greift nach einem Lappen. «Unglaublich.»

«Wieso magst du mich eigentlich?» Ich folge ihm am Tresen entlang. «Wir sind doch nie besonders gut miteinander ausgekommen. In all den Jahren, die wir uns kennen, haben wir kaum zwei Worte miteinander gewechselt.»

«Bloß weil du mir nie die Gelegenheit dazu gegeben hast.»

Ich reibe mir über das Gesicht. «Ich habe mich in deiner Nähe einfach nie wohlgefühlt. Das ist eben so ein Gefühl.»

«Ich hatte auch so ein Gefühl, und zwar, dass du die Richtige für mich bist.»

Der Mund klappt mir auf. Ich schaue Elliott zum ersten Mal richtig in die Augen. Sie sind klein, aber bernsteinfarben um die Pupillen herum und am Rand dunkelblau. Mein Körper sagt immer noch deutlich Nein, wenn ich ihn ansehe, aber jetzt empfinde ich so was wie Mitgefühl.

Er sieht beschämt drein. «Ich wollte einfach wissen, wie

es ist, dich zu küssen. Ich habe es mir schon so lange vorgestellt und wusste nicht, wann ich noch mal die Gelegenheit bekomme.»

«Und was genau ist passiert?»

«Du erinnerst dich wirklich nicht mehr?»

«Nur noch an wenig», murmele ich.

Er schaut sich im Café um, ich folge seinem Blick. Es ist immer noch ruhig. Jay hat die Kopfhörer auf und kriegt nichts mit. Elliot senkt die Stimme. «Ich bin dir in die Eingangshalle gefolgt. Ich habe dich gefragt, ob du an der Bar was mit mir trinken willst, und du hast Nein gesagt. Ich habe versucht, dich umzustimmen.» Er sieht unbehaglich aus.

«Weiter.»

«Du wolltest weg, zurück zu diesem Tristan. Wie sollte ich gegen den anstinken? Also habe ich dich gepackt und ... na ja, geküsst.» Er lässt den Kopf sinken. «In meiner Vorstellung sollte das alles ändern, wie man das so aus Filmen kennt – erst sträubt sich die Frau, dann wird sie in den Armen des Mannes ganz schwach und willig. Aber das ist nicht passiert.»

«Nein.»

Er seufzt und fummelt an dem Ständer mit den Pappbechern herum. «Es schien, als wärst du kurz unter Schock. Du hattest so einen komischen Ausdruck im Gesicht, und dann hast du mich auf einmal mit Rotwein begossen.»

Ich beiße mir auf die Lippe.

«Danach bin ich gegangen. Ich konnte ja nicht mehr bleiben.»

Einen Augenblick schweige ich, dann höre ich mich selbst die Worte sagen, von denen ich niemals geglaubt hätte, dass sie meinen Mund verlassen könnten. «Es tut mir leid. Und nicht, weil ich die Schuld auf mich nehmen will. Es tut mir einfach leid. Ich weiß, wie es ist, wenn man jemanden mag, der einen nicht mag.»

«Das ist echt zum Kotzen.»

«Ja, ist es.»

«Wenigstens hast du mich nicht geschlagen. Ich habe gehört, was du mit Gareth angestellt hast.»

Ich verziehe das Gesicht. «Es war ein ganz schön wilder Abend.»

Die Türglocke bimmelt, und eine Gruppe Mädchen kommt herein. Sie begeistern sich für die Inneneinrichtung und bestellen Rote-Bete-Latte, passend zu ihrem rosa Outfit.

«Du musst arbeiten.»

Er zuckt die Schultern und überlässt seiner Kollegin die Bestellung.

«Mit uns hätte es nicht funktioniert», sage ich.

«Offenbar nicht», schnaubt er. «Aber der Rotweinfleck wird mich immer an dich erinnern.»

«Du könntest den Fleck einfach einweichen mit –»

Er hebt die Hände. «Ist nur ein Scherz, Amy, das Hemd ist mir egal.»

Ich weiß nicht, was ich sagen soll. Das Treffen ist ganz anders gelaufen, als ich es erwartet habe. Ich drehe mich um und winke Jay, dass wir gehen.

Es ist schwierig, sich voneinander zu verabschieden, wenn die üblichen Redewendungen einfach nicht passen. Stattdessen biete ich Dating-Weisheiten an.

«Mein einziger Rat für zukünftige Begegnungen wäre, es etwas langsamer angehen zu lassen.»

«Ach, wirklich?», schnaubt er. «Wie funktioniert das denn bei dir so?»

Er hat recht. Mit Tristan und Ben habe ich es wohl nicht langsam angehen lassen. «Touché», sage ich.

«Entschuldigung», unterbricht uns die Kollegin. «Elliot, wie viel berechnen wir für eine Rote-Bete-Latte ohne Rote Bete?»

«Ich lasse euch mal», sage ich und ziehe mich zurück.

Jay steht schon draußen vor der Tür. Ich will sie gerade aufziehen und zu ihm rausgehen, als Elliot den Arm ausstreckt und mich aufhält.

«Hier», sagt er und reicht mir eine kleine Schachtel mit einem Nutella-Donut. «Geht auf mich.»

Ich bin sprachlos. Solche Liebesbeweise schätze ich. «Danke!» Ich strahle ihn an und füge dann ernst hinzu: «Ich hoffe, du findest die Richtige.»

Er zuckt mürrisch die Schultern. «Dir auch viel Glück bei der Suche.»

19

«Soso», sagt Jay mit hochgezogenen Augenbrauen, als ich seinen Arm nehme. «Da waren's also nur noch zwei.»

«Was?», sage ich, immer noch ganz durcheinander von allem.

«Elliot war doch einer der drei Küsse?»

«Ja.»

«Aber keine potenzielle Beziehung?»

«Nein.» Ich bin beinahe ein wenig traurig, als ich das sage.

«Was bedeutet, dass entweder Tristan oder Ben die Liebe deines Lebens ist.»

Mein Gesichtsausdruck ändert sich nicht.

Er seufzt. «Ich glaube, du solltest diesen Donut essen.»

«Ehrlich gesagt kann ich an gar nichts anderes denken», gestehe ich.

Jay führt mich um die Ecke zu einem Café namens Slim Pickings. Hier wird am Tisch serviert, und wir haben Glück, dass wir einen hinten in einer Ecke bekommen, sodass ich in diesem quietschsauberen Land aus Pilates-Pferdeschwänzen und vorstehenden Hüftknochen heimlich meine Beute verzehren kann.

«Also, wo waren wir?», frage ich, während ich mir die zuckrigen Finger ablecke und die Schachtel nach letzten Nutellaresten absuche.

«Tristan gegen Ben – wer wird das Herz der Jungfrau gewinnen?»

«Ja, wer?» Ich seufze tief und greife nach meinem Ginseng-Tee.

«Ist da dieses Zögern in deiner Stimme, weil du Elliot jetzt auf der Basis eines kostenlosen Donuts doch in Betracht ziehst?»

«Auf keinen Fall. Die Vision bei seinem Kuss führte zu nichts anderem als verschüttetem Wein – für uns gibt es keine romantische Zukunft.»

«Warum dann diese verhaltene Reaktion? Wir sind der großen Entdeckung einen Schritt weitergekommen, ich dachte, du wärst dankbar dafür.»

«Ich weiß», sage ich unbehaglich.

«Du kannst mir alles sagen», meint Jay mit weicher Stimme. «Du weißt, ich verurteile dich nicht.»

«Ich weiß, es ist bloß …»

«Ja?»

«Von all den Männern auf der Welt hätte ich den Richtigen niemals unter diesen beiden gesehen. Was total undankbar klingt, weil ich ja Glück habe, dass überhaupt jemand Interesse hat.»

Jay lehnt sich vor und nimmt seine Beraterhaltung ein. «Ich verstehe dein Zögern bei Tristan, weil er zwar optisch das himmlische Manna darstellt, aber auch irgendwie launisch ist und ein potenzieller Psychopath. Ben wirkt dagegen sehr anständig.»

«Oh, und ich mag ihn wirklich gern. Aber er ist erst fünfundzwanzig.»

«Zehn Jahre sind nichts, wenn man verliebt ist. Schau dir Tom Daley und Dustin Lance Black an.»

«Okay, die beiden sind natürlich ein tolles Paar. Was ich meine, ist, dass Ben gerade dieses Nomadenleben lebt und ständig den Wohnort wechselt. Und er ist so ein Träumer. Was sehr anziehend ist, aber ...»

«Aber?»

«Ich hatte halt auf jemanden gehofft, mit dem ich mir ein Leben aufbauen kann und von dem ich nicht nur verzaubert bin. Auch wenn ich das Gefühl habe, ich könnte von Ben das eine oder andere lernen.»

«Vielleicht soll sich diese Beziehung ja langsam entwickeln. Ich meine, wenn er der Mensch ist, mit dem du alt wirst, dann habt ihr doch alle Zeit der Welt, um zusammenzukommen. Außerdem: Tee auf einem Klodeckel? In Crouch End? Also, für mich ist er eindeutig der Gewinner.»

Ich lächele. «Und ich bin so gern mit ihm zusammen. Und würde jetzt auch total von ihm schwärmen, wenn ich nicht direkt mit Tristan ins Bett gefallen wäre.» Ich schaudere. «Darum fühle ich mich schuldig und ein bisschen schäbig, wenn ich an Ben denke.»

«Na, dann solltest du ihn lieber früher als später wiedersehen.»

«Das ist leichter gesagt als getan. Er hat einen neuen Hundesitter-Job neben seinen Mittags- und Abendschichten in einem Restaurant, was bedeutet, in der Zeit, in der ich mich mit ihm treffen könnte, geht er entweder gerade mit dem Hund Gassi oder arbeitet als Kellner.»

«Dann gehst du eben mit auf den Hundespaziergang oder isst in seinem Restaurant.»

«Wirke ich dann nicht wie eine Stalkerin? Stell dir vor, ich halte mir erst die Speisekarte vors Gesicht und sage dann: *Überraschung!*»

Jay lächelt. «Vielleicht ist der Hundespaziergang die bessere Wahl. Schlag ihm das doch vor.»

«Mache ich.»

«Und was ist mit Tristan?»

«Er hat mich zu so einem mexikanischen Straßenfest-Dings eingeladen. Ich bin noch unsicher, weil er bestimmt erwartet, dass wir wieder im Bett landen, und das will ich eigentlich nicht, bevor ich Ben nicht eine echte Chance gegeben habe. Andererseits ist es ja nur dieses eine Wochenende – und ich liebe Churros!»

«Tun wir das nicht alle? Hat er dir eigentlich Fotos von seinem Churro geschickt?»

Ich verdrehe die Augen. «Die werde ich dir sicher nicht zeigen.»

Er zuckt die Schultern. «War einen Versuch wert.»

Ich seufze und fahre mit dem Fingernagel die Kerben des Holztisches entlang. «Ich dachte nur, ich würde mich sicherer fühlen. Du weißt schon, auf diese Ich-wusste-es!-Art. Müsste ich nicht wissen, welcher von beiden der Richtige für mich ist? Ich meine, wenn er für mich tatsächlich der Mann fürs Leben ist?»

«Ich glaube, du erwartest zu viele Garantien, in der Liebe läuft das einfach nicht so. Nicht mal für dich.»

Ich schaue auf Jays Tarowurzel-Chips. «Isst du die nicht?»

Er schiebt mir die Schüssel rüber. «Ich bin mehr Team Tarot-Karten als Tarot-Wurzeln», sagt er augenzwinkernd.

Ich hebe den Kopf. «Ich könnte zu einer Wahrsagerin gehen.»

«Oh Amy, du bist doch schon deine eigene Wahrsagerin! Außerdem finde ich, du solltest nicht so fatalistisch sein. Möchtest du nicht das Gefühl haben, selbst die Entscheidung getroffen zu haben, mit wem du zusammen sein willst?»

«Ja, aber ich habe irgendwie dieses quälende Gefühl, dass meine sogenannte Superkraft sich geirrt hat.»

«Du willst noch mal von vorn anfangen?» Jay guckt mich prüfend an.

«Ich weiß es nicht! Ich meine, sieh dir an, was passiert ist, als meine Mum sich mit dem Mann zusammengetan hat, vor dem ihre Vision sie gewarnt hatte.»

«Okay, wieso entspannst du dich nicht einfach und wartest mal eine Woche ab? Und dann guckst du, was du empfindest.»

Wir werden von einem weiblichen Yoga-Fan abgelenkt, die in der ‹Tänzer›-Position auf ihren Tisch wartet. Ich drehe mich wieder zu Jay.

«Was ist dein Geheimnis?»

«Welches meinst du?»

«Das, weswegen du dich in Liebesdingen niemals aufregst. Ich meine, niemand ist im täglichen Leben dramatischer unterwegs als du. Aber wenn es um die Sache geht, die selbst die entspanntesten Leute nervös macht, bist du total gechillt.»

Jay zuckt mit seinen Umhang-Schultern. «Ich habe nie verstanden, warum ich nur auf eine einzige Person setzen sollte. Ich meine, die Vorstellung, dass es in einer Welt mit siebeneinhalb Milliarden Menschen nur eine Art und Weise gibt, wie man leben soll, mit einem einzigen Menschen, so wie die Tiere in der Arche? Nein. Das kann einfach nicht stimmen.»

«Warum wollen das dann so viele?»

«Jahrhundertelange Konditionierung? Jederzeit verfügbarer Sex? Ich behaupte einfach nicht von mir, dass ich der totale Solist bin. Du weißt, wie gern ich Affären habe.»

«Allerdings.»

«Aber ich habe keine Zeit für ein gebrochenes Herz, es gibt zu viel Leben, das ich genießen will. Außerdem schaue ich nicht genug fern.»

«Was hat das denn damit zu tun?»

«Na ja, das ist doch der Hauptgrund für eine Beziehung, oder nicht? Dass man jemanden hat, mit dem man zusammen Serien gucken kann. Dafür bin ich nicht oft genug zu Hause.»

Da hat er recht, das Seriengucken gehört auf jeden Fall zu meinen größten Vergnügen im Leben.

«Apropos Fernsehen.» Ich beschließe, das Thema zu wechseln. «Hast du dir schon eine Rolle für das Kostümfest ausgesucht?»

Sein Gesicht wird todernst. «Die Serien-Recherche war eine schwierige Aufgabe für mich. All diese formlosen Sofaklamotten, ganz zu schweigen von diesen 1990er-Jahre-Anzügen, die einfach nur über dem Körper hingen. Ich fasse es immer noch nicht, wie viel überflüssigen Stoff diese Männer mit sich rumgeschleppt haben.»

Ich kichere.

«Jedenfalls habe ich beschlossen, als Tahani von *The Good Place* zu gehen.»

Meine Augen leuchten auf. Ich sehe ihn direkt vor mir in einem bunt gemusterten Gewand und Glitzerschmuck im Dekolleté.

«Ich versuche, May dazu zu überreden, als Jason zu gehen. Du weißt, wie toll sie im Trainingsanzug aussieht.»

«Also, das wäre perfekt!» Ich reibe mir vor Freude die Hände.

«Und du?»

«Ich weiß immer noch nicht, wer ich sein will.»

«Und genau darin liegt dein Problem.» Jay steht auf und richtet sein Outfit, um gleich zur Tür rauszusegeln.

«Ist … ist unsere Unterhaltung jetzt beendet?», stottere ich.

«Ich habe eine Verabredung beim Perückenmacher. Und du musst dir über deine Serienfigur und deine Ideale klar werden.» Er bleibt neben dem Tisch stehen und sieht mich mitfühlend an. «Du suchst in diesen Männern die Antwort auf alles, aber eigentlich musst du dich nur selbst prüfen. Wenn du mit ihnen zusammen bist, dann frag dich: *Wie fühle ich mich mit diesem Menschen?* Wenn du dich fühlst wie die Größte, dann ist es gut. Wenn du dich in irgendeiner Form ‹weniger als› fühlst, dann lass es sein. Es ist wirklich nicht komplizierter.»

Nachdem er gegangen ist, sitze ich noch fünf Minuten regungslos da. Kann es tatsächlich so einfach sein?

In meiner Nachmittagspause texte ich Ben, wie wir es jetzt täglich mehrmals tun. Die Nachrichten sind definitiv wenig flirtig (was nicht daran liegt, dass ich es nicht versucht hätte), aber jedes Mal, wenn sein Name auf meinem Display erscheint, setzt mein Herz vor Freude einen Schlag aus. Es fing damit an, dass ich ihn bat, mir Fotos von seiner Bernhardinerhündin Nessa zu schicken, auf die er gerade aufpasst, woraufhin er mir von jedem neuen Gesichtsausdruck oder einer anderen Schlafhaltung ein Foto schickte. Im Gegenzug bekam er Bilder von mir und meiner Katze aus Kindertagen, woraufhin er mir prompt Fotos von sich als dünnem kleinem Junge sandte, der mit seinem Papa angelt. Er hatte die glänzendsten Haare der Welt und sah schon damals aus wie ein Träumer. Es klingt vermutlich seltsam, aber ich vermisse ihn. Er scheint so wenig greifbar. Ich möchte so gern, dass er derjenige ist, der ein weiteres Treffen vorschlägt, damit ich weiß, dass er mich mag, aber ihm scheint unsere Text-Freundschaft zu genügen.

«Das gibt es doch jetzt ganz oft», meint May, als ich mich darüber beschwere, dass ich so gar keine Fortschritte mache. «Alle wollen lieber die hübsche Clip-Version von sich präsentieren als die Dreihundertsechzig-Grad-Realität. Ich meine, alle texten beim Fernsehen, texten beim Essen, texten beim Busfahren ... Kein Mensch will mehr innehalten und sich mal vollständig auf etwas konzentrieren.»

«Das klingt ja wirklich deprimierend. Dabei war Ben ganz toll, als wir zusammen unterwegs waren.»

«Dann schlag ein nächstes Treffen vor!»

«Aber das fühlt sich irgendwie blöd an, wenn ich wieder diejenige bin, welche. Ich will ja nicht bedürftig wirken.»

«Also Tristan ist zu pushy und Ben zu zurückhaltend. Du weißt auch nicht, was du willst, oder?»

«Vielleicht hast du recht.»

Also versuche ich es in meiner nächsten Textnachricht so:

Wenn du und Nessa auf eurem Spaziergang mal
Begleitung wollt, dann komme ich sehr gern mit!

Ben antwortet mit einer Einladung zum Hundespaziergang am Samstagvormittag. Er hat zwar nur eine Stunde Zeit, trotzdem beschließe ich, Tristan für die Mexican Street Party abzusagen – das Chaos von letzter Woche will ich nicht wiederholen. Ich meine, es könnte ja sein, dass Bens Schicht plötzlich gecancelt wird, und dann müsste ich sagen, dass ich losmuss, weil ich wieder einen ‹Kunden› treffe. Nein. Ich werde erwachsen sein und mich ein bisschen rarmachen. Ich muss ja nun nicht jede wache Minute meines Lebens mit potenziellen Partnern verbringen. Außerdem wäre es ganz schön, am Sonntag mal ohne Kater und einigermaßen präsentabel im Pflegeheim zu erscheinen. Okay, jetzt fühle ich mich schon viel ruhiger.

Innerhalb von einer Stunde liegt ein Piñata-Esel auf meinem Schreibtisch – eine übergroße und mit Süßigkeiten gefüllte Kreation aus Pappmaschee. Sie ist knallbunt und kitschig und süß und alles, was Tristan nicht ist.

Ich schicke May eine Nachricht, weil ich Schwierigkeiten habe, diese witzige Geste mit dem Weinsnob in Verbindung zu bringen, den ich auf der Hochzeit kennengelernt habe.

Du hast doch gesagt, beim Abendessen war er lustig.

Na ja, später schon, gestehe ich.

Wir Menschen sind komplexe Wesen, antwortet May. Außerdem spiegelt die Piñata vielleicht weniger seinen Geschmack als das, von dem er denkt, dass es dir gefallen würde. Und da hat er doch recht.

Ich kann nicht bestreiten, dass ich die Piñata toll finde. Man sieht so was immer in Filmen, im echten Leben habe ich noch nie eine gesehen. Ich fahre mit dem Finger die rüschigen Ränder aus Krepppapier entlang, dann hebe ich die Piñata hoch und schüttele sie. Was für Süßigkeiten wohl darin sind? Und noch wichtiger: Was für metaphorische Süßigkeiten stecken wohl in Tristans Innerem? Ich schätze mal, bei ihm ist es wie bei diesem Jelly-Bean-Spiel, wo man an einem Glücksrad dreht und nie weiß, ob man gleich eine erwischt, die wie geröstete Marshmallows schmeckt – oder wie Stinkesocken, nach Schokoladenpudding oder nach Hundefutter. Ich denke mir diese Geschmacksrichtungen nicht aus. Sie schmecken wirklich genau so, wie sie heißen! Jay hat das Spiel mal von seiner Reise zur New York Fashion Week mitgebracht.

Ich versuche erfolglos, mit dem Stift ein Loch in die Eselsflanke der Piñata zu bohren. Ich kann nicht draufhauen, da meine Chefin vor Kurzem eine Stunde Nachmittagsruhe angeordnet hat, um die allgemeine Produktivität zu steigern, darum herrscht überall Ruhe.

«Hier!» Becky von der Grafikabteilung beugt sich zu mir. «Soll ich die Piñata öffnen?»

Ich nicke.

Sie trägt den regenbogenfarbenen Esel rüber zur Papier-Guillotine und trennt mit sicherer Bewegung ein Bein ab. Dann reicht sie mir das Ganze zurück, damit ich das Innere ausleeren kann.

«Oh.» Unsere Schultern sacken enttäuscht herab.

«Die sehen aus wie diese kleinen, hart gekochten Süßigkeiten , an denen man sich die Zunge aufschneidet, wenn man daran lutscht.»

«Ich glaube, du hast recht», sage ich und halte eine winzige rote Kugel in Plastikfolie hoch. Ich kann beinahe die Beerensorte herausschmecken, gepaart mit einem Schuss metallischem Blutgeschmack.

«Der Typ, der dir das geschenkt hat, ist ein echter Esel, stimmt's?»

«Woher weißt du das?», japse ich.

«Was? Nein! Ich hab nur einen Witz gemacht. Ich meinte wegen der Form.»

«Ach so, klar!»

Danach kehre ich zurück an meinen Schreibtisch und kippe die Süßigkeiten direkt in den Papierkorb.

Ich muss mich wirklich auf meine Arbeit konzentrieren. Eine Woche lang habe ich mich so durchgemauschelt, ohne dass jemand was gemerkt hat, doch jetzt *muss* ich mich mit dem Pitch für unseren neuen Kunden beschäftigen. Das Problem ist nur, dass der Auftrag total vage formuliert ist, und ich habe nichts Konkretes, mit dem ich arbeiten kann. Gebt mir ein Konzept, ein Thema, selbst eine Farbpalette, dann fliegen mir die Ideen nur so zu, aber diesmal haben wir nichts als das Produkt – eine neue Hautpflegeserie für Männer. Mittelteuer. Ordentliche Qualität. Kein besonderer Duft oder irgendwelche trendigen Zutaten. Die Firma will jüngere Männer ansprechen, die sich zum ersten Mal mit Hautpflege beschäftigen, und man ist gewillt, einen Teil der Einnahmen für einen guten Zweck zu spenden, weil Mildtätigkeit in den Worten des Kunden «als Geschäftsmodell gerade gut funktioniert».

Eigentlich ist das für mich das Interessanteste daran – ich versuche schon ewig, meine Chefin dazu zu überreden, wenigstens ein paar nicht zahlende Kunden im Jahr anzunehmen, einfach um das Gefühl zu haben, dass wir etwas zurückgeben. Ich glaube, das würde die Moral und Motivation im Team erheblich steigern. Letztes Jahr habe ich ein Interview mit einem ehemaligen Nachrichtensprecher gesehen. Seine Theorie ist, dass der erste Schritt einer Karriere immer egoistisch motiviert ist – da gehe es nur darum, was für einen selbst rausspringt. Aber je älter man wird, desto mehr

Befriedigung findet man darin, einen sinnvollen Beitrag zu leisten und sich zu fragen, inwiefern man eigentlich anderen Menschen helfen kann. Das passiert normalerweise erst in den Vierzigern oder Fünfzigern ... Ich würde ja sagen, je früher, desto besser.

Das hier ist also ein gutes Projekt, das einen positiven Beitrag in der Welt leisten könnte, vorausgesetzt, wir positionieren es richtig. Die Kunden haben uns sogar freie Hand mit dem Namen gegeben. Etwas Schlichtes, das man sich gut merken kann und auf das man emotional reagiert, so wie Zeus oder Adonis, aber mit seriösem Touch. Sie wollen außerdem irgendwas mit einer tollen Entstehungsgeschichte.

Ich spiele mit den Produkten herum, creme meinen Handrücken mit der Feuchtigkeitscreme ein, während ich mir einen Überblick über die Konkurrenz verschaffe. Schon komisch, dass Bio-Zutaten meist als «sanft» beschrieben werden, wenn es um die weibliche Haut geht, für Männer aber plötzlich «kräftig» sind. Frauen bekommen weniger Falten, Männer werden männlicher. Frauen bekommen kleinere Poren, Männer sollen sich heldenhaft fühlen, auch wenn sie sich bloß Sonnencreme auftragen.

Nach zwanzig Minuten taste ich nach dem Papierkorb. Ich wusste, dass das passieren würde. Ich hätte jede einzelne Verpackung öffnen und jeden Bonbon auf dem Teppich herumrollen sollen, bis alle mit Staub und Straßenschmutz bedeckt sind. Erst dann hätten sie mich nicht mehr verleiten können, sie doch zu probieren. Ich entscheide mich für einen grünen Bonbon. Ist das Kiwi? Ich schiebe ihn im Mund hin und her und genieße das Erwachen meiner Geschmacksnerven, während ich mich wieder zum

Bildschirm drehe. Zu spät spüre ich den Riss in der Oberfläche des Bonbons. Innerhalb von Sekunden habe ich mir in die Zunge geschnitten. Ich schiebe mir den Finger in den Mund. Jep. Es blutet.

Ich schüttele den Kopf. Ich wusste es vorher und habe es trotzdem gemacht.

20

Ein Samstagmorgen in Primrose Hill.

Nun, das Wochenende fängt schon mal gut an. Die Sonne scheint, die Kaffeebohnen rösten, und vielleicht liegt sogar eine Prise Romantik in der Luft ...

Ich lächele vor mich hin, als das ungleiche Paar auftaucht – der große, schlaksige Ben und das dicke, runde Fellbündel mit den hängenden Lefzen namens Nessa.

«Wow! Die ist ja riesig!» Ich freue mich, als sie auf mich zuläuft. «Darf ich sie knuddeln?»

«Ja klar!»

Ich beuge mich vor und vergrabe mein Gesicht in ihrem Fell, befühle die dicken Hautfalten an ihrem Hals und schaue in ihre ruhigen braunen Augen, während ich ihre Samtohren streichele. Sie nimmt alles gern an und hechelt mir dabei ihren warmen Atem entgegen.

«Ist ihr zu warm?», frage ich und blinzele zu Ben hoch. «Hallo, übrigens! Ich wollte dich nicht ignorieren.»

Er lächelt. «Schon okay, ich akzeptiere meine Rolle als ihr bescheidener Begleiter. Ich wollte ihr etwas Eis bestellen, wenn wir einen Kaffee trinken gehen.»

«Das klingt gut.» Ich stehe auf, kann aber den Blick nicht von Nessa wenden. «Diese großen Pfoten! Wie Yeti-Stiefel!»

«Willst du wissen, was noch groß ist?»

Ich starre ihn an. «Oh nein.»

«Oh ja», sagt er und verzieht das Gesicht. «Man braucht praktisch eine Einkaufstüte, um alles aufzusammeln.»

«Oh Gott, wird sie das gleich wieder machen?»

«Du hast Glück, dieses Event hat bereits stattgefunden. Bei ihr kann man die Uhr danach stellen.»

«Sie kommt eben aus der Schweiz.»

«Lustig, dass du das erwähnst», sagt er und führt mich in eine Seitenstraße. «Ich kürze immer hier ab, da ist es ein bisschen schattiger … Die Besitzer sind nämlich deshalb weg, weil sie nach einem zweiten Wohnsitz in der Schweiz suchen.»

«Ehrlich?»

Er nickt. «Die Frau hat ein Buch über Hunde-DNA gelesen, und jetzt meint sie, dass Nessa niemals ihr volles Potenzial entfalten wird, wenn sie nicht von fünftausend Metern Höhe einen verschneiten Berghang runterlaufen kann.»

«Primrose Hill ist einfach nicht hoch genug.»

«Genau.»

«Ich sehe schon das Facebook-Video vor mir – Nessas erster Schnee.»

«Natürlich ist es da im Sommer sonnig, und die Wiesen sind grün, aber Nessa wird die frische Luft einfach lieben.»

«Wie herrlich.»

«Ja, ich kann es kaum erwarten.»

Ich bleibe stehen. «Gehst du etwa mit?»

«Na ja, momentan ist es nur eine Hoffnung. Sie sprechen davon, den Sommer in Europa zu verbringen und ihr neues Schweizer Domizil als Basis zu benutzen. Von dort aus können sie viele Orte mit dem Auto anfahren – der Comer See ist zum Beispiel nur vier Stunden entfernt. Aber wenn sie in Capri oder Monaco sind, dann brauchen sie jemanden, der bei Nessa bleibt.»

«Und du hast dich dafür schon beworben?»

Er nickt. «Ich und Nessa und ein Schreibtisch mit Blick

auf die Berge – da könnte ich endlich mit meinem Drehbuch vorankommen.»

«Natürlich.»

Ich widerstehe meinem Drang, ihm zu sagen, dass ich ihn besuchen kommen würde, denn offenbar wünscht er sich ja Frieden und Einsamkeit. Ich fühle mich etwas verletzt angesichts der Erkenntnis, dass ich in seiner Zukunftsplanung überhaupt keine Rolle spiele. Was ja nicht überrascht, da wir uns gerade erst kennengelernt haben, trotzdem frage ich mich natürlich, wie wir uns dann in romantischer Hinsicht weiterentwickeln wollen. Ich schätze, ich muss das Beste daraus machen, solange er hier ist. Wir plaudern ein wenig darüber, wie es mit seinem Schreiben vorangeht, und dann werfe ich ihm ganz beiläufig die Einladung zum Kostümfest meiner Mutter hin.

«Auch wenn ich vollkommen verstehe, dass dir das wahrscheinlich nicht besonders spannend vorkommt.»

«Nein, gar nicht, wieso?»

«Na ja, ein Pflegeheim für Demenzkranke trifft nicht jedermanns Vorstellung von Spaß.»

«Wann soll die Party denn steigen?»

«Nächsten Sonntagnachmittag. Aber vermutlich arbeitest du da, oder?», biete ich ihm die Möglichkeit zur Flucht.

«Ich schaue mal, ob ich meine Schicht tauschen kann. Nessa könnte ich wohl nicht mitbringen, oder?»

Ich schaue ihn begeistert an. «Wir können ja sagen, sie ist ein Therapiehund!» Dann sehe ich in Nessas treue Augen. «Na, wie würde dir das gefallen?»

«Ich glaube, sie ist ein Naturtalent», versichert mir Ben. «In ihrer Nähe geht es jedem gleich besser.»

«Und wem das nicht reicht, für den könnten wir ihr ein

kleines Fass mit Party-Punsch umhängen – und Nessa spielt eine Doppelrolle als Kellnerin.»

«Also wenn ihr einen weiteren Programmpunkt braucht: Ich habe ein paar Zaubertricks drauf!»

«Das wäre toll!» Ich bin begeistert. «Ich weiß, dass ein paar der älteren Leute nicht mehr tanzen können, also könntest du vielleicht im Sitzen mit ihnen zaubern.»

«So machen wir's.»

Ich spüre, wie mir ganz warm ums Herz wird. Ich hatte noch nie einen Freund, der so einsatzfreudig war. Nicht, dass er mein Freund ist, trotzdem ... Es ist schon toll, dass er meint, das könnte ein netter Nachmittag werden. Ich dachte, Gareth wäre der einzige Mann, der so mit mir mitschwingt. Jay wird natürlich auch kommen, aber ihm geht es mehr ums Verkleiden.

«He!» Plötzlich zerrt Nessa an der Leine und zieht Ben mit.

«Ich nehme an, wir nähern uns dem Café?»

«Ja, da kriegt sie immer ein Leckerli, also haben wir eigentlich gar keine Wahl.»

«Für mich ist alles fein», sage ich, äußere aber meine leichte Enttäuschung darüber, dass wir diesmal auf richtigen Stühlen sitzen müssen, nicht auf Keramiktoiletten.

Ben schmunzelt, dann winkt er der Kellnerin durchs Fenster zu, dass wir uns draußen an einen Tisch setzen.

«Alle sind hier so schick», sage ich und gucke mich um. Selbst die Bedienung sieht aus, als käme sie direkt vom Laufsteg.

«Offenbar ist Michael B. Jordan letzte Woche hier gewesen, seitdem brezelt sich jeder etwas auf.»

«Ehrlich?» Ich zupfe unbehaglich an meinem ausgeleierten Snoopy-Pulli.

Er zuckt die Schultern. «Der Kaffee schmeckt gleich, ganz egal, was du anhast.»

Ich lächele ihm zu. «Ich finde, wir sollten heiße Schokolade trinken, um Nessa und deine mögliche Reise in die Schweiz zu feiern.»

«Super!», sagt Ben und strahlt.

«Machst du Sitz für mich, Nessa?», fragt die schlanke blonde Kellnerin, als sie an unseren Tisch kommt. Nessas Hintern klatscht auf den Bürgersteig, und sie fährt gleichzeitig ihre rosa Zunge erwartungsvoll aus. Die Kellnerin hält ihren Foie-gras-Hundekeks ein bisschen zu lange in der Hand, ein Sabberklecks landet auf ihrem Schuh. «Oh, wie eklig!», ruft sie und springt zurück.

Ich unterdrücke ein Grinsen.

Ben reicht der Kellnerin eine Serviette und benutzt eine zweite, um Nessas Lefzen zu säubern. «Tut mir sehr leid!»

«Oh, alles gut, wir lieben Hunde!» Sie zwingt sich zu einem Lächeln. «Was kann ich euch bringen?»

«Zweimal heiße Schokolade, bitte.»

«Mit Sahne?»

«Mit allem Drum und Dran», bestätige ich. «Und eine Schüssel eiskaltes Evian für Nessa.»

«Oooh, heute wird sie aber verwöhnt.»

Ich streichele der Hündin über den Kopf und fahre dann mit meinen Händen über ihr dichtes Rückenfell. «Weißt du, in welchem Teil der Schweiz die Besitzer nach einem Haus suchen?», frage ich, als wäre ich total vertraut mit der Geografie des Landes, dabei will ich nach unserem Treffen sofort danach googeln und dann davon träumen, wie ich zu Käsefondue am Kaminfeuer eingeladen werde.

«Verbier», antwortet Ben. «Sie waren mal für eine Ski-Saison in Richard Bransons Chalet und haben sich in den Ort verliebt. Außerdem kommt man von dort in weniger als einer Stunde zum Kloster am Sankt-Bernhard-Pass, wo diese Hunde als Erstes gezüchtet wurden. Dann kann Nessa ihre Familie besuchen.»

«Das ist so cool.»

Jetzt will ich noch viel lieber hin.

Wir reden übers Skifahren – keiner von uns hatte je das Bedürfnis, einen Hang herunterzuschwingen, aber uns gefällt die Vorstellung, mit dem Skilift hinaufgetragen zu werden.

«Wusstest du, dass es in einem dieser italienischen Ski-Resorts ganz oben auf dem Berg ein Restaurant geben soll, und nach dem Essen fährt man dann in tiefster Dunkelheit mit dem Schlitten runter ins Tal, und jeder trägt nur eine Stirnlampe auf dem Kopf, damit man die Piste sehen kann?», erzähle ich ihm. «Wer macht denn so was?»

«Ich würde das sofort machen!»

«Neeeeiiin!», keuche ich.

Es ist eine angenehme Unterhaltung, doch innerlich bin ich frustriert darüber, wie wenig Zeit wir haben und dass es sich wieder nicht so anfühlt, als würde sich die Sache in romantischer Hinsicht weiterentwickeln. Ich muss ihm irgendwie ein abendliches Treffen abringen, sonst machen wir es uns in dieser Freundschaftszone zu gemütlich.

«Kann ich euch noch etwas bringen?» Die Kellnerin kommt, um den Tisch abzuräumen, und weicht Nessa vorsichtshalber aus.

«Nur die Rechnung, bitte», sage ich.

Ben greift nach seiner Brieftasche.

«Lass mich», sage ich und hebe die Hand. «Du hast schon

den Hund mitgebracht, da kann ich wenigstens die Getränke übernehmen.»

«Hm, wenn du wirklich meinst?»

«Das tue ich.»

Danach schlendern wir wieder dahin zurück, wo wir uns getroffen haben.

«Also, das war ein schöner Start in den Tag.» Ich seufze.

«Das war es wirklich. Vielen Dank für die Einladung.»

«Sehr gern geschehen.» Ich zögere den Abschied erwartungsvoll hinaus. Jetzt wäre der perfekte Zeitpunkt für ihn, den nächsten Schritt zu wagen. Stattdessen beugt er sich vor und umarmt mich halb.

«Dann los, Ness, wir bringen dich nach Hause.»

«Äh, Ben?»

«Ja?» Er dreht sich um.

«Darf ich dir eine seltsame Frage stellen?»

«Ich liebe seltsam.» Er grinst. «Na los.»

Ich trete auf die Seite des Gehwegs, als ob uns das irgendwie mehr Privatsphäre geben würde. «Als wir bei der Hochzeit in der Küche waren» – ich schenke ihm ein, hoffe ich jedenfalls, verführerisches Lächeln –, «was ist das Letzte, an das du dich erinnerst?»

Er neigt den Kopf zur Seite. «Na ja, wir haben gerade ausprobiert, wie viele Petits Fours wir uns auf einmal in den Mund schieben können.»

«Was? Nein – das haben wir getan?»

Er nickt. «Du bist in die Küche gekommen und hast gesagt, du hättest Hunger und ob es irgendwo noch Reste gäbe.»

Ich überlege einen Moment und versuche, mir die kleinen, weichen und bunt überzogenen Vierecke vorzustellen.

Ich habe eine vage Erinnerung an die dunkelroten, samtigen, jetzt, wo er es sagt.

«Nur so aus Interesse, wie viele habe ich ...?»

«Fünf.»

«Ehrlich?» Ich schlucke hörbar. «Das muss sehr attraktiv ausgesehen haben.»

Er lächelt. «Du hast mir gesagt, *petit four* bedeutet ‹kleiner Ofen›.»

«Mit vollem Mund?»

Er prustet los. «Vielleicht.»

«Was ich damit sagen will, ist ...» Ich stelle mich näher an ihn heran. «Als wir uns geküsst haben, habe ich da irgendwie seltsam reagiert oder irgendwas Ungewöhnliches gesagt oder vielleicht eine Vision erwähnt?»

«Also», fängt er an, «zuerst einmal haben wir uns nicht geküsst –»

«Waaas?» Ich erstarre. «Was meinst du damit?»

«Wir haben uns nie geküsst.»

«Aber –»

«Ich bin der Meinung, wenn eine Frau schwankt wie an Deck eines Schiffes, dann ist es besser, man wartet auf ruhigere See. Außerdem habe ich gearbeitet, wie du weißt. Wir hatten gerade die Petits Fours weggefuttert, als mein Boss reinkam und meinte, ich sollte anfangen, die Tische abzuräumen.»

Ich lasse den Kopf hängen.

«Es ist ja nichts Verkehrtes daran, sich auf einer Hochzeit zu betrinken», beruhigt er mich. «Ich will das überhaupt nicht bewerten.»

«Nein, nein, das weiß ich ja ... ich habe bloß ... ich dachte ...»

Er wartet geduldig darauf, dass ich diese Bombe verdaue. Er war es gar nicht. Und wenn er es nicht war, dann bedeutet das, dass ich wieder ganz am Anfang stehe. Andererseits ... wenn wir uns nicht geküsst haben, dann ist er auch nicht ausgeschieden. Auf mich könnte immer noch eine traumhafte Vision an seine Lippen warten. Ich muss nur mit ihnen in Kontakt kommen.

«Also, wenn wir uns nicht geküsst haben, dann ...» Ich hake einen Finger neckisch in seine Gürtelschlaufe und spüre sofort, wie er erstarrt. Oh, wie peinlich. Schnell ziehe ich meine Hand wieder weg.

Seine Schultern lockern sich, und er lächelt mich freundlich an. «Amy.»

«Oh Gott», sage ich und weiche beschämt zurück. Das ist ja furchtbar. Ich möchte auf der Stelle sterben. «Entschuldige, ich weiß gar nicht, was in mich gefahren ist!»

«Alles gut. Es ist bloß, ich bin wahrscheinlich bald weg, und da finde ich es nicht klug, eine Verbindung einzugehen.»

Ich hasse den Gedanken, dass ich irgendeine Art von Verbindung oder Verpflichtung sein könnte. Vorsichtig taste ich nach Nessas Fell, als wäre es eine Sicherheitsdecke. «Total richtig, das verstehe ich völlig.»

«Es tut mir leid, Amy. Ich hoffe, ich habe dir keine missverständlichen Zeichen gegeben?», fährt er fort.

«Nein, nein, alles gut. Du hast recht, das macht gar keinen Sinn.»

Er nickt.

«Auf jeden Fall», plappere ich drauflos, «ich muss jetzt auch los – ich muss mich noch für eine Mexican Street Party fertig machen. Frida-Kahlo-Augenbrauen wachsen schließlich nicht von allein zusammen.»

Ben kichert leise, bevor er sagt: «Okay, dann sehen wir uns auf der Kostümfeier deiner Mutter nächste Woche!»

«Was?» Mir bleibt der Mund offen stehen. Das habe ich nicht mehr erwartet.

«Wenn ich noch eingeladen bin?»

«Jaja, natürlich!», rufe ich lachend. «Also, bis dann. Ich muss!»

Ich drehe mich um und marschiere los, wobei ich versuche, normal zu gehen, während sich mein Gesicht hierhin und dorthin verzieht, als hätte ich gerade einen Schluck aus einer supersauren Margarita genommen. Es heißt ja, in Liebesdingen läuft es oft anfangs nicht so rund – aber *das eben*?

21

Ich kann den Gedanken an das Gedränge in der U-Bahn nicht ertragen, also beschließe ich, bis zur nächsten Station zu Fuß zu gehen. Oh Gott, ist das alles peinlich! Sein Gesicht, als ich versucht habe, mich ihm zu nähern ... Natürlich ist es kein Verbrechen, dass er meine Annäherungsversuche nicht erwidern wollte, aber es fühlt sich so absolut demütigend an. Ich fasse einfach nicht, dass ich derartig aufgelaufen bin! Seit der Hochzeit befinde ich mich auf dieser absurden Jagd, die mich nirgendwohin führt und mir bloß weitere Enttäuschungen einbringt.

Ich schaue auf meine Uhr. Es ist erst elf, ich habe noch den ganzen Tag vor mir. Ich muss mir was einfallen lassen, damit ich dieses Gefühl umgehend abstellen kann. Shopping bringt es heute nicht – ich will nicht von Spiegeln umgehen sein. Die werden mir nur sagen, dass Ben mich wegen all meiner Makel ablehnt. Ich könnte ins Kino gehen. Der Gedanke, in einem kühlen dunklen Raum zu sitzen und mich im Leben eines anderen Menschen zu verlieren, erscheint mir gerade sehr verlockend.

Ich hole mein Handy heraus und google, was im West End läuft.

Wieso greife ich nicht in die Vollen und fahre nach Leicester Square? Vielleicht schaue ich sogar zwei Filme hintereinander an. Das wollte ich schon immer mal machen. Ich werde mich mit M&Ms und Popcorn eindecken und es einfach durchziehen. Gerade scrolle ich mich durch die Uhrzeiten der Vorstellungen, als eine Nachricht aufploppt.

Von Tristan. Es ist ein Foto. Aber diesmal nicht von einem Körperteil. Es ist die Speisekarte vom Imbisswagen seines Freundes.

Er bedient damit zwei meiner Schwächen – Hunger und das Bedürfnis, begehrt zu werden. Ich denke an seine Hände auf meinem Körper, an seine langen Küsse. Und dann lese ich von frittierten Avocado-Tacos mit Poblano Ranch Slaw und von Ahi-Thunfisch-Burritos und Zitronen-Ponzu ...

Ich meine, der Mensch muss ja schließlich essen.

Und ich habe immer noch reichlich Zeit, nach Hause zu gehen und mich umzuziehen – diesmal werden mir keine modischen Fauxpas unterlaufen! Ich merke, wie ich stehen bleibe. Ich muss diese Situation in den Griff kriegen, jetzt sind nur noch zwei Kandidaten im Rennen – Tristan und ein Unbekannter. Der einfach untergetaucht ist und keinen Versuch unternommen hat, sich bei mir zu melden. (Und als eine der Brautjungfern bin ich wirklich nicht schwer zu finden.) Was uns wieder zu Tristan bringt. Er ist ohne Zweifel heiß, steht auf mich und bietet mir einen unterhaltsamen Samstagnachmittag an. Und vielleicht sogar eine ebensolche Nacht.

Mir ist immer noch ein wenig unbehaglich wegen seines merkwürdigen Anfalls letzte Woche, aber falls das nur eine Ausnahmeerscheinung gewesen sein sollte, könnte heute eine wunderbare Gelegenheit sein, noch mal von vorn anzufangen. Er hat sich seitdem ja auch wirklich sehr bemüht, zumindest bereut er sein Verhalten.

Trotzdem bringe ich es nicht über mich, ihm zurückzuschreiben. Offenbar brauche ich noch die Genehmigung von einer Außenstehenden, also rufe ich May an. Sie klingt ehrlich enttäuscht wegen Ben, erholt sich aber schnell mit der Bemerkung: «Nette Schuhe, aber zu jung – der Nächste, bitte.»

«Ich habe das Gefühl, ich sollte Tristan noch eine Chance geben», taste ich mich vor.

«Das kann ich mir vorstellen!», johlt sie.

«Aber ist das falsch? Er ist nicht wirklich mein Typ, und ich habe ihm schon gesagt, dass ich ihn heute nicht sehen kann.»

«Dann tu es nicht.»

Oh.

«Aber ich finde, ich sollte ihm noch eine Chance geben, bloß um sicher zu sein. Im Moment habe ich ja nicht allzu viele Optionen.»

«Dann tu es.»

«Du meinst, es liegt ganz bei mir? Was ist aus meiner Hochzeitskupplerin geworden, die mir jeden Schritt befohlen hat –»

«Ich kehre zu meiner Rolle als Stylistin zurück.»

«Na dann ... Was soll ich zu einem mexikanischen Straßenfest anziehen?»

«Ha!» Sie lacht laut auf. «Wo bist du denn gerade?»

«Ich will bei Belsize Park in die Bahn steigen.»

«Wir treffen uns bei dir.»

«Ehrlich? Willst du mitkommen?» Das wäre allerdings lustig.

«Nein. Ich habe selbst ein Date.»

«Waaaaas?»

«Ich will nicht darüber reden.»

«Unglaublich! Du machst einen auf heimlich, und mein Liebesleben ist praktisch öffentlich!»

«Na ja, du bist eben ein Plappermaul und brauchst offenbar mehr Unterstützung.»

«Das stimmt», schmolle ich gespielt.

May kichert. «Bis gleich bei dir.»

Ich muss gestehen, dass May wirklich einen tollen Service zu bieten hat. Sie hat einen Wohnungsschlüssel, und als ich endlich zu Hause ankomme (nachdem meine Bahn zehn Minuten in einem Tunnel stand), hat sie bereits meinen Kleiderschrank durchstöbert, angefangen bei meinem *Die Maske des Zorro*-Kostüms vom letzten Halloween. Ich bin begeistert – die Volants aus Spitzen-gesäumter roter Baumwolle verbergen eine ganze Reihe von Sünden, und ich bekomme plötzlich richtig Lust zu tanzen.

«Woher wusstest du, dass ich das Kostüm noch habe?»

«Das ist alles hier drin abgespeichert.» May tippt sich an die Stirn und fängt an, meine Haare zu zwei langen Zöpfen zu flechten. «Also, wie fühlst du dich damit, Tristan wiederzusehen, wo du weißt, dass die Chancen sich für ihn deutlich verbessert haben?»

Ich überlege. «Ich schätze, ich bin neugieriger auf ihn, als könnte da mehr in ihm stecken, als man denkt. Man erwartet ja nicht, dass Leute, die so gut aussehen wie er, irgendwelche Unsicherheiten hätten, doch irgendwie scheint er sich ständig beweisen zu müssen.»

«Vielleicht stand er in Konkurrenz zu seinem noch heißeren Bruder, oder er hatte eine Freundin, die ihn für einen der Hemsworth-Brüder sitzen gelassen hat.» May zuckt die Schultern. «Es macht wirklich keinen Sinn, darüber zu spekulieren, wenn du es in ein oder zwei Stunden selbst rausfinden kannst. Was hat er gesagt, als du ihm erzählt hast, dass du doch kommst?»

Ich greife nach meinem Handy und zeige ihr das GIF, das er mir geschickt hat: eine Frau mit verbundenen Augen, die auf eine herzförmige Piñata einschlägt und ein Feuerwerk aus rosarotem Konfetti auslöst.

«Ein echter Romantiker.»

«Na ja, er hat noch dazugeschrieben, dass er mir später auch die Augen verbinden wird, aber ehrlich gesagt war mir diese sexuelle Anspielung nach Bens Abweisung gar nicht so unwillkommen.»

«Ich finde, es gibt keinen Grund, warum du dich in dieser Abteilung zurückhalten solltest.»

«Nein.»

«Du klingst nicht ganz überzeugt.»

«Genug von mir!» Ich schaue May im Spiegel direkt an. «Willst du mir nicht ein kleines bisschen von deinem Date erzählen?»

«Nein.»

«Wo hast du sie kennengelernt?», bohre ich nach. «Online?»

«Gib mir mal das Gummiband.»

«Aber nicht die Ruby-Rose-Doppelgängerin, oder?», keuche ich.

«Nein!» Sie sieht gekränkt aus.

«Sorry.»

«Haarspangen.»

Ich sehe zu, wie sie beide Zöpfe auf meinem Kopf festmacht, dann ziehe ich meine Kramschublade auf, damit sie mir noch ein paar rosa-silbrige Blumen ins Haar stecken kann.

«Ich wusste doch, dass ich die irgendwann mal gebrauchen kann», sage ich, ganz beglückt von dem Ergebnis. Ich fühle mich, als würde ich gleich für eine Modestrecke mit dem Thema ‹Mexikanischer Sommer› fotografiert.

«Okay, ich muss los, aber das solltest du mit deinem Gesicht machen.» May schickt mir ein Foto von einer Frau mit kräftigen Augenbrauen, starkem Kajalstrich und leuchtend roten Lippen. «Und hier ist der Schmuck.» Sie deutet auf einen Haufen meiner klirrendsten und farbenfrohsten Stücke.

«Verstehe», sage ich, dann schaue ich sie bittend an. «Kannst du mir nicht doch ein klitzekleines bisschen zu deiner Verabredung sagen? Nur ein Krümelchen an Information?»

Sie hält meinen Blick, und kurz glaube ich, dass sie nachgibt, stattdessen sagt sie entschieden: «Nein.» Das klingt endgültig ... «Und denk dran», fährt sie fort, «wenn Tristan wieder komisch wird, kannst auch du Nein sagen.»

«Stimmt.» Ich bringe May zur Tür. «Hab einen schönen Abend!»

Zurück in meinem Zimmer, beschließe ich, dass ich Musik brauche, um mich in Stimmung zu bringen. Meine Mum hat früher gern den Soundtrack zu *Don Juan DeMarco* gespielt, und sobald ich das Schrammen der Gitarrensaiten und das Klappern der Kastagnetten auf YouTube abspiele, fühle ich mich perfekt vorbereitet auf alles, was da kommen mag. Innerhalb einer halben Stunde bin ich fertig mit meiner Verwandlung, und ich muss sagen, dieser weibliche, aber freche Look gefällt mir. Und die verschiedenen Stoffschichten verleihen mir definitiv Extraschwung. Ich drehe die Musik auf und vollführe ein paar dramatische Sprünge durch meine Wohnung, schüttle das Gefühl der Demütigung durch Ben ab und wünschte, ich hätte ein gerafftes Satinstrumpfband, das ich unter meinen Röcken tragen könnte. Ich fühle mich fast schon verwegen.

Es dämpft meine Stimmung etwas, als ich in diesem Aufzug in die schnöde U-Bahn steigen muss, ich denke aber daran, dass ich ein Geheimnis hüte, und kann nicht aufhören zu lächeln und an meinen Lippen zu zupfen. Ungezogenheiten warten am Horizont, und ich bin nur zu bereit für sie. Etwa fünf Minuten, bevor ich da bin, atme ich tief ein, binde meinen Gürtel noch ein Loch enger, ziehe meine Schultern zurück und bereite mich auf meinen großen, schwungvollen Auftritt vor.

Als ich um die Straßenecke biege, reiße ich die Augen auf. Von einer Straßenseite zur anderen flattern fröhlich bunte Fiesta-Wimpel – flirrende Papierbahnen in Orange, Blau, Lila und Rot in Form von Herzen, Rosen, Kakteen und sogar Jalapeños! Ich liebe es, wie die Sonne schablonenhafte Muster auf die Straße wirft. Ich komme an bunten Ständen vorbei, wo mexikanische Decken oder aufwendig bestickte Oberteile verkauft werden, und entdecke einen Wandbehang, auf dem steht: *Man muss nicht immer alles zusammenhalten. Tacos fallen auch auseinander, und wir lieben sie trotzdem.*

Ich finde es toll hier. Während die Trompeten mit fast komischer Begeisterung aus den Lautsprechern schallen, wünschte ich, meine Mutter wäre jetzt bei mir – für sie würde es sich anfühlen wie eine Auslandsreise.

«Oh danke», sage ich, als man mir einen Flyer in die Hand drückt. Erfreut sehe ich, dass das Straßenfest morgen noch weitergeht. Ich werde versuchen, Mum hierherzubringen. Vielleicht ein bisschen früher, wenn es noch nicht so voll ist. Sie braucht mal etwas Abwechslung.

Und dann bleibe ich abrupt stehen. Da steht Tristan, wie versprochen am Stand für mexikanische Volkskunst gegenüber der Getränkebude. Plötzlich kann ich es nicht erwarten, dass er mich sieht.

«Tristan!» Ich winke und marschiere selbstbewusst, die eine Hand in die Hüfte gestützt, in vollem Señorita-Schwung auf ihn zu.

«Ganz schön viel Kostüm.» Er betrachtet mich von oben bis unten.

Ich raschele mit meinen Rüschen. «Ich fand es ganz passend.»

«Wenn du meinst.» Er schaut zu einer Frau, die praktisch aus ihrem engen roten Top und ihren Hotpants herausquillt – und ich sacke in mich zusammen.

Er kapiert es nicht.

Plötzlich fühlt sich mein Outfit, das mir eben noch flirtig und luftig schien, unförmig und verkleidet an.

«Ich liebe Ihre Frisur», sagt eine junge Frau mit grün-weiß-rotem Lidschatten in den Farben der mexikanischen Fahne.

«Danke.» Ich lächele sie an. Wenigstens sie versteht mich.

«Kommst du?» Meine Verabredung ist bereits auf dem Weg zum Getränkestand.

Ich bestelle meine bereits sehnsüchtig erwartete Wassermelonen-Margarita, aber Tristan findet, dass der Zuckergehalt zu hoch ist, und bestellt sich selbst einen Tequila Shot und ein Modelo-Bier. Er nimmt einen tiefen Schluck, dann schaut er mich an und hakt einen Finger unter meinen elastischen Ausschnitt. «Muss dieses Oberteil nicht eigentlich über die Schulter gezogen werden?»

«So ist es angenehmer», sage ich und ziehe es wieder hoch. Ich muss mir wirklich neue Unterwäsche besorgen.

«Spielverderberin.»

Ich zucke die Achseln und wende mich ab, indem ich so tue, als würde ich mich umschauen.

«Das ist eine tolle Kultur, oder? So farbenfroh und voller Energie.»

«Schräg, dass so viele von denen so klein sind.»

Ich mustere Tristan stirnrunzelnd. «Wieso soll das schräg –»

«Ah, da ist der Taco-Stand von meinem Kumpel», unterbricht er mich und deutet nach vorn. «Bist du bereit für eine richtige Schweinerei?»

«Zumindest habe ich diesmal ein eingebautes Lätzchen dabei!», witzele ich und hebe die obere Stoffschicht meines Outfits.

Er antwortet nicht, sondern pflügt durch die Menge voran. Ich spüre wieder diesen Drang abzuhauen, genau wie in dem italienischen Restaurant. Ich könnte in der Menge untertauchen, mich umdrehen und loslaufen, mit gerafften Röcken, die in roten Wellen hinter mir herflattern. Aber dann trägt die Brise den Duft nach frittierten Köstlichkeiten zu mir herüber, und ich folge Tristan wie in Trance.

Er bestellt Tacos de Carnitas. Ich bestelle Tacos mit Fisch und extra Limone. Sie schmecken herrlich pikant und haben diesen prickelnden Kick, sodass sich meine Laune umgehend verbessert.

«Noch zwei?»

Ich nicke und nehme einen extratiefen Schluck Margarita, während Tristan sich ein Stück geschmortes Schweinefleisch in den Mund wirft. «Mmmm, so zart.»

«Wie findest du eigentlich Mole-Poblano-Soße?», frage ich, als ein Teller mit dunkelbrauner Chili-Schokoladen-Soße vorbeikommt.

«Hmmmm, eigentlich war ich immer der Meinung, dass Schokolade nicht zu Hühnchen passt», fängt er an.

«Ja?»

«Aber irgendwie schmeckt's dann doch, besonders mit viel Chili und Knoblauch. Möchtest du dir ein paar Enchiladas mit mir teilen?»

Ich nicke.

Während wir uns gegenseitig Worte wie *tomatillo* und *chilaquiles* zuwerfen, spüre ich, wie mein Unwohlsein verfliegt. Fürs Essen kann er sich wirklich begeistern. Das ist etwas, das wir gemeinsam haben, so wären wir zumindest dreimal täglich kompatibel. Von montags bis freitags arbeiten wir. Wenn wir eine Netflix-Serie finden, die uns beiden gefällt, dann wären auch die Abende gesichert. Im Bett passen wir definitiv zusammen, und ganz sicher will er am Wochenende auch mal seine Freunde treffen. Und ich könnte meine Freunde sehen und weiterhin mit ihnen losziehen. Wenn wir auf dem Weingut seiner Großeltern Urlaub machen, hätten wir zusätzlich Gesellschaft. Ich schätze also, es wäre machbar. Falls er *Der Eine* für mich ist.

Eine Weile unterbrechen wir unser Essen und wenden unsere Aufmerksamkeit der Bühne zu, wo eine Pseudo-Mariachi-Band Lady Gagas *Poker Face* zum Besten gibt. Die Kostüme der drei Bandmitglieder sind großartig – schwarze, bestickte Bolerojacken mit Silberknöpfen, knallrote Halstücher und passende Schärpen, Filzsombreros mit glänzenden Perlen und Strasssteinen, die in der Sonne glitzern.

Ich schaue auf Tristans Hose – sie ist schwarz mit silbernen Streifen an den Außenseiten. «Mit deinem Outfit könntest du dich glatt dazustellen.»

«Vielleicht mache ich das ja …»

«Kannst du denn singen?»

«Natürlich.»

«Wieso natürlich?», frage ich lachend.

«Weißt du nicht, wer mein Vater ist?»

«Nein.» Ich runzele die Stirn.

«Echt jetzt?», spottet er.

«Ist er Musiker?»

«Ich kann nicht glauben, dass dir das niemand gesagt hat.»

Ich studiere sein Gesicht. Für den Sohn eines Rockers sieht er zu gepflegt aus. «Wer ist es denn?»

«Du wirst es herausfinden.»

Ich will etwas sagen, aber er wendet sich ab und singt zu *All About That Bass* mit. Ich versuche, seine Stimme einzuordnen, aber es klingelt nichts bei mir. Sie ist auch nicht sooo toll, wie ich nach seiner Ankündigung erwartet hätte. Mir durchzuckt der Gedanke, dass er sich vielleicht etwas vormacht. Dass seine Mutter vielleicht bei einem One-Night-Stand schwanger geworden ist und ihm erzählt hat, dass sein Vater Gavin Rossdale war oder Simon Le Bon oder so.

«Churros?», schlage ich vor, als die Band eine Pause verkündet.

Er nickt, und wir stellen uns vor dem Stand an und sehen zu, wie die gerillten Schlangen aus köstlichem Teig in die Fritteuse wandern und dann in Stangen geschnitten werden.

Wir tragen unseren Pappteller voller Kalorien hinüber zur freien Ecke einer Bierbank und tauchen die Churros in die seidige Schokoladensoße.

«Genau so muss sie sein», sage ich und genieße jeden Bissen. «Nicht zu süß und flüssig genug, dass sie sich in alle Rillen legt.»

«Vielleicht sollten wir uns einen kleinen Topf für später mitnehmen?» Er beugt sich vor und krault meinen nackten Hals. Mir fällt auf, dass dies heute seine erste Zuneigungsbekundung ist – zur Begrüßung gab es keinen Kuss –, doch offenbar hat er mithilfe des Alkohols seine anfängliche Abneigung gegen mein Äußeres überwunden und will nun schnell zum nächsten Schritt übergehen. *Nicht so schnell, junger Mann!* Ich versuche, ihn auf ein unverfängliches Thema zurückzuführen.

«Hast du mal diese Netflix-Serie gesehen, in der Menschen einen Monat lang mit Leuten zusammenleben müssen, gegen die sie die schlimmsten Vorurteile hegen?»

Tristan sieht mich stirnrunzelnd an. Offenbar nein.

«Da war dieser Typ, der sich freiwillig gemeldet hatte, um die Mexikaner an der US-amerikanischen Grenze an der Einreise zu hindern, und den haben sie dann mit dieser supernetten Einwandererfamilie zusammengesteckt.»

«Willst du noch was trinken?»

«Okay», sage ich und warte geduldig, bis er wieder da ist, um dann weiterzusprechen. «Jedenfalls hatte dieser Typ nachher so viel Respekt für deren superintelligente Teenager-Tochter, dass man richtig zusehen konnte, wie sich zum ersten Mal seine Einstellung und sein Verständnis für die andere Seite der Medaille änderten.»

«Mmmm-hmmm.»

«Er ist dann sogar mit dem Familienvater zu ihrem früheren Wohnort in Mexiko gereist und hat gesehen, wie verzweifelt ihre Lage da war und warum sie nach einem besseren Leben strebten. Das war alles so herzergreifend und hoffnungsvoll – aber weißt du was? Ein paar Wochen später kontrollierte der Typ erneut an der Grenze.»

Tristan zuckt desinteressiert die Schultern und nimmt noch einen Schluck Bier. «Trinkst du das noch?» Er deutet mit dem Kopf auf meine Margarita.

«Gleich», antworte ich und fühle mich etwas gedrängt. «Suchst du jemanden?», frage ich. Seine Aufmerksamkeit ist überall, nur nicht hier.

«Andy! Hier drüben!» Er winkt seinem Freund zu, dem Trompeter aus dem Mariachi-Trio, dann steht er auf, um sich mit ihm zu unterhalten.

Ich wische mir über das Gesicht, falls ich Schokoladenreste am Mund habe, in der Erwartung, gleich vorgestellt zu werden, doch Andy geht schon weiter, bevor ich ihm mein gewinnendstes Lächeln schenken kann.

Oh.

«Komm mit, ich bin in zehn Minuten oben. Du solltest dir schon mal einen guten Platz suchen.»

«Oben wie in ‹oben auf der Bühne›?», frage ich, während er mich hochzieht und am Ellenbogen mit sich führt.

«Ich unterstütze die Band ein bisschen, damit mehr Leute kommen.»

Tatsächlich kommen alle Singlefrauen in dem Moment, wo er die Bühne betritt, näher heran, werfen ihre Haare hin und her, flüstern und kichern miteinander. Ich wünschte, ich könnte mich auch so fühlen. Es ist schwer, ihn so richtig toll zu finden, wenn man erst mal Erfahrungen mit seiner Persönlichkeit gemacht hat. Er ist ein ziemlicher Angeber. Ich überlege mir sehr, ob ich nachher noch mit zu ihm gehen soll. Mein Körper ist normalerweise ganz auf *carpe diem* eingestellt, aber gerade jetzt höre ich ihn praktisch sagen: «Nee danke, mir reicht's.»

Das könnte sich natürlich noch ändern, wenn Tristan auf

der Bühne zum Rock-Gott mutiert. Interessiert beobachte ich, wie er sich mit den anderen über die Wahl der Songs bespricht.

Erwartungsvolles Schweigen breitet sich in der Menge aus, als er sich in die Mitte der Bühne stellt. Eine einsame Stimme ruft: «*Shake Your Bon Bon!*», aber Tristan hat sich für etwas anderes entschieden.

«Oh nein!», höre ich mich selbst murmeln, als die Band eine Mariachi-Version von *I'm Too Sexy* von Right Said Fred anstimmt.

Leider ist Tristans Gesang nicht so wie der von Tom Jones. Fremdschämend werde ich Zeugin, wie er auf der Bühne herumstolziert wie auf einem Laufsteg und dabei die Zuschauer anfeuert, während er sich das weiße Hemd aufknöpft.

«Sie vibrieren.»

«Was?» Ich drehe mich zu der Frau, die neben mir steht, um. Es ist dieselbe Frau, die mir vorhin das nette Kompliment über meine Frisur gemacht hat. Ich bemerke, dass sie neben ihrem mexikanischen Augen-Make-up auch noch richtig coole Ohrringe trägt – goldener Filigranschmuck, der aussieht, als stamme er direkt von einem Straßenmarkt in Oaxaca.

«Ich glaube, Ihr Handy klingelt», versucht sie es noch einmal. «Oder etwas anderes vibriert ...» Sie zwinkert mir zu.

«Oh! Tut mir leid!», sage ich und versuche, mit einer Hand in meiner Tasche nach meinem Handy zu suchen, während ich mit der anderen meine Margarita halte.

«Geben Sie ruhig her», sagt sie und nimmt mir mein Getränk ab.

«Danke», sage ich und finde endlich mein Handy. Beim

Anblick der Nummer rutscht mir der Magen in die Kniekehle. Das Pflegeheim. Das bedeutet nichts Gutes.

«Alles okay?», fragt die Frau.

«Ich muss gehen.»

«Ihr Drink!», ruft sie mir noch hinterher.

«Den können Sie haben, ich habe noch nichts davon getrunken.»

«Danke!», sagt sie und prostet mir damit zu.

Ich schlängele mich durch die Menge und drücke im Gehen auf Wählen, während ich versuche, dem Lärm zu entkommen.

«Hallo, können Sie mich hören? Hier ist Sophies Tochter Amy.»

«Sie ist gestürzt.»

Abrupt bleibe ich stehen.

«Die Sanitäter sind schon auf dem Weg.»

«Geht es ihr gut?», frage ich, obwohl es ihr natürlich nicht gut geht. Ich muss nur wissen, wie schlimm es um sie steht.

Man sagt mir, es gebe eine kleine Wunde, weil sie sich den Kopf gestoßen habe, ansonsten wirke Mum ganz ruhig.

Blut. Eine Kopfwunde. Ich fühle mich vor lauter Sorge ganz schwach. Ich drehe mich um, werfe einen Blick in Richtung Bühne und versuche, Tristan zu verstehen zu geben, dass ich gehen muss, aber er singt gerade für die Mädels in der ersten Reihe – ich kann seinen Blick nicht auf mich lenken.

Mit zitternden Händen bestelle ich ein Taxi, es wird in drei Minuten da sein. Ich stelle mir vor, wie ich im Pflegeheim ankomme. Samstag ist Lidias freier Tag. Ich brauche jemanden, der auf Mum aufpasst, bis ich da bin.

«Gareth?», platze ich heraus.

«Hier ist Darmesh.»

«Darmesh, ich muss sofort mit Gareth sprechen.»

«Er ist gerade im Kundengespräch, kann ich –»

«Sag ihm, Amy ist dran, meine Mutter ist gestürzt», unterbreche ich ihn.

Er legt offenbar die Hand auf die Muschel, aber dann höre ich Gareths Stimme am Telefon. «Bin schon auf dem Weg.»

«Ich bin selbst noch nicht mal da», jammere ich. «Kannst du –»

«Natürlich! Ich halte dich auf dem Laufenden.»

«Danke.» Ich lege eine Hand auf mein Herz. «Ich sollte in zwanzig Minuten da sein.»

«Okay. Bis gleich.»

Ich atme etwas aus. Es ist so beruhigend, dass jemand da ist, auf den ich mich verlassen kann. Ungeduldig gehe ich hin und her. Oh Mum, wieso bist du gefallen? Das klingt so fragil und unsicher. Was, wenn sie ins Krankenhaus muss? Vielleicht sollte ich direkt dahin fahren? Nein, Gareth wird mir sagen, wenn es eine Entscheidung gibt.

Da kommt mein Taxi.

Ich gleite auf den Rücksitz und schaue wieder auf mein Handy. Ich sollte Tristan wissen lassen, wo ich bin.

Musste los, schreibe ich, *meine Mum ist gestürzt. Wir reden später.*

Ich starre aus dem Fenster und spüre ein Durcheinander aus Gefühlen. Ob es an den neuen Medikamenten gelegen hat? Ich wünschte, ich hätte mir öfter freigenommen, um bei ihr zu sein, um die Zeit so gut wie möglich zu nutzen, die sie noch da ist. Und ich frage mich, wie immer, wie ich es ertragen soll, wenn einmal die Zeit da ist und sie mich für immer verlässt.

Bitte lass es nicht jetzt schon so weit sein. Bitte nicht jetzt schon.

Als mein Handy vibriert, fahre ich zusammen. Tristan ruft an. Ich drehe das Display um. Ich will da jetzt nicht rangehen. Ich muss die Leitung freihalten.

Ehrlich gesagt will ich diese Leitung für immer freihalten. Selbst wenn er mein Schicksal sein sollte – das ist kein Schicksal, das ich haben will. Ich kann das Unbehagen nicht ignorieren, das ich in seiner Gegenwart empfinde. Ich schaudere, als ich mich daran erinnere, wie unfreundlich er mich bei meiner Ankunft angesehen hat. Ich möchte jemanden, der sich freut, wenn er mich sieht, und mich nicht bewertet wie in einem Wettbewerb.

Und gerade jetzt möchte ich sowieso nichts anderes, als dass es meiner Mutter gut geht und sich das Leben wieder sicher anfühlt. Die Liebe kann warten.

22

Ich hatte schon viele Taxifahrer – Rechtsanwälte, Comedians, Kulturattachés, welche, die sich über jeden anderen Fahrer auf der Straße beschwerten, und welche, die mit flirtiger Stimme unangemessene Fragen stellten –, heute habe ich gnädigerweise einen, der himmlisch ruhig ist und nicht versucht, irgendwelche Pluspunkte durch eine angeregte Unterhaltung zu sammeln.

Fünf Minuten vor unserer Ankunft mache ich mich schon dazu bereit, aus dem Auto zu springen, sobald wir vor dem Pflegeheim stehen.

«Amy!» Gareth ist bereits da. Ich sehe leichte Verwunderung in seinen Augen beim Anblick meines Outfits, aber er weiß, dass jetzt nicht die Zeit ist, um mir deswegen Fragen zu stellen. «Die Sanitäter sind gerade bei ihr.»

«In ihrem Zimmer? Kann ich zu ihr?», frage ich drängend.

«Claire wollte, dass du erst zu ihr ins Büro kommst.»

«Ehrlich?» Claire ist die Managerin. Ich sehe sie nur selten, weshalb ich das Gefühl habe, dass die Lage noch ernster ist, als ich dachte.

«Ich warte hier», sagt Gareth. «Ich passe auf.»

«Danke», sage ich und haste den Flur entlang. Noch immer ganz durcheinander, klopfe ich an die Tür.

Claire bedeutet mir mit ernstem Gesicht, Platz zu nehmen.

«Glauben Sie, es war das neue Medikament, das meine Mutter aus dem Gleichgewicht gebracht hat?», komme ich gleich zum Punkt, während ich den Stuhl näher an den Schreibtisch rücke.

«Ich fürchte, da steckt ein wenig mehr dahinter.» Sie faltet die Hände vor sich.

Mir fällt der Magen in die Kniekehle.

«Ihre Mutter war auf der Feuertreppe. Ich möchte Sie nicht unnötig beunruhigen, aber wir fürchten, dass sie sich das Leben nehmen wollte.»

«Oh nein. Nein!» Ich bin fast erleichtert. «Das war es nicht.»

«Ich weiß, es ist schwer, sich das vorzustellen –»

«Nein, wirklich. Das ist nicht der Grund, weshalb sie da oben war.»

Claire neigt fragend den Kopf.

«Sie wollte nur die Aussicht genießen», versichere ich ihr.

Claire sieht nicht überzeugt aus. «Sie hat so etwas noch nie zuvor getan.»

«Na ja.» Ich winde mich.

Claire zieht eine Augenbraue hoch.

«Vielleicht bin ich ja mal mit ihr da raufgegangen.»

«Vielleicht?»

Ich fühle mich wie eine ungezogene Schülerin im Büro der Schuldirektorin. «Ich bin mal mit ihr da raufgegangen», platze ich heraus. «Sie liebt den Blick über das abendliche London, wenn die Lichter sich im Fluss spiegeln. Sie sagt, dann würde sie sich wie Wendy fühlen.»

«Was mich wieder zu meiner Sorge zurückbringt, dass sie vielleicht springen wollte.»

«Das verstehe ich.» Ich beiße mir auf die Lippe. «Es tut mir so leid. Ich hätte nicht gedacht, dass meine Mutter ohne mich dort raufgehen würde.»

«Nun ja, jetzt, wo Sie es erwähnen ... Sie hat tatsächlich geäußert, sie hätte nach Ihnen gesucht.»

«Oh Gott», sage ich. Mein Herz zieht sich zusammen. Es ist meine Schuld. Ich habe diesen Sturz verursacht.

«Ich sage das nicht, damit Sie sich schuldig fühlen. Ich möchte Ihnen nur erzählen, was passiert ist.»

«Danke.» Ich schlucke. «Wie schlimm ist es?»

«Sie wollen sie zum Röntgen mit ins Krankenhaus nehmen, nur als Vorsichtsmaßnahme.»

«Welchen Körperteil wollen sie denn röntgen?»

«Wollen wir zu ihr gehen?», weicht Claire mir aus.

«Ja, natürlich», sage ich und springe auf die Füße. «Und ich verspreche, dass ich sie nie wieder mit aufs Dach nehme.»

«Nun, das werden Sie sowieso nicht mehr können, selbst wenn Sie es wollten. Wir werden die Tür ab sofort abschließen.»

«Gute Idee», murmele ich und folge ihr beschämt hinaus. Ich winke Gareth, um uns zu begleiten.

«Dies ist Sophies Tochter, Amy», stellt Claire mich den beiden Sanitäterinnen vor, die nett und freundlich wirken, dann zieht sie sich mit den Worten zurück: «Ich überlasse Sie nun den Spezialistinnen.»

Hm, hat man einen Pflegeheimbewohner stürzen sehen, hat man offenbar alle gesehen.

Die Sanitäterinnen machen Platz für mich.

«Oh Mum!», rufe ich und nehme gleichzeitig den Haufen blutiger Tücher wahr, der sich neben ihr stapelt. «Oje, dein armer Kopf!» Meine Hand schwebt über dem Schnitt an ihrer Schläfe.

«Wir reinigen den Schnitt gerade.»

«Gut. Danke.»

Ich hocke mich hin und nehme die Hand meiner Mum. «Tut es sehr weh?»

«Mir geht es gut, ich schäme mich nur. Ich hätte nicht in meinen Flip-Flops raufklettern sollen.»

«Sie ist abgerutscht und hat sich den Kopf an einer der Metallstufen aufgeschlagen.»

«Oh Gott!» Ich verziehe schmerzhaft das Gesicht.

«Wir bringen Ihre Mutter ins Krankenhaus, sobald sie sich ein bisschen beruhigt hat.»

«Danke», sage ich noch einmal. Ich hasse es, mich so hilflos zu fühlen. Ich hasse es, dass ich nichts für sie tun kann.

Plötzlich spüre ich Gareths Hand auf meiner Schulter. Es hat dieselbe Wirkung wie ein wärmendes Lavendelkissen im Nacken und verwandelt meine Sorgen in Dankbarkeit. Ich bin so froh, dass er da ist, dass meine Mum geistig anwesend ist, dass die Sanitäterinnen so nett sind.

«Wir holen jetzt den Rollstuhl, damit wir sie ins Fahrzeug bringen können.»

«Rollstuhl?», protestiert Mum. «Nicht heute, Satan!»

Ich verdrehe die Augen. Sie hat wieder *Queer Eye* gesehen.

«Es ist bloß eine Formalität», versichere ich ihr.

«Sie kriegen keine Freifahrt ins Krankenhaus, wenn Sie nicht ein bisschen wehleidig aussehen», flüstert ihr Gareth zu.

«Da hast du recht», gibt sie zu. «Kommt ihr auch mit?»

«Wir folgen Ihnen auf dem Fuße.»

Mum lächelt zufrieden, aber mir kommen die Tränen, als ich sehe, wie sie sie im Krankenwagen festschnallen und dann die Türen zuschlagen.

«Komm her», sagt Gareth und breitet die Arme aus.

Ich kann nicht widerstehen und drücke mich seufzend an

seine Brust. Mum scheint okay zu sein. Man wird sie durchchecken, und wer weiß, vielleicht sagen sie mir sogar, dass der Stoß gegen den Kopf sie wieder gesund gemacht hat. Ich schiebe meine Arme um Gareth und drücke ihn, sauge seine Kraft in mich auf.

«Du kleine Schlampe!»

Ich springe zurück, als mir jemand diese Worte vom Fußweg aus zubrüllt.

«Tristan!», keuche ich überrascht, weil er plötzlich da ist. Sein Gesicht ist vor Abscheu verzogen. Wo kommt er jetzt her?

«Du lässt mich also einfach stehen, um dich direkt diesem Ludditen in die Arme zu werfen!»

«Ludditen?»

«Du hast die ganze Zeit mit ihm gevögelt, stimmt's?»

«Was? Gareth und ich sind alte Schulfreunde! Er ist nur hier, um mir zu helfen!»

«So nennt man das also, ja?»

«Ja, wenn jemand einem hilft, nennt man das genau so.»

«Du dreckige kleine Hure!»

Gareth will sich einmischen, aber ich versichere ihm, dass ich das alleine regeln kann.

«Willst du damit sagen, dass wir hier im Pflegeheim ein heißes Date haben?» Ich deute auf das Gebäude und stelle erst jetzt fest, dass an den Fenstern diverse Gesichter kleben. Na toll, jetzt bieten wir auch noch eine Gratisshow. «Meine Mutter wird gerade mit dem Krankenwagen ins Krankenhaus gebracht», zische ich. «Und wir fahren jetzt hinterher.»

Ich bedeute Gareth, dass er schon einsteigen soll, als ich aber die Beifahrertür öffnen will, stellt Tristan sich mir in den Weg.

«Du lügst!»

«Lass mich bitte durch.»

«Ich weiß, dass du mit ihm schläfst.»

«Tu ich nicht!», brülle ich entnervt. «Und mit dir werde ich auch nicht schlafen. Nie wieder! Was immer wir beide hatten, es war ganz offensichtlich ein Fehler.»

Ich versuche, mich an ihm vorbeizuschieben, aber er lässt mich nicht.

«Ooooh! Schau mal, das ist wie im Theater!» Malcolm und Mums Nachbarin Beverly stehen sogar an der Tür.

«Ich glaube, sie tanzen Paso Doble», höre ich Beverly. «Schau dir ihre Kostüme an, ganz spanisch.»

«Amy?», fragt Gareth, unsicher, ob er mir nicht doch helfen soll.

«Tristan, ich muss jetzt los. Ich *muss* zu meiner Mutter. Wir reden später.» Das werden wir ganz sicher nicht tun, aber ich sage es, damit ich endlich wegkann.

«Zeig mir dein Handy!», verlangt er.

«Was?»

«Beweis mir, dass du nicht mit ihm schläfst, dann lasse ich dich gehen.»

«Ich muss dir gar nichts beweisen!» Ich bin fassungslos. Und erst recht, als er versucht, mir das Handy zu entreißen.

In dem Gerangel fliegt mir das Handy aus der Hand und knallt auf den Asphalt. Tristan springt auf die Straße, um es aufzuheben, als ein Taxi um die Ecke biegt – meine Vision! Ich packe ihn am Arm und zerre ihn von der Straße, als das Taxi knirschend über mein Handy fährt.

«Ha! Karma!» Er lacht mit Blick auf das pulverisierte Glas.

«Nein, Kumpel, *das* ist Karma!» Und mit einem Schlag schickt Gareth ihn zu Boden.

Tristan landet auf dem Hintern. Verwirrt blinzelt er hoch. «Du hast mich geschlagen!»

«Und sie hat dir gerade das Leben gerettet.» Gareth sammelt die Überreste meines Handys auf und öffnet mir dann die Beifahrertür. «Komm», sagt er, «wir müssen ins Krankenhaus.»

23

Die ersten Minuten schweige ich starr vor Schreck.

«Ich kann nicht glauben, was da gerade passiert ist», sage ich schließlich und schaue Gareth an. «Ich kann nicht glauben, dass du ihn geschlagen hast! Das passt so gar nicht zu dir!»

«Es schien mir angemessen.»

«Es *war* angemessen! Wow.» Ich schüttele den Kopf und verziehe das Gesicht. «Ich fürchte, wir haben vor dem Pflegeheim eine ganz schöne Show abgeliefert.»

Gareth zieht die Augenbrauen hoch. «Ich weiß nicht, wie wir das bei der Kostümparty toppen wollen.»

«Vielleicht mit Feuerschlucken? Oder einer Trapeznummer?» Ich schaue auf meinen Schoß. «Mein armes Handy.»

«Dein Bildschirm war sowieso gesprungen.»

«Das stimmt», gebe ich zu. «Und ich fand, es machte keinen Sinn, das reparieren zu lassen, weil ich ja wusste, dass das passieren würde.»

«Aus einer Vision?»

Ich nicke. «Ich wusste nicht, wann genau es passieren würde. Ganz sicher dachte ich nicht, dass es heute sein würde. Aber ich bin froh, dass es mit Tristan vorbei ist. Es fühlte sich nicht richtig an.»

«Nein?»

«Ich wollte bloß ganz sicher sein, dass mir nichts entgeht», sage ich. «Und jetzt bin ich wirklich, wirklich, wirklich sicher.»

Gareth nickt und schaut dann ein wenig abgelenkt drein.

«Ich glaube, wir hätten diese Abfahrt nehmen müssen.»

«Oh ja.» Er fokussiert sich wieder und macht einen U-Turn.

«Vergiss dein Handy nicht», sage ich und reiche es ihm, als wir geparkt haben.

Auf der Fahrt habe ich es mehrmals vibrieren hören, aber nichts gesagt, falls es wieder Freya sein sollte.

«Oh Mist!», ruft er, als der Bildschirm aufleuchtet.

«Was ist?»

«Das habe ich total vergessen – ich sollte Peony abholen. Sie hat uns Tickets fürs Theater besorgt. Ich rufe sie schnell an.»

Ich lege meine Hand auf seinen Arm. «Nein, du musst da hin.»

«Aber ich kann nicht –»

«Du kannst und du wirst. Du hast dein Soll erfüllt. Mehr als das», sage ich eindringlich. «Hier können wir nur noch warten.»

«Aber –»

«Das Röntgenbild ist nur eine Vorsichtsmaßnahme. Du hast meine Mum gesehen, ihr geht's gut.»

«Aber was ist mit dir?»

Mein Herz zieht sich vor Zuneigung zusammen. «Ich rufe dich an, wenn ich ein Problem habe.»

«Du hast doch kein Handy!»

«Dann benutze ich das Telefon vom Krankenhaus.»

«Weißt du überhaupt meine Nummer auswendig?»

«Ich habe doch deine Karte.» Ich greife in meine Tasche und ziehe mein Portemonnaie heraus, um sie ihm zu zeigen. «Siehst du?»

«Die hast du immer noch?»

«Na klar, ich liebe diesen kleinen lächelnden Kaktus.»

Er kaut auf seiner Lippe. «Es fühlt sich nicht richtig an, dich allein zu lassen.»

«Ich bin ja nicht allein, ich bin mit meiner Mum zusammen», beruhige ich ihn. «Du fährst jetzt zu Peony und genießt das Theaterstück!»

Ich steige schnell aus dem Auto, bevor er weiter protestieren kann, und marschiere gespielt selbstbewusst durch die automatischen Glastüren.

Die Atmosphäre im Krankenhaus ist überraschend ruhig – die Lobby ist taghell, und es sind erstaunlich wenige Patienten da. Allerdings ist es auch noch zu früh am Samstag; die Betrunkenen, die sich in der Nacht verletzt haben, kommen vermutlich erst später. Es ist erschreckend zu denken, dass Tristan einer von ihnen hätte sein können. Das Taxi hätte niemals rechtzeitig bremsen können. Ich schaudere bei diesem Gedanken. Aber dann fühle ich mich erleichtert. Das war der schlimmste Teil meiner verschwommenen Visionen, und jetzt ist er vorbei. Nun kann ich mich auf meine Mum konzentrieren.

Die freundliche Frau an der Anmeldung weist mir die Richtung zu Mums Station, und ich bereue schon, dass Gareth nicht hier ist, um mich zu leiten. Diesen Gang bin ich doch bestimmt gerade eben schon entlanggegangen – die Frau hat gesagt, ich soll den zweiten Gang links nehmen, aber hier sieht alles gleich aus: ewig lange Linoleumfußböden, chromglänzende Oberflächen, Schilder mit sämtlichen Krankheiten von A bis Z, dann wieder ein paar altmodische Stühle, Schwingtüren mit Glasfenstern und dahinter Menschen, die lieber nicht gesehen werden wollen.

Ich bin total erleichtert, als ich endlich die Station meiner

Mutter gefunden habe. Die Schwester erzählt mir, dass man sie direkt zum Röntgen gebracht hat und sie nun auf ihrem Zimmer liegt. Sie wollen sie über Nacht dabehalten, nur zur Sicherheit.

Ich nicke und frage, ob ich zu ihr könne. Dann wappne ich mich. Einen geliebten Angehörigen sieht man nicht gern in einem Krankenhausbett.

Und Mum wirkt so zerbrechlich in dieser hell ausgeleuchteten, sterilen Umgebung.

Ich versuche, die beiden anderen Patienten rechts und links neben ihr zu ignorieren, trotzdem entgeht mir nicht, dass alle erschöpft und benommen aussehen, während die Schwestern so munter sind wie nur was.

«Hast du meinen Arzt gesehen?», fragt mich Mum, kaum dass ich bei ihr bin.

«Noch nicht», sage ich.

«So gut aussehend. Er hat Haare wie Tan France ... Ah, da ist er ja!»

Sie hat recht, der Arzt trägt dieselbe hohe grau melierte Tolle, die in Kombination mit seinem weißen Kittel noch stylischer wirkt. Er lächelt freundlich und versichert mir, dass es meiner Mutter gut geht, man ihr aber etwas zum Schlafen gegeben habe, damit sie sich richtig ausruht.

Möglicherweise hat die Wirkung ja schon eingesetzt – oder schaut sie etwa seinetwegen so verträumt?, durchzuckt es mich.

«Es gibt also keinen Grund, weshalb Sie nicht zurück auf Ihre Party gehen sollten.»

«Party?» Ich sehe den Arzt stirnrunzelnd an.

«Sorry. Ich dachte nur wegen Ihres Kostüms.» Er deutet auf meine scharlachroten Volants.

«Oh», sage ich achselzuckend, «diese Party ist vorbei.»

«Ach so. Nun, gönnen Sie Ihrer Mutter jetzt ein wenig Ruhe und kommen Sie gern morgen Vormittag ab elf Uhr wieder.»

Ich nicke, obwohl ich nicht die Absicht habe, nach Hause zu fahren. Ich will in Mums Nähe bleiben, falls noch was passiert. Ich werde ein Wartezimmer finden und den Schwestern sagen, dass ich dort bin, sollten sie mich brauchen. Jetzt aber nehme ich erst mal Mums Hand, lege sie an meine Wange und wünschte, sie würde mir über meine Haare streichen, wie sie es getan hat, als ich ein kleines Mädchen war. Stattdessen streiche ich über ihr Haar. Dann ziehe ich die Blumen aus meinem Kopfschmuck und stecke sie wie einen Ministrauß in den Plastikbecher an ihrem Bett.

«Schlaf schön, Mum, und träum was Schönes.»

Die nächste Ansammlung von Stühlen hat nichts zu bieten als Platz zum Sitzen. Es fühlt sich merkwürdig an, so ohne Ablenkung durch mein Handy. Am besten suche mir einen Snack-Automaten, um mich abzulenken. Vermutlich wäre es zu viel der Hoffnung, dass ich da auch gleich noch eine Jogginghose und ein Sweatshirt erstehen kann. Hätte ich ein paar Bambusstangen, könnte ich mein Kleid vielleicht in ein kleines Zelt verwandeln und mich darunter ducken.

«Entschuldigen Sie, gibt es hier vielleicht einen Snack-Automaten?», frage ich eine Schwester, die gerade vorbeieilt.

«Ich bin dir einen Schritt voraus!»

Beim Klang der Stimme drehe ich mich um. «Gareth!» Ich stoße einen tiefen Seufzer aus, denn in den Händen hält er Chips, Süßigkeiten und drei Energiedrinks.

«Ich dachte, du hast vielleicht Hunger.»

«Aber was ist mit dem Theaterstück?» Ich starre ihn an.

«Ich konnte dich nicht allein hier sitzen lassen. Ich gehe ein anderes Mal.»

Ich schaue mich um. «Ich möchte dich gern umarmen, aber ich habe Angst, dass Tristan unter einer der Krankenhausbahren hervorspringt.»

«Das soll er mal versuchen!» Gareth reckt seine freie Hand zu einem Bruce-Lee-Kantenschlag.

«Oh, ich liebe diese neue Seite an dir!»

«Also, wie geht's ihr?», fragt er.

«Gut. Sie hat sich in ihren Arzt verguckt. Er hat ihr was zum Schlafen gegeben, also ruht sie sich jetzt aus.»

Gareth nickt, dann schaut er auf die Snacks. «Weißt du, ich könnte uns stattdessen auch was Richtiges kochen. Wir wären nur fünf Minuten von hier entfernt. Und du kannst gern bei mir übernachten, falls das Krankenhaus sich melden sollte.»

Ich betrachte die ungemütlichen Stühle, dann Gareth.

«Wir könnten meine Nummer hinterlassen», spricht er weiter und merkt gar nicht, dass er mich schon überzeugt hat. «Und ich könnte deinen geliebten überbackenen Schafskäse machen oder ein schnelles Kokoscurry mit Tamarinde …»

«Weißt du, worauf ich richtig Lust hätte?», sage ich, nachdem wir seine Nummer bei der Stationsschwester hinterlassen haben.

«Erzähl.»

«Käse auf Toast mit Marmite.»

«Wirklich?»

«Wenn du dieses weiche Körnerbrot hast.»

«Ich habe dieses weiche Körnerbrot», sagt er. «Und ich kann es sogar mit drei verschiedenen Käsesorten belegen.»

«Jetzt gibst du aber an.»

Beim Rausgehen kommen wir an einer Frau mit besorgter Miene vorbei, die sich abmüht, drei kleine Kinder gleichzeitig zu beruhigen. Selbst das iPad scheint seine Anziehungskraft verloren zu haben. Das älteste Kind versucht gerade, auf dem Stuhl einen Handstand zu machen, das mittlere zerrt an ihrem Ärmel, und das kleinste knabbert ängstlich an seinen winzigen Fingernägeln.

«Möchten Sie vielleicht ein paar Snacks?», bietet Gareth ihr seine Armladung an. «Wir haben sie eben erst besorgt, brauchen sie aber nicht.»

Die Augen der Kinder leuchten auf, als sie ihre Mutter eindringlich anschauen.

Sie wiederum beäugt Gareth mit vorsichtiger Dankbarkeit. «Sind Sie sicher?»

«Natürlich. Ich entschuldige mich allerdings schon jetzt für etwaige Eskapaden dank zu viel Zucker.»

«Oh, die Schokolade esse ich», versichert sie augenzwinkernd.

Ich kichere und lächele Gareth an, als er mir Minuten später die Tür aufhält. «Du bist ein so netter Mensch.»

Er schaut mich beinahe erstaunt an. Als würde er denken, *wie soll man denn sonst sein?*

«Ich glaube, du weißt gar nicht, wie besonders du bist», schiebe ich hinterher.

24

𝓔s ist schon interessant, welch unterschiedliche Rollen Freunde oder Freundinnen einnehmen. Da gibt es den Menschen, der einen zum Lachen bringt. Oder den, der einem immer die Wahrheit sagt. Oder denjenigen mit den coolen Stylingtipps. Oder auch denjenigen, der das Biest in einem zum Vorschein bringt ... Bei Gareth hatte ich immer das Gefühl, dass ich mich entspannen und wieder zu mir kommen kann. Ich glaube, es liegt daran, dass ich genau weiß, es könnte alles passieren, und es würde ihn nicht aufregen. Der heutige Tag ist ein hervorragendes Beispiel dafür. Denn gerade jetzt weiß ich, dass er all meine Sorgen versteht und gleichzeitig darauf achtet, dass ich mich nicht in ihnen verliere. Falls sich das Krankenhaus meldet, werden wir schnell reagieren. Aber jetzt betreten wir erst einmal sein Heim, meinen Zufluchtsort.

«Hallo, ihr beiden!», antworte ich den miauenden Katzen, die ungeduldig um unsere Beine streichen und uns im Flur den Weg versperren.

Als wir das Wohnzimmer erreichen, hebt Gareth Zazel hoch über seinen Kopf, bis seine Arme ganz durchgedrückt sind und ihr Schnurren maximale Lautstärke erreicht.

Ich kichere. «Erinnerst du dich noch daran, wie du das mal mit Jay versucht hast?»

Gareth lässt die Arme sinken und drückt Zazel an seine Brust. «Das war wohl nicht gerade der unauffällige Auftritt, den ich als Neuling an der Schule gern gehabt hätte!»

Ich weiß es noch wie heute: Unser Sportlehrer hatte uns berühmte Hebesprünge aus Filmen üben lassen, und natürlich gibt es kaum einen berühmteren Hebesprung als den in *Dirty Dancing*, als Baby von Patrick Swayze in die Luft gestemmt wird. Das einzige Problem war, dass ausgerechnet Jay Baby sein wollte, aber keiner der Jungen Lust hatte, seine Hände um Jays Hüften zu legen und sich seine Weichteile über den Kopf zu halten, egal, wie graziös er sich zu halten versprach.

«Diese ganzen Muskeln sind also bloß Show?», hatte May die Möchtegern-Hengste aufgezogen, trotzdem weigerten sie sich oder drehten einfach ab.

Wir wollten uns gerade der Tanzszene aus *Seven Brides for Seven Brothers* zuwenden, als wir eine Stimme von ganz hinten in der Turnhalle sagen hörten: «Ich mach's.» Wir drehten uns um und schauten Gareth an – was so ziemlich das Schlimmste für ihn war. Aber er zog keine große Show ab, stellte einfach seine Füße breitbeinig auf und nickte Jay zu. May wurde sichtlich nervös. Man musste der Person, die einen in die Luft stemmte, schon sehr vertrauen, und Gareth war erst seit ungefähr einer Woche an unserer Schule. Aber ihr Bruder Jay hatte schon immer gute Menschenkenntnis besessen, und darum rannte er mit Volldampf auf Gareth zu, und der stemmte ihn in einer fließenden Bewegung mit ausgestreckten Armen in die Höhe, ohne auch nur ein bisschen zu zittern oder zu schwanken.

«Ich bewundere dich immer noch dafür, dass du das getan hast!», sage ich, während ich zusehe, wie er die Katzen füttert.

«Weißt du, dass Jay mich gefragt hat, ob wir das auf der Hochzeit wiederholen könnten?»

«Oh mein Gott!», johle ich. «Unsere Klassenkameraden wären durchgedreht vor Begeisterung!»

«Ich dachte, Charlotte würde es vielleicht nicht so gefallen.»

Ich zucke die Schultern. «Wahrscheinlich hätte sie genauso gejubelt wie wir anderen. Ihre Schwiegermutter vielleicht nicht ...»

Gareth deutet nach unten, wo Frankie es geschafft hat, seine Kralle in meine Flamenco-Rüschen zu stecken.

«Ich bin dieses Kleid derartig leid!», stöhne ich, als ich ihn befreie. Und dann blinzele ich Gareth an. «Du weißt doch, dass ich mir immer deinen Pulli leihe, oder?»

«Das tue ich allerdings. Es ist nämlich nicht unbemerkt geblieben, dass ich manchmal nach Jasmin mit einer Prise Vanille dufte.»

Ich lächele. «Ich habe nur überlegt, ob du diesmal vielleicht auch etwas für untenrum ausleihen könntest.»

Er überlegt einen Moment. «Ist es noch zu früh für einen Pyjama?»

«Dafür ist es nie zu früh!», jubele ich.

«Mir nach.»

Ich schaue zu, wie er eine Schublade in seiner schweren Holzkommode aufzieht und einen grün karierten Pyjama hervorholt. «Für das Oberteil ist es sogar eine Premiere.»

«Es ist mir eine Ehre», strahle ich und drücke die beiden Teile auf dem Weg zum Bad voller Vorfreude auf ihre Kuscheligkeit an mich. Natürlich sind sie mir zu groß, auch mit hochgerollten Hosenbeinen und Ärmeln. Aber das ist egal. Vielleicht kaufe ich in Zukunft überhaupt nur noch in der Männerabteilung ein, denn ich habe mich noch nie so schlank gefühlt. Durch die Zöpfe, die immer noch auf meinem Kopf feststecken, sehe ich allerdings ein bisschen aus wie ein Kind, das Verkleiden spielt. Ich denke, es ist an der Zeit, die Zöpfe aufzumachen. Ehrlich gesagt ist es eine Erleichterung, denn May hat sie ganz schön fest geflochten. Ich schüttele die Wellen aus und plustere sie dann zu vollem Diana-Ross-Volumen auf.

«Wie sehe ich aus?»

Als ich mich im Türrahmen in Pose werfe, bringt ein Windzug aus einem offenen Fenster meine Haare zum Tanzen.

«Wow!» Gareth sieht begeistert aus und besteht darauf, dass ich so stehen bleibe. «Ich habe den perfekten Song für dich.»

Er legt das Krustenbrot hin und eilt zu seiner Stereoanlage. Dort zieht er vorsichtig eine seiner alten Platten aus der Hülle, legt sie auf den Plattenteller und platziert die Nadel.

Kate Bushs *Wuthering Heights*.

Ich tänzele pflichtbewusst auf der Suche nach Heathcliff herum. «Sehe ich aus wie eine Besessene?»

«Du siehst perfekt aus.» Er lächelt.

Einen Moment lang höre ich nichts als meinen eigenen Herzschlag. Dann reibe ich die Handflächen aneinander. «Was macht der Käsetoast?»

Gareth in der Küche zu sehen, ist für mich wie eine Küchenshow im Fernsehen. Besonders, weil seine Version ohne jedes Geplapper oder Kommentare auskommt. Er legt gern eine alte Schallplatte auf, während er seine Vorbereitungen trifft. Selbst bei etwas so Einfachem wie Käsetoast. Er lässt sich niemals hetzen, jeder Handgriff wird sorgfältig ausgeführt – wie er das selbst gebackene Brot schneidet, drei unterschiedliche Sorten Käse hobelt und sie dann unter dem Grill goldbraun bräunen lässt.

«Hier schmeckt immer alles besser», sage ich seufzend, als er mir einen Toast auf einem Emailleteller reicht.

«Ich habe noch einen kleinen gemischten Salat, den wir dazu essen können.» Er stellt eine Schüssel mit klein geschnittenen Tomaten und Gurken in selbst gemachter Vinaigrette auf den Tisch.

«Und immer gibt's ein kleines Extra.»

Gareth nimmt mir gegenüber Platz und hebt sein Glas. «Auf das Wohl deiner Mutter.»

«Auf Mums Wohl», falle ich mit ein.

Ich nehme einen Bissen und betrachte den Mann mir gegenüber. Irgendetwas fühlt sich heute anders an. Vielleicht weil wir sonst immer vor dem Fernseher essen oder weil ich nicht ständig auf die Uhr schauen muss, um den letzten Bus nach Hause zu erwischen. Was es auch ist, wir haben Zeit, um uns zu unterhalten.

«Alsoooo, wie geht es denn so mit Peony?», frage ich.

«Es geht», antwortet er kryptisch wie immer und nickt seinem Teller zu.

«Es tut mir wirklich leid, dass du das Theaterstück verpasst hast.»

«Muss es nicht, so hast du mich nämlich vor einem neuen Haarschnitt bewahrt.»

«Gehörte der zum Stück?» Ich runzele die Stirn.

«Nein.» Er zögert. «Peony wollte mir vorher noch die Haare schneiden.»

«Ehrlich? Deine wilde, schöne Mähne?», sage ich mit Blick auf seine dunkelblonden Locken.

«Sie meint, mir würde ein Buzz Cut gut stehen.»

«Neeeeiiin!», protestiere ich laut.

«Ich mache bloß Spaß. Ich habe keine Ahnung, was sie

sich vorgestellt hat. Sie meinte, sie hätte da einen Film gesehen.»

«Und du machst dir gar keine Sorgen?»

«Sind doch bloß Haare.»

Hmm. Ich finde nicht, dass Peony ihn verändern sollte, nur damit er zu irgendeinem Bild in ihrem Kopf passt, aber statt das zu sagen, entscheide ich mich für eine Plattitüde. «Sie hat wirklich Glück mit dir.»

«Ich wüsste nicht, dass sie mich hat», sagt er zögernd, während er mir Bier nachschenkt.

Spüre ich da etwa so was wie Erleichterung? Ich nehme einen Schluck, dann sage ich: «Ich habe deine neuen Haustier-freundlichen Pflanzen auf Instagram entdeckt.»

«Das war natürlich Darmesh. Er versteht einfach, wie wichtig es ist, dass jeder weiß, wie giftig Lilien für Katzen sind.»

Und schon hat er sich in seine Komfortzone zurückgezogen.

Nach dem Essen gehen wir rüber ins Wohnzimmer. Normalerweise fläze ich mich gleich aufs Sofa, und Gareth sitzt in seinem altmodischen Sessel, aber heute ist Frankie im Sessel eingeschlafen. Er liegt auf dem Rücken, den Kopf zur Seite gedreht, den Fellbauch ausgestreckt. Wenn man ihn jetzt berührt, würde er sich derartig erschrecken, dass man ebenso gut die Hand in eine Mausefalle stecken könnte.

«Hast du was dagegen, wenn ich mich zu dir setze?», fragt Gareth und deutet auf das Sofa.

«Ich liebe es, wenn du um Erlaubnis fragst, ob du dich auf dein eigenes Sofa setzen darfst!»

«Na ja.» Er zuckt die Schultern.

«Fühl dich ganz wie zu Hause», sage ich und schiebe mir die Füße unter den Hintern.

Die nächste Stunde springt unser Gespräch von Desserts, die wir am wenigsten mögen, zu der Bettwäsche unserer Kindheit bis zur Organisation Habitat for Humanity, für die wir beide spenden wollen. Zwischendurch überlege ich, ihn zu fragen, ob Julianne die Wohnung nebenan wirklich gekauft hat, aber heute war so ein denkwürdiger Tag dank Bens Zurückweisung, Mums Sturz und Tristans Ausraster, dass ich beschließe, dieses Thema nicht anzuschneiden.

«Möchtest du einen Tee?», fragt Gareth und gähnt.

Er sieht aus, als könnte er direkt ins Bett gehen, doch ich möchte diese gemütliche Stimmung unbedingt noch in die Länge ziehen, also springe ich auf und sage, dass ich den Tee koche. «Welchen möchtest du denn?», rufe ich aus der Küche angesichts der Auswahl von Stärkung des Immunsystems bis zu Entspannung.

«Überrasch mich.»

Ich greife nach Kurkuma- und Apfel-Tee und beschließe, beide zu mischen. Das könnte funktionieren.

Ich lächele vor mich hin, hole Teebecher aus dem Schrank – einer mit blauer Lasur, der andere sieht aus wie in glänzendes Karamell getaucht – und lehne mich zurück. Ich warte, bis das Wasser kocht, und denke darüber nach, was für eine zusammengewürfelte Küche Gareth und ich wohl hätten, wenn wir zusammenwohnen würden. All sein rustikaler, handgemachter Kram neben meinem Kitsch. Jeder Gegenstand in seiner Wohnung steht für eine Geschichte und eine Erinnerung – an einen Töpferkurs, einen Antiquitätenmarkt im Ausland, oder es handelt sich um ein Familienerbstück. Bei mir hieße es dagegen: «Ah ja, ich erinnere mich an diesen Besuch bei TK Maxx in 2017. An dem Tag war die Schlange an der Kasse besonders schlimm.»

«Bitte schön», sage ich, als ich mit den dampfenden Bechern zum Sofa zurückkehre, dann bleibe ich abrupt stehen. Gareth ist eingeschlafen.

Vorsichtig stelle ich die Becher auf den Couchtisch. Dann hocke ich mich neben ihn und überlege, ob ich ihn anstupsen soll oder ihn weiterschlafen lasse. Meine Hand schwebt über seiner. Ich betrachte die Knöchel, die Tristan einen Schlag verpasst haben, sein Gesicht, das ich so gut kenne – die sanften Wimpern, sein dichtes, verwuscheltes Haar, seine markante Kinnlinie. Und dann bemerke ich den winzigen dunklen Strich auf seiner Lippe, wo ich ihn verletzt habe, und spüre ein seltsam kribbeliges Bedürfnis danach, sie zu berühren. Mehr noch, *ich möchte ihn küssen*. Was ja wohl lächerlich ist.

Oder?

Ich meine, ich habe praktisch alle anderen schon geküsst, sogar May. Was könnte es schaden, einen kurzen Blick auf unsere Aussichten zu werfen? Das könnte eine lustige Anekdote werden, über die wir zusammen lachen.

Natürlich gibt es da noch das kleine Problem, dass ich ihn ohne seine Zustimmung küssen würde, was mich auch nicht viel besser macht als Elliot. Ganz zu schweigen von der Tatsache, dass er mit Peony geht.

Andererseits ... Ich will ihn ja nicht abknutschen, sondern nur ganz leicht küssen, wie ein flüchtiger Gutenachtkuss. Ich spüre, wie ich mich von ihm angezogen fühle, als wäre ich gar nicht mehr Herrin meines Tuns. Kurz bevor meine Lippen seine berühren, hebt der Wind, der vom offenen

Fenster hereinweht, plötzlich meine Haare und weht sie ihm direkt ins Gesicht.

«Puwah!» Gareth wedelt sie weg, als wäre er in ein Spinnennetz geraten.

«Entschuldige!» Ich springe zurück. «Das waren bloß meine Haare ... Ich wollte ... ich wollte dir gerade ein Kissen unter den Kopf schieben!»

Sein Blick fällt auf die Teebecher. «Wie lange habe ich geschlafen?»

«Bloß ein paar Minuten.»

Er reibt sich über das Gesicht, dann schaut er mich besorgt an. «Habe ich irgendwas gesagt? Im Schlaf?»

«Nein.» Unbeholfen stehe ich vor ihm. «Wieso?»

«Ich habe geträumt ...»

«Also, warum schläfst du nicht weiter?», schlage ich vor. «Es ist ja auch schon spät.»

Er wirkt immer noch etwas verwirrt, dann rappelt er sich auf. «Okay, ich mache dir mein Bett, und ich schlafe hier auf dem Sofa.»

«Auf keinen Fall», protestiere ich. «Du weißt, wie sehr ich dieses Sofa liebe. Gib mir eine Decke, und ich bin glücklich und zufrieden.»

«Das kommt mir aber nicht richtig vor.» Er zögert.

«Oh doch», sage ich, und schon liege ich und spüre die Wärme, wo er gerade gelegen hat. «Siehst du? Passt perfekt.»

Er steht immer noch da. «Bist du sicher? Mein Bett ist so gemütlich.»

Für eine Millisekunde denke ich, er fragt mich, ob ich nicht mit ihm zusammen im Bett schlafen will. Aber natürlich tut er das nicht. Es ist wie unser Mistelzweig-Missverständnis als Teenager.

«Ehrlich, hier fühle ich mich wunderbar.» Ich schließe die Augen und stelle mich schlafend, während ich eigentlich meine Beschämung verbergen will.

«Also gut, wenn du darauf bestehst.» Er seufzt. «Dann hole ich dir mal eine Decke.»

Als er zurückkommt, hat er auch noch ein Kissen und ein Handtuch dabei.

«Arbeitest du an einer Fünf-Sterne-Bewertung bei TripAdvisor?», necke ich ihn.

«Das ist ja wohl das Mindeste», sagt er augenzwinkernd und legt mir die Bettdecke über. Während ich mir das Kissen unter den Kopf schiebe, hockt er sich neben mich, genauso wie ich es vorhin bei ihm gemacht habe. «Kann ich dir noch etwas bringen?»

Ich will nicht, dass er geht. Ich will nicht allein sein. Stattdessen sage ich, dass ich alles habe, was ich brauche.

«Okay», sagt er und nimmt Frankie hoch. «Ich lasse dir Zazel hier.»

Ich lächele dankbar. «Danke, dass du so ein wundervoller Freund bist.»

Er zuckt bescheiden die Schultern und tappt dann rüber in sein Zimmer. «Gute Nacht.»

Ein paar Minuten lang tröstet mich der goldene Lichtschein unter seiner Tür, bevor er mit einem abrupten Klicken des Lichtschalters verschwindet.

Jetzt scheint nur noch der Mond durch die Wohnzimmerfenster. Alles fühlt sich so still an. Selbst der Wind hat sich gelegt.

Ich seufze und lege meine Hand aufs Herz. «Bald», flüstere ich ihm zu. «Bald finde ich jemanden, der dich wirklich liebt.»

25

Ich habe nicht erwartet, dass ich überhaupt schlafen kann, aber nach dem anstrengenden Tag war ich weg, sobald ich die Augen geschlossen hatte. Ich wache erst wieder auf, als Zazel mir ihren felligen Körper ins Gesicht drückt.

Ich ziehe mir die Katzenhaare aus dem Mund und schiebe Zazel sanft unter mein Kinn.

«Ist dein Herr und Meister schon wach?», flüstere ich in ihr niedliches Öhrchen.

Sie streckt die Pfoten aus, reckt sich und schaut mich dann an, als wollte sie sagen: «Lustig, dass du glaubst, er hätte hier das Sagen.»

Ich lausche einen Moment in seine Richtung, aber alles ist still.

Auf diese Weise kann ich meine Gedanken noch ein wenig ordnen. Ob wir Mum wohl zumindest tagsüber aus dem Krankenhaus holen dürfen? Wenn Gareth dabei wäre mit seiner Kraft und seiner beruhigenden Anwesenheit, dann gäbe es so viele Möglichkeiten, zumal wir mit seinem Auto mobil sind. Vielleicht sollte sie sich nach ihrem Sturz aber lieber noch schonen. In jedem Fall möchte ich Gareth zu einem tollen Sonntags-Mittagessen einladen, um mich bei ihm für alles zu bedanken. Vielleicht kann er mir danach ein bisschen das Viertel zeigen. Ich möchte wirklich gern näher am Pflegeheim wohnen, und es wäre schön, ein Gefühl dafür zu bekommen, wie es hier ist. Ich werde ihm das mal beim Frühstückskaffee vorschlagen.

Bei Gareth ist das allerdings kein Kaffee aus einer schicken Nespressomaschine oder einer Cafetiere. Er bereitet ihn direkt auf dem Herd in einer griechischen Briki zu – einem gehämmerten Kupferstieltopf mit Holzgriff.

«Du bist ja wach!», jubele ich, als er aus seinem Zimmer stolpert. «Wie oft muss ich den hier aufkochen lassen? Ich habe es schon zweimal gemacht ...»

«Eine Sekunde!», ruft er mir zu und verschwindet im Badezimmer.

Ich hole tief Luft. Er hat obenrum nichts an, und als er jetzt zu mir in die Küche kommt, muss ich mich wegdrehen, damit er mir nicht anmerkt, wie gern ich jede Kurve seiner Muskeln nachfahren möchte und jede kleine Narbe, die dornige Pflanzen auf seiner Haut hinterlassen haben. Was ist seit der Hochzeit bloß mit meinen Hormonen los?

«Erst mal muss er sich wieder beruhigen, dann erhitzt du ihn noch mal.»

«Erst mal beruhigen», wiederhole ich, während er über mich hinweggreift, um die kleinen Tassen und Untertassen aus dem Schrank zu holen. «Ich wollte *dich* ja eigentlich bedienen.»

«Es macht doch mehr Spaß, wenn wir es zusammen machen», sagt er. «Also, normalerweise würde ich Turkish Delight ja erst zum Nachmittagskaffee anbieten, aber ich möchte, dass du dieses süße Prachtstück mit Limonengeschmack gleich probierst. Mir schmeckt sie am besten, ist nicht so zäh.»

Weil ich die Tassen trage und gerade keine Hand frei habe, schiebt er mir ein Turkish Delight in den Mund.

«Mmmmm, wie lecker!», sage ich, als wir einander gegenüber Platz nehmen.

Er schlürft die dunkelbraune Flüssigkeit und macht dabei die erforderlichen Geräusche.

Ich tue es ihm nach und muss lachen. «Das liebe ich so an diesem Kaffee – das Schlürfen.»

«Es fühlt sich an wie damals in Kefalonia», sagt Gareth lächelnd.

«Weißt du noch, dass du erst gar nicht hinwolltest wegen des Fischrogensalats?»

«Wenn du es so sagst, hört es sich etwas dumm an.»

«War das denn nicht der Grund?»

«Du weißt doch, mir wird schon beim Anblick schlecht.»

«Ich glaube, das geht vielen so. Besonders, wenn sie den Salat mit Erdbeermousse verwechseln.»

«Neeeein!»

Um sich selbst von den Gedanken an das pinkfarbene Zeug abzulenken, lässt er seinen Teelöffel wie verrückt auf dem Tisch herumwirbeln.

«Okay, jetzt wird mir gleich wirklich schlecht», sage ich und halte ihn auf.

«Davon wird dir schlecht?»

«Nein, aber es erinnert mich plötzlich an Elliots Flaschendreh-Party!»

«Oh Gott.» Gareth windet sich und reibt sich mit den Händen über das Gesicht. «Nicht gerade meine Sternstunde.»

Ich ziehe eine Augenbraue hoch. «Hat irgendjemand eine Sternstunde bei einer Flaschendreh-Party?»

Er lächelt mich dankbar an.

«Weißt du, als die Flasche zwischen dir und Elliot stehen blieb, da dachte ich, jetzt ist es aus – allein die Vorstellung, drei Minuten mit ihm in der Garderobe verbringen zu müssen.» Instinktiv verschränke ich die Hände vor meinen Brüsten, wobei ich feststelle, dass einer der Pyjamaknöpfe offen ist. Wie lange schon?

Gareth scheint es nicht zu merken, er ist zu sehr damit beschäftigt, diesen Teenagerabend zu durchleben. Galant nahm er sich damals der Aufgabe an, meinen ersten Visions-Kuss entgegenzunehmen, doch die Dinge entwickelten sich anders. Die Garderobe war viel enger, als wir gedacht hatten, vollgestopft mit Parkas und Regenmänteln, Fleecejacken und Millionen von Schuhen. Außerdem war es pechschwarz darin. Ich streckte die Hände aus, um zu fühlen, wie dicht Gareth stand, und spürte, wie sich seine Brust hob und senkte. Er atmete schwer. Einen Augenblick dachte ich, dass sich die ganze Sache überraschend erotisch entwickelte, doch dann begriff ich, dass Gareth nicht deshalb so schwer atmete. Er hatte Angst.

«Alles okay?», flüsterte ich.

«Ich ... ich kann nicht ...», keuchte er. «Zu eng. Die Wände.»

Er drehte sich hierhin und dorthin und schob dabei eine der Kisten vom Brett, sodass sie mir beinahe auf den Kopf knallte.

Ich schlug gegen die Tür, doch die Party-Gefängniswärter bestanden darauf, dass wir noch zwei Minuten aushalten müssten. Ich tastete nach Gareths Händen und betete, dass sich seine Platzangst nicht noch verschlimmerte. «Alles wird gut, atme tief ein. – Oh mein Gott, was stinkt denn hier so?», würgte ich.

«Ich glaube, das sind Elliots Turnschuhe», murmelte er.

Und dann prusteten wir los.

«Du warst so lieb zu mir und hast nie jemandem verraten, was da drinnen passiert ist», sagt Gareth.

«Ach komm, diese Kombination aus Elliots Turnschuhen

und dem Druck, mir meinen ersten visionären Kuss zu geben – da würde doch selbst The Rock einknicken.»

«Eigentlich hätte ich es gern getan.»

Ich schaue ihn an.

«Ich machte mir Sorgen, dass du ein schlimmes Erlebnis mit irgendeinem Fremden hast. Stattdessen hattest du ein schlimmes Erlebnis mit mir.»

Ich lächele und spiele mit meiner Tasse. «Weißt du, als ich dich so schwer atmen hörte, dachte ich erst: ‹Ja, hallo, das wird ja eine richtig heiße Geschichte!›»

«Ehrlich?» Er hält meinen Blick, und plötzlich spüre ich es wieder.

Ich möchte ihn küssen.

Und ich möchte, dass er mich küsst.

Ich öffne den Mund, um seinen Namen zu sagen, als der Tisch vibriert. Er zieht sein Handy zu sich. Peony.

Ich will ihn davon abhalten ranzugehen, dann klingelt es an der Tür.

Er schaut verwirrt drein und drückt trotzdem den grünen Knopf auf seinem Handy. «Hallo?» Pause. Er schaut mich direkt an. «Du stehst draußen? Jetzt?»

Das kann doch wohl nicht wahr sein!

«Kaffee und Kuchen?» Er zieht eine Grimasse, steht auf und kippt den Rest aus seiner Kaffeetasse in den Ausguss. «Ich bin gleich da.»

«Flippt sie aus, wenn sie mich hier sieht?», rufe ich, als er in sein Zimmer geht.

«Nein, ich habe ihr gesagt, dass du hier übernachtest, das ist kein Problem.»

Hmmm. Kein Wunder, dass sie so früh auf der Matte steht.

Ich schaue ihm zu, wie er sich ein T-Shirt überzieht, und dabei fällt mir ein, dass ich immer noch im Schlafanzug bin, also schnappe ich mir mein Kleiderbündel und laufe ins Bad. Sobald die Tür hinter mir zufällt, falle ich benommen gegen die Wand und sehe mein verwundertes Gesicht im Spiegel. Was war das denn gerade? Ist da etwas zwischen uns?

Ich höre Stimmen, also reiße ich mich aus meiner Trance. Peony soll nicht glauben, ich würde mich verstecken. Schnell schlüpfe ich aus dem Pyjama, zögere aber, ihn in den Wäschekorb zu stecken, und stopfe ihn stattdessen in meine Tasche. Ich will ihm das gute Stück gewaschen zurückgeben, rede ich mir ein, dabei möchte ich eigentlich nur zu Hause gleich wieder hineinschlüpfen.

Jetzt aber ist es Zeit für meinen Auftritt.

«Das ist ganz schön viel Kleid», murmele ich vor mich hin, als ich es wieder anziehe und die Volants aufschüttele. Und so rot. Nicht gerade der diskreteste Aufzug. Roter Lippenstift ist jetzt wohl etwas fehl am Platz, und die Zöpfe kriege ich auch nicht so hin wie May, also entscheide ich mich für einen schnellen Dutt. Jetzt sehe ich aus wie eine Flamenco-Tänzerin. Na ja, wer A sagt, muss auch Peseta sagen.

Ich nähere mich der Küche, hebe die Arme, klappere mit unsichtbaren Kastagnetten und rufe im Türrahmen: «Olé!» Es ist eine gute Entscheidung, denn es ist praktisch unmöglich, weniger zu Gareth zu passen.

Peony in ihrem knappen Blümchenkleid mit einem Muster aus zarten Bluebells harmoniert dagegen perfekt, nicht nur mit seiner gemütlichen Küche in warmen Holztönen. Mit einem zufriedenen Lächeln auf den Lippen sitzt sie auf seinem Knie und wickelt ihre schlanken Beine um seine.

«Wie geht es deiner Mutter?», fragt sie mich.

«Ich will gerade los, um nach ihr zu sehen», antworte ich.

«Ich hab dir einen Latte mitgebracht», sagt sie und schiebt mir den Becher hin. «Und nimm dir gern eine Aprikosen-Galette.»

«Wow! Die sehen ja lecker aus, wo hast du die denn her?»

«Die habe ich selbst gemacht.»

Natürlich hat sie das.

«Ich musste ja irgendwas mit meinem Samstagabend anfangen.»

Ich ziehe ein Gesicht und entschuldige mich dafür, dass ich ihre Pläne durchkreuzt habe.

«Keine Sorge, wir holen das heute nach.» Sie tätschelt Gareth.

«Na, dann ziehe ich mal los.» Ich hebe den Becher in die Höhe. «Den nehme ich mit, wenn das okay ist?»

«Natürlich. Und bitte steck dir noch ein paar Galettes ein.»

Ich würde zu gern ablehnen, aber sie schmecken leider genauso lecker, wie sie aussehen.

Ich bedanke mich, schlage das Gebäck in eine Papierserviette ein und schaue dann Gareth an – vielmehr ungefähr in seine Richtung, denn ich will nicht, dass mein Blick mich verrät. «Vielen Dank, dass du mir mit meiner Mum geholfen hast und dass ich hier übernachten durfte.»

«Soll ich dich nicht schnell hinfahren?»

«Nein, nein, der Spaziergang wird mir guttun. Ich finde allein raus.»

Ich bemühe mich um einen schnellen Abgang, aber mit der Tür habe ich Schwierigkeiten, weil ich meinen Kaffee nicht verschütten und meinen Kuchen nicht zerdrücken will. Natürlich rutscht mir meine Tasche von der Schulter, als ich mit dem Schlüssel kämpfe.

«Hier, darf ich?»

Gareth taucht hinter mir auf und greift über meine Schulter, um den Riegel an der Tür zurückzuschieben. Ich spüre seine Körperwärme an meinem Rücken. Und würde mich zu gern zurücklehnen, seinen Atem auf meiner Wange spüren, ihm dann langsam das Gesicht zudrehen. Aber jetzt ist nicht der Moment dafür.

«Danke noch mal», murmele ich, während ich auf ungraziöse Weise durch die geöffnete Tür entkomme.

Mit gesenktem Kopf eile ich um die nächste Häuserecke, dann atme ich tief aus. Ich muss mich setzen!

Ich erspähe einen kleinen umzäunten Park, öffne das quietschende Tor und finde eine kleine Bank zwischen den Sträuchern. Als ich endlich sitze, gehe ich die Szene im Wohnzimmer noch einmal im Kopf durch. Doch da ist nichts Konkretes, an das ich mich klammern könnte. Da sind nur zwei Freunde, die sich an frühere Zeiten erinnern. Ein Junge und ein Mädchen, die über einen Beinahe-Kuss von vor zwanzig Jahren reden.

Aber wie er mich dabei angesehen hat!

Mein ganzer Körper vibriert, als ich mich daran erinnere. Wie soll ich das deuten?

Ich suche nach meinem Handy, als hätte das irgendeine Antwort parat, dann fällt mir wieder ein, dass es ja komplett zerstört ist. Und wen hätte ich auch anrufen sollen? Charlotte ist immer noch verreist, und um May oder Jay anzurufen, ist es zu früh an einem Sonntagmorgen. Außerdem wäre es merkwürdig, mit ihnen über meine romantischen Gefühle für Gareth zu sprechen.

Ich greife nach dem Lattebecher und nehme einen Schluck

von dem nur noch lauwarmen Kaffee. Dann betrachte ich die Galettes, esse aber keine. Vielleicht schmecken sie Mum.

Als ich wenig später im Krankenhaus ankomme, erklärt man mir, dass ich meine Mutter frühestens in zwei Stunden besuchen könne. Deshalb beschließe ich, eine kleine Pilgerreise zum Apple Store in der Regent Street zu machen und mir endlich ein neues Handy zu kaufen, was ich schon seit Monaten vorhabe. Auf dem Weg gehe ich rein zu H&M und kaufe mir eine billige Jogginghose und ein gemütliches Top. Endlich kann ich mich entspannen.

«Alles wieder gut», sagt Tony, der Apple-Mann mit Blick auf mein neues Handy.

«Das ist ja wirklich Zauberei», sage ich und lächele ihn bewundernd an, als all meine persönlichen Informationen auf dem Display erscheinen. «Ooh! Eine Nachricht von May!»

«Schöne Grüße», witzelt er, während er zu seinem nächsten Kunden geht.

Mays Nachricht ist von gestern Nacht, ein Uhr.

Mir ist gerade eingefallen, was wir am Abend der Hochzeit übersehen haben ...

26

Was? Was? Ich starre Mays Nachricht an. Und damit lässt sie mich jetzt einfach so hängen?

Vielleicht habe ich aber auch sie hängen lassen – technisch gesehen –, da ich wegen meines zerstörten Handys nicht geantwortet habe.

Ich lese die Nachricht noch mal.

Mir ist gerade eingefallen, was wir am Abend der Hochzeit übersehen haben …

Meint sie, es gibt einen weiteren Anwärter? Einen neuen Hinweis? Könnte es der Pfarrer sein? Ich erinnere mich nicht mal mehr daran, wie er aussah. Beim Abendessen war er nicht dabei, aber vielleicht ist er später zur Party gekommen?

Ruf mich an, wenn du wach bist!, schreibe ich an May und frage mich, ob sie vielleicht noch mit ihrem Date zusammen ist. **Ich fahre jetzt zu meiner Mum.** Ich schreibe ihr aber nicht, dass Mum im Krankenhaus liegt.

Als ich dort ankomme, sitzt Mum im Bett und sieht körperlich stabil aus, aber geistig hat sie einen ihrer abwesenden Tage. Was okay ist, denn ich bin selbst ziemlich abwesend. Sie redet über Jimmy, schaut sich in ihrem Zimmer um und fragt sich, wo die Liebe ihres Lebens abgeblieben ist. Was ich absolut nachfühlen kann.

Ich habe ein angenehmes, positives Gespräch mit dem Arzt, der meint, dass Mum wieder zurück ins Pflegeheim darf. Und ich freue mich, als Lidia später da ist, um uns zu helfen.

«So, um mal ein heiteres Thema anzuschneiden: Ihre Mum hat sich für ein Kostüm entschieden», erzählt mir Lidia, als wir auf die Entlassungspapiere warten. «Aber ich weiß nicht, was Sie davon halten werden.»

Ich wappne mich für Karen aus *Will & Grace*, stattdessen erzählt mir Lidia, Mum favorisiere Roz aus *Frasier*.

«Oh, na ja, das ist einfach. Einen Kaschmirpulli und einen Bleistiftrock hat sie schon.»

«Na ja, es ist wohl ein wenig aufwendiger, vielleicht brauchen wir eine Anprobe ...»

«Am besten mit Jay! Das kann ich bestimmt arrangieren», sage ich. Ich schicke ihm gleich eine Nachricht und füge auch Lidias Telefonnummer hinzu, damit sie direkt miteinander sprechen können. «Brauchen Sie mit Ihrem Kostüm auch Hilfe?»

«Ich bin schon fertig.»

«Als was?»

«Das verrate ich nicht!» Sie zwinkert mir zu. «Und was ist mit Ihnen?»

«Ich kann mich noch nicht entscheiden.»

Lidia schaut mich mitfühlend an, die emotional Schwachen sind ihr nur allzu vertraut. «Es ist Sonntag, Amy. Sie sollten einfach nach Hause gehen, sich den Schlafanzug anziehen und Sitcoms schauen, bis Sie ein Kostüm finden, das zu Ihnen passt.»

Nachdem wir Mum ins Heim gebracht haben und ich mich mit einem Kuss von ihr verabschiedet habe, setze ich

Lidias Vorschlag um, als hätte sie mir ein Medikament verschrieben. Und wie es der Zufall will, ist meine erste Sitcom-Wahl gleich ein Volltreffer. Selbst Jay würde den Retro-Vibe von Zooey Deschanels Outfit in *New Girl* goutieren. Und eine Brille mit schwarzem Rand und einen Pony kann ich mir leicht besorgen.

Je mehr ich gucke, desto angefixter bin ich. Es ist toll, wenn man eine Serie verpasst hat, als sie zum ersten Mal ausgestrahlt wurde, und dann gibt es ganze einhundertsechsundvierzig Folgen, die man alle nacheinander schauen könnte ... Ich kann meine Suche sogar als Recherchearbeit für die Hautpflegeserie rechtfertigen, denn die drei Mitbewohner von Jess dienen mir als unterschiedliche Beispiele maskuliner Psyche, und zwar von metrosexuell bis Ich-schneide-mir-die-Haare-Selber. Die Szenen im Badezimmer sind besonders hilfreich, da sie die Lücken füllen, die meine persönlichen Vergleichsobjekte hinterlassen – Jay, der binnen Sekunden jeden Beauty-Verkaufstresen übernehmen könnte, und Gareth, der es vermutlich nicht mal merken würde, wenn man ihm den Badezimmerspiegel wegnähme.

Ich frage mich gerade, warum keiner der Schauspieler auf das Klingeln reagiert, als ich feststelle, dass es mein eigenes nagelneues Handy ist, auf dem ein unbekannter Klingelton eingestellt ist. May!

«Endlich!», krähe ich aufgeregt.

«Ich kann jetzt nicht reden. Passt es dir morgen um achtzehn Uhr im Zannoni?»

Ich lache überrascht. «Okay ... Das alles klingt wie aus einem Thriller. Lass dich nicht vorher umbringen.»

«Waaas?»

«Du weißt doch: Die Person, die die Identität des Mörders kennt, wird immer auf dem Weg zum Treffpunkt kaltgemacht.»

«Was verstehe ich gerade nicht?»

«Deine Nachricht? Von gestern Nacht?» Ich verdrehe die Augen. «Über das, was wir bei der Hochzeit übersehen haben.»

«Oh Gott, was war das denn noch? Es fiel mir ganz plötzlich ein, aber da war ich schon halb betrunken ...»

«MAY!», rufe ich verzweifelt.

«Keine Bange, es fällt mir schon wieder ein. Aber jetzt muss ich auflegen, die Show fängt gleich an.»

Ich komme nicht mehr dazu, sie zu fragen, welche Show sie sich anschaut und ob sie immer noch mit ihrem Date zusammen ist, weil sie schon aufgelegt hat. Eine Minute lang sitze ich wie benommen da. So weit zum Thema Durchbruch.

Ich beschließe, den Rest meines Brombeer-Eises zu essen, dann drücke ich auf Play und schaue noch eine Folge und dann noch eine, bis mir die Augen zufallen. Danach schlafe ich neun Stunden durch – und habe einen Sextraum. Ausgerechnet mit Elliot.

Am nächsten Morgen stürzen wir uns bei der Arbeit direkt auf das Thema Verpackungen, und zwar in allen neutralen Farbtönen, die man bei Hautpflegeprodukten für Männer erwartet: Anthrazit, Hellbraun, Lederbraun. Wir prüfen verschiedene Schriftarten, die alles Mögliche ausdrücken von Cowboy-Coolness bis Roter-Teppich-Raffinesse. Auf dem anschließenden Team-Meeting diskutieren wir die Wohltätigkeitsorganisationen, mit denen wir uns zusammentun könnten.

«Also, die einfachste Lösung wäre wohl, sich dem globalen Wirtschaftsnetzwerk anzuschließen, das ein Prozent seiner Profite an gemeinnützige Umweltorganisationen spendet. Zusammen ergibt das zweihundert Millionen Dollar jährlich für die Rettung des Planeten. Dabei ist jedes Businessmodell willkommen – von bekannten Marken bis zu Menschen wie meinem Freund Gareth mit seinem Blumenladen.» Ich unterbreche mich, als ich den Blick meiner Chefin registriere. «Du siehst nicht überzeugt aus.»

«Ich fürchte, der Kunde wird das ein bisschen zu abgedreht finden», sagt Lindsey und verzieht das Gesicht.

«Wie meinst du das?»

«Nun, den Planeten retten ... Ich meine, das wird nicht passieren, stimmt's? Ich glaube, unser Kunde will etwas Greifbareres, mit echten Gesichtern und Geschichten, die sich dank seiner Spende weiterentwickeln konnten.»

Ich öffne den Mund, um ihr zu widersprechen, als meine Kollegin Becky dazwischenruft: «Könnte es nicht was für Tiere sein? Alle lieben Tiere.»

«Nicht alle», schnaubt Lindsey.

«Wie wär's mit Geisteskrankheiten? Die sind gerade voll im Trend.»

Oh. Mein. Gott. Zum Glück werden unsere Meetings nicht aufgezeichnet.

Am Ende bin ich verwirrter als vorher. Wie immer gibt es viel zu viele Köche. Ich meine, wenn man sechs unterschiedliche Persönlichkeiten in einen Raum setzt, dann will nun mal jeder was anderes. Und von Fokusgruppen will ich gar nicht erst anfangen.

Am Ende des Tages habe ich das größte Bedürfnis, meinen Frust loszuwerden, und renne fast zum Zannoni.

«Hey, girl!» May winkt mir nach *Valley-Girl*-Manier zu.

«Hey, May!», sage ich und falle ihr praktisch in die Arme.

«Gleichfalls», seufzt sie und umarmt mich.

«Wie war dein Date?», frage ich, während wir uns an unseren Nischentisch setzen.

Sie zuckt vage die Schultern. «Ich muss aufhören, mich mit diesen Mode-Mädels einzulassen.»

«Du bist selbst ein Mode-Mädel.»

«Eben. Also, warum wundere ich mich, wo ich mich doch täglich im Spiegel sehe?»

«Meine Damen – Ihre Pizza.»

Wir haben das mit der Zeit zur Kunst erhoben: May bestellt schon auf dem Weg ins Restaurant unsere Pizzen, die bereits wenige Minuten nach unserer Ankunft serviert werden. Normalerweise bestellen wir noch ein paar Peroni zu den glänzenden Pizza-Dreiecken, doch heute empfiehlt uns die Kellnerin Cider, um die sechs verschiedenen Käsesorten auf unseren Pizzen zu verdauen. Ja, sechs.

«Ooh, der ist aber süffig», sage ich, als ich einen Schluck von dem kalten Apfelwein probiert habe.

«Beinahe wie ein Sorbet», meint May, dann betrachtet sie das Label. «*Die Nebel von Devon* – klingt das nicht verführerisch?»

Ich greife nach ihrer Hand. «Wieso fahren wir nicht einfach übers Wochenende nach Devon? Und vergessen unsere City-Frauen-Themen. Nur für eine Nacht!»

«Ich höre dir zu.» Sie beugt sich vor.

«Wir könnten am Freitag den Zug nach Torquay nehmen, dann sind wir rechtzeitig zum Fish-and-Chips-Abendessen da. Am Samstag machen wir den Agatha-Christie-Escape-Room in der Torre Abbey und sind rechtzeitig zur Kostümparty am Sonntag zurück. Keine Dates, kein Drama, bloß Cream Tea, Cider und Kriminalfälle.»

«Ich kann nicht behaupten, dass ich was dagegen hätte.»

Ich strahle May an. «Wenn die anderen mitkommen wollen, fein. Wenn nicht, haben wir zu zweit unseren Spaß und genießen die gute Seeluft.» Ich beiße noch einmal von meiner Pizza ab und bekleckere mich prompt mit roter Soße. «Jedes verflixte Mal passiert mir das.»

«Du musst das gleich unter kaltem Wasser ausspülen. Mit etwas Seife.»

Ich schnaube verärgert. Bis ich wiederkomme, hat May meinen Vorschlag schon längst wieder abgetan und mindestens drei Gründe dafür gefunden, warum es ihr gerade nicht passt oder die Bahnpreise für die Strecke viel zu hoch sind, was vermutlich sogar stimmt. Dabei wünsche ich mir nichts mehr als einen Ort, an dem ich nicht dermaßen frustriert bin. Es ist ziemlich ermüdend, einen Mann zu finden, der nicht gefunden werden will.

«Wusstest du, dass es in Devon massenhaft Farmerinnen gibt?» May schaut von ihrem Handy auf, als ich zum Tisch zurückkehre, jetzt mit einem nassen Fleck auf dem Bauch.

«Suchen wir jetzt dort nach der Liebe?»

«Nicht unbedingt, aber ich dachte, ich google das mal kurz, für den unwahrscheinlichen Fall, dass meine Traumfrau ein Bauernhaus und eine Herde Rinder besitzt.»

Ich muss kichern, aber May schaut ganz ernst drein. «Ich habe einfach das Gefühl, dass sich etwas ändern muss. Ich habe genug von makellosen Gesichtern mit leerem Blick. Ich könnte alle bei Instagram hochladen und jedes einzelne Gesicht mit ‹intellektuell unbeschwert› untertiteln. Vielleicht wäre der Anblick von geröteten Wangen und schlammigen Gummistiefeln mal eine nette Abwechslung.»

Ich denke an die Kammer unter der Treppe bei Charlottes Hochzeit und wie gemütlich dieses Hundebett aussah und wie die Gummistiefel praktisch danach riefen, dass ich die Stilettos ausziehe und meine Füße stattdessen in die feste Gummiform schiebe. Und dann macht mein Herz einen Satz, und ich fühle mich, als hätte mir jemand magischen Feenstaub über meine inneren Organe gestäubt.

«Mmmm», seufze ich unwillkürlich vor Glück.

«Was war denn das?» May sieht mich leicht irritiert an.

Ich setze mich aufrecht hin und versuche, dieses Gefühl festzuhalten. «Irgendwas ist bei der Hochzeit an der Treppe passiert. Ich weiß noch, wie ich mich darunter versteckt und mit Ben gesprochen habe, aber diese Begegnung war anders.» Ich fange an zu schwärmen: «Wer immer dieser geheimnisvolle Fremde war, er war toll!», sage ich. «Mein ganzer Körper war in ihn verliebt.»

May packt meine Hand. «Das war's – der geheimnisvolle Fremde!»

«Was?»

«Das habe ich vorgestern Nacht gedacht. Was, wenn in dem Hotel noch andere Gäste gewohnt haben? Ich meine, ich weiß, es war exklusiv für die Hochzeitsgäste gebucht, aber was wäre, wenn der Besitzer noch einen Freund oder Verwandten untergebracht hätte?»

«Ich schätze, es kann nicht schaden, wenn ich Charlotte bei ihrer Rückkehr bitte, mal nachzufragen.»

«Natürlich kann es das nicht», beharrt May. «Vielleicht gibt es da einen jüngeren, heißeren, weniger angeberischen

Bruder des Besitzers, der ebenfalls von lebenslangen Kuss-Visionen und Enttäuschungen gebeutelt ist!»

Ich reiße die Augen auf «Das wäre allerdings was.»

«Er könnte sich aus ihrem Familientrakt geschlichen haben, um einen Blick auf die Hochzeit zu werfen, und dann sieht er diese fliederfarbene Erscheinung ...

«... und fragt sich, wie sie nach so viel Alkohol überhaupt noch stehen kann», falle ich mit ein.

«Vielleicht streckt er die Hand nach ihr aus, um sie zu stützen, und in diesem Moment setzt *Someone to Watch Over Me* ein.»

«Gab's auch langsame Tänze?»

«Natürlich! Und beide wiegen sich zur Musik, ganz versunken in ihrer eigenen Welt.»

«Sprich weiter.» Ich erwärme mich langsam dafür.

«Er möchte sie für immer in seinen Armen halten, doch ihre Freunde rufen nach ihr wie die Mitternacht nach Aschenputtel.»

«Das ist sehr poetisch», sage ich.

«Danke ... Dann dreht sie sich um, stellt sich auf die Zehenspitzen und küsst ihn.»

«Er ist also groß?»

«An diesem Punkt hast du dir schon die Stilettos ausgezogen, also ist das schwer zu sagen. Jedenfalls gibt es einen Kuss, und ihr habt beide dieselbe Vision von einem langen und glücklichen gemeinsamen Leben.»

Ich lehne mich zurück und nehme einen tiefen Schluck Cider. «Das ist schön. Also, wo ist er?»

«Nun, er stand vermutlich komplett neben sich, nachdem er dich gefunden hat. Dann hastet er die Treppe hinauf, nimmt zwei Stufen auf einmal und stolpert über irgendein

Familienerbstück. Seitdem liegt er mit Gehirnerschütterung und Gedächtnisverlust im Bett.»

«Ooooh», hauche ich.

«Meine Damen, möchten Sie einen Blick auf die Dessertkarte werfen?», unterbricht uns die Kellnerin schwungvoll.

«Teilen wir uns einen Limonen-Mascarpone-Kuchen?», schlage ich vor.

«Immer», sagt May.

Sobald die Kellnerin weg ist, frage ich: «Bekommt er denn seine Erinnerung zurück, mein geheimnisvoller Fremder?»

«Das ist noch ungewiss.»

«May!»

«Natürlich», sagt sie lachend. «Sobald er dich sieht.»

Ich strahle sie an. «Gut, dann ist bei mir also alles geregelt. Aber was ist mit dir?»

Sie rückt näher an mich heran, damit ich bei ihrer Suche nach Farmerinnen mitschauen kann. «Könntest du dir vorstellen, dass ich in Truro zusammen mit fünfundachtzigtausend frei laufenden Hühnern wohne?»

«Ähm …»

«Dieses Girl aus St. Ewe sieht heiß aus. Sie hat es sogar auf die Liste der Hühnerfarmer des Jahres geschafft. *Zwei Mal.*»

Ich hebe die Augenbrauen.

«Was? Ich finde es gar nicht so weit hergeholt. Wir könnten Charlotte dazu bewegen, irgendwelche Events auf der Farm zu organisieren – und dem Begriff ‹Junge Hühner› eine ganz neue Bedeutung geben.»

Wir prusten los.

«Ich habe das Gefühl, dieser Cider bringt uns auf verrückte Ideen», stelle ich fest und wische mir eine Lachträne aus den Augen.

«Stimmt. Sollen wir noch einen bestellen?»

«Bestellen wir doch gleich zwei!»

27

Den Dienstag (verkatert) und Mittwoch (immer noch angeschlagen) verbringe ich im Job mit dem Abschluss der Pitches für das Freitagsmeeting, auch wenn für mich keiner der Pitches nach einem Treffer aussieht. Allerdings hätte ich dem Markennamen *Bull Dog* auch keine große Zukunft vorausgesagt. Oder dass – Zitat! – «intelligentes Design» ein wichtiger Ausdruck in der Hautpflege werden könnte.

Aber ich habe sowieso das Gefühl, dass ich gar nichts mehr über irgendwas weiß.

«Was hältst du von Face Off, also Konfrontation, als Konzept?», pitche ich Becky, die vor mir steht, meine Idee, in der Hoffnung, dass mir endlich jemand ein Jackpot-Gefühl vermitteln möge. «Einen Touch Testosteron im angedeuteten Konflikt, und dazu das Entfernen vom Schmutz des Tages. Warte!» Ich greife nach meinem klingelnden Telefon. Es ist der Empfang.

«Hallo, hier ist Amy?»

«Amy, hier ist jemand für dich.»

«Wer –»

Leider hat die Empfangsdame bereits aufgelegt. «Es ist jedes Mal dasselbe.» Ich schüttle den Kopf.

«Sie lässt uns halt gern raten», sagt Becky.

Ich stehe schnaubend auf. «Ich wette, es ist nicht mal für mich. Weißt du noch, als ich dieses Paket angenommen habe und mir dann anhören musste, ich hätte dem Botox-Arzt unten im Haus fünfhundert Latexhandschuhe geklaut?»

Becky hört mir gar nicht mehr zu. «Bis morgen dann!»

«Was?»

Sie deutet auf die Uhr: Sie arbeitet nie auch nur eine Minute länger, als sie offiziell muss. Gleichzeitig ist es gut, dass sie mich an die Uhrzeit erinnert, ich habe Charlotte nämlich versprochen, direkt nach der Arbeit zu ihr zu kommen. Vielleicht ist sie es sogar am Empfang, die mich abholen will. Ich packe meine Sachen zusammen und laufe die Treppe hinunter.

«BEN!», rufe ich und bleibe abrupt stehen.

«Hi!», sagt er und strahlt, als ich auf ihn zukomme.

«Alles in Ordnung?» Ich schaue mich um, auch wenn ich gar nicht weiß, wonach ich eigentlich Ausschau halte.

«Ja, alles gut. Ich hoffe, es ist okay, dass ich dich bei der Arbeit besuche? Nessa ist beim Hundefriseur hier um die Ecke, darum dachte ich, ich probier's einfach mal und schaue, ob du vielleicht was mit mir trinken gehen möchtest.»

Das habe ich nicht erwartet. Nach unserer merkwürdigen letzten Begegnung dachte ich, dass er sich einfach diskret aus meinem Leben schleichen würde.

«Ach Mensch, an jedem anderen Tag würde ich sofort mitgehen», antworte ich. «Aber jetzt bin ich gerade auf dem Weg zu Charlotte, um sie abzuholen. Wir treffen uns heute alle bei Gareth, damit sie uns von ihren Flitterwochen erzählt.»

«Ach, kein Problem.»

«Aber du kannst ein Stück mit mir gehen, sie wohnt nur die Straße runter ...»

«Perfekt!», ruft er gut gelaunt. «Gib mir ruhig eine von deinen Taschen, du siehst ein bisschen beladen aus.»

Ich lächele ihn dankbar an und reiche ihm meinen Beutel mit den Einkäufen vom Markt. «Das ist Drachenfrucht, falls du dich wunderst – mein Beitrag fürs Abendessen. Habe ich aufgrund meiner kulinarischen Fähigkeiten ausgesucht.»

«Ich bin sicher, du wirst sie richtig gut klein schneiden.»

«Ich habe tatsächlich ein Händchen für das Arrangieren von Früchten», gestehe ich, während wir einer Gruppe von Teenagern ausweichen. «Also, wie steht's denn mit der Schweiz? Hörst du schon, wie dir deine Zukunft zujodelt?»

«Das ist der eigentliche Grund, weshalb ich dich sehen wollte. Ich fahre morgen.»

«Morgen schon?»

Er nickt. «Ich habe noch nicht gepackt, aber ich wollte mich persönlich bei dir dafür entschuldigen, dass ich nicht zum Kostümfest bei deiner Mutter dabei sein kann.»

«Oh, mach dir darüber keine Sorgen!», versichere ich ihm und bin eigentlich sogar erleichtert, dass er nicht kommen wird. Wir gehen weiter. «Wow, du wirst also wirklich in die Alpen ziehen?»

«Ja, wirklich. Auch wenn mir jetzt natürlich eine Million Gründe einfallen, warum ich nicht gehen sollte.»

«Ich denke, ich kann dich mit drei Worten überzeugen, warum du gehen musst.»

«Sag an.»

«Lindt. Lindor. Trüffel.»

«Das sind die cremigsten», gibt er zu.

«Wie Seide», bestätige ich. «Außerdem ist es doch das, was du willst – die Chance, dich auf dein Drehbuch zu konzentrieren.»

«Vielleicht bin ich deshalb so nervös. Jetzt habe ich keine Ausreden mehr.»

«Nur ein Grund mehr, um hinzufahren», beharre ich. «Ich sehe das ständig. Junge Menschen tun immer so, als hätten sie alle Zeit der Welt, um ihre Träume zu verwirklichen. Aber die haben sie nicht. Je älter man wird, desto schwieriger ist es, nur von Adrenalin und Optimismus zu leben. Man verliert den Glauben an sich, fängt an zu zweifeln, sorgt sich um die Miete. Es ist viel besser, sich voll reinzuhängen, wenn man noch nicht so viel zu verlieren hat, verstehst du? Dann ist man automatisch mutiger.»

«Hast du mich gerade einen jungen Menschen genannt?»

«Du bist ein junger Mensch», sage ich grinsend. «Also steig auf die Gipfel. Fülle deine Lungen mit frischer Luft und deine blütenweißen Blätter mit deiner besten Arbeit.»

Er blinzelt mich mit feuchten Augen an. «Danke, Amy. Das musste ich hören. Alle meine Freunde haben gesagt, ich würde bestimmt schon nach einer Woche einen Hüttenkoller kriegen.»

«Besuchen die auch manchmal die Statuen gefallener Engel auf Friedhöfen?»

«Nein», gibt er zu.

«Na eben. Du wirst sie sicher vermissen, aber sie werden alle noch hier sein, wenn du zurückkommst. Solche Gelegenheiten werden einem nicht oft geboten, und du bist genau der Richtige für den Job. Du hast die Sorte Herz, die mit Wundern gefüllt werden muss.»

Er seufzt tief auf. «Ich hoffe wirklich, wir bleiben in Verbindung.»

Ich zucke mit den Schultern. «Klar.» Auch wenn ich ziemlich sicher bin, dass er mich beim Anblick des ersten Skihasen vergessen wird.

«Und wenn du über deine Mutter sprechen möchtest.»

Ich schaue ihn an.

«Du weißt, ich verstehe, was du da gerade durchmachst.»

Jetzt bin ich dran mit dem Tränenschleier vor den Augen.

«Manchmal möchte ich gern über meine Großmutter sprechen, aber wenn ich mit meiner Familie rede, dann heißt es bloß, sie würden sie auch vermissen, und dann wechseln sie das Thema.» Er schiebt sich die Haare aus dem Gesicht. «Wenn du mir alles über deine Mum erzählen möchtest, von Anfang an, nur um zu üben, wie du dich an die guten Sachen erinnerst, dann höre ich dir sehr gern zu.»

«Das ist wirklich süß von dir.» Ich seufze. «Und ich höre dir sehr gern zu, wenn du von deiner Großmutter sprechen möchtest.»

Er lächelt. «Entnehme ich deinem Stehenbleiben, dass wir das Haus deiner Freundin erreicht haben?»

Ich nicke und habe plötzlich das Gefühl, dass ich diese Person, die ich kaum kenne, vermissen werde.

«Okay, also dann, ich will dich nicht aufhalten. Ich bin froh, dass ich dir noch Auf Wiedersehen sagen konnte.» Er breitet die Arme aus. In meinem Bemühen, ganz klarzustellen, dass ich mich überhaupt nicht auf einen Kuss einstelle, schätze ich die Richtung seines Kopfes falsch ein, und unsere Lippen treffen sich. Nur flüchtig, aber es ist genug ...

Ich warte auf den Rausch, auf den Schwall an Bildern und Gefühlen.

Aber da ist nichts.

«Na, das ist ja interessant.» Ich blinzele ihn an. «Wir sollten nie etwas anderes sein als Freunde.»

«So schlimm?» Er berührt mit den Fingerspitzen seinen Mund.

«Nein!», pruste ich und schaue ihn dann liebevoll an. «Grüß Nessa von mir.»

«Das mache ich.»

Als ich ihm hinterherwinke, verspüre ich eine seltsame Ruhe.

Ich will gerade mit Charlottes schwerem Messingklopfer freudig an der Tür klopfen, als diese schon aufgerissen wird.

«Oh my god! Ist Ben wieder im Spiel?»

«Hast du uns etwa beobachtet?»

«Na klar! Aber ich konnte nichts verstehen!», ruft sie breit grinsend.

«Du siehst toll aus», sage ich mit Blick auf ihr kakifarbenes Seidenkleid und ihren goldbraunen Teint.

«Du auch! Niemandem steht ein Blusenkleid besser als dir.»

«Ganz in Weiß, und ich habe mich den ganzen Tag nicht bekleckert!», sage ich stolz. Der heutige Tag entwickelt sich wirklich gut.

«Komm, wir haben nicht viel Zeit, bis Marcus nach Hause kommt.» Sie schiebt mich ins Wohnzimmer, das immer noch wie ein Designer-Showroom wirkt und nicht wie ein Zuhause. Es würde mich nicht wundern, wenn ich gleich Stoffproben zur Ansicht vorgelegt bekäme, noch während wir ins Sofa sinken.

«Also, wie waren die Pinguine?»

«Über die Flitterwochen können wir nachher noch reden, wenn wir alle zusammen sind», meint Charlotte knapp. «Jetzt konzentrieren wir uns auf deine romantische Lage. Ich habe zwei Themen, die ich mit dir besprechen will, aber erst mal sollst du erzählen, denn diese neue Dynamik mit Ben könnte alles verändern.»

«Da gibt es nichts Neues zu berichten – außer, dass er morgen in die Schweiz zieht.»

Charlotte sieht enttäuscht aus. «Aber dieser Blick, mit dem er dich eben angesehen hat.»

Ich lächele. «Ja, der war nett. Aber als ich ihn geküsst habe, kam nichts.»

«Ehrlich?»

«Zero romance», bestätige ich.

«Und das ist okay für dich, weil …?»

«Weil ich tatsächlich glaube, dass wir Freunde sein werden.» Ich klatsche in die Hände. «Also, was sind deine beiden Themen?»

«Es sind keine positiven Themen.»

«Oh. Müssen wir dann jetzt darüber reden?» Gerade fing ich an, mich richtig gut zu fühlen.

«Je eher wir der Realität ins Auge blicken, desto eher können wir weitergehen.»

Realität? Die hat doch noch nie Spaß gemacht.

«Erstens hatte May recht: Der Besitzer des Hauses hatte tatsächlich Besuch an diesem Abend.»

Meine Hand fährt zu meinem Herzen. Jetzt geht das wieder los.

«Aber es war eine Frau. Seine Mutter, und sie ist über achtzig.»

«Ah.»

«Ich habe auch überprüft, ob es noch weiteres Personal gab, von dem wir nichts wussten, aber Fehlanzeige.»

«Und das zweite Thema?», frage ich, weil ich vorankommen will.

«Marcus hat den Film entwickeln lassen. Den Sepia-Film aus Mays Kamera.»

Ein Schauder überläuft mich.

«Er bringt die Fotos nachher von der Arbeit mit. Wir haben während der Flitterwochen auch ein paar Bilder gemacht, darum wollten wir nicht May bitten, sie zu entwickeln.»

«Du musst mir nichts weiter sagen.»

«Ich meine, sie hat gemeint, Sepia sei so schmeichelhaft und es gebe da unten so viel guten Wein.»

«Wirklich, Charlotte, du musst nichts weiter sagen!» Ich halte sogar die Hände hoch, um meine Worte zu unterstreichen. Doch dann schaue ich sie misstrauisch an. «Ich habe das Gefühl, du willst mich irgendwie auf schlechte Nachrichten vorbereiten.»

«Überhaupt nicht. Wir haben sie ja selbst noch gar nicht angesehen, bloß ...»

«... bloß glaubst du nicht, dass die Fotos irgendwelche Erkenntnisse bereithalten», beende ich den Satz für sie.

Sie seufzt. «Ich bin die Gästeliste so oft durchgegangen. Vielleicht habe ich sogar ein paar diskrete Nachforschungen angestellt, während ich weg war.»

«Was meinst du damit?»

«Ich wollte einfach nichts dem Zufall überlassen. Du weißt, dass ich ein gründlicher Mensch bin.»

«Allerdings.» Ich kneife die Augen zusammen. «Und was hast du rausgefunden?»

«Das ist es ja gerade – ich habe eine Niete nach der anderen gezogen.» Ihr Gesichtsausdruck verändert sich. «Bitte, versteh mich nicht falsch, aber ich muss dich das fragen.»

«Was?» Ich schlucke, denn mir gefällt überhaupt nicht, welche Richtung unser Gespräch gerade nimmt. Zum Schutz ziehe ich mir eins der dick gefüllten Kissen auf den

Schoß, aber irgendeine der winzigen weißen Federn, die den Weg in die Freiheit suchen, kitzelt mich.

«Sieh mal, du warst doch ziemlich betrunken, wie wir alle. Ist es vielleicht möglich, dass sich deine Visionen mit einem Traum vermischt haben? Mit einem sehr lebendigen Traum?»

Mein Mund öffnet sich, aber nichts kommt heraus.

«Ich zweifele nicht an dir, Amy. Aber diese Hochzeitsumgebung ...»

«Du meinst, meine Happy-End-Vision war vielleicht bloß Wunschdenken?»

«Ich weiß es nicht. Aber ich weiß auch nicht, wie ich es sonst erklären soll, da Ben und Tristan inzwischen ausgeschieden sind, und wir wissen, dass du dich wegen Elliot nicht plötzlich umentscheiden wirst.»

Ich seufze. Was, wenn sie recht hat? Was, wenn diese ganze Jagd bloß auf meiner Einbildung beruht?

«Hallo, Schatz, ich bin zu Hause!», ruft eine Stimme aus dem Flur.

«Marcus», flüstert Charlotte, auch wenn ich das höchstwahrscheinlich selbst herausgefunden hätte.

«Heyyyy, wie geht's dir?», sage ich und stehe auf, um ihm wie einem Politiker die Hand zu schütteln, während er sich entscheidet, mich zu umarmen.

«Ist das unangemessen?» Er wirft seiner Frau einen Blick zu. «Heutzutage weiß man ja nie.»

«Alles gut, du gehörst ja jetzt zur Familie.» Ich tätschele ihm die in Nadelstreifen gehüllte Schulter. «Du siehst gut aus.»

«Mir geht es auch gut. Nervig ist bloß, dass ich nach all dieser Glückseligkeit wieder arbeiten muss.»

«Das kann ich mir vorstellen», sage ich und klammere mich an den Small Talk.

«Die Fotos, Liebling.» Charlotte streckt ihre Hand aus.

Er wirft ihr einen vorsichtigen Blick zu. «Vielleicht sollten wir sie erst mal selbst durchsehen?»

«Ja, macht das doch», sage ich und weiß nicht recht, wo ich mich positionieren soll. «Soll ich mal den Teekessel aufsetzen?»

Ein süßer Tee würde mir jetzt guttun.

«Nicht nötig, es dauert nur eine Sekunde.»

Während die Frischvermählten ihre Fotos durchgehen und dabei kichern und sich anstupsen, sich bestaunen und sich erinnern, wandern meine Gedanken in andere Richtungen. Könnte Charlotte recht haben? Ist es möglich, dass meine Happy-End-Vision nichts weiter war als ein Traum? Mit Sicherheit haben sich die Erinnerungen in meinem weinseligen Hirn miteinander verwoben. Aber wieso sollten sich nur die schlechten bewahrheiten? Und wieso sollte sich die gute Vision ausgerechnet am realsten anfühlen?

«Oh mein Gott! Ich habe dir doch gesagt, dass das ein schlechter Winkel ist!», ruft Charlotte gerade und zerreißt ein Foto.

«Hochzeit, Hochzeit!» Marcus legt die zur Ansicht freigegebenen Fotos auf das Sofakissen neben mir.

Ich halte eins nach dem anderen hoch und versuche, meinen verschwommenen Blick zu fokussieren. Es ist etwas surreal, an jenen Abend zurückbefördert zu werden und sich daran zu erinnern, wie leichtsinnig ich zwischen all den Männern herumschlingerte. Würde ich es anders machen, wenn ich mein heutiges Wissen gehabt hätte? Natürlich würde ich. Zum Beispiel würde ich Tristan ausweichen.

Wenn ich mir sein Gesicht ansehe, wird mir beinahe übel. Hoffentlich wird diese ganze Geschichte bald zu einer fernen Erinnerung. Seltsamerweise ist mir der Anblick von Elliot beinahe lieb, aber das mag auch daran liegen, dass ich ihn für immer mit einem kostenlosen Nutella-Donut assoziiere.

«Auf diesem hier siehst du so schön aus», sage ich zu Charlotte und deute auf ein Foto, auf dem sie Marcus ganz verliebt anstrahlt.

«Bin ich nicht der glücklichste Mann auf der Welt?» Er lächelt breit.

«Jetzt lenk nicht ab», mahnt Charlotte. «Das hier ist unsere letzte Chance, einen Hinweis zu finden.» Sie blättert durch eine Reihe von ähnlichen Bildern. «Was sind das hier für Fotos? Welche vom Eingang?»

«Du hast mich gebeten, ein Bild von der Haupttreppe zu machen», erklärt Marcus. «Und irgendwie wurden sie immer schief.»

«Ich glaube, die Treppe war ein wenig schief», sage ich.

«Oh mein Gott!» Charlotte presst sich ein Foto an die Brust.

«Was?»

«Marcus, hol mir bitte die Lupe deiner Großmutter.»

«Was hast du gesehen?», rufe ich.

Sie greift nach meiner Hand und drückt sie. «Ich muss erst sicher sein.»

Sie nimmt den juwelenverzierten Griff der Lupe entgegen, tritt dann ans Fenster, hält das Foto hoch und untersucht es so akribisch wie Miss Marple.

«Er ist es», flüstert sie mit verblüffter Stimme.

«Wer er?»

«Dein dritter Kuss.»

«Was?» Ich stürme an ihre Seite.

«Aber das ergibt doch keinen Sinn.» Mit schwacher Hand reicht sie mir die Lupe. «Schau, links von der Treppe.»

«Links?» Mein Herz setzt aus. Ich kann es nicht glauben – da stehe ich, versunken in glückseliger Umarmung.

Mit Gareth.

Alle Gefühle kommen zurück – diese Wärme, dieses allumfassende Glück, die Gewissheit, der Trost, das Verlangen.

«Wie kann das sein?», krächze ich.

Charlotte schüttelt fassungslos den Kopf. «Ich weiß es nicht. Und wieso hat er nichts gesagt?»

Ich kann meinen Blick nicht von dem Foto reißen.

Marcus rutscht unbehaglich herum und räuspert sich leicht. Wir drehen uns zu ihm um.

«Hast du irgendwelche männlichen Einsichten?», frage ich ihn. «Wieso beharrt Gareth so darauf, dass er nicht der Eine ist? Wieso hat er es mir nicht gesagt?»

«Ähm.» Marcus wirkt, als säße er in einer Falle.

«Du kannst es ruhig sagen», bedränge ich ihn. «Findest du es so verständlich, dass er es nicht sagen will? Oder will er es bloß vergessen, weil er glaubt, es war ein großer Fehler?»

«Ich wollte eigentlich sagen, dass er vielleicht sauer sein könnte, weil der Kuss ihm alles bedeutet hat, und dann hat er gesehen, wie du einen anderen Mann geküsst hast. Oder dass er vielleicht verletzt ist, weil du dich nicht mal daran erinnerst, ihn geküsst zu haben.»

«Oooh Gott! Du hast recht. Wieso konnte ich mich nicht daran erinnern?» Ich drehe mich zu Charlotte um. «Ich meine, ausgerechnet er.»

Sie sieht genauso verwirrt aus wie ich.

Meine Schultern fallen herab. «Er ist der Richtige für mich, aber er will es nicht sein.»

«Du musst ihn direkt darauf ansprechen. Er ist der Einzige, der weiß, was wirklich passiert ist. Du weißt doch, dass er kaum was getrunken hat.»

«Auf gar keinen Fall», antworte ich.

«Auf gar keinen Fall?»

«Er hatte massenhaft Gelegenheit, es mir zu sagen, und außerdem geht er jetzt mit Peony.»

«Da wäre ich mir nicht so sicher», sagt Marcus und zieht eine Grimasse. «Ich habe sie heute bei der Arbeit getroffen, und als ich sie fragte, wie es bei ihr so läuft, hat sie mich angesehen, als wollte sie mich umbringen.»

«Ehrlich?»

Marcus beugt sich vor. «Du weißt, ich bin ein Mann, darum würde ich eigentlich nie ein *Gespräch* als Lösung für ein Problem vorschlagen.»

«Genau!», sage ich mit Blick zu Charlotte.

«Aber in diesem Fall glaube ich wirklich, dass du mit ihm reden musst.»

«Waaas?» Ich funkele ihn an.

«Zum Wohl eurer Freundschaft und der Gruppendynamik.»

«Mit Ben hat es doch auch gut funktioniert», ermutigt mich Charlotte.

«Na ja, das war wohl etwas anderes. In ihn war ich immerhin nicht die letzten zwanzig Jahre verliebt!»

Die beiden ziehen unisono die Augenbrauen hoch.

Ich blinzele schockiert. «Habe ich gerade gesagt, was ich glaube, gesagt zu haben?»

Sie nicken beide.

«Oh mein Gott. Ich ... ich glaube, es stimmt», murmele ich benommen. «Ich glaube, ich liebe ihn, seit er neu in unsere Klasse kam.»

Ich falle aufs Sofa und lege das Foto auf den Tisch, damit ich meinen Kopf in die Hände stützen kann.

«Alles okay?», fragt Charlotte und setzt sich neben mich.

Ich schüttele den Kopf. «Tut mir leid, dass alle diese verrückten Gefühle aus mir rauskommen, es sollte doch ein lustiger Abend werden.»

«Kein Problem», versichert mir Marcus, setzt sich auf meine andere Seite und legt die Hand auf die von Charlotte.

Fühlen Kinder sich so, wenn sich ihre Eltern um sie scharen? Es fühlt sich jedenfalls ziemlich gut an.

«Lieber jetzt als später», beharrt Charlotte. «Wenn wir gleich losfahren, sind wir noch vor den anderen bei Gareth, und Marcus und ich können uns schnell zurückziehen.»

«Oh nein. Nicht heute. Ich will euch nicht den Abend verderben.»

«Ich kenne dich, Amy», sagt Charlotte. «Du wirst durchdrehen, wenn du die Sache nicht schnell klären kannst.»

Ich schaue sie an, und wieder kommen mir die Tränen. «Ich habe ihn geküsst! Ich habe Gareth geküsst.»

«Weißt du, was komisch ist? Auf einmal macht alles total Sinn. Ihr beide, zusammen.» Sie reicht mir das Foto. «Schau dir euch mal an!»

Ich betrachte das Bild und sehe dann noch mal genauer hin. Dieser Kuss sieht so echt und real aus. «Zumindest wissen wir jetzt, dass ich nicht geträumt habe.»

Charlotte nickt. «Wir müssen nur noch herausfinden, was danach passiert ist.»

«Ich hab es versaut», stelle ich seufzend fest. «Was immer auch der Grund ist, so war es wohl.»

«Nun», sagt Charlotte schulterzuckend und schiebt mir das Foto in die Brusttasche meines Kleides, direkt über meinem Herzen. «Es gibt nur einen Weg, das herauszufinden.»

28

*A*ber wenn ich anfange zu jaulen: ‹Wieso liebst du mich nicht?›, dann knebelt ihr mich und schickt mich nach Hause, versprochen?»

«Nein.»

«Was?» Ich drehe mich zu Charlotte, die im Taxi auf der Rückbank neben mir sitzt.

«Das ist doch eigentlich genau die Frage, die du ihm stellen musst.»

«Oh ja, weil man darauf immer so super Antworten bekommt», schnaube ich. «Ich denke eher an: ‹Wieso hast du mir nicht erzählt, dass du der geheimnisvolle Kuss bist?› Darüber bin ich ehrlich gesagt ziemlich sauer. Diese Geheimniskrämerei sieht ihm so gar nicht ähnlich.»

«Darf ich dazu mal was sagen?», mischt sich Marcus ein, als wir vor Gareths Tür halten. «Ich glaube, wir sollten den Zug der Spekulationen an dieser Station anhalten lassen. Warte doch, bis du seine Version der Geschichte gehört hast.»

«Musst du immer so vernünftig sein?»

«Tut mir leid», entschuldigt er sich.

«Vergiss den Sprit nicht», mahnt Charlotte und bittet den Fahrer, den Kofferraum zu öffnen.

«Das war's dann mit meinen Partyplänen.» Der Fahrer fängt an zu kichern, dann lehnt er sich zu mir rüber. «Viel Glück, Herzchen. Und falls Sie einen Ersatzspieler brauchen …»

Ich lächele ihn an. «Ich habe mich immer gefragt, wofür

der Werbespruch ‹Mehr als Sie erwarten› steht. Nun weiß ich es.»

«Ich meine es ernst.»

«Und ich denke drüber nach.»

«Amy!» Charlotte zieht mich weg vom Taxi. «Jetzt ist nicht die Zeit, mit Männern herumzuexperimentieren, die doppelt so alt sind wie du. Du musst dich dem stellen.»

Ich drücke fest auf die Klingel. «Zufrieden?», frage ich. Doch als ich höre, wie der Riegel zurückgeschoben wird, verstecke ich mich hinter Charlotte und Marcus.

«Willkommen zu Hause!», ruft Gareth, als er die Tür öffnet.

Er umarmt erst Charlotte, dann mich, doch Marcus hat die Hände voll.

«Ich hab uns ein bisschen Wein mitgebracht», sagt er und hält die Weinkiste hoch.

«Kommen denn noch mehr?» Gareth schaut an ihm vorbei auf die Straße.

«Na ja, jetzt, wo ich mit einer Eventplanerin verheiratet bin, will ich mich schließlich nicht lumpen lassen», erklärt Marcus. «Kann ich ein paar Flaschen in den Kühlschrank legen?»

«Mach nur.»

«Korkenzieher?», fragt Charlotte.

«Liegt schon auf dem Tisch. Kommt rein.»

Ich bin so erleichtert, dass wir im Garten essen. Drinnen hätte ich die totale Platzangst. Ich habe eigentlich vor, mich auf Frankie oder Zazel zu stürzen, um jedweden Blickkontakt zu vermeiden, stattdessen schaue ich mit großen Augen auf die drapierten Leinenstoffe eines behelfsmäßigen Safari-Camps. Der lange Tisch ist mit Bastmatten und Laternen geschmückt, während die blinkenden Teelichter und Topfpalmen den Eindruck vermitteln, als würden uns aus dem Busch bernsteinfarbene Augen anschauen.

«War das ein Elefantentröten?»

«Der Soundtrack ist von Jay», erklärt Gareth. Wie aufs Stichwort taucht Jay auf und sieht aus wie eine Kreuzung aus Stammesführer in einem James-Bond-Film aus den 1970ern und Cher bei einer Wohltätigkeitsveranstaltung für den Tierschutz.

«Ich glaube, du hast den Rekord für die meisten Tierfellmuster in einem Outfit gewonnen», sage ich und staune. «Giraffe, Zebra, Gepard, Tiger ...»

«Na ja, es heißt ja, Animal Print ist praktisch neutral.»

«Ich glaube, mit dieser Theorie stehst du ziemlich allein da.»

Dann tritt May hinter ihm hervor und sieht aus, als wolle sie das Gelände vor Wilddieben schützen. Ich will gerade den Boden vor Marcus nach Fallen absuchen, als sie Charlotte entdeckt.

«Du bist zurück!», japst May.

«Natürlich bin ich das», antwortet Charlotte und umarmt May. «Und ich habe Geschenke mitgebracht!»

Charlotte öffnet ihre Lederhandtasche und verteilt eine ganze Sammlung mit bunten Perlen geschmückter Zulu-Accessoires: für May einen bunten Riemen für die Kamera, für Jay einen auffälligen Brustlatz mit Strängen, die ihm bis zur Taille reichen, für mich ein Korsett im Rautenmuster und für Gareth ein Paar Katzenhalsbänder – Kobaltblau und Weiß für Frankie, Lila und Bronze für Zazel.

Die Freude wird noch größer, als Marcus den südafrikanischen Wein entkorkt und eingießt. Es gibt einen Pinotage für die Rotweinliebhaber und einen Chenin Blanc für die Weißweintrinker. Ich bleibe bei Kombucha, damit ich einen klaren Kopf behalte. Außerdem ist er gut für meine Verdauung, was sinnvoll erscheint bei diesem südafrikanischen Dinner aus *Bobotie* – eine Art Curry-Moussaka – und *Pap*, was so was sein soll wie amerikanische Maisgrütze, für mich aber zu sehr nach Porridge schmeckt.

«Also, dann erzählt mal!», rufe ich und nehme mir eine ordentliche Portion Salat.

Wir hören von Fahrten auf den Tafelberg, von den Strandpinguinen, vom Nachmittagstee im rosaroten Mount Nelson Hotel. Charlotte erklärt gerade, wie sie ihre baumelnden Ohrringe abnehmen musste, um in einem Reservat einen zahmen Geparden streicheln zu dürfen, als Marcus dazwischenruft: «Entschuldigung, eine Zwischenfrage – trinken genug Leute mit, wenn ich noch eine Flasche Wein aufmache?»

«Du wirst uns bald gut genug kennen, um diese Frage niemals wieder zu stellen», antwortet May und schiebt ihm ihr Glas rüber.

Als alle Weingläser wieder gefüllt sind, hören wir von dem inspirierenden Ausflug nach Robben Island, wo sie sich Nelson Mandelas Zelle angesehen haben, und wie dankbar sie für ihre Freiheit sind und gleichzeitig eine potenzielle Schuld empfinden.

«Und bei unserer Safari hatte Marcus dann einen Aha-Moment.»

«Na ja, ehrlich gesagt war es mehr ein Aaaaaaaah-Moment», gesteht Marcus. «Ich bin mit einem der Führer mitgegangen, während Charlotte im Spa war, und wir sind auf eine Herde Büffel getroffen. Sie sind derartig groß – jeder sechshundert Kilogramm schwer – und haben diese riesigen Hörner, und wir sahen, wie sie vorbeizogen, und ich weiß nicht, ob der Wind sich gedreht hat oder was genau passiert ist, aber dieses eine Tier blieb plötzlich stehen, drehte sich um und sah mir direkt in die Augen.»

«Waaas?», quieke ich.

«Und der Führer sagt, ich solle jetzt keine Panik kriegen, aber er würde sein Gewehr entsichern. Und ich denke, ich wusste ja, es war einfach zu schön, um wahr zu sein, dass ich eine Frau wie Charlotte heiraten durfte, und jetzt werde ich einfach platt gewalzt, und das war's, mein Leben ist vorbei.»

«Bitte sag mir, dass der Führer ihn nicht erschossen hat!», knurrt May.

Marcus schüttelt den Kopf. «Der Büffel schaute mir tief in die Seele, und es war so, als hätte er beschlossen, mir noch eine zweite Chance zu geben.»

May verdreht die Augen.

«Ich meine das ganz ernst. Ich war in meinem ganzen Leben noch nie so dankbar, und den ganzen Weg zurück zum Hotel dachte ich, wie ich diesem Büffel beweisen könnte, dass er die richtige Entscheidung getroffen hat.»

«Habt ihr E-Mail-Adressen ausgetauscht?», fragt May, die es nicht lassen kann. «Oder wie bleibt ihr in Verbindung?»

Charlotte bringt sie zum Schweigen und erklärt, dass Marcus bereits für eine ortsansässige Tierschutzorganisation gespendet hat.

«Aber das ist noch nicht alles. Beim Abendessen sitzen wir neben einem französischen Paar, und wir reden über Aristokratie, und sie verwenden diesen Ausdruck ‹noblesse oblige›. Den kennt ihr, oder?»

Wir sind uns alle einig, dass wir den Ausdruck schon mal gehört haben und wir natürlich seinen französischen Ursprung erkennen, aber nicht wirklich wissen, was er bedeutet.

Charlotte hält ihr Handy hoch und liest die Definition aus einem Wörterbuch vor: «‹Noblesse oblige ist die abgeleitete Verantwortung der Privilegierten, sich gegenüber den weniger Privilegierten großzügig und edel zu verhalten.› Oder, wie Wikipedia sagt: ‹Adel geht über die bloßen Ansprüche hinaus und verlangt von der Person, die einen solchen Status innehat, dass sie soziale Pflichten erfüllt.›»

«Und das werde ich tun!», jubelt Marcus. «Ich werde den Rest meines Lebens damit verbringen, mein Privileg dazu zu nutzen, anderen zu helfen.»

«Oh mein Gott!», keuche ich. «Nobel ... *Nobler!*»

«Du kapierst das erst jetzt?» May runzelt die Stirn.

«Neeein! Ich habe die ganze Zeit versucht, einen Namen und ein Konzept für diese neue Hautpflegeserie zu finden, die wir auf den Markt bringen wollen, und das ist perfekt! Nobler! Sei ein Nobler Mann!», schwärme ich.

«Es prägt sich definitiv ein», gibt May zu.

«Wir wollten einen sozialen Aspekt mit hineinbringen, und vielleicht könnten wir die Leute sogar wählen lassen, wohin ihr Spendenanteil am Gewinn gehen soll. Man registriert sich online und scrollt durch die Optionen, bis man eine Sache findet, die einen wirklich anspricht, und dann, wenn man spendet, fühlt man sich wie ein Nobler Mann.»

«Wäre es nicht toll, wenn man immer dann, wenn man sich schlecht fühlt, irgendetwas spendet, anstatt auf Facebook nach Ex-Freunden zu suchen? Natürlich spendet man nur das, was man sich gerade leisten kann, trotzdem würde man sich großzügig und gut fühlen!», fällt Charlotte ein.

«Natürlich hat nicht jeder Interesse daran, Gutes zu tun», bemerkt Jay.

«Na ja, diese Leute wollen wir mit der neuen Marke auch

nicht ansprechen. Will man alle erreichen, erreicht man eh niemanden.»

«Aber interessiert sich die Firma denn überhaupt selbst dafür, etwas Gutes zu tun?»

«Ich glaube, das ist nicht so wichtig», antworte ich. «Wenn man eine Stiftung hätte, wen würde man mehr schätzen – die Person mit guten Absichten oder die Person, die wirklich spendet?»

«Das ist eine interessante Ethik», meint Gareth.

«Wisst ihr, neulich habe ich eine Redaktionsassistentin um die zwanzig bei einem Shooting kennengelernt, und obwohl ihr Gehalt wirklich winzig ist, unterstützt sie ihre Lieblingsfilmemacherin auf YouTube über Patreon – sie zahlt monatlich sechs Pfund und fühlt sich wie eine Kunstmäzenin!», erzählt May.

Ich lausche den Ideen, die über den Tisch fliegen, mache mir Notizen auf dem Handy und habe das Gefühl, dass ich da wirklich etwas auf der Spur bin.

Irgendwann ist mein Kopf so voll, dass ich mich in die Küche zurückziehe, um die Drachenfrucht vorzubereiten. Ich empfinde eine seltsame Befriedigung, als ich die knallpinke, artischockenartige Schale durchschneide, um das weiße Fleisch mit den winzigen schwarzen Samen zum Vorschein zu bringen.

«Schau mal an, wie hübsch du bist!»

«Sprichst du etwa mit der Frucht?»

Ich drehe mich um und sehe Jay, der hinter mir steht.

«Ich frage bloß, weil du heute Abend kaum was gesagt hast.»

«Was? Ich habe mir gerade eine komplett neue Werbekampagne ausgedacht!»

«Und ansonsten warst du komplett neben der Spur. Denk bloß nicht, ich hätte das nicht bemerkt.»

«Na ja.» Ich seufze tief. «Ich habe einfach eine Menge im Kopf.»

«Kein Erfolg bei der Wohnungssuche?»

«Da habe ich gerade eine Pause eingelegt. Man kann nicht gleichzeitig nach der Liebe und nach einer Wohnung suchen, sonst platzt einem irgendwann der Kopf.»

«Vergiss nicht, dass du auch noch einen neuen BH brauchst», mischt sich May ein, die auf der Suche nach Likörgläsern hereinschneit.

«Willst du mich in den Wahnsinn treiben?»

«Oh, ich mache dir einen maßgeschneiderten!», sagt Jay begeistert. «Die Korsage in deinem Brautjungfernkleid hat doch gut gepasst, oder?»

«Ja», gestehe ich.

«Ich glaube, neben deinen Brüsten könnte sie auch deine Stimmung heben.»

«Das klingt wie eine Idee für eine Netflix-Serie», kommentiert May kichernd und stellt die Gläser auf ein kleines Holztablett. «Die lebensverändernde Wirkung von Unterwäsche.»

«Wir könnten auf die Straße gehen und den Leuten die Hemden aufreißen, so wie Superman.»

«Ach, wirklich?», frage ich.

Als wir zurück ins Safari-Camp gehen, denken die beiden schon angeregt über mögliche Episoden rund um die Trans-Community und Opfer von Schönheitsoperationen nach. Und über Kleidungsalternativen für Menschen, die Spanx zu heiß finden.

«Also, diese Folge würde ich mir ansehen», sage ich.

Man würde nicht glauben, dass ein so außergewöhnliches Ding wie Drachenfrucht zu toppen ist, aber als Marcus den Amarula-Likör einschenkt und erklärt, dass er aus der Marula-Frucht hergestellt wird, die viermal so viel Vitamin C enthält wie eine Orange, gewinnt das Getränk ziemlich schnell den Beliebtheitspreis. Sogar mein enthaltsames Ich verlangt nach einem Nachschlag – es schmeckt wie fruchtiger Baileys. Charlotte findet, es habe eine Pfirsichnote; Marcus meint, es schmecke wie Karamell, und für mich schmeckt es nach Erdbeeren.

«Nur noch einen», sage ich und kippe mein Glas hinunter wie ein Yoplait-Joghurt.

«Einer unserer Reiseführer hat erzählt, der Likör wirkt wie ein Wahrheitsserum, weil der Alkohol sich ganz unbemerkt anschleicht.»

Ich sehe, dass Gareth sein Glas noch schneller hinstellt als ich.

«Hey, Amy», sagt Charlotte mit leichtem Lallen, während sie am Korkenzieher dreht. «Hast du eigentlich diese Matratze gekauft? Du warst da doch vor der Hochzeit auf einer Mission.»

Toll. Noch was, was nicht geklappt hat. «Ich suche noch», antworte ich. «Ich dachte, ich hätte das Richtige für mich gefunden, aber dann war es doch nichts.» Ich werfe May einen Blick zu; sie ist die Einzige, der ich von Matratzen-Matt erzählt habe.

«Ich habe mir meine Matratze anfertigen lassen, und die war nicht halb so teuer, wie man denken würde», meint Gareth.

«Lustig, wir haben gerade vorhin über Maßanfertig ...»

«Pssst!», bringe ich Jay zum Schweigen. Meine Brüste

müssen hier nicht diskutiert werden. «Sprich weiter, Gareth.»

«Na ja, wenn du mein Angebot neulich angenommen hättest, dann wüsstest du, wie angenehm sie ist.»

Schweigen breitet sich aus.

«Ich habe auf dem Sofa geschlafen», erkläre ich hastig. «Als meine Mum gestürzt ist.»

«Du kannst sie jederzeit ausprobieren.»

Könnte irgendjemand bitte ein neues Thema anschneiden? Ich spüre, wie mein Gesicht immer heißer wird.

«Haben wir euch von dem Bett erzählt, auf dem wir im Krüger Nationalpark geschlafen haben?»

Oh danke, Marcus!

Während er das Baumhaus mit dem großen Himmelbett beschreibt, dessen Schleier aus einem Moskitonetz besteht, bemerke ich, dass Charlotte mich mit telepathischen Mitteln dazu bewegen will, Gareths Angebot anzunehmen. Und ich glaube, sie meint, ich solle es jetzt sofort tun. Mein Blick wird leer, und ich greife abwesend nach der Wasserkaraffe.

Doch im nächsten Moment ist Charlotte schon hinter mir, zieht mich hoch und fragt: «Wer möchte Tee?»

Und während wir in Richtung Küche gehen, zischt sie mir zu: «Du hattest gerade eine Einladung in sein Schlafzimmer! Welche bessere Gelegenheit willst du denn noch?»

«Ich weiß, ich weiß!»

«Ich glaube, so flirtig war er noch nie», säuselt sie, offensichtlich ziemlich angeheitert.

«Wieso ergibt das alles keinen Sinn?»

«Weil du nicht mit ihm darüber reden willst.»

«Wieso muss ich denn diejenige sein? Er hat es doch die ganze Zeit gewusst –»

«Oh Gareth! Wo hast du noch mal deine Teebeutel?», trällert Charlotte.

Ich greife nach dem Griff des Kühlschranks und stecke meinen Kopf ganz hinein. «Ist Hafermilch für alle okay?»

«Lass mich das mal machen.» Charlotte schiebt meinen Hintern mit der Hüfte zur Seite. «Du kannst solange Gareths Matratze testen. Ich denke, je eher du da weiterkommst, desto besser.»

«Das stimmt», sagt er. «Die Vorstellung, dass du auf einem Nagelbrett schläfst, gefällt mir gar nicht.»

Ach, ehrlich? Na gut. Dann also los! Ich folge ihm in sein Schlafzimmer und sage in geschäftigem Ton: «Also, reden wir über Specs.»

«Über Sex?», fragt er überrascht.

«Specs», sage ich überdeutlich. «Wie in Specifications? Details?» Hastig frage ich ihn darüber aus, was ihn dazu bewogen hat, sich eine Matratze anfertigen zu lassen, wie er den Hersteller gefunden hat, wie lange es gedauert hat, bla, bla, bla ...

Währenddessen zieht Gareth sein Spannbettlaken ab und zeigt mir die Federung. «Du kannst jedes Muster auf diesem Bezug bekommen, aber natürlich ist es immer verdeckt. Spring rauf!»

«Das ist ganz schön hoch. Wahrscheinlich brauche ich eine Trittleiter, um da hochzukommen.»

«Hier», sagt er und hebt mich aufs Bett.

Ich glaube, der einzige Griff, den er bis zu diesem Monat noch nicht an mir ausgeführt hat, ist der Schulterwurf à la Feuerwehrmann. Aber es ist ja noch Zeit.

«Du weißt ja, ich bin nicht gerade der Technikfreak.»

«Allerdings.»

«Aber nachdem ich mich jahrelang nach meinen Pflanzen gebückt habe, verlangte mein Rücken nach einem verstellbaren Bett. Darf ich?», fragt er, um meine Erlaubnis zu bekommen, sich neben mich zu legen.

«Nur zu.»

«Also, wenn du dich zurücklegst …» Er nimmt die Fernbedienung, man hört ein Sirren, und an Kopf und Knien hebt sich die Matratze an. «Das ist besser bei Schmerzen am unteren Rücken, als wenn man auf einer flachen Matratze liegt.»

«Gareth?»

«Ja?»

«Ich habe eine Frage.»

«Du willst bestimmt wissen, was passiert, wenn man sich nachts auf die Seite drehen möchte.»

«Es geht nicht um die Matratze.»

Pause.

«Oookay.»

«Es geht um die Hochzeit.»

Ich spüre, wie sich sein Körper anspannt. Mir fällt keine einzige Formulierung ein, wie ich das ausdrücken kann, was ich fragen will, darum verlasse ich mich auf die Bildsprache – ich ziehe das Foto aus meiner Brusttasche und reiche es ihm.

«Was ist das?» Er runzelt die Stirn, dann wird sein Gesichtsausdruck weich. Einen Augenblick lang sieht er ganz nostalgisch aus, beinahe verträumt. «Wie?»

«Offenbar wollte Marcus die Treppe mit Charlottes Mini-Kamera fotografieren, und da standen wir.»

Er starrt auf das Bild.

«Wieso hast du mir nicht gesagt, dass du es warst?», frage ich. Meine Stimme ist kaum mehr als ein Flüstern.

Er schaut auf, sieht mich aber nicht an. «Ich wusste ja, es war nicht der Kuss mit dem Happy End, also was sollte das bringen?»

«Was meinst du damit?» Ich versuche, mich zu ihm zu drehen, aber der Knick in der Matratze ist hinderlich. «Kannst du sie wieder flach stellen? Oder das Oberteil etwas höher fahren?»

Er fummelt an der Bedienung herum, fährt uns hoch und runter. Einmal heben sich unsere Füße in die Höhe, und unsere Köpfe kippen nach unten, als befänden wir uns auf einer Achterbahn, die von einem Gynäkologen konstruiert wurde.

«Entschuldigung!»

«Kannst du mir nicht einfach erzählen, was passiert ist?», frage ich verzweifelt.

«Amy –»

«Sag es einfach, damit ich es weiß! Du bist der Einzige, der die Sache für mich aufklären kann!»

Endlich trifft er den richtigen Knopf, und wir liegen wieder flach. Ich atme ein und drehe mich endgültig zu ihm um, rede mir ein, dass ich mich im Griff habe, egal, was er sagt – aber ich bin mir nicht sicher, dass das wirklich stimmt.

«Du hast dich um meine Schnittwunde gekümmert», fängt er an und berührt mit dem Finger die Narbe auf seiner Lippe. «Du hast Tücher aus der Damentoilette geholt und hast mich zur Treppe geführt, damit du hoch genug stehen kannst, um die Wunde zu sehen. Du warst ein bisschen betrunken, aber du hast dich so rührend um mich gekümmert.»

Die Erinnerung kehrt zu mir zurück – wie ich mich zwischen den Frauen hindurchdränge, die vor dem Spiegel Lippenstift auftragen und Selfies machen, wie ich Tücher aus der silbernen Tücherbox ziehe, wie ich das Wasser über meine Finger und die eine Hälfte der Tücher laufen lasse. Und wieder zu ihm eile. Wie ich auf gleicher Höhe stehe wie er. Sein Gesicht mit einer Hand festhalte. Mit der anderen tupfe. Mich vorbeuge. Mich ganz auf seinen schönen Mund konzentriere.

Er schaut auf das Foto. «Da war dieser Moment, wo alles auf einmal stehen geblieben ist.»

Ja, ich sehe es jetzt auch – als mein Blick seinen trifft. Dieses neue Verständnis zwischen uns, diese neue Verbindung. Ein Gefühl des Miteinanderverschmelzens.

«Wir haben uns geküsst», sagt er, und seine Stimme klingt rau. «Und dann hast du angefangen zu weinen.»

Unwillkürlich berühre ich mit einer Hand meine Wange. Er hat recht – inmitten dieser Flut an Liebe laufen mir auch jetzt Tränen herunter.

«Ich wusste in diesem Moment, dass du eine schlechte Vision hattest. Und damit war es vorbei.»

Vorbei?

«Also habe ich mich entschuldigt und bin auf mein Zimmer gegangen. Aber dort fühlte ich mich wie eingesperrt. Ich wusste, ich würde sowieso nicht schlafen können, also bin ich wieder runter und draußen umhergewandert.»

«Im Dunkeln?»

Er nickt. «Ich habe mich ein bisschen verlaufen, bin irgendwann an einen Baumstamm gelehnt eingeschlafen. Als die Sonne aufging, habe ich den Weg zurück gefunden.»

Kein Wunder, dass er am nächsten Morgen so verwüstet aussah. Wir hatten es auf Freyas Hochzeit geschoben, dabei war ich der Grund gewesen.

«Als ich ins Fliederzimmer kam und hörte, dass du all diese anderen Typen geküsst hattest und dass einer davon eine gute Vision ausgelöst hat ...» Er schüttelte den Kopf. «Ich wollte einfach nur noch da weg und verschwinden.»

«Aber du hast mir nie gesagt, dass du einer der Küsse warst!»

«Das konnte ich nicht. Ich wusste, ich hätte es nicht so erzählen können, als wäre es mir egal. Ich war so niedergeschmettert.»

Ich starre ihn an.

«Charlotte hat mich im Auto sogar gefragt. Ich konnte keine weiteren Fragen mehr ertragen, darum bin ich nach Edinburgh zu meinem Vater geflogen, weil ich dachte, wenn ich zurück bin, hat sich sicher alles aufgeklärt.»

Ich strecke die Hand aus und kneife ihn ins Bein.

«Wofür war das?»

«Ich will nur sichergehen, dass das hier real ist und dass du wirklich sagst, was du da sagst, und es nicht nur ich bin, die hört, was ich hören will.»

«Ich will nur sagen ...»

«Ja?»

«Ich bin froh, dass es Ben ist und nicht Tristan. Aber ich wünschte, ich wäre es gewesen. Ich hätte dich selbst mit aufgeplatzter Lippe geküsst, weil ich dich schon seit dem ersten Tag küssen wollte, als ich in deine Klasse gekommen bin und du mich angelächelt hast, als würdest du mich kennen.»

Mein Herz öffnet sich. «Gareth ...» Ich rutsche näher an ihn heran.

«Ja?»

«Als ich bei unserem Kuss geweint habe –»

«Du musst dich nicht rechtfertigen, und ich will gar nicht unbedingt wissen, was in deiner Vision passiert ist.»

Ich lege meine Hand auf seine. «Es waren keine Tränen des Bedauerns.»

Er blinzelt mich an. «Was meinst du damit?»

Mein Herz flattert vor Nervosität, als ich weiterspreche: «Ich habe geweint, weil ich so glücklich war. Weil du es warst.» Ich spüre, wie neue Tränen kommen. «Weil du es immer gewesen bist.»

Gareth starrt mich an. «Warte – ich war die gute Vision? *Ich* war die gute Vision?», wiederholt er und scheint sich für diesen Gedanken langsam zu erwärmen.

«Die *wirklich* gute Vision», bestätige ich.

Ich sehe, wie sich eine Wolke von seinem Gesicht hebt. Seine Augenbrauen glätten und seine Lippen öffnen sich. Er schaut mich an, als wolle er etwas sagen, stattdessen lehnt er sich vor und küsst mich mit größter Intensität.

Ich fühle mich wie berauscht. Endlich kann ich mich einem Kuss vollkommen hingeben, ohne Angst, ohne Enttäuschung, voller Liebe.

«Amy», flüstert er, als wir wieder Luft bekommen.

Wir schauen uns gefühlte Minuten lang in die Augen, betrachten uns mit neuem, verzaubertem Blick.

Er streicht mir die Haare zurück, und ich spüre, wie ich lächele und dann strahle. Und er auch. Und dann küsst er mich wieder, und diesmal wird mein ganzer Körper vor Glück mitgerissen.

«Seid ihr angezogen?» Jay platzt zur Tür herein, dann springt er erschrocken zurück. «Shit, als du meintest, sie soll mal deine Matratze ausprobieren ...»

«Brauchst du was?», erkundigt sich Gareth ganz cool.

«Was? Oh! Da ist so ein Typ an der Tür. Ich sage ihm, er soll später wiederkommen. Ihr seid ja ganz offensichtlich beschäftigt.»

«Was für ein Typ?»

«Irgendein Nachbar.»

Gareth und ich schauen uns an, dann springen wir vom Bett, rennen an Jay vorbei und zur Tür.

«Mr Atkins!», rufen wir beide erfreut.

«Ich wollte noch mal nachfragen, nur für den Fall –»

«Ja! Ja!», platzen wir heraus. «Wo sollen wir unterschreiben, was können wir tun? Sollen wir jetzt gleich zur Bank gehen?»

«Wirklich?» Er schaut uns erstaunt an. «Haben Sie beide sich denn geeinigt?»

«Ja!», versichert Gareth ihm.

«Endlich!», seufze ich.

Mr Atkins strahlt. «Das ist alles, was ich hören wollte. Mit den Verträgen können wir uns morgen beschäftigen.»

«Danke!» Wir fallen ihm beide um den Hals.

«Na, na, kein Grund zur Übertreibung.» Er lacht. «Ich freue mich bloß, dass mein Haus in gute Hände kommt.»

«Das wird es! Wir werden es so sehr lieben!» Instinktiv schlingen wir die Arme umeinander, als wären wir schon jahrelang ein Paar.

«Haben wir gerade zusammen ein Haus gekauft?»

«Das ist der beste Tag meines Lebens!»

Vor Freude springe ich in Gareths Arme, wickele meine Beine um seine Hüfte, und dann versinken wir in einem leidenschaftlichen Kuss. Wir haben so viel verlorene Zeit aufzuholen. Meine Hand gleitet unter sein Hemd, so dringend möchte ich die Wärme seiner Haut spüren –

«Entschuldigung!»

Charlotte steht neben uns. Ich hatte ganz vergessen, dass wir Gäste haben.

«Tut mir leid, aber ihr beide habt ja noch euer ganzes Leben, um das zu tun. Und das meine ich wortwörtlich. Jetzt aber brauchen wir euch im Garten.»

Gareth und ich schauen uns verwundert an, doch als wir dazukommen, stehen May und Jay und Charlotte und Marcus um eine Flasche Champagner herum.

«Wo kommt die denn her?», fragt Gareth.

«Ich habe sie hinten im Kühlschrank versteckt, als wir kamen.» Marcus zwinkert mir zu. «Ich hatte so ein Gefühl, dass wir heute was zu feiern haben.»

Ich strahle ihn an und ebenso alle meine Freunde, dann schlinge ich meinen Arm um Gareth und rufe: «Lasst den Korken knallen!»

29

Am nächsten Morgen wache ich allein in meinem Bett auf.

Einen Augenblick überlege ich, ob ich das alles bloß geträumt habe – unser Gespräch in seinem Schlafzimmer, der Kuss, die euphorische Entscheidung, das Nachbarhaus zu kaufen, mit all unseren Freunden mit Champagner anzustoßen, sodass mein Herz vor Glück beinahe schmerzte …

Ist es wirklich möglich, dass ich nach all diesen Jahren, in denen ich glaubte, dass die Liebe für mich unerreichbar ist, wirklich dieses neue Leben beginnen kann? Ich presse mein Kissen an mich. Selbst meine ausgeleierte Matratze stört mich nicht mehr, weil ich weiß, dass dieser Zustand begrenzt ist und mein neues Schlafzimmer einen Balkon haben wird, zu dem die Sonne hereinscheint, und leichte Vorhänge, die in der Brise wehen.

Ich springe auf, und anstatt müde zum Bad zu schlurfen, stelle ich fest, dass ich singe. Und es ist erst fünf Uhr morgens.

Ich habe mir den Wecker extra früh gestellt, um meinen Pitch für die Nobler-Hautpflegeserie fertigzustellen. Ich will einen so tollen Job machen, dass sich die Kunden mit offenem Mund anstarren und «Wir lieben es!» jubeln.

Natürlich wäre ich gestern am liebsten bei Gareth geblieben und hätte ihn mit allen Sinnen genossen, doch er meinte: «Du hast die Chance, eine Nobler-Frau zu werden, also ergreif sie!»

Ich fühle mich noch mehr gepusht in dem Wissen, dass

dieser Mann mir nur das Beste wünscht. Und was unsere Beziehung angeht, so haben wir es nicht eilig. Ich möchte die Vorfreude auf unsere erste gemeinsame Nacht genießen, was der Sonntag nach der Kostümparty sein wird. Gleichzeitig kommt es mir wie eine Ewigkeit vor. Aber es gibt mir auch Gelegenheit, mir vernünftige Unterwäsche zu kaufen. Das wird auch Zeit. Nicht, dass Gareth den Unterschied zwischen einem Sport-BH und einem Spitzen-Balconette von Agent Provocateur bemerken würde. Hm, vielleicht aber doch. Diese Seite an ihm werde ich erst noch entdecken. In jedem Fall ist es ungeheuer befreiend, mit einem Mann zusammen zu sein, der einen so liebt, wie man ist. Ich denke an meine alternative Existenz, in der ich Männern wie Tristan zu gefallen versuchte, und schaudere.

Ich feile an meinen Worten, während ich mich unter der Dusche einseife, gehe im Kopf verschiedene Schriftarten durch, während ich mich föhne, und setze mich dann mit einer großen Tasse Kaffee an meinen Laptop. So motiviert war ich schon lange nicht mehr. Ich laufe durch die Wohnung und perfektioniere den Tonfall meiner Präsentation, dann steige ich in den Bus, sitze nervös und aufgeregt da, lausche motivierender Musik und fühle mich viel zu aufgedreht für die langsame, rumpelige Fahrt.

Ist das Leben nicht erstaunlich?, denke ich, als sich die Türen öffnen und schließen. Ein beständiger Wechsel. An einem Tag fühlt man sich total platt und gelangweilt und uninspiriert, und plötzlich passiert etwas, und die Welt ist auf einmal wieder voller Möglichkeiten.

Ich drücke auf den Knopf, damit der Bus an der nächsten Station hält.

Okay. Tief durchatmen. Haltung einnehmen.

Ich überquere die Straße, betrete das Gebäude, hole mir ein Glas Wasser und gehe in den Konferenzraum.

Die Präsentation läuft perfekt. Ich zögere nicht ein einziges Mal oder verspreche mich, und als ich den Teil präsentiere, wo die Firma fünf Prozent des Profits an eine Wohltätigkeitseinrichtung spendet, die der Kunde selbst wählt, höre ich beinahe, wie meine Worte von ergreifender Musik untermalt werden.

Beckys Folien sehen toll aus, und als sie dem Kunden die verschiedenen Optionen vorstellt, sehe ich die Firmenvertreter nicken und angeregt miteinander flüstern. Es sind die beiden Männer, die wir schon mal getroffen haben, und am Ende unserer Präsentation applaudieren sie. Und da ist Big Boss Man Cooper – ob das sein Vor- oder Nachname ist, spielt offenbar keine Rolle, denn er nennt sich immer nur genau so.

«Ich liebe diese Idee – mit Ausnahme der fünf Prozent, das ist ein zu großer Anteil am Profit», dröhnt er

Ich nicke. Das habe ich erwartet. Einen Versuch war es wert.

«Das Ding ist», fährt er fort, «wenn man es als ‹prozentualen Anteil am Profit› bezeichnet, dann muss man die Menge nicht näher spezifizieren. Ich meine, auch 0,005 Prozent bedeuten immer noch einen prozentualen Anteil.»

«Nun, so niedrig würden Sie natürlich niemals gehen wollen», entgegne ich.

«Wieso nicht?»

«Weil es irreführend und ausbeuterisch wäre.»

«Wie bitte?» Er sieht beleidigt aus.

Meine Chefin Lindsey öffnet den Mund, doch er hebt die Hand, um sie zu unterbrechen.

«Wir spenden Geld für Wohlfahrtsverbände, die nichts dafür geleistet haben, und wir sind ausbeuterisch?»

Ich weiß gar nicht, wo ich anfangen soll – Geld für Wohlfahrtsverbände, die nichts dafür geleistet haben? So langsam wird mir übel. Ich lehne mich vor, um meinen Punkt zu unterstreichen. «Was ich sagen will, ist, dass Sie die Spenden doch *mit gutem Gewissen* machen wollen, und nicht nur mit Blick auf den Gewinn.»

«Wollen Sie mir erklären, wie man eine Firma führt?», höhnt er. «Leiten Sie die Finanzen dieser Agentur?»

«Das tue ich nicht.»

«Nun, dann konzentrieren Sie sich doch besser auf das, was Sie gut können, und ich tue das Gleiche, in Ordnung? Es sei denn, Sie wollen unsere Kampagne nicht.»

«Natürlich wollen wir Ihre Kampagne.» Lindsey lächelt eifrig.

«Ich finde ja nur, dass, wenn Sie Ihre Marke *Nobler* nennen, Sie auch so handeln sollten.»

«Amy, kann ich kurz draußen mit dir sprechen?» Lindsey steht auf und öffnet die Tür. Mit glühendem Gesicht verlasse ich den Raum. «Ich glaube, du wartest den Rest des Meetings draußen», flüstert sie, während sie mich um eine Ecke zieht.

«Aber das ist meine Idee. Mein Konzept.»

«Und du wirst für deine Ideen bezahlt. Damit werden sie zum Firmeneigentum.»

Meine Schultern sacken frustriert herab. «Bist du denn happy mit dem, was dieser Cooper sagt?»

«Es geht nicht darum, ob ich happy bin, sondern ob der Kunde happy ist.»

«Aber zu welchem Preis?»

Ihr Blick wird stählern, vielleicht guckt sie sogar entnervt. «Wir sprechen nachher weiter.»

Ich stehe ein paar Minuten wie gelähmt da, dann gehe ich zurück an meinen Schreibtisch. Ich hätte Lust zu heulen. Wie konnte das auf einmal so schieflaufen? So viel habe ich doch gar nicht gesagt! Ich schiebe meine Tastatur beiseite. Ich kann den Gedanken nicht ertragen, dass dieser Cooper den Leuten unter Vorspiegelung falscher Tatsachen das Geld aus der Tasche zieht, zumal es meine Idee war. Gestern beim Essen habe ich noch behauptet, dass die Absichten der Firma überhaupt keine Bedeutung haben. Jetzt finde ich, dass sie sehr wohl eine haben. Ich greife nach meinem Handy und überlege, wem ich zuerst schreiben soll. May, um mich auszukotzen, oder Gareth, um mich zu beruhigen, oder Charlotte wegen ihres Pragmatismus oder Jay wegen eines guten Spruchs, den ich hervorzaubern kann, sollte ich Cooper noch mal begegnen. ‹Sie merkwürdiger kleiner Mann!›, hat mir die letzten Jahre gute Dienste geleistet.

«Was für ein Arsch.»

Ich schaue auf. Auch Becky ist zu ihrem Schreibtisch zurückgekehrt, sie sieht mich mitfühlend an.

«Ist Lindsey immer noch da drinnen?»

«Sie holt sich gerade einen Kaffee.»

«Und die Kunden?»

«Ich weiß es nicht. Sie hat nur gesagt, sie bleibt nicht lange weg.»

Ich trommele nervös auf dem Schreibtisch herum. «Glaubst du, ich werde gefeuert?»

«Neeeeeiiin, natürlich nicht», versichert mir Becky, dann

fängt ihr Telefon an zu klingeln. «Ich sollte da rangehen, ich erwarte einen Anruf von der Druckerei.»

«Klar, mach ruhig.»

Und wenn ich einfach alles hinschmeiße? Um für meine Prinzipien einzustehen? Ich möchte so gern für eine Firma arbeiten, an die ich glaube, und ich möchte eine bedeutsame Arbeit machen. Aber wenn ich diesen Job verliere, kann ich die Hypotheken für das neue Haus nicht bezahlen, Gareth kann sein Café nicht eröffnen, und unser Traum, damit etwas Gutes zu tun, ist schon vorbei, bevor er überhaupt begonnen hat.

Aber wenn ich bleibe, will ich wenigstens ein bisschen mehr über diesen Cooper und seine Geschäfte wissen. Ich ziehe meine Tastatur zu mir heran und beginne fieberhaft zu googeln.

«Amy?» Beim Klang meines Namens zucke ich zusammen. Diese verdammte Lindsey und ihre Tarnkappenschuhe.

«Ja?», versuche ich mit normaler Stimme zu sagen.

«Kommst du bitte mal in mein Büro?»

Mein Gefühl, dass irgendwie Unheil aufzieht, verstärkt sich. Der heutige Tag verläuft nicht nach Plan.

Ich setze mich ihr gegenüber auf die andere Seite von ihrem Schreibtisch, vermeide aber jeden Blickkontakt. Ich versuche sonst immer, strahlend und aufnahmebereit und enthusiastisch zu wirken, aber gerade jetzt fühle ich mich desillusioniert und mutlos.

Lindsey schlägt die Hände zusammen. «Cooper hat vorgeschlagen, dich abzuziehen.»

Ich reiße den Kopf hoch. «Von diesem Account?»

«Aus der Firma.»

«Waaas?» Ich schlucke. Mein Herz klopft laut. Ich verstehe nicht, wie aus meiner guten Idee, die alle so toll fanden, dieses Ende werden konnte.

«Ich weiß, dass du schon länger in eine andere Richtung gehen wolltest –»

«Ja», unterbreche ich sie hastig, «aber ich wollte diese Richtung mit unserer Arbeit verbinden, nicht ohne sie.»

«Ich weiß.» Sie holt tief Luft. «Und ich glaube, es ist an der Zeit ...»

Oh Gott, jetzt kommt es! Ich schließe die Augen und wappne mich.

«... für uns, dass wir ein paar Non-Profit-Kunden annehmen.»

Ich schaue sie verwirrt an. «Wie bitte?»

«Na ja, ich meine, dass wir unsere Dienste Non-Profit-Unternehmen anbieten. Umsonst.»

Ich kann es einfach nicht glauben. «Wieso denn das auf einmal?»

«Aufgrund grundlegender Abneigung gegenüber Cooper und aufgrund der Erkenntnis, dass ich selbst noch nicht mal die 0,005 Prozent spende, von denen er vorhin geredet hat.»

«Oh.»

«Ich hatte gerade einen Was-hinterlasse-ich-eigentlich?-Moment.»

«Was für einen Kaffee hast du getrunken?», frage ich sie und denke für den Fall der Fälle an dieses Hanf-Café, von dem alle munkeln. Vielleicht ist es schon eröffnet.

«Tatsächlich habe ich gar keinen Kaffee getrunken, sondern unseren Anwalt angerufen, weil ich unseren Nobler-Pitch zurückziehen will.»

«Ehrlich?»

«Ich meine, ich stehe auf Ironie wie jeder Brite, aber ich

finde, es geht zu weit, ausgerechnet einem Typen wie Cooper den Markennamen *Nobler* anzuvertrauen.»

Mein Mund steht immer noch offen. «Ich glaube es einfach nicht», quetsche ich heraus.

«Ich wusste auch nicht, dass der heutige Tag sich so entwickeln würde. Aber ...» Sie holt tief Luft und reckt das Kinn. «Es fühlt sich gut an. Nächste Woche werde ich vierzig, und ich verbringe keine weiteren zehn Jahre mehr damit, unverschämte Kunden zu umschmeicheln. Es ist an der Zeit, etwas anderes zu versuchen.»

«Ich möchte dich am liebsten umarmen!»

«Ich weiß.» Sie zieht eine Grimasse.

Ich lache noch immer, wie betrunken.

«Also, als Nächstes möchte ich, dass du mir eine Liste von Leuten gibst, mit denen wir deiner Ansicht nach harmonisch zusammenarbeiten können. Aber finde erst heraus, wie es um die Firmenmoral steht, wer der Kopf und das Herz der Firma ist. Wir können es uns leisten, wählerisch zu sein.»

«Alles klar, mache ich.» Ich nicke ihr zu und stehe auf. Ich will gleich loslegen. «Ich danke dir!»

Lindsey zuckt mit den Schultern. «Manchmal kann aus einem Nein ein viel bedeutenderes Ja werden.»

Ich verlasse ihr Büro mit dem Gefühl, gerade den Titel für meine Autobiografie erhalten zu haben, sollte ich jemals das Bedürfnis verspüren, eine zu schreiben.

30

*E*s ist Sonntag, der Tag der Kostümparty. Und die ganze Truppe ist da.

«Bereit?»

Wir stellen uns vor dem Pflegeheim für ein Gruppenfoto auf. Die Kamera liegt auf der Backsteinmauer, und May checkt zum letzten Mal unsere Aufstellung, dann drückt sie auf den Timer.

«Jetzt geht's los!», ruft sie, bevor sie zu uns rennt.

Ich ziehe sie an mich, während sie den Robin Williams aus *Mork & Mindy* gibt, indem sie die Daumen hinter ihre regenbogenfarbenen Hosenträger verhakt. Ihre Arme stecken in einem gestreiften T-Shirt, die Beine irgendwo in ausgeleierten Hosen mit Kellerfalten.

«Ich kann den Anblick kaum ertragen!», tadelt Jay und bringt den Perlentropfen an seinem Stirnband zum Klirren.

Er hat sein Outfit noch in letzter Minute getauscht und ist nun Rachel aus *Friends*, und zwar aus ihrer Eröffnungsszene, in der sie ein Hochzeitskleid trägt. Wir wussten irgendwie alle, dass das passieren würde, trotzdem haben wir ihn mit lauten Aaahs und Ooohs bestaunt, insbesondere weil er sich so viel Mühe mit den Details gegeben hat und sogar seine Haare im Wet-Look trägt.

Charlotte und Marcus kommen wie geplant als Margo und Jerry aus *The Good Life*, auch wenn sie geistig eher auf einer Stufe mit Tom und Barbara stehen.

Gareth gibt sein Bestes, um mit seinem irischen Akzent

als Father Ted zu überzeugen, sieht aber optisch eher aus wie James Norton in *Grantchester*, und darüber will ich mich nicht beklagen.

Was mich betrifft, so habe ich mich für Polly aus *Fawlty Towers* entschieden. Das Outfit ist ziemlich simpel – ein hellblaues Kleid mit einer weißen Schürze und einem Häubchen auf dem Kopf –, aber ich liebe den bauschigen Dutt in meinem Haar. Ich fühle mich wie eine Mischung aus einer 1970er-Jahre-Parfümwerbung und Barbra Streisand in *Hello, Dolly*. Gareth krault meinen Nacken, was mich vor Entzücken schaudern lässt. Ich ertappe mich dabei, wie ich ihn ständig berühren muss, obwohl jeder Zentimeter seines Körpers von schwarzen Stiefeln bis zu einem klerikalen Kragen bedeckt ist.

«Oh, schaut mal!», jubelt Charlotte, als wir das Gebäude betreten. «*The Vikar of Dibley!*»

«Ich muss ein Foto von den beiden machen!» May stellt Gareth direkt hinter die Pastorin, sodass ihre Köpfe und Kragen auf einer Linie sind. «Perfekt!», juchzt sie und fragt die Frau nach ihrem Namen, damit sie ihr das Foto schicken kann.

«Geraldine», antwortet die Pastorin.

May zögert. «Ist das der Name Ihrer Rolle oder Ihr richtiger Name?»

«Ähhhm.» Die Frau sieht verwirrt aus.

«Keine Sorge», unterbreche ich. «Sie sehen toll aus, alles andere ist nicht so wichtig!»

«Darf ich Sie auf die Tanzfläche führen?», fragt Gareth und hält ihr seinen Arm hin.

Sie strahlt ihn an. «Oh ja, bitte!»

«Ich schätze, heute wird es so einige Identitätsverwirrungen geben», meint Charlotte, als wir den beiden folgen.

«Entweder das, oder sie erkennen auf einmal viel mehr Leute als sonst», entgegnet Marcus.

Beim Sitcom-Soundtrack, den Lidia zusammengestellt hat, gibt es auf jeden Fall einen hohen Wiedererkennungswert. Es ist alles dabei von *Last of the Summer Wine* bis *Cheers*. Angeblich hilft Musik besonders gut dabei, um bei Demenzkranken Erinnerungen zu wecken. Und nicht nur bei ihnen.

«Sie spielen meinen Song!», jubelt Jay, als wir zu *I'll Be There For You* in den Gemeinschaftsraum treten.

Sofort tanzen wir mit imaginären Tamburinen los und werden erfasst von einer Welle positiver Schwingungen, greifen nach so vielen weichen und faltigen Händen wie möglich.

Normalerweise wirkt das Pflegeheim ziemlich verschlafen, maximal gibt es hier und da mal ein bisschen Zank und Aufruhr, aber meist liegt ein Hauch von Melancholie über allem. Heute sind alle Gäste voller Leben und Lust, sich zu bewegen, zu tanzen und – nun ja, zu *beichten*.

«Spiel einfach mit», gebe ich Gareth meinen Segen, als eine kleine alte Frau an seinem Ärmel zieht und ihm ihre Geheimnisse zuflüstern will.

Wir anderen haben beschlossen, dass wir unbedingt die Playlist haben wollen, so sehr lieben wir diese vertrauten Gefühle, die die Songs in uns wecken. Bis das klirrende Klavier aus *Will & Grace* erklingt und May sich ans Herz greift.

«Oh mein Gott, das erinnert mich an Mum.»

Jay sieht ebenso wehmütig aus. «Weißt du noch, wie wir immer mit unseren nackten Bäuchen zusammengestoßen sind?»

«Ich vermisse sie so sehr!», heult May auf.

«Kann ich euch beiden was zu trinken holen?», fragt Marcus mit sorgenvollem Blick.

«Ich helfe dir», bietet sich Charlotte an. «Ich weiß, was sie mögen.»

Ich führe die Zwillinge zur Seite, damit sie sich ein bisschen fangen können.

«Sie hätte das hier so gefeiert», seufzt May und lehnt sich mit dem Rücken an die Wand. «Wie sich alle verkleiden und ihre Rollen spielen.»

«Das hat sie am Modeln am meisten geliebt», sagt Jay zustimmend, «dass sie nie wusste, wer sie beim Shooting sein würde.»

Ich merke jetzt schon, dass die Kostüme bei den Bewohnern ganz andere Seiten zum Vorschein bringen – von der koketten Art einer Blanche Devereaux bis zum rotwangigen Getöse diverser Captain Mainwaring.

«Ich habe deine Mum ja in einem völlig anderen Licht gesehen, als ich sie vorhin zurechtgemacht habe.»

Ich sehe Jay mit gerunzelter Stirn an. «Du warst vorhin schon hier?»

«Ich wollte ihr bei ihrem Outfit helfen.»

Ich will gerade sagen: «Das ist ja sehr nett von dir, aber einen Rock kann sie sich immer noch selbst anziehen», als mir beim Anblick der Frau in schwarzer Satinkorsage und kurzem Leder-Minirock plus kniehohen Lackstiefeln der Mund aufklappt. Ihre Haare sind wild zerzaust. Ihr fehlt nur noch eine Peitsche.

«Oh mein Gott!» Ich schlage mir die Hand vor den Mund, als ich meine Mum erkenne. «Was hast du denn mit ihr gemacht?!»

«Nur das, was sie wollte.»

«Jay, sie wollte als Roz aus *Frasier* kommen!»

«Das ist Roz aus *Frasier*», beharrt er. «In ihrem Halloween-Kostüm, Staffel fünf, dritte Folge.»

Ich wanke schockiert in Mums Richtung. «Ich kann einfach nicht glauben, dass du sie dazu überredet hast.»

«Das hab ich nicht!», protestiert Jay und eilt hinter mir her. «Sie hatte nur diese Fotos an der Wand hängen …»

«Wusste Lidia davon?»

«Sie hat gesagt, sie hätte mit dir darüber gesprochen.»

Hmmm. Da klingelt was bei mir. Ich glaube, Lidia hat im Krankenhaus versucht, das Thema anzuschneiden.

«Ehrlich, du hättest sehen sollen, wie sie gelacht hat, als wir ihr die Haare über den Kopf gebürstet haben.»

«Ehrlich?» Ich werde weich. «Sie sieht wirklich glücklich aus.»

«Und superheiß.»

«Vielleicht ein bisschen zu heiß. Ich mache mir Sorgen um Malcolms Herzschrittmacher.»

«Um seinen Herzschrittmacher solltest du dir keine Sorgen machen», mischt May sich ein. «Wenn man bedenkt, dass sie bisher nur mit deinem Vater zusammen war, dann kann es doch nicht schaden, wenn sie einen Nachmittag lang mal den verführerischen Vamp spielt.»

«Sie scheint wirklich ganz in ihrem Element zu sein», sage ich beim Anblick der Bewunderer, die sich um sie scharen.

«Hier!» Marcus reicht mir einen Plastikbecher mit Saft.

Ich kippe ihn auf ex runter und bekomme einen Hustenanfall, so brennt es im Hals.

«Ich wollte noch sagen, ich habe unsere Getränke mit dem Inhalt meines Flachmanns aufgehübscht.»

«Ehrlich?» May nimmt einen vorsichtigen Schluck und wirft Marcus einen Blick zu. «Weißt du, es ist wirklich schwer, dich nicht zu mögen.»

Marcus sieht ganz gerührt aus. Offenbar ist ihm klar, was für ein Kompliment das aus Mays Mund ist.

«Oh, endlich ist sie frei!» Ich eile davon, um meine Mutter auf dem Weg zu den Getränken abzupassen. «Mum! Mum!»

Sie dreht sich um und betrachtet mich stirnrunzelnd von Kopf bis Fuß. Mir sinkt das Herz.

«Polly?», sagt sie schließlich. «Polly aus *Fawlty Towers*?»

«Ja!», jubele ich.

«Oh Liebes, du siehst toll aus mit den hochgesteckten Haaren.»

«Und du siehst umwerfend aus mit allem, was du anhast – und nicht anhast!»

«Ich habe noch nie so viel Aufmerksamkeit bekommen!», sagt sie strahlend.

«Die hast du verdient, Mum. Oh, aufgepasst, hier kommt Marty Crane!» Ich trete zurück, um dem grauhaarigen Typ in rot kariertem Hemd Platz zu machen.

Als sie seine Aufforderung zum Tanz annimmt, wirft er todesmutig seinen Gehstock zur Seite und zieht sie fest an sich, als wolle er gleich zum Tango ansetzen.

Ich schaue gebannt zu, wie die beiden mit verblüffender Koordinationsfähigkeit und Intensität über die Tanzfläche schieben.

«May!» Ich mache ihr ein Zeichen. «Kannst du meine Mum beim Tanzen fotografieren?»

«Das habe ich schon längst getan, Schatzi», sagt sie und zeigt mir die letzten Aufnahmen auf ihrem Handy.

«Oh, schau dir die beiden an!»

«So süß», stimmt sie mir zu. «Ein alter Holzfäller, der mit seiner Domina durchbrennt.»

Ich muss grinsen.

«Sieh dir mal diese tollen Bilder an.» May scrollt durch eine ganze Reihe von Aufnahmen, die die leicht surrealen Momente um uns herum einfangen.

Ich lege den Kopf zur Seite. «Nanu, May Day, hast du vielleicht deinen Elan zurück?»

«Was meinst du?»

«Du hast doch gesagt, du hättest keine Lust mehr auf Models …», setze ich an.

«Und das hier könnte mein neues Projekt sein!», japst May. «Ich könnte diese weißen Wände für eine Ausstellung nutzen!»

«Ich wette, Lidia würde das absolut unterstützen, sie will schon die ganze Zeit mehr aus dem Haus machen. Ich habe sie heute noch gar nicht gesehen. Moment!» Ich muss zweimal hinschauen.

Ebenso wie May.

Die Frau, die wir sonst immer in absolut unscheinbarer Arbeitskluft kennen, trägt ein perfektes *Bezaubernde-Jeannie*-Kostüm: einen platinblonden Pferdeschwanz, ein gerüschtes Bikini-Oberteil mit verführerischen Fransen, einen kleinen roten Bolero aus Samt und eine hauchdünne Haremshose in Rosé. Und ihre Tattoos sind eine zusätzliche Überraschung.

«Sie scheint Schwierigkeiten zu haben, die Flasche zu öffnen», meint May.

«Das klingt ja fast ironisch für einen Flaschengeist», murmele ich.

«Ich werde ihr mal helfen.»

Ich schaue May hinterher, wie sie zu Lidia geht, die Flasche mit einer gezielten Bewegung öffnet und ihr und sich zwei Gläser Cider einschenkt. Lidia errötet verführerisch, als sie anstoßen.

«Na, wer hätte das gedacht?», murmele ich vor mich hin.

«Die geben ein süßes Paar ab.» Charlotte hat die Situation bereits erfasst, als sie sich zu mir gesellt.

«Ich denke, das könnte wirklich was werden», sage ich. «Lidia lässt sich keinen Quatsch gefallen, und May hätte mit jemandem, der so ehrlich ist, bestimmt keine Vertrauensprobleme.»

Charlotte lächelt. «Unsere Familie vergrößert sich!»

«Ja, oder?» Ich seufze. «Und May hat sich solche Sorgen gemacht, dass wir alle auseinanderfallen. Dabei bekommen wir bloß mehr Mitglieder.»

«Mädels, es ist Zeit für die Polonaise!» Marcus zieht uns mit sich.

«Ist das wirklich schlau?» Ich runzle die Stirn. «Wenn eine von uns umfällt, fallen alle!»

«Es ist ja eher ein Schlurfen als ein Laufen. Außerdem mischen sich die Jüngeren dazwischen, dann wird die Kette etwas stabiler.»

«Komm!» Charlotte findet eine Lücke, und wir schlurfen los, fallen rein zufällig hier und da in den Gleichschritt und werden immer alberner.

Während die Musik wechselt, wird mir klar, wie vieles von dem, was wir brauchen, um wirklich glücklich zu sein, direkt vor unserer Nase liegt. Wir denken vielleicht, einen Cocktail an einem tahitianischen Strand trinken zu können, wäre das wichtigste Ziel, tatsächlich gibt es eine Menge erstaunlich beglückender Alternativen. Zum Beispiel Gareth. So gern ich jetzt seine Hände auf meinen Hüften spüren würde, so gern sehe ich ihm zu, wie er in der Ecke mit einer gebückten Frau tanzt, die ihm kaum bis zur Brust reicht. Sie hat die Augen geschlossen, als höre sie im Geiste *Moon River*.

Als ich dann doch zu ihm rübergehen will, versperrt mir Malcolm den Weg. Nun, eigentlich ist es Malcolm als David Brent aus *The Office*, komplett mit flauschig gelbem Emu-Kostüm.

«Donnerwetter. Malcolm. Das ist ein toller Look.»

«Jaja.» Er schiebt sich an mir vorbei, um Jay zu erreichen. «Bist du einer von diesen Transgendern?»

Oje.

«Ich bin ein Mensch, der sich gern so anzieht, wie es ihm gefällt.»

«Hmmmm», grunzt Malcolm. «Ich habe gehört, du hast Sophie dieses Outfit angezogen.» Er blickt lüstern in ihre Richtung.

«Habe ich.» Jay grinst.

«Kannst du das auch für mich tun?»

«Na ja, ich wollte schon sagen, dass diese Lackstiefel nicht in Ihrer Größe zu kriegen sind, aber tatsächlich kenne ich einen Laden, der sie bis Größe 49 führt.»

«Ehrlich?» Malcolms Augen leuchten auf.

«Moment, meinen Sie das ernst?», stößt Jay hervor.

«Weißt du, ich habe mich immer gefragt, wie ich wohl als Dragqueen aussehen würde.»

«Nun, es ist natürlich schon mehr nötig als ein Wink mit meinem Zauberstab, um so eine Verwandlung hinzukriegen», erklärt ihm Jay und betrachtet Malcolms Bart. «Was verstecken Sie denn darunter?»

Während Jay nach einer Kinnlinie tastet, scheint Malcolm

von der Berührung überrumpelt. «Ich … ich weiß es nicht. Ich trage ihn schon ewig.»

«Wollen Sie rausfinden, was darunter ist? Mit mir zusammen?»

Malcolms sonst so selbstbewusstes Gehabe fällt in sich zusammen, und seine wässrigen Augen füllen sich mit Sorge.

«Ich weiß, es ist ein bisschen unheimlich, der Welt zu zeigen, wer man wirklich ist», sagt Jay beruhigend. «Aber ich glaube, es ist an der Zeit.»

Malcolm schaut rüber zu meiner Mutter. «Meinst du, einige Leute würden mich dann vielleicht mit anderen Augen sehen?»

«Es könnte ein Anfang sein», ermuntert ihn Jay. «Es gibt vielleicht noch ein paar Verhaltensweisen, die Sie gleich mit Ihrem Bart entsorgen könnten.»

Malcolm nickt und beugt sich vor. «Können wir das jetzt gleich machen, bevor ich den Mut verliere?»

«Meine Schere zuckt schon», versichert ihm Jay. «Kommen Sie, zeigen Sie mir Ihr Zimmer.»

Gareth gesellt sich zu mir, und wir schauen dem ungleichen Paar hinterher. Malcolm bietet Jay höflich seinen Arm an, damit dieser sein langes Hochzeitskleid mit der freien Hand raffen kann. «Heute liegt irgendwie ein Zauber in der Luft, oder?», frage ich.

«Apropos Luft, möchtest du gern welche mit mir schnappen?» Gareth nimmt meine Hand.

«Zu schade, dass Claire die Tür verriegelt hat, sonst könnten wir aufs Dach steigen», sage ich.

Gareth zieht eine Augenbraue hoch. «Wir sollten das mal überprüfen.»

«Es ist gleich hier runter …» Ich deute den Flur entlang.

«Kannst du kurz aufpassen?» Er deutet Richtung Partyraum.

«Was hast du vor?»

«Gib mir zwei Minuten.»

Ich lehne mich an die Wand und versuche, ganz unauffällig zu wirken, während ich zu *Hooky Street* von Only Fools and Horses summe.

«Amy!» Ich höre Gareth meinen Namen zischen und drehe mich um. Er winkt mir durch die offene Tür zu.

«Wie hast du das hingekriegt?» Freudig überrascht eile zu ihm.

«Es gibt da immer noch ein paar Dinge, die du nicht von mir weißt.»

«Dass du heimlich als Einbrecher arbeitest?»

«Vielleicht ist mein Onkel ja Schlosser.»

«Sehr unwahrscheinlich», grinse ich, während wir zum Dach hinaufsteigen. «Ich werde dir zu Weihnachten auf jeden Fall einen schwarzen Rollkragenpulli schenken.»

«Oh, wow!», staunt Gareth beim Anblick der glitzernden Stadt unter uns – mit den Baumwipfeln der Parks, dem Fluss, der eleganten Brücke und der herrlichsten leichten Brise.

«Ist es nicht wunderschön hier oben?»

Er tritt ans Geländer und betrachtet unser Königreich. «Schon lustig. Das hier ist mein Viertel, aber ich habe es noch nie von oben gesehen.»

«Mum wirkt immer so glücklich hier oben, als könnte sie ihre ganzen Sorgen loslassen», sage ich und kuschele mich in seine Arme.

Gareth schweigt eine Weile. «Es gibt vielleicht eine Möglichkeit für sie, sich wieder so zu fühlen.»

Ich schüttele den Kopf. «Claire würde das nach ihrem Sturz nicht erlauben.»

«Ich dachte auch eigentlich mehr ans Wasser – an eine abendliche Schifffahrt auf der Themse. Meinst du, das würde ihr gefallen, so dahinzugleiten und zu sehen, wie sich die Farbe des Himmels verändert und die Lichter an der Brücke angehen?»

Ich seufze vor Glück. «Jaaa!»

«Es gibt so viele Dinge, die wir zusammen machen können», sagt Gareth zufrieden. «Du hast gesagt, in deiner Vision waren wir beide alt?»

«Total faltig», bestätige ich und lege den Kopf schief. «Ist das ein bisschen beängstigend?»

«Kein bisschen», versichert er mir. «Das ist das, was ich immer wollte: die eine wahre Liebe. Und dass du diese Liebe bist.»

Einen Augenblick lang verliere ich mich in der Wärme seiner Augen, dann verschmelzen wir in einem Kuss. Er ist vertraut, und doch neu. Aufregend, und doch beruhigend.

«Ich habe nur eine Frage hinsichtlich deines Ausblicks in die Zukunft», sagt er, als wir wieder Luft kriegen.

«Jaaa?»

«Habe ich noch meine Haare?»

Ich pruste los. «Du wirst ein richtiger Silberfuchs!», sage ich und grabe meine Hände in seine weichen Locken. «Aber alles andere, was zwischen jetzt und dann geschieht, müssen wir zusammen herausfinden.»

«Ob wir zum Beispiel ein Angebot aus pflanzlichen Caffè Latte in *Der Botaniker* anbieten?»

«Heute Morgen habe ich mir gerade ein YouTube-Video

angesehen, wo gezeigt wird, wie man mit Milchschaum eine Kaktusform hinkriegt.»

«Dann ist doch alles gut», sagt er und strahlt. Und dann bekommen seine Augen einen ganz besonderen Ausdruck.

«Was denkst du gerade?»

Seine Hand legt sich auf meinen Rücken, und er zieht mich an sich, sodass sich unsere Hüftknochen berühren. «Ich denke gerade, wie es sich wohl anfühlen wird, heute Nacht neben dir einzuschlafen.»

Ich spüre die Hitze zwischen uns aufwallen, diese magnetische, pulsierende Ladung. Mir wird schwindelig – die Vorstellung von seiner Haut auf meiner ist zu wundervoll –, doch genau in diesem Moment summen unsere beiden Handys. Wir fahren auseinander, als wären unsere Weichteile von sanften Elektroschockern getroffen worden.

«Das wird mir eine Lehre sein, es selbst mit Visionen zu versuchen», sagt Gareth kichernd, als wir beide in unsere Taschen greifen.

Wie erwartet, werden wir zurück zur Party beordert.

Ich bin hin- und hergerissen. Ich möchte dieses himmlische Gefühl in seinen Armen zu gern noch hinauszögern, gleichzeitig will ich unbedingt Malcolms Kinn sehen und meinen Namen auf die Tanzkarte meiner Mutter schreiben.

«Wir können alles tun», versichert mir Gareth. «Für immer zusammen, eine Minute nach der anderen.»

«Das klingt toll!» Meine Augen leuchten auf. «Meinst du, das sollten wir uns tätowieren lassen?»

«Vielleicht mit siebzig.»

Ich lächle ihn an. Das wird alles so wunderbar ...

Als wir zur Party zurückgehen, fällt mir ein, dass Mum noch gar nichts von mir und Gareth weiß. Ich kann es nicht erwarten, es ihr zu erzählen

«Endlich!», seufzt sie erleichtert, als wir ihr sagen, dass wir ein Paar sind. «All dieses Gerede über geheimnisvolle Männer bei der Hochzeit hat mich schon beunruhigt.»

«Was?»

«Man braucht keine Vision, um für euch eine glückliche Zukunft vorauszusehen. Ich wollte nie etwas sagen, falls du dann extra das Gegenteil tust, so wie ich, als meine Mum mir immer wieder sagte, dass Pete der Richtige für mich sei.»

Meine Schultern fallen herab. «Wenn man bedenkt, dass du all diese Jahre deine wahre Liebe hättest haben können.»

«Die hatte ich doch», sagt sie. «Und habe sie immer noch.»

Ich seufze. Es macht mich traurig, dass sie immer noch auf diese Weise an Dad denkt.

«Seit über dreißig Jahren habe ich dich», fährt sie fort.

Ich zwinge mich zu einem Lächeln. «Na ja, es freut mich, dass ich immerhin ein Trostpreis sein kann.»

«Das bist du nicht, Amy. Du warst meine erste Wahl. Ich habe dich gewählt, das weißt du doch, oder?»

Ich schaue erst Gareth an, dann sie. «Wie meinst du das?»

«Als ich deinen Vater geküsst habe, wusste ich, dass er mich verlassen würde – ich sah, wie er aus der Tür ging –, aber ich sah auch dich.»

Mein Magen rutscht tiefer. «Was?»

«Ich habe dich in meiner Vision gesehen. Und ich spürte eine Liebe für dich, wie ich sie niemals zuvor empfunden hatte. Du warst meine Tochter. Du nahmst den größten Teil meines Herzens ein. Ich wusste, wenn ich nicht mit Jimmy zusammenbleiben würde, dann würde ich dich niemals bekommen, würde dich nie als Baby in den Armen halten, würde nie hören, wie du Mum zu mir sagst, würde nie sehen, wie du dich entwickelst. Und das wäre für mich ein viel größerer Verlust gewesen.»

«Aber, aber ...»

«Ich sage nicht, dass ich ihn nicht geliebt habe. Das habe ich. Weil er mir dich geschenkt hat.»

Meine Augen prickeln, und dann rollen mir Tränen die Wange herab.

«Ich hab dich lieb, Mum!», sage ich und falle in ihre Arme.

«Oh Schatz», sagt sie in meine Haare. «Ich weiß, es ist hart für dich, mich so zu erleben. Aber du musst wissen, dass meine Liebe für dich ewig ist.» Dann streckt sie den Arm aus und zieht Gareth mit in unsere Umarmung. Ich könnte ewig so stehen bleiben, doch jemand versucht mit übertriebenem Husten, auf sich aufmerksam zu machen.

«Jay!», rufe ich und sehe nun auch May, Lidia, Charlotte und Marcus bei uns stehen, der gerade eine neue Runde Drinks verteilt.

«Ich möchte euch gleich Malcolm vorstellen, aber nicht als die große Blonde aus *Hinterm Mond gleich links*, wie ich es erst vorhatte. Zum einen hat er einen heißen Neffen, wie sich herausstellt, der in Manhattan lebt, also werde ich diesen Prozess schön in die Länge ziehen.»

«Okay.»

«Zweitens – na ja, ihr wisst ja, dass er vorher so ungefähr das Pflegeniveau eines schottischen Hochlandrinds hatte?»

Ich muss kichern – der Vergleich stimmt, wenn man an Malcolms ungekämmte Kopf- und Barthaare denkt.

«Nun, jetzt sieht er eher aus wie ein ziemlich vornehmer schottischer Adliger.»

Jay tritt zur Seite, und hinter ihm erscheint eine Art Doppelgänger von Sean Connery.

Wir blinzeln ihn ungläubig an.

«Malcolm?» Meine Mutter braucht einen Moment, um ihn überhaupt wiederzuerkennen. Sie streckt die Hand aus und berührt sein Gesicht mit einer Mischung aus Neugier und Bewunderung, streicht mit ihren manikürten Fingerspitzen über die Stellen, an denen vorher sein zotteliger Bart wuchs. «Ich wusste gar nicht, dass du einen Mund hast.»

«Damit ich dich besser küssen kann», sagt er, und es gelingt ihm sogar, ernsthaft statt aufdringlich zu klingen.

Meine Mutter hebt die Augenbrauen und schaut mich an. «Soll ich?»

Ich keuche, dann beiße ich mir auf die Lippen. «Wieso nicht?», sage ich. *Keine Party ohne Party-Trick.*

Wir sehen gebannt zu, als sie sich auf die Zehenspitzen hebt und sein Gesicht sanft zu ihrem führt. Als sich ihre Lippen treffen, schließt er berauscht die Augen, und ich schaue nervös zu, wie meine Mutter von einer Welle erfasst wird, die ich so gut kenne. Ich mache mich bereit, sie zu halten, doch da leuchtet ihr Gesicht auf.

«Malcolm», flüstert sie und macht einen Schritt zurück. «Ich hatte ja keine Ahnung!»

«Was hast du gesehen?», quieke ich. «Wie ist das Ende?»

Mum dreht sich zu mir um und lächelt mich wissend an. «Ich denke, wir haben schon genug von Enden gehört, oder?»

Da hat sie recht.

Ich taste nach Jay, ohne zu schauen, wohin ich meine Hand lege.

«Hey!» Er gibt mir einen Klaps. «Ich spare mich für meine Hochzeitsnacht auf!»

«Oh, Entschuldigung!», sage ich kichernd. «Ich wollte dir bloß für die Verwandlung von Mum und Malcolm danken. Und dass du ihnen ganz neue Aussichten geschenkt hast.»

«Na ja, du kennst mich ja. Ich lebe für die Befreiung.»

Ich gebe ihm einen Kuss auf die Wange, wobei ich aufpasse, mich nicht in seinem Schleier zu verhaken, und schaue mich seufzend um. «Weißt du, was ich jetzt am liebsten können möchte, da ich nicht mehr in die Zukunft schauen muss?»

«Was?»

«Auf die Pausentaste drücken. Jetzt gleich.»

«Nein, willst du nicht.»

«Doch, will ich. Jeder ist in den Richtigen verliebt, alle sind so glücklich.»

«Ja, aber wenn du jetzt anhältst, dann werden sich May und Lidia nie zum ersten Mal küssen, du würdest nie deine erste Nacht mit Gareth erleben ...»

«Oh!»

«Wir würden nie herausfinden, wohin Marcus' und Charlottes Nächstenliebe führen wird und ob ich es in New York zu etwas bringe. Und deine Mum würde niemals das in echt erleben, was sie gerade in ihrer Vision gesehen hat.»

«Na ja, wenn du es so sagst.»

«Wenn du dir etwas wünschen willst, warum dann nicht, dass wir alle den Moment genießen können?»

«Okay, du weiser Mensch», sage ich und nicke, «darauf trinke ich!»

«Du trinkst auf alles!»

«Prost!», sage ich und fordere alle auf, ihre Plastikbecher zu erheben.

«Auf was trinken wir?», will May wissen.

«Darauf, den Moment zu genießen!», rufe ich und füge mit einem Blick auf Gareth hinzu: «Und auf uns!»

Er lächelt verträumt und zieht mich an seine Brust. Und als ich schon glaube, dass mein Herz gar nicht weiter anschwellen kann, merke ich, dass sich um uns eine Massenumarmung bildet. Pastorinnen und Flaschengeister, Ehemänner und -frauen, Mütter und Töchter, Freunde und Geliebte, alle formen eine riesengroße Umarmung. Ich hole tief Luft und kuschele mich noch mehr hinein, denn ich weiß, dass ich dieses Gefühl für den Rest meines Lebens in mir tragen will.

Danksagung

Jedes Buch hat seine eigenen Musen und Einflüsse, und bei *Das Beste kommt zum Kuss* bin ich ganz besonders dankbar für den kreativen Geist von Molly Powell – danke, dass du deine Fantasie mit mir geteilt hast! Außerdem möchte ich mit Champagner auf die Lektorin Emma Capron anstoßen, die sehr viele Erkenntnisse und Ideen in diese Geschichte eingebracht hat, unter anderem, indem sie mich auf eine emotionale Schlüsselszene aufmerksam gemacht hat, die ich sonst völlig übersehen hätte!

Das gesamte Quercus-Team war ein Traum – Ajebowale Roberts, Ellie Nightingale, Ella Patel, Georgina Difford, David Murphy, Chris Keith-Wright, Isobel Smith, Rachel Campbell, Frances Doyle, Georgina Cutler, Hannah Cawse, James Buswell und Violeta Mitrova. Die reizende Emma Thawley hat sehr fleißig an den ausländischen Rechten gearbeitet und sich außerdem mit der fabelhaften Emily Hayward-Whitlock zusammengetan, die ein ganz neues, aufregendes Kapitel aufgeschlagen hat! Vielen Dank auch an die wunderbare Cover-Designerin Mel Four.

Natürlich könnte ich gar keine Danksagungen schreiben ohne meinen Champion James Breeds, der als Erster daran glaubte, dass ich einen Roman schreiben kann. Nach über zwanzig Jahren ist es mir immer noch eine Ehre, für ihn zu arbeiten.

Und schließlich möchte ich dem geheimnisvollen Matratzenverkäufer zuwinken, der mich zu meiner Anfangsszene inspiriert hat – sowie all denjenigen Menschen, die etwas zur Geschichte beigetragen haben, ohne es zu wissen! Das Schreiben mag von außen einsam erscheinen, in Wirklichkeit ist es großes Teamwork!

Sarah Lotz
Ist es Liebe? Nein – es ist ... Unmöglich

Eine fehlgeleitete E-Mail führt zwei Fremde zusammen: Bee ist Schneiderin und arbeitet Hochzeitskleider zu neuen Kreationen um. Nick ist Krimiautor (eigentlich) und Ghostwriter (um die Miete zu zahlen). Zwischen den beiden entsteht schon nach wenigen Zeilen eine Verbindung, ihre Mails werden rasch immer persönlicher. Schnell wird klar: Die beiden wollen – müssen – einander sehen. Nick setzt sich in den Zug, um Bee in London zu treffen. Bee macht sich auf den Weg zum Bahnhof. Und was dann passiert, ist so unvorhersehbar wie ... unmöglich.

512 Seiten

Eine Liebesgeschichte für unsere Zeit: Wenn das Leben zu kompliziert ist. Wenn die Welt aus den Fugen gerät. Und wenn wir trotzdem daran glauben, dass die Liebe alles überwinden kann.

Weitere Informationen finden Sie unter **rowohlt.de**